OETINGER TASCHENBUCH

C. J. Daugherty, Autorin und Redakteurin, arbeitete zunächst als Gerichtsreporterin, u. a. für die New York Times und als Redakteurin für Reuters. Daneben veröffentlichte sie Reiseführer, zum Teil zusammen mit ihrem Mann Jack Jewers. *Night School. Denn Wahrheit musst du suchen* ist bereits der dritte Band ihrer spannenden *Night School*-Reihe, zu der sie durch den Besuch eines alten Internats angeregt wurde.

C. J. Daugherty

Night School

Denn Wahrheit musst du suchen

Aus dem Englischen von
Axel Henrici und Peter Klöss

Oetinger Taschenbuch

Außerdem bei Oetinger Taschenbuch erschienen:

Night School. Du darfst keinem trauen (Band 1)
Night School. Der den Zweifel sät (Band 2)

MIX
Papier aus verantwortungsvollen Quellen
FSC® C014496
FSC
www.fsc.org

Das für dieses Buch verwendete FSC®-zertifizierte
Papier Danube liefert Salzer Papier, St. Pölten, Austria.
Der FSC® ist eine nicht staatliche, gemeinnützige Organisation,
die sich für eine ökologische und sozialverantwortliche
Nutzung unserer Wälder einsetzt.

1. Auflage 2016
Oetinger Taschenbuch GmbH, Hamburg
März 2016

Aus dem Englischen von Axel Henrici und Peter Klöss
Umschlaggestaltung: Carolin Liepins
Druck: GGP Media GmbH, Pößneck
ISBN 978-3-8415-0323-7

www.nightschool.de
www.oetinger-taschenbuch.de

Eins

Allie steckte das Handy ein und kuschelte sich in ihre schwarze Jacke. Da sie dazu eine dunkle Jeans trug, war sie im spätnachmittäglichen Dämmerlicht praktisch unsichtbar.
Nervös sah sie auf ihre Uhr. Sie wartete nun schon seit zwanzig Minuten. *Wenn das noch sehr viel länger dauert, dann …*
Sie musste schlucken.
Vor ihr lag das imposante, schwarze Eisentor mit den scharfen Spitzen obendrauf. Soweit sie wusste, war das der einzige Zugang zum Schulgelände der Cimmeria Academy. Es befand sich ein paar Hundert Meter vom Internatsgebäude entfernt und konnte nur mittels einer Fernbedienung geöffnet werden, die im Büro der Rektorin unter Verschluss war.
Autos waren ohnehin eine Seltenheit in Cimmeria. Die meisten Lehrer und Angestellten lebten auf dem Gelände. Freilich kamen jeden Tag Lieferwagen und Postautos, nicht zu vergessen die Wachleute, die für Raj Patel arbeiteten. Allie hatte die Wachen eine Zeit lang beobachtet und herausgefunden, dass sie um acht, sechzehn und vierundzwanzig Uhr Schichtwechsel hatten. Es war nun kurz vor vier, und wenn sie Glück hatte, würde bald jemand durch dieses Tor fahren, ehe sie entdeckt wurde.
Ihr Versteck befand sich in unmittelbarer Nähe der Stelle, an der Jo getötet worden war. Die Erinnerung an jene Nacht quälte sie

noch immer. Wenn sie die Augen schloss, sah sie wieder alles vor sich – die weiße Schneedecke, den zerbrechlichen Körper, der wie eine Stoffpuppe leblos auf der Straße lag … Und die Blutlache, die in den Schnee hineinwuchs wie die Blütenblätter einer tödlichen Blume.

Sie machte die Augen wieder auf.

Heute war da nur ein menschenleerer Waldweg.

Soll ich wirklich?, fragte sie sich unablässig, seit sie das Tor erreicht hatte. Ein Teil von ihr wollte einfach losheulen oder zurück auf ihr Zimmer rennen. Beides tat sie nicht. Stattdessen wappnete sie sich.

Sie musste hier raus.

Ein eisiger Wind schüttelte die Bäume in ihrer Umgebung und sandte einen Schauer eisiger Regentropfen auf sie hernieder. Bibbernd wickelte sie sich den Schal enger um den Hals. Das Rauschen im Geäst überdeckte den näher kommenden Motorenlärm. Als sie ihn endlich registrierte, waren die Scheinwerfer schon ganz nah.

Sie duckte sich, um nicht vom Lichtkegel erfasst zu werden, und wartete startbereit wie die Leichtathletin, die sie bis vor ein paar Wochen gewesen war. Bis zu dem Überfall. Wegen der unnatürlichen Haltung tat ihr der ganze Körper weh. Auf ihren Körper zu hören, dafür war jetzt keine Zeit. Jetzt war abhauen angesagt.

Atemlos beobachtete sie durch das Gitter des Zauns, wie das Auto langsam auf das Tor zufuhr und schließlich anhielt.

Das war ihre Chance. Ihre einzige vielleicht.

Doch erst mal tat sich gar nichts. Das Pochen in Allies verletztem Knie wurde schlimmer. Sich ruhig zu verhalten, kostete sie entsetzliche Mühe. Sehr viel länger würde sie das nicht schaffen.

Sie schloss die Augen und versuchte, das Tor durch reine Willensanstrengung zu öffnen, doch es rührte sich nicht.

Irgendwas stimmt da nicht.

Vielleicht wissen sie längst Bescheid. Vielleicht hat Raj seine Wachleute losgeschickt, damit sie mich schnappen. Vielleicht sind das schon seine Leute.

Ihr Mund war ganz trocken. Das Atmen fiel ihr schwer.

Endlich setzte sich das große, schmiedeeiserne Tor zitternd in Bewegung und ging mit einem metallischen Quietschen auf.

Allie zählte leise ihre Atemzüge mit – als sie bei acht war, kam das Tor mit einem Scheppern zum Stehen. Es stand nun komplett offen. Die Straße dahinter beschrieb eine Kurve und verschwand im dunklen Wald. In der Dämmerung sah es so aus, als würde sie gleich hinter dem Tor aufhören – als gäbe es da draußen gar keine Welt mehr. Allie wusste nicht, was geschehen würde. Wie aufmerksam Nathaniel die Schule überwachte. Aber das spielte nun keine Rolle mehr.

Sie zog das Handy aus der Tasche und ließ es unter einen nahe gelegenen Baum fallen. Es würde ihr ohnehin nichts mehr nützen – da es jederzeit geortet werden konnte. Sie musste sich einfach darauf verlassen, dass Mark ihre Verabredung einhalten würde.

Der Wagen musste jetzt nur noch weit genug ins Schulgelände hineinfahren, damit sie entwischen konnte, ohne vom Fahrer bemerkt zu werden.

Doch quälend lange passierte erst mal gar nichts. Der Wagen blieb stehen, und der Motor tuckerte im Leerlauf vor sich hin –

wie eine Katze, die schnurrend mit ihrer Beute spielt. Von ihrem Versteck aus konnte Allie den Fahrer nicht sehen.

Was ist denn los, verdammt noch mal? Jetzt fahr endlich, Mann!, hätte sie am liebsten gebrüllt.

Als sie schon dachte, sie wäre aufgeflogen, setzten sich die Reifen des schwarzen Audi knirschend in Bewegung, und der Wagen fuhr langsam über den Kiesweg auf die Schule zu.

Beinahe zeitgleich setzte sich auch das Tor wieder in Bewegung, doch Allie wagte nicht, sich zu rühren. Das Auto war immer noch zu nahe – der Fahrer hätte sie im Rückspiegel sehen können.

Die Augen fest auf das Tor gerichtet, wartete sie mit angespanntem Körper. Ihre Muskeln brannten. *Fahr weiter!*

Doch der Fahrer schien sich bewusst Zeit zu lassen.

Als wüsste er, dass ich da bin.

Bei dem Gedanken wurde ihr ganz anders. Sie holte tief Luft, um sich zu beruhigen.

Jetzt bloß nicht die Nerven verlieren, Allie!, schalt sie sich. *Reiß dich zusammen! Wenn er dich gesehen hätte, wäre er doch schon längst ausgestiegen.*

Sie sah zu, wie sich das Tor langsam schloss, und zählte die Atemzüge. Drei. Vier. Fünf.

Ein Spaltbreit nur noch. Der Wagen war zwar immer noch in Sichtweite, doch sie hatte keine Wahl – wenn sie es jetzt nicht versuchte, dann würde sie nie hier rauskommen.

Sie schnellte aus ihrem Versteck hervor und rannte los. Das Knie schmerzte, ihre Lungen brannten. Die Lücke zwischen Tor und Zaun wirkte winzig klein. Zu klein. Hatte sie sich verkalkuliert? War es zu spät?

Dann hatte sie das Tor erreicht. Ihre Hände umklammerten die

kalten Gitterstäbe, als könnte sie sie so aufhalten. Doch das Tor funktionierte automatisch – es ließ sich nicht stoppen. Unaufhaltsam schloss es sich, erbarmungslos.
Allie zögerte trotzdem nicht und schoss durch die enge Lücke. Die Gitterstäbe zerrten an ihrer Jacke wie knochige Finger und rammten ihre Schulter mit einer solchen Wucht, dass sie sich vor Schmerz auf die Lippe biss.
Mit einem unterdrückten Schrei riss sie sich los und stolperte auf die andere Seite, während das Tor scheppernd ins Schloss fiel.
Sie war frei.

Zwei

Allie hatte zunächst gar nicht vorgehabt, abzuhauen. Eigentlich wollte sie nur den Unterricht schwänzen.

Wie so oft in letzter Zeit. Lernen passte irgendwie nicht mehr zu ihrem Leben. Wozu sich also Mühe geben?

Nachdem man sie ein paar Mal gegen ihren Willen in den Unterricht gezerrt hatte, war sie dazu übergegangen, sich Verstecke zu suchen, damit es erst gar nicht so weit kam. Das weitläufige, viktorianische Schulgebäude mit seinen zahllosen Ecken und Winkeln eignete sich hervorragend für solche Zwecke – besonders gern nutzte sie leer stehende Zimmer und Dienstbotenstiegen, wo niemand auf die Idee kam, nach ihr zu suchen. Die Krypta, die Kapelle … Die Möglichkeiten, sich zu verstecken, waren unbegrenzt.

Nachdem sie an diesem Tag mehrere Unterrichtsstunden über sich hatte ergehen lassen, war sie aus dem Fenster ihres Zimmers geklettert, über das schmale, steinerne Sims zu der Stelle geschlichen, wo die Dachschräge nicht ganz so abschüssig war, und hinaufgeklettert bis zu der Stelle, wo Jo einmal mit einer Flasche Wodka in der Hand wie irre herumgetanzt hatte und Allie und Carter sie davor bewahrt hatten, abzustürzen.

Allein mit ihren Erinnerungen hatte sie mehrere Stunden lang in der Kälte gehockt und die Schüler und Angestellten unten auf dem Gelände beobachtet. Erstaunlich, dass nie mal jemand nach oben schaute. Allerdings strotzte das Dach nur so von Schornsteinen und schmiedeeisernen Ornamenten, weshalb es ihr leichtfiel die anderen zu beobachten, ohne selbst gesehen zu werden; eine lebendige Zierfigur.

Und so ging auch dieser Tag an ihr vorbei wie so viele in letzter Zeit, bis sie irgendwann vertraute Stimmen hörte, und zwar überraschend nah. *Haben die mich entdeckt?*, fragte sie sich erschrocken, doch nach einer Weile merkte sie, dass die Stimmen aus ihrem Zimmer kamen und durchs offene Fenster, das sich genau unter ihrem Sitzplatz befand, zu ihr hochdrangen.

Allie hielt sich an einer Wasser speienden, drachenköpfigen Zierfigur fest und lehnte sich über den Rand des Dachs, um zu lauschen.

»Ihr habt sie also noch nicht gefunden?« Isabelles Stimme klang nervös.

»Nein«, antwortete Raj so leise, dass Allie Mühe hatte, ihn zu verstehen. »Mein Team sucht gerade das Gelände ab.«

Sie würden sie nicht finden, auch diesmal nicht. Der Gedanke verschaffte ihr ein wenig Befriedigung. Sie mochte eine komplette Niete sein, wenn es darum ging, ein Leben zu retten, aber die angeblich besten Wachleute der Welt auszutricksen, das hatte sie drauf.

Isabelle sprach weiter, und ihre Stimme klang nun näher. Offenbar war sie ans Fenster getreten und beobachtete die gleiche Szenerie wie Allie.

»Was glaubst du … wie geht es ihr eigentlich?«, fragte die Rektorin zögernd. »Hat Rachel irgendwas gesagt?«

Ein Seufzer.

»Ob's ihr inzwischen besser geht oder schlechter, meinst du?«, entgegnete er. »Schwer zu sagen. Vermutlich unverändert. Rachel macht sich ziemliche Sorgen. Geht sie denn noch zu Dr. Cartwright?«

Allie runzelte die Stirn. Dr. Cartwright war der Psychotherapeut, den Isabelle nach dem schrecklichen Ereignis angeschleppt hatte.

»Nicht mehr«, erwiderte Isabelle. »Anfangs ist sie noch hingegangen, aber er hat nicht viel aus ihr herausbekommen. Er hat sie als ›wenig responsiv‹ beschrieben.«

Das geht euch einen Dreck an!, dachte Allie wütend. *Das ist meine Privatsache.*

Allie musste an ihre Albträume und die schrecklichen Grübeleien denken – das wenige, was sie Dr. Cartwright ganz zu Anfang erzählt hatte.

Sie wollte nicht, dass sie davon erfuhren.

»Wieder am Unterricht teilnehmen – wie soll das gehen, wenn man gerade mit angesehen hat, wie die beste Freundin stirbt?«, hatte sie Dr. Cartwright gefragt, in einer der wenigen Sitzungen, zu denen sie überhaupt gegangen war. »Wie soll man sich da noch auf französische Verben konzentrieren? Oder auf die Spanische Armada?«

»Man tut es einfach«, hatte der Psychologe erwidert. »Jeden Tag setzt man einen Fuß vor den anderen. Und versucht es. Immer wieder.«

»So ein Schwachsinn«, hatte Allie zurückgegiftet.

Er konnte nicht wissen, wie es war, wenn man wegen der schlimmen Träume Angst vor dem Einschlafen hatte. Er konnte nicht wissen, wie sich das anfühlte.

Keiner konnte das.

Raj stieß ein humorloses, bellendes Lachen aus, das wohl ausdrücken sollte, dass er Allie ebenfalls für wenig responsiv hielt.

»Er vermutet, dass sie Jos Tod einfach noch nicht akzeptiert hat – und nach einem Sündenbock sucht«, sagte Isabelle. Allie beugte sich weiter vor und lauschte gespannt der Insiderinformation. »Das erlaubt einem, die Wutphase in der Trauerarbeit praktisch beliebig zu verlängern. Solange sie sich das nicht klarmacht, wird sie das Geschehene nie akzeptieren und lernen, damit umzugehen.«

Und wenn schon, dachte Allie unwirsch. *Ich hab ja auch einen Grund, wütend zu sein. Und der bist du.*

Trotzdem, unterschwellig wusste sie, dass in Isabelles Worten ein Fünkchen Wahrheit steckte, und das nagte an ihr.

Isabelle sprach weiter: »Dann hat Allie beschlossen, dass sie ihn nicht mag. Eigentlich haben sie heute Nachmittag einen Termin, und …«, Allie konnte sich genau vorstellen, wie Isabelle müde die Schulter zuckte, »… prompt ist sie wie vom Erdboden verschwunden.«

Raj fuhr auf, und selbst auf dem Dach hörte Allie den Zorn in seiner Stimme. »Das kann so nicht weitergehen, Izzy. Du musst etwas unternehmen. All meine Leute sind im Moment da draußen und suchen nach ihr. Dabei sollten sie sich um die Sicherheit der Schule kümmern. Wir wissen immer noch nicht, was Nathaniel vorhat. Er kann jeden Augenblick zuschlagen. Allie *verschwendet unsere Zeit*. Wir können so nicht weitermachen. Sie benimmt sich wie …«

»Wie früher«, unterbrach Isabelle ihn. »Das gleiche Verhalten hat sie an den Tag gelegt, als ihr Bruder damals verschwunden ist. Sie ist einfach … wütend, und das kann ich ihr nicht mal verdenken. Ich bin ja selber wütend. Aber ich bin nicht mehr sechzehn, deshalb kann ich das kanalisieren. Sie nicht.«

Ein Klopfen unterbrach sie.

Wer ist denn das jetzt?

Allie beugte sich noch etwas weiter vor, weil sie unbedingt mitbekommen wollte, was geredet wurde, so weit, bis Kopf und Schultern über den Rand des Daches hervorschauten. Raj und Isabelle waren offenbar an die Zimmertür getreten. Sie hörte ihr Gemurmel, aber viel zu weit weg, als dass sie die Worte verstanden hätte.

Kurz darauf wurde die Tür zugeschlagen. Danach … Stille.

Sie waren weg.

Enttäuscht trat Allie den Rückzug an; dabei wanderte ihr Blick nach unten. Wo zwei von Rajs Männern standen und zu ihr hinaufstarrten.

Allie schlug das Herz bis zum Hals.

O Scheiße.

Von Panik erfasst, krabbelte sie vom Dachrand weg und wäre dabei fast auf den nassen Dachziegeln ausgerutscht. Als sie glaubte, außer Sichtweite zu sein, beugte sie sich gerade so weit vor, dass sie nach unten spähen konnte. Die Wachleute winkten jemanden, den Allie nicht sehen konnte, zu sich her. Im nächsten Augenblick stand Raj neben ihnen. Die Männer deuteten zum Dach hinauf. Raj verschränkte die Arme und heftete seinen Blick auf sie.

Allie schluckte.

Höchste Zeit für ein neues Versteck.

Sie sprang auf, lief zu der Dachschräge und rutschte auf dem Hosenboden hinunter. Ihr kurzer Faltenrock war für solche Unternehmungen nicht gemacht und knüllte sich unter ihr, die dunklen Strumpfhosen sogen sich auf den nassen Ziegeln voll. Mit den Fingerspitzen hielt sie sich an der Dachrinne fest, balancierte über das Gesims und schwang sich durchs offene Fenster auf den Schreibtisch in ihrem Zimmer.

Als sie wohlbehalten gelandet war, wollte sie sich triumphierend strecken – und erstarrte: Vor ihr stand Isabelle, die Arme vor der Brust verschränkt.

Die Rektorin wartete nicht auf ihre Entschuldigung.

»Jetzt ist es aber genug!« Sie klang wütend, doch aus ihrer Stimme klang auch Traurigkeit.

Ein Teil in Allie fühlte sich schuldig, weil sie Isabelle verletzte. Doch diese Stimme schob sie mühelos beiseite. Stattdessen zuckte sie verächtlich die Achseln.

»Schön. Wie du meinst. Mir geht's wieder *richtig* gut. Ich gelobe Besserung und tu's auch nie wieder, bla, bla, bla …«

Isabelle atmete hörbar ein. Mitleid mit der gekränkten Isabelle zu haben, war das Letzte, was Allie wollte. Da nahm sie ließer Reißaus. Sie ging auf die Tür zu.

Isabelle hatte sich offenbar wieder gefangen. »Ich bin nicht deine Feindin, Allie.«

»Ach nein?« Allie stand an der Tür und musterte sie, als wäre Isabelle eine Probe unterm Mikroskop.

»Allie …« Isabelle griff nach ihrem Arm, besann sich dann aber und ließ die Hand sinken. »Ich mache mir einfach Sorgen um dich. Und ich möchte dir helfen. Aber ich kann dir nicht helfen, wenn du mich nicht lässt.«

Es hatte eine Zeit gegeben, da hätte Allie sich um Hilfe und Rat an

Isabelle gewandt – damals, als sie sich noch nahestanden. Als sie ihr noch vertraute.

Das war endgültig vorbei.

Sie bedachte die Rektorin mit einem gleichgültigen Blick. »Es ist nur so, Isabelle: Deine Hilfe führt jedes Mal dazu, dass Menschen sterben. Und deshalb … Nein, danke.«

Das saß.

Isabelles Gesicht fiel in sich zusammen, und Allie lief hinaus.

Mit den Tränen kämpfend, humpelte sie durch die große Halle. Das Knie tat ihr weh, und das Geräusch ihrer ungleichen Schritte (tapp-TAPP, tapp-TAPP) hallte in der Stille wider wie hämisches Gelächter.

Mit gesenktem Kopf ging sie an den polierten Eichenpaneelen vorbei, mit denen die alten Mauern der Cimmeria Academy getäfelt waren. Auch für die großen Ölgemälde hatte sie keinen Blick. Manche der Porträts waren doppelt so groß wie sie selbst und zeigten längst verstorbene Männer und Frauen in schweren Seidengewändern und Geschmeide. Genauso wenig beachtete sie die vielhundertteiligen Kristalllüster an der Decke, die anderthalb Meter hohen Kerzenhalter und die Wandteppiche, die blässliche Edelfrauen darstellten, wie sie auf Pferden sorglosen Füchsen hinterherjagten.

Für all das hatte sie keine Augen, als sie zum Rittersaal schlich und die Tür hinter sich zumachte. Der riesige Festsaal war leer und wurde nur von dem schwachen Nachmittagslicht erhellt, das durch die riesigen Fenster am anderen Ende des lang gestreckten Raums einfiel. Allies Schritte hallten von den Wänden zurück, während sie über den Boden lief, den Kopf voll düsterer Gedanken, die sie bedrängten wie Dämonen.

Dreiunddreißig Schritte in die eine Richtung, und kehrt. Dreiunddreißig Schritte zurück. Und wieder von vorn.

Sie schäumte innerlich. *Warum sollte es mir leidtun? An allem, was passiert ist, ist Isabelle schuld. Jo hat ihr vertraut. Und jetzt ist Jo tot.*

Allie wirbelte herum und stapfte in die andere Richtung.

Wie so oft in diesen Tagen, eilten ihre Gedanken zurück in den verschneiten Wald, zu den flatternden Elsternflügeln, einer kleinen Gestalt, die durch den Schnee flitzte.

Es war wie mit dem Schorf auf einer Wunde, die sie nicht in Ruhe lassen konnte, obwohl es wehtat. Sie zupfte die ganze Zeit an den Rändern ihrer Erinnerung herum, und so ließ der Schmerz nie nach.

Vielleicht wollte sie ja gar nicht, dass der Schmerz nachließ.

Jo ist tot. Alle haben sie im Stich gelassen. Und jetzt soll ich so tun, als ob alles »normal« wäre, Isabelle? Leck mich!

Allie machte kehrt und marschierte weiter.

Sie würde Isabelle nie mehr vertrauen können. All das war nur ihretwegen passiert und wegen der Auseinandersetzung mit ihrem Bruder, die Allie nicht mal verstand. Sie alle waren mit hineingezogen worden, und Jo hatte dafür bezahlen müssen.

Raj vertraute sie auch nicht mehr. Er war für die Sicherheit der Schule verantwortlich gewesen. Angeblich war er ja der große Experte für so was. Trotzdem war er weggefahren und hatte sie allein gelassen, obwohl Allie ihn noch angefleht hatte, dazubleiben. *Angefleht* hatte sie ihn. Aber er war nicht da gewesen, als irgendwer aus der Schule – jemand, den Allie kannte und dem sie vertraute – das Tor geöffnet und Gabe ermöglicht hatte, Jo umzubringen.

Sie machte eine schmerzhafte Spitzkehre, die Wut trieb sie an.

In den acht Wochen, die seit dem Mord vergangen waren, hatten Raj und Isabelle nicht herausgefunden, wer in jener Nacht das Tor geöffnet hatte. Wer Nathaniel die ganze Zeit geholfen hatte. Irgendein Lehrer, ein Night-School-Ausbilder, ein Schüler – irgendwer, dem sie Tag für Tag im Flur begegnete, wollte, dass sie starb.

Und die beiden hatten nichts dagegen getan.

Alle haben mich im Stich gelassen. Alle haben uns verraten. Das lasse ich nicht noch mal zu.

Abrupt blieb sie stehen. Plötzlich wusste sie, was zu tun war.

Sie riss die schwere Tür auf und rannte schnurstracks zu Isabelles Büro – so schnell sie konnte, damit sie nicht schon vorher ausrastete. Sie wollte der Rektorin sagen, dass sie hier nicht mehr zur Schule gehen wollte. Dass sie so nicht weitermachen konnte. Sie musste irgendwohin, ganz egal wohin, nur möglichst weit weg von hier. Draußen in der realen Welt konnte sie herausfinden, was wirklich vor sich ging. Sie würde mit ihrer Großmutter sprechen und gemeinsam mit ihr Jos Mörder ausfindig machen. Und sie würden sie bestrafen.

Versteckt unter der mit Schnitzereien verzierten Eichentreppe, die in theatralischem Schwung aus dem Hauptflur in den ersten Stock hinaufführte, war die Tür zu Isabelles Büro so geschickt in die Wandtäfelung eingelassen, dass Allie damals, als sie zum ersten Mal dorthin wollte, Mühe gehabt hatte, sie zu finden. Dieses Problem hatte sie mittlerweile nicht mehr.

Wild entschlossen stieß sie die Tür auf, ohne anzuklopfen. »Isabelle, ich werde …«

Das Büro war leer.

Offenbar hatte die Rektorin es in großer Hast verlassen – die schwarze Kaschmirjacke, die sie zuvor angehabt hatte, lag achtlos über eine Sessellehne geworfen da, auf dem Schreibtisch neben ihrer Brille stand mitten auf der schwarzledernen Kladde eine Tasse Earl Grey, die noch dampfte …

Und dann lag da auch noch ihr Handy.

Mit offenem Mund starrte Allie darauf. Ihr Gehirn hatte Mühe zu verarbeiten, was ihre Augen sahen.

In Cimmeria waren elektronische Geräte tabu. Von allen Hausregeln wurde diese am striktesten angewandt. Keine Computer, keine Fernseher – und auf gar keinen Fall Handys.

Wollte ein Schüler telefonieren, musste er die Rektorin um Erlaubnis fragen. Einzig und allein Gespräche mit den Eltern waren erlaubt, und auch diese nur mit triftigem Grund.

Und doch lag jetzt hier ein Handy vor ihr.

Wie gebannt starrte Allie darauf und ging in Gedanken rasch die möglichen Konsequenzen eines Diebstahls durch. Isabelle würde ihr nie verzeihen. Sie würde der Schule verwiesen werden. Sie würde ihre Freunde verlieren. Andererseits konnte sie so vielleicht herausfinden, was wirklich vor sich ging. Und dadurch Isabelle und Raj nötigen, endlich etwas zu unternehmen.

Langsam streckte sie die Hand aus, nahm das Handy, steckte es in die Tasche und verließ das Büro.

Drei

Außerhalb von Cimmeria stand der Wald dichter; die Strahlen der Nachmittagssonne drangen nicht bis zum Boden, hier war es bereits dunkel, und Allie schaute sich immer wieder beunruhigt um, während sie durch diese Düsternis eilte.

Bei jedem Schritt redete sie sich ein, dass sie das Richtige tat. Nathaniel musste irgendwo hier draußen sein und ihr auflauern, aber das war ihr inzwischen längst egal. So erschöpft war sie, so wütend, so gebrochen … Hierbleiben war keine Option. Sie musste fort.

Doch sie war sich noch nie so ausgeliefert vorgekommen. Sie war nun völlig allein. Jos Mörder konnten überall sein.

Es herrschte eine unerträgliche Stille, unterbrochen nur ab und zu vom Knacken trockener Äste unter ihrem Fuß. Die Sonne ging allmählich unter, und es wurde merklich kälter. Der schneidende Wind fuhr durchs Gewebe ihrer Jacke und ließ den Schweiß auf ihrer Haut empfindlich kalt werden. Allie hatte die behandschuhten Hände in die Taschen gesteckt und ballte sie zu eiskalten Fäusten.

Wenigstens weiß ich, wo ich lang muss, sagte sie sich.

In letzter Zeit war sie so oft im Krankenhaus gewesen, dass sie sich in der Gegend gut auskannte. Es beruhigte sie, über den genauen Weg nachzudenken und sich eine Route zurechtzulegen.

Nach ihrer Berechnung konnte die Hauptstraße nicht weit sein. Dort musste sie sich nur nach rechts wenden und den Schildern folgen. An der Straße standen auch weniger Bäume, und es war heller. Und bestimmt nicht mehr so gruselig.

Ich muss nur diesen Wald durchqueren, dann bin ich in Sicherheit. Ganz einfach.

Alles ging glatt, und sie hatte die Kreuzung fast erreicht, als sie ein Geräusch vernahm, ganz leise, wie wenn jemand einatmet. Ihr stellten sich die Nackenhaare auf.

Sie schnappte nach Luft, machte eine Finte nach rechts und duckte sich hinter den dicken Stamm einer mächtigen Kiefer. Die Hände an der rauen Rinde, spähte sie in die Finsternis.

Was immer es war, sie glaubte nicht, dass es nur ein Rauschen der Zweige gewesen war. Von ihrem Versteck aus konnte sie niemanden sehen. Doch der Wald war dunkel und voller Schatten, die im Wind zitterten und tanzten. Jeder konnte ein Mensch sein. Jeder ein Mörder.

Das Atmen fiel ihr zunehmend schwerer.

Da könnte irgendwer genau hinter mir stehen, und ich würde ihn nicht mal erkennen. Gerade jetzt könnte Gabe nur ein paar Meter entfernt dastehen und mich beobachten. Der Gedanke jagte ihr Angst ein. Ein mulmiges Gefühl überkam sie, und sie hämmerte sich mit der behandschuhten Faust gegen die Stirn. *Gott, warum habe ich das getan? Was bin ich für eine Idiotin. Ich bin ihm geradewegs in die Arme gelaufen …*

Sie klammerte sich an den Baumstamm und versuchte, Ruhe zu bewahren. Falls da tatsächlich jemand war, dann musste sie jetzt unbedingt *nachdenken.*

Eine Weile stand sie da wie erstarrt und lauschte – bereit, beim geringsten Geräusch davonzurennen. Aber da waren nur die Stille und Bäume, die sich über ihr im Wind wiegten.

Allie überlegte. Sie sah und hörte nichts. Dass da wirklich noch jemand war, sagte ihr einzig und allein ihr Instinkt. Sie versuchte, sich ans Training zu erinnern. Was hätte Raj ihr in so einer Situation geraten?

Vertraue deinem Instinkt, aber mach dich nicht zu seinem Sklaven, hätte er gesagt. *Reagiere nicht auf deine Angst – reagiere auf Fakten.*

Fast konnte sie die beruhigende Stimme ihres Ausbilders hören: »Und was sagen dir die Fakten in diesem Moment, Allie?«

Ich kann niemanden sehen oder hören. Ich habe alles nach Vorschrift geprüft und keine echte Bedrohung entdeckt.

»Die Fakten sagen mir, dass da niemand ist«, flüsterte sie und versuchte, das zu glauben.

Wie auch immer – ob sich da nun wirklich jemand hinter den umstehenden Bäumen versteckte oder nicht –, sie hatte zwei Optionen: abwarten und sehen, ob jemand auftauchte, oder weitergehen und hoffen, dass dem nicht so war.

Sie entschied sich für die zweite Option.

Mit schmerzverzerrtem Gesicht hinkte sie, so schnell sie konnte, durch den Wald Richtung Straße. Ihre Strickmütze rutschte ständig zur Seite. Sie riss sie sich vom Kopf und hielt sie fest in der Hand, bis sie endlich auf der Kreuzung stand. Erst da traute sie sich, stehen zu bleiben und zurückzuschauen.

Da war nichts als leerer Wald.

Keuchend beugte sie sich vor und stützte die Hände auf die Knie. Ihre Lunge schmerzte vor Anstrengung und Kälte.

Dabei hatte sie noch einen weiten Weg vor sich. Jeden Augenblick konnten die hier sein – sie musste weiter.

Sie schlug den Weg ein, den die Landkarte in ihrem Kopf ihr anwies. Rechts und links der gepflasterten, einspurigen Straße standen hohe Hecken, die um diese Jahreszeit alle Blätter verloren hatten. Dahinter erstreckten sich matschige Weiden und Felder, die alsbald im Dämmerlicht verschwanden.

Die Straße war eben. Ab und zu tauchte eine Laterne auf. Wenn sie recht hatte, lag die Stadt nur ein paar Kilometer entfernt an der Straße.

Ich muss nur weitergehen und unterwegs keinen Nervenzusammenbruch kriegen, dachte sie und zog eine Grimasse.

Um sich die Zeit zu vertreiben, ließ sie ihre Flucht Revue passieren.

Letztlich war es kinderleicht gewesen. Fast als hätten sie es herbeigesehnt, dass sie ging.

Nachdem sie Isabelles Handy an sich genommen hatte, war sie die Treppe hinaufgeeilt. Das kleine Gerät in ihrer Tasche wog schwer wie ein Betonklotz, als wäre es glühend heiß. Sie war sich sicher, dass die anderen es durch den dicken, blauen Stoff ihres Rocks erkennen konnten.

Oben auf dem Treppenabsatz schob sie sich durch Massen von plappernden und lachenden Schülern auf die schmalere Treppe zum Mädchentrakt zu. Damit ihr schuldbewusster Blick sie nicht verriet, sah sie die ganze Zeit nicht ein Mal auf.

»Die hat 'ne Klatsche«, sagte jemand hinter ihr, leise und höhnisch. Der kristallklare Akzent klang unangenehm vertraut.

Allie schaute nicht auf, das brauchte sie auch nicht – Katie Gilmores Stimme hätte sie immer und überall erkannt.

»Macht Platz, oder ihr seid als Nächste dran«, sagte eine andere, und die Mädchen lachten.

Allie kämpfte gegen den Wunsch an, Katie zu ohrfeigen, blickte weiter starr zu Boden und zählte leise ihre Schritte. Mit jeder neuen Zahl wurde sie ruhiger.

... fünfundfünfzig, sechsundfünfzig, siebenundfünfzig, achtundfünfzig, neu...

»Allie!«

Ein Paar weiche, cremefarbene Schaflederstiefel hatten sich ihr in den Weg gestellt, und Allie blieb abrupt stehen.

Langsam hob sie den Blick. Vor ihr stand Jules, die Vertrauensschülerin für den Mädchentrakt mit dem rasiermessergerade geschnittenen, weißblonden Pony, der bis zur Schulter reichte, und versperrte ihr den Weg. »Isabelle hat mich beauftragt, dich zu suchen«, sagte sie und verschränkte missbilligend die Arme vor dem Körper.

Allies Herzschlag setzte kurz aus. Unwillkürlich fuhr ihre Hand zur Rocktasche und umklammerte das gestohlene Handy.

Wie kann sie das schon wissen?

Doch trotz des Adrenalins, das ihr durch die Adern schoss, kam ihre Antwort eigenartig ruhig: »Was will sie denn?«

Jules sah sie befremdet an, als hätte sie diese Frage nicht erwartet. »Das weiß ich nicht. Sie hat nur gesagt, dass sie dich sucht und dass ich dich zu ihr ins Büro schicken soll, falls ich dich sehe.«

Allie fiel ein Stein vom Herzen. *Isabelle weiß nichts von dem Handy. Noch nicht.*

Diese Erkenntnis machte sie kühner. »Okay, du hast deine Botschaft überbracht, Jules, du kannst gehen.« Sie machte einen Schritt auf die Vertrauensschülerin zu. »Wartet nicht dein *Freund* schon auf dich oder so? Solltest du nicht bei dem sein?«

Jules zuckte mit keiner Wimper, doch von ihrem Nacken aus breitete sich die Röte übers ganze Gesicht aus.

Seit dem Winterball waren Jules und Carter zusammen, sie und Allies Exfreund waren *das* Cimmeria-Power-Paar. Allie hatte sich daran gewöhnt, sie auf den Fluren herumspazieren zu sehen, wenn Carter den Arm locker um Jules' Schulter gelegt hatte; sein dunkles Haar kontrastierte auffällig mit ihrem Blondschopf. Wie Schachfiguren – der schwarze König mit der weißen Dame.

Es drehte ihr immer noch den Magen um, wenn sie die beiden sah.

»Ich will mich nicht mit dir rumstreiten, Allie«, sagte Jules gelassen.

»Prima. Okay, ich geh nur schnell auf mein Zimmer, dann laufe ich gleich zu ihr runter wie es sich für ein braves kleines Mädchen gehört.« Allie wusste selbst, dass es kindisch war, gehässig zu Jules zu sein, aber sie konnte sich einfach nicht beherrschen. Sie wollte sie provozieren – sie sehnte sich nach einem Schreiduell. Oder nach einer Schlägerei.

Doch den Gefallen tat Jules ihr nicht, und Allie schob sich schnell an ihr vorbei und ging auf ihr Zimmer, wo sie die Tür hinter sich zuknallte. Sie hatte nicht viel Zeit. Isabelle würde sicherlich bald merken, dass ihr Handy weg war, und bestimmt nicht lange überlegen müssen, wer es gestohlen haben könnte.

Allies Zimmer war ein einziges Chaos. Schmutzige Kleidungsstücke lagen über den Boden verstreut, zusammen mit Papieren, Bettzeug und anderem Kram. Als sie damals die Krankenstation hatte verlassen dürfen, hatte Allie sich verbeten, dass in ihrem Zimmer sauber gemacht wurde, und die Rektorin hatte widerwillig zugestimmt. Jetzt sah es hier aus wie auf einer Müllhalde. Genau nach Allies Geschmack.

Sie zog den Rock und die bequemen, schuleigenen Schuhe aus und schlüpfte in eine enge, schwarze Jeans. In den Wochen nach Jos Tod hatte Allie abgenommen, die Hose schlackerte ein bisschen, aber es ging. Sie zog die Reißverschlüsse der kniehohen roten Doc Martens hoch, schnappte sich eine dunkle Jacke von der Garderobe und kramte in dem Krempel auf dem Boden nach ihrem Schal. Während sie noch mit ihrer Jacke kämpfte, wählte sie schon die vertraute Nummer.

»Ja!?«, antwortete eine aggressive Stimme in breitem Londoner Akzent. Für Allie klang es nach Heimat.

»Mark!«, sagte sie leise und eindringlich. »Ich bin's.«

»*Allie?*« Der Klang der Stimme veränderte sich. »Verdammte Sch… Wie geht's dir, ey?«

»Ich steck in der Klemme.«

Aus seiner Stimme wich die Freude. »Wo bist du? Zu Hause? Stress mit deinen Eltern?«

»Nein«, sagte sie. »Ich bin in der Schule. Es ist was passiert. Was Schlimmes.«

»Was soll ich tun?«, fragte er, ohne zu zögern.

Sie sah aus dem Fenster, wo langsam die Dämmerung einsetzte: »Willst du mit mir abhauen?«

Um diese Uhrzeit war auf der Straße nicht viel los. Allie hob einen Stock auf, warf ihn mit Macht auf eine Wiese, über die sich gerade die Dunkelheit senkte, und lauschte auf das dumpfe Geräusch, mit dem er irgendwo auf dem weichen Boden aufschlug.

Hier gab es keine Straßenlaternen, und die einzigen Häuser standen ein gutes Stück von den Feldern entfernt – gerade dass man deren Beleuchtung noch sehen konnte. Und trotzdem: Hier, wo nicht die Bäume alles Licht verschluckten, ging es ihr besser. Überhaupt ging es ihr immer besser, je weiter die Schule hinter ihr lag.

Ihr linkes Knie fühlte sich ein bisschen taub an, aber es trug ihr Gewicht. Es würde durchhalten, bis sie in der Stadt war.

Gedankenverloren stolperte Allie in der Dunkelheit über ein Schlagloch und konnte sich gerade noch auf den Beinen halten.

Konzentrier dich, Allie, schalt sie sich. *Wenn du dir jetzt die Haxen brichst, landest du nur wieder auf der bescheuerten Krankenstation.*

Plötzlich durchbrach ferner Motorenlärm die Stille der Landstraße. Allie versuchte, sich durch die Hecke zu zwängen, doch diese bildete zu beiden Seiten der Straße eine dichte Wand. Die Scheinwerfer des Wagens kamen näher.

Panisch warf sie sich in die Hecke, ohne auf die scharfen Äste zu achten, die in ihre Haut stachen. Sie schob sie, so gut es ging, beiseite, bis sie nicht mehr weiterkam, und wartete dort.

Könnte auch einfach nur jemand hier aus der Gegend sein, überlegte sie. *Das muss nicht unbedingt einer von den Wachleuten aus Cimmeria sein.*

Dennoch hielt sie so lange die Luft an, bis der Wagen an ihr vorbeigerauscht war, und atmete erst aus, als er in der Nacht verschwunden war.

Sie hatten sie nicht entdeckt.

Sie ging weiter und pflückte sich dabei ein paar trockene Zweige aus dem Haar. Nach diesem Erlebnis schien die Dunkelheit noch schwerer.

Der ganze Körper tat ihr weh, und die Kälte kroch ihr in die Knochen. Um sich abzulenken, versuchte sie sich vorzustellen, was Rachel in der Schule jetzt wohl gerade tat.

Rachel war ihre beste Freundin und ein totaler Bücherwurm, deshalb war Allie sich ziemlich sicher, dass sie genau wusste, womit Rachel sich beschäftigte: mit ihrer Hausarbeit für den Chemie-Vertiefungskurs. Vermutlich saß sie in einem Ledersessel in der Bibliothek, ihre Bücher um sich herum ausgebreitet im Schein der Tischleuchte. Die Lesebrille rutschte ihr von der Nase, und sie war glücklich versunken in komplexe Formeln und Diagramme.
Bei diesem Bild musste Allie lächeln. Aber das Lächeln verschwand schnell wieder.
Wird sie mir je verzeihen, dass ich fortgelaufen bin, ohne ihr Bescheid zu sagen?
Sie schüttelte den Kopf, um den Gedanken zu vertreiben. Es spielte keine Rolle, was die anderen dachten – auch nicht Rachel. Sie musste das tun.
Jos Mörder mussten bestraft werden. Und wenn sonst keiner etwas tat, würde Allie das eben allein erledigen.

Vier

Die Marschrichtung stimmte, aber was die Entfernung anging, hatte sie sich ziemlich verschätzt – es waren weit mehr als drei Kilometer, und als Allie zwei Stunden später das kleine Städtchen erreichte, spürte sie ihre Füße kaum noch.

Nach dem langen Marsch auf der dunklen Straße musste sie sich erst wieder an das grelle Licht und den Verkehrslärm gewöhnen, doch zum Glück war der Ort nicht besonders groß, und Allie wusste, dass sie, wenn sie nur immer Richtung Zentrum ging, schließlich finden würde, wonach sie suchte.

Und tatsächlich wies ihr bald ein altmodisches, schmiedeeisernes Schild den Weg zum Bahnhof. Er war fast menschenleer – der nächste Zug kam noch eine ganze Weile nicht. Der Wartesaal war verschlossen, die Fahrkartenausgabe ebenfalls zu. Deshalb ließ sie sich auf einer kalten Metallbank am Bahnsteig nieder und wartete. Die Nachtluft war frostig – Allies Atem bildete kleine Wölkchen in der Luft, und eine Zeit lang versuchte sie aus Spaß, Rauchringe zu blasen.

Aber ewig konnte man das auch nicht machen. Und so ließ sie es irgendwann sein, zog sich den Kragen bis über die Ohren und vergrub sich bibbernd in ihrer Jacke.

Sie musste irgendwann eingedöst sein, denn als der Zug donnernd in den Bahnhof einfuhr, schreckte sie hoch. Die lang gezogenen, roten Waggons waren voller Pendler in Anzug oder Kostüm, die von ihren Bürojobs nach Hause kamen. Ohne Allie eines Blickes zu würdigen, hasteten sie den Bahnsteig entlang, zurück zu ihren Autos, ihren warmen Wohnungen und ihren glücklichen Familien. Allie sah ihnen mit leeren Augen nach.

Sie war derart versunken in ihre Beobachtungen und Grübeleien, wie es sich wohl anfühlen mochte, einer von *denen* zu sein, dass sie den Jungen gar nicht bemerkte, der sich angeschlichen hatte und nun plötzlich hinter ihr stand.

»Darf ich mal Ihre Aufenthaltsgenehmigung sehen, Fräulein?«

Allie sprang auf und warf sich derart stürmisch auf den Jungen, dass sie ihn beinahe umgeworfen hätte. Die Mütze flog ihr vom Kopf und landete einen halben Meter neben ihr auf dem Bahnsteig.

»Mark!«, rief sie, drückte ihren Freund fest an sich und atmete dabei seinen Duft ein. Marks Klamotten rochen immer leicht nach Zigaretten, was ihr aber gar nicht unangenehm war.

Er hatte sich die dunklen Haare an den Spitzen blau gefärbt und sie zu einem blau-schwarzen Wirrwarr verwuschelt. Durch die Strähnen lugte ein klitzekleiner Ohrring aus Gold, der zu dem Ring passte, der seine Augenbrauen zierte. Seit sie sich das letzte Mal gesehen hatten, waren die Pickel weitgehend aus seinem Gesicht verschwunden, und er sah jetzt erwachsener aus. Doch seine Klamotten waren immer noch dieselben. An diesem Abend trug er zerrissene Jeans und ein verblichenes, schwarzes T-Shirt, auf dem in Spiegelschrift das Wort »Revolution« stand.

Von Allies Ungestüm ganz offensichtlich überrascht, zögerte Mark einen Augenblick, ehe er ihre Umarmung erwiderte. »Was geht hier eigentlich ab, Allie? Was soll ich hier in …« Er unterbrach sich und beobachtete, wie die letzten Pendler aus dem Bahnhof strebten. »Wie heißt das Scheißkaff noch mal?«

In diesem Augenblick musste sie wohl in den Lichtkegel der Notbeleuchtung getreten sein, denn sie bemerkte, wie er zum ersten Mal Notiz von der Narbe an ihrem Haaransatz nahm. Die Ärzte hatten ihr die Schläfen rasiert, damit die Wunde nicht verunreinigt wurde. Die Haare waren zwar inzwischen wieder nachgewachsen, doch die rot gezackte Linie war noch immer deutlich zu sehen.

Mark pfiff anerkennend. »Hübsche Narbe. Mit wem hast du dich denn gekloppt?«

»Ist ’ne lange Geschichte. Aber auch der Grund, warum ich dich angerufen habe«, sagte sie. »Ich brauch deine Hilfe.«

»Was du nicht sagst.« Sie sah, wie er mit wachsender Sorge die Ringe unter ihren Augen betrachtete und wahrnahm, wie dürr und blass sie war. »Mann, du siehst echt scheiße aus, Al. Was haben die bloß mit dir gemacht?«

Der Bahnhof hatte sich geleert. Ächzend und quietschend setzte sich der Zug wieder in Bewegung. Aber Allie senkte die Stimme trotzdem.

»Irgendwer hat versucht, mich umzubringen. Und jetzt kann ich nicht …« Sie hielt inne. Wie sollte sie das alles erklären? Mark hatte ja praktisch keine Ahnung von dem, was sie erlebt hatte, seit sie aus London weggegangen war. Er wusste nichts über Cimmeria und nichts von der Night School. Geschweige denn von Nathaniel und den Morden. Er war außen vor, außerhalb dieser Welt.

»Komm, lass uns einfach in den nächsten Zug einsteigen und von hier abhauen«, sagte sie und packte in einem Anfall von Dringlichkeit seinen Arm. »Ich erzähl's dir unterwegs.« Sie zerrte Mark zum Fahrplanaushang. »Lass mal sehen. Wann geht denn der nächste Zug nach London?«

Ihr plötzlicher Stimmungsumschwung schien ihn unvorbereitet zu treffen. »Moment, Moment, immer mit der Ruhe«, sagte er und hob beschwichtigend die Hände. »Schau mal auf die Anzeige da.« Er deutete auf den beleuchteten Fahrplan neben der Tür zum Bahnhofsgebäude. »Der nächste Zug geht erst in zwei Stunden. Wir sind hier mitten in der Pampa. Hast du das vergessen?«

Allie musste wohl die Kinnlade heruntergefallen sein, denn er überlegte sofort fieberhaft nach einer Alternative.

»Lass uns erst mal irgendwo einen trinken gehen, wo man sich ungestört unterhalten kann. Wir haben jede Menge Zeit.«

Allie gab nach. Sie warf noch einmal einen sehnsüchtigen Blick zurück auf die stillen Gleise und ließ sich widerstandslos von Mark aus dem Bahnhof führen. Was blieb ihr auch anderes übrig?

»Na gut«, sagte sie. »Aber den Zug … den möchte ich auf jeden Fall kriegen!«

»Und wohin jetzt?«, fragte Mark, als sie auf die dunkle Straße traten. Ein Stück entfernt sah man die Lichter der Hauptstraße. »Geht hier überhaupt irgendwas?«

Vor ihrer Zeit in Cimmeria war Mark Allies engster Freund gewesen. Sie waren ein paar Mal von der Polizei festgenommen worden, weil sie ihre Tags an irgendwelche Schulwände oder Brücken gesprüht hatten. Er hatte ihr eine Seite von London gezeigt, die Mädchen wie sie eher selten zu sehen bekamen – eine Welt voller Rebellion und Anarchie.

Was sie verbunden hatte, war vor allem ihre Wut.

»Keine Ahnung«, musste sie zugeben. »Ich war hier immer nur im Krankenhaus.«

Mark zog die Brauen hoch, sodass sein Piercing glitzerte. »Na, dann los«, sagte er und zerrte sie Richtung Hauptstraße. »Komm, wir schauen, wo's hier Alk gibt. Und dann suchen wir uns irgendwo ein Plätzchen, wo du mir deine ganzen Sorgen erzählen kannst. Interessiert mich echt, wie du zu diesen Kampfnarben gekommen bist.«

Allie nickte und folgte ihm die Straße entlang. »Guti.«

»Guti?«, fragte Mark und äffte ungläubig ihren Akzent nach.

»Ach, halt die Klappe«, erwiderte Allie lachend und verpasste ihm einen Schubser. Sie hatte nicht gemerkt, wie stark sich ihr Akzent verändert hatte, seit sie auf diese Schule ging. Von da an gab sie sich Mühe, weniger schickimicki zu klingen.

An der Hauptstraße reihte sich eine teure Boutique an die nächste. Mark quittierte die Seiden- und Kaschmir-Stapel in den Auslagen mit giftigen Blicken und murmelte etwas von »Wichtigtuern«. Doch dann fanden sie in einer Nebenstraße einen Getränkeladen.

»Ich geh mal rein und schau, was die so haben«, sagte Mark und musterte dabei Allies entschieden minderjährige Gesichtszüge. »Bleib du mal lieber hier. Wenn wir da beide reinlatschen, werden die bloß misstrauisch.«

Also wartete Allie draußen und vertrat sich die Füße, bis Mark ein paar Minuten später mit einer Plastiktüte auftauchte. Sie konnte die Dosen klackern hören.

»Okay«, sagte er. »Jetzt brauchen wir nur noch 'n Ort, wo wir hinkönnen.«

Beinahe zehn Minuten lang trotteten sie die stille Straße auf und ab, auf der Suche nach einem Ort, wo sie in Ruhe etwas trinken konnten. Bis Allie einen engen Pflasterweg entdeckte, der zu einer abgelegenen Kirche mit zinnenbewehrtem Glockenturm führte.

Das historische Gemäuer wurde von Scheinwerfern angestrahlt, doch der sie umgebende Friedhof lag völlig im Dunkeln. Mark und Allie ließen sich auf einer feuchten Holzbank nieder, die sich unter den ausladenden Ästen einer Eiche versteckte.

Mark holte zwei Dosen billigen Ciders aus der Tüte und reichte Allie eine davon. Mit einem Knacken öffnete er seine Dose, nahm einen tiefen Schluck und stieß einen wohligen Seufzer aus. »Schon besser.«

Allie tat es ihm nach. Der bitzelige Alkohol mit Apfelgeschmack ging runter wie nichts und wärmte tatsächlich von innen.

Nachdem sie eine Weile getrunken hatten, wandte sich Mark ihr zu und fragte: »Also. Wie ist das jetzt passiert mit deinem Kopf?«

Woher sollte er wissen, was für eine gewaltige Frage er da stellte? Und wie lang die Antwort sein würde.

Sie nahm einen großen Schluck und ließ das Feuer des Alkohols durch ihre Adern lodern.

»Es gibt da so eine Gruppe in der Schule«, sagte Allie. »Ich bin da auch mit drin. Alles streng geheim. Wir trainieren da lauter so abgefahrenen Kram.«

»Was für 'n abgefahrener Kram?« Mark zerdrückte die leere Dose und warf sie ins Gras.

Allie zuckte zusammen, aber dann dachte sie: *So ist er eben.*

Sie brauchte Zeit, um nachzudenken. Also kippte sie sich erst einmal den Rest der Dose hinter die Binde und rülpste dann laut.

»Alter Schwede, der war gut«, kommentierte Mark anerkennend und schickte sich an, die nächste Dose zu öffnen.

»Danke sehr«, sagte Allie etwas förmlich und fuhr fort: »Na ja, Selbstverteidigung, Kampfsport und so Sachen. Und wie man Menschen mit bloßen Händen umbringt.«

Die Dose noch ungeöffnet in der Hand, hielt Mark inne und starrte sie an. »Jetzt im Ernst?«

»Im Ernst.« Sie schob die leere Dose neben sich auf die Bank und streckte die Hand aus, um eine neue in Empfang zu nehmen. Mit einem erstaunten Stirnrunzeln reichte er ihr eine. »In der Gruppe sind nur so Kinder aus superreichen, mächtigen Familien. Und es gibt eben so 'nen Typen, der sich alles untern Nagel reißen will: die Gruppe, die Schule – und mich.«

Mark sah sie an, auf der Hut, als könnte sie jeden Moment zubeißen. »Willst du mich verarschen? Weil das fänd ich irgendwie nicht so …«

»Nein, ich will dich nicht verarschen, Mark«, erwiderte sie schärfer als beabsichtigt. »Das gibt es alles wirklich«, mäßigte sie ihren Ton. »Ohne Scheiß.«

Mark wirkte nicht sonderlich überzeugt. »Okay. Und dieser Typ. Wieso will der … dich haben?«

Allie machte den Mund auf – und klappte ihn wieder zu. Jetzt hatte er sie erwischt. Denn eigentlich war sie sich immer noch nicht ganz im Klaren darüber, was Nathaniel überhaupt von ihr wollte. »Hat was mit seiner und meiner Familie zu tun«, sagte sie schließlich. »Es geht um irgendeinen Riesenstreit, und ich bin da nur ein kleines Puzzleteil.«

Besonders überzeugend klang das nicht, wie sie selber fand. Mark sah etwas verwirrt drein. Doch er musste ihr einfach glauben. Sie musste es ihm begreiflich machen. Ohne seine Hilfe war sie aufgeschmissen.

Sie sah ihm fest in die Augen. »Ich weiß, es klingt total bescheuert, Mark, aber das ist alles echt so. Der Mann ist gefährlich. Letzte Weihnachten hat er meine beste Freundin ermordet.«

»Halt, halt, jetzt mal langsam: *Ermordet?*« Mark sah aus, als wüsste er nicht recht, ob er ihr glauben sollte oder nicht. »Bei euch im Internat wurde ein Mädchen ermordet?«

Allie versuchte, nicht daran zu denken, wie Jo ausgesehen hatte, als das Leben aus ihr wich. »Ja«, sagte sie und nickte traurig. »Ich hab sie gefunden, Mark. Es war furchtbar. Das ganze Blut …« Sie vollendete den Satz nicht.

Mark saß eine längere Weile nur da und starrte sie an, als suchte er eine Bestätigung, dass er ihr glauben könne. Was er sah, überzeugte ihn offenbar nicht.

»Aber wieso hab ich dann nix davon in der Zeitung gelesen, Al? Wenn in irgend 'nem Internat so 'ne Schickibraut abgemurkst wird – da machen die doch 'ne fette Schlagzeile draus. Aber hundertpro!«

Er glaubt mir immer noch nicht, dachte Allie mutlos.

»Die haben es eben vertuscht«, erklärte sie, obwohl sie, während sie es sagte, bereits wusste, wie wahnwitzig das klang. »Die vertuschen immer alles.«

Mark wirkte immer noch nicht überzeugt. Sie machte ihre neue Dose auf und nahm erst einmal einen kräftigen Schluck. *Wenn ich nur so lange trinken könnte, bis es besser wird.*

Mark versuchte immer noch, sich einen Reim auf das Ganze zu machen.

»Aber wie hätten sie das denn anstellen sollen?«, fragte er. »Ich mein, wie willste so 'n Mord an 'nem reichen Mädchen vertuschen?«

»Weiß ich auch nicht«, gab sie hilflos zu. »Sie … machen's eben.

Viele mächtige Leute sind auf meine Schule gegangen. Die können so was eben.«

»Und hast du dir die Verletzung dabei geholt?« Er zeigte auf die Narbe an ihrem Haaransatz. »Warst du auch dabei?«

»Gabe – also der Typ, der sie ermordet hat – hat vorher schon mal versucht, mich zu entführen, aber meine Freunde haben mich beschützt …« Irgendetwas an dem, was sie da sagte, störte sie – irgendetwas Wichtiges –, doch der Cider tat seine Wirkung – und so schnell der Gedanke gekommen war, so schnell war er ihr auch wieder entwischt.

Stirnrunzelnd betrachtete sie die Dose in ihrer Hand.

Mark stupste sie an. »Und dann? Was ist dann passiert?«, fragte er.

»Und dann ist Gabe zurückgekommen«, sagte Allie schlicht. »Er hat Jo abgestochen und dann zusammen mit noch so 'nem Typen mich entführt. Die haben mir 'n Sack übern Kopf gestülpt, mich ins Auto geschmissen und sind dann mit mir weggefahren.«

Mark war ganz still geworden.

»Aber ich hatte ja jetzt diese Ausbildung. Und daher wusste ich, wie ich ihnen richtig wehtun kann. Und das hab ich dann auch gemacht.« Sie ließ ihn los und nickte abermals. »Ich hab ihnen wehgetan.«

Sie sah, wie Marks Adamsapfel hüpfte, als er nervös schluckte. »Was hast du gemacht?«

»Ich hab mich über die Rückenlehne geworfen und dem Fahrer meine Finger in die Augen gestochen, damit er nichts sieht«, sagte sie emotionslos. »Er hat geschrien wie am Spieß, aber ich hab nicht aufgehört. Gabe hat mir eine reingehauen, aber ich hab nicht aufgehört, und dann hat sich der Wagen überschlagen, und

ich hab mir den Arm und das Knie gebrochen, und den Kopf und so weiter.« Sie nahm einen Schluck. »Aber ich hab's geschafft, abzuhauen.«
»Meine Fresse, Allie.« Mark sah perplex drein, vielleicht sogar ein wenig ängstlich. »Ich mein … Wie krass ist das denn?«
»Aber es hat nichts gebracht, verstehst du das nicht?« Sie sah ihn aufmerksam an. »Ich bin verletzt worden, als ich versucht hab, Jo zu helfen, aber es hat nichts gebracht, weil er sie trotzdem getötet hat. Er hat sie *ermordet,* und ich hab sie geliebt, und jetzt ist sie tot, und es ist alles meine Schuld, und jetzt kann ich nicht mehr dorthin zurück, weil irgendwer ihm geholfen haben muss.« Sie brach unvermittelt ab. »Meine Schuld«, wiederholte sie und befand, dass es stimmte. »Meine Schuld. Alles meine Schuld.«
Eine eiskalte Träne rollte ihr die Wange hinunter. Ungeduldig wischte sie sie weg. Es gab so vieles, was sie ihm erzählen wollte, aber nicht konnte. Sie hätte ihm gern erzählt, wie die Night School sie dazu verleitet hatte, Risiken einzugehen. Sie dazu brachte, ihr Leben zu riskieren und das anderer Menschen. Wie die Night School sie dumm und arrogant gemacht hatte. Wie dadurch eine Mauer zwischen ihrem Leben und dem von Jo entstanden war, sodass Jo ihr irgendwann nichts mehr erzählte. Zum Beispiel, dass Gabe Jo schrieb und sie sehen wollte. Weshalb Allie keine Chance hatte, sie davon abzuhalten, ihn an jenem Abend zu treffen. An jenem Abend, als er sie ermorden sollte. Das alles konnte man einem Außenstehenden einfach nicht erklären. Und außerdem gab es noch etwas, das er begreifen musste.
»Ich musste einfach raus aus dieser Schule, weil sie nichts unternommen haben – deshalb hab ich dich angerufen. Einer von denen muss Gabe geholfen haben. Einer hat das Tor aufgemacht,

verstehst du? Einer von drinnen. Aber jedes Mal, wenn ich davon anfange, labern sie nur irgendwas von wegen, dass ich lernen müsste, mit dem, was passiert ist, ›umzugehen‹.« Sie machte mit den Fingern sarkastisch Gänsefüßchen in die Luft, um zu illustrieren, was sie von der Sache hielt. »Sie haben gesagt, ich soll die Sache ihnen überlassen. Und das hab ich dann. Aber sie haben nichts gemacht.«

Sie setzte die Cider-Dose an die Lippen und nahm einen langen Schluck. Dann sah sie Mark entschlossen in die Augen. »Und darum muss ich die Sache eben selber in die Hand nehmen. Jo zuliebe. Ich muss Gabe finden und die, die ihm geholfen haben. Und ich muss sie bestrafen.«

Sie saßen noch Stunden auf der Bank und redeten, bis ihnen der Cider ausging. Allie war gerade dabei zu erklären, wie sie es geschafft hatte, aus der Schule abzuhauen, als Mark auf seine Uhr schaute und fluchte.

»Was ist denn?«, fragte Allie und schielte ihn betrunken an.

»Der Zug.« Er zerrte sein Handy aus der Jackentasche. »Wir haben den Scheißzug verpasst.«

»Ach du Scheiße.« Allie hatte inzwischen zu viel Cider intus, um noch eine große Hilfe zu sein, aber sie bemühte sich, konzentriert zu wirken, als Mark irgendetwas in sein Handy tippte. »Wann geht denn der nächste?«

Mark starrte sekundenlang auf das Display. Dann fluchte er erneut, diesmal noch heftiger.

»Morgen«, sagte er verärgert. »Das war die letzte halbwegs vernünftige Verbindung heute Nacht.«

Allie starrte ihn mit offenem Mund an.

»Morgen? Was sollen wir denn jetzt machen?« Ihr Kopf begann zu pochen. Ohne den Cider-Nachschub, der sie wie ein schützender Schild immer wieder von Neuem gewärmt hatte, merkte sie, wie sehr sie fror. Mittlerweile war die Kälte durch sämtliche Schichten ihrer Kleidung gedrungen, bis zu den Knochen.

»Fährt denn noch ein Bus?«

Mark tippte noch mal etwas in sein Handy und schüttelte dann den Kopf. »Nein. Um die Zeit fahren keine Busse mehr.« Er stopfte das Handy mit einer heftigen Geste in seine Tasche zurück, so als hätte es ihn im Stich gelassen. »Scheiß-Provinzkaff. Wir hängen hier fest.«

»Aber …« Allie sah auf die Grabsteine ringsum, und ihr wurde schlagartig klar, dass sie von lauter Toten umgeben war. »Wir können hier doch nicht die ganze Nacht bleiben.«

Mark erhob sich etwas steif. Die letzte Dose fiel ihm aus dem Schoß und landete mit einem dumpfen Scheppern auf dem Boden. »Der erste Zug geht erst um halb sieben. Den nehmen wir. Lass uns schauen, ob wir was finden, wo wir uns ein paar Stunden hinhauen können.«

Leider war das leichter gesagt, als getan. Sie hatten kein Geld für ein Zimmer. Und nachdem sie zwanzig Minuten vergeblich nach einer ungesicherten Tür oder einem leer stehenden Gebäude gesucht hatten, kehrten sie zunehmend frustriert zum Friedhof zurück.

Allies Kopfschmerzen waren inzwischen heftiger geworden, und sie zitterte unkontrolliert. Dann kamen sie auf die Idee, es mal an der Kirchentür zu versuchen. Und siehe da: Leise schwang sie auf.

»Das nenn ich Gottvertrauen«, flüsterte Mark, als sie in der Türöffnung standen und in das dunkle Kirchenschiff spähten.

In dem alten Steingebäude war es zwar nicht viel wärmer als draußen, aber wenigstens wehte dort kein Wind.
Während Allie mit um den Oberkörper geschlungenen Armen an der Tür stehen blieb, tastete Mark nach dem Lichtschalter und drehte die Beleuchtung gerade so lange an, wie er brauchte, um die Altardecke zu holen und sämtliche Kerzen einzusammeln, die er finden konnte. Dann schaltete er das Licht wieder aus.
»Muss ja nicht sein, dass so 'n neugieriger Pfaffe reinkommt, um nachzuschauen, wer hier so spät noch betet«, erklärte er.
Sie suchten sich ein Eckchen und schlugen ihr Lager auf. Die goldenen und purpurnen Tücher, in die sie sich gehüllt hatten, sahen aus wie wundersame Festtagsdecken. Mark verteilte die Kerzen auf dem Boden um sie herum und zündete sie mit einem Feuerzeug an.
Während Allie auf die flackernden Schatten starrte, die um sie herum tanzten, klapperten ihre Zähne. Ihre Kopfschmerzen wurden immer schlimmer.
Mark war normalerweise kein großer Umarmer, aber als Allie sich in seine Armbeuge schmiegte, hatte er keine Einwände.
»Und was machen wir morgen?«, fragte sie und drehte ihren Kopf auf die Seite, um sein Gesicht sehen zu können.
»Morgen kommst du mit mir nach London, und wir suchen dir ein Plätzchen, wo du bleiben kannst. Ich kenn da 'n paar Typen, die schon 'ne eigene Wohnung haben. Die lassen dich bestimmt auf ihrem Sofa pennen. Und danach … sehen wir weiter.«
Er klang etwas unwirsch, und Allie konnte den Zweifel aus seiner Stimme heraushören. Er war sich seiner Sache offenbar gar nicht sicher.
Sie wusste, dass er ihr die Geschichte nicht völlig abgekauft hatte

– er dachte wahrscheinlich, dass sie betrunken war und übertrieb. Oder komplett den Verstand verloren hatte. Aber wenigstens wollte er ihr immer noch helfen.

Während sie ins flackernde Kerzenlicht sah, versuchte sie sich vorzustellen, wie es wäre, bei seinen Freunden zu wohnen. Ganz auf sich selbst gestellt zu sein. Umgeben von wildfremden Leuten auf versifften Sofas zu schlafen. Und sich alleine durchzuschlagen. Hatte sie vielleicht einen schrecklichen Fehler begangen?

Fünf

Das örtliche Polizeirevier befand sich in einem kleinen, niedrigen Gebäude neben einem gemächlichen Bach am Rande der Stadt. Nach einer kurzen Fahrt im Polizeiauto, die sie mehr oder weniger schweigend auf dem Rücksitz verbracht hatten, wurden Mark und Allie in den schmucklosen Bau geführt.

Sie hatten für einen ziemlichen Aufruhr in der Kirche gesorgt, weil sie bis zum Beginn des ersten Gottesdienstes geschlafen hatten. Der schon etwas betagte Küster hatte sie entdeckt und die Polizei gerufen. Als Allie und Mark aufwachten, sahen sie sich umringt von einem Pfarrer, zwei Polizeibeamten sowie etlichen entsetzt dreinblickenden, weißhaarigen Gemeindemitgliedern. Und als sie zum Polizeiwagen geführt wurden, hörte Allie, wie sich jemand in schneidendem Ton bei den Polizisten über »halbstarke Rabauken« und »Punks« beschwerte.

Es hatte einmal eine Zeit gegeben, da wäre sie darauf stolz gewesen.

Sobald sie das Revier betreten hatten, wurden die beiden in unterschiedliche Räume gebracht. Als Allie Marks blauen Kopf im Flur verschwinden sah, bekam sie eine kurze Panikattacke, und das Herz pochte ihr im Hals. Sie wandte sich um und wollte ihm nachlaufen, doch ein Polizeibeamter machte ihr die Tür vor der Nase zu.

Der Raum, in dem sie festgehalten wurde, war klein und vollgestopft mit Schreibtischen, Aktenschränken und Regalen. Es roch etwas unangenehm verschimmelt, dafür war es warm, und Allies Gliedmaßen begannen allmählich wieder aufzutauen. Durch die Fenster drang helles Sonnenlicht, doch sie waren so weit oben angebracht, dass Allie nicht hinaussehen konnte.

Zwei Beamte blieben bei ihr. Der eine war jung und hatte einen durchdringenden Blick. Der andere war etwas älter und trug einen Bart, der auch mal wieder eine Rasur vertragen hätte. Keiner von beiden begegnete ihr mit offener Unfreundlichkeit.

Allie saß ihnen in einem ramponierten Metallstuhl gegenüber. Während der Jüngere am Computer hockte und im Zwei-Finger-System Sachen eintippte, machte sich der Ältere auf einem Schreibblock Notizen. Er fragte sie nach Name und Alter, und sie antwortete wie betäubt, worauf der Jüngere die Informationen erstaunlich schnell in den Computer eingab.

Als der Ältere freilich Namen und Adresse ihrer Eltern wissen wollte, presste sie fest die Fingerspitzen gegen ihre schmerzenden Schläfen.

Das fehlte ihr gerade noch.

»Bitte. Könnten Sie einfach nur Isabelle le Fanult anrufen? Das ist die Rektorin der Cimmeria Academy«, sagte sie nach einer längeren Pause. Ihr Mund war so trocken, dass sie das Gefühl hatte, ihre Zunge klebte dauerhaft am Gaumen fest.

Als sie den Namen der Schule erwähnte, tauschten die beiden Beamten einen Blick aus.

»Gehen Sie dort zur Schule?«, fragte der ältere Polizist. Mit seinem väterlichen Gesicht und den grauen Haaren wirkte er wenig bedrohlich.

Allie nickte.

»Na, das ist ja 'n Ding.« Er wandte sich seinem jüngeren Kollegen zu, der eifrig mit Tippen beschäftigt war. »Hatten wir je schon mal eine Schülerin von Cimmeria hier?«

Ohne von seinem Monitor aufzublicken, schüttelte der Jüngere den Kopf und sagte: »Nicht dass ich wüsste.«

Der väterliche Beamte wandte sich wieder Allie zu und musterte sie mit unverhohlener Neugier. Allie fühlte sich nicht wohl in ihrer Haut. Sie konnte sich ziemlich gut vorstellen, was er sah – einen Teenager mit verdrecktem Gesicht, strubbeligen, dunklen Haaren und einem Mordskater.

»Wie kommt denn eine gut erzogene Internatsschülerin dazu, nachts in eine Kirche einzubrechen? Ihre Eltern könnten Ihnen doch einfach eine kaufen, wenn Sie unbedingt eine haben wollen.«

Der Computer-Cop lachte schnaubend.

Allie sah zwischen den beiden hin und her, und das Blut schoss ihr ins Gesicht. Sie hasste es, ausgelacht zu werden.

Sie reckte das Kinn und begegnete kühl dem Blick des Beamten. »Sie haben doch keine Ahnung, wie mein Leben ist.«

Der Polizist schien nicht im Mindesten beeindruckt. Er wirkte so, als sei das genau die Reaktion, die er sich erhofft hatte.

»Ach ja?«, erwiderte er und lehnte sich zurück. »Dann erzählen Sie doch mal!«

Allie schüttelte verdrossen den Kopf. »Ich möchte nicht darüber reden.«

»Das ist aber schade«, sagte er, und sein Lächeln erstarb. »Denn ohne zu reden, werden Sie hier nicht so schnell wieder rauskommen.«

Eine böse Vorahnung befiel Allie, und sie bekam eine Gänsehaut auf den Armen. Irgendwas stimmte da nicht. Sie war schon etliche Male festgenommen worden, aber so hatte sich die Polizei ihr gegenüber noch nie benommen. Normalerweise war es denen schnuppe, wo sie zur Schule ging. Das ging immer zack, zack: »Name? Alter? Erziehungsberechtigte?«

Sie erwiderte seinen Blick und sagte mit fester Stimme: »Ich bin sechzehn Jahre alt und darf nur in Gegenwart eines verantwortlichen Erwachsenen mit Ihnen reden. Rufen Sie meine Rektorin an. Isabelle le Fanult. Sie wird Ihnen alles erzählen, was Sie wissen müssen.«

»Keine Sorge, das werden wir tun«, versicherte ihr der Ältere. Er sah jetzt nicht mehr so väterlich aus. »Aber vorher möchten wir Ihnen noch ein paar Fragen stellen.«

Schier endlos stellten die beiden ihr Fragen, und Allie weigerte sich, sie zu beantworten. Wie viele Schüler hatte das Internat und wie viele Lehrer? Wie hießen die Lehrer? Und was hatte sie in der Kirche zu suchen?

Allie starrte einfach nur zu Boden, zornig und erschöpft. »Rufen Sie Isabelle le Fanult an«, wiederholte sie immer wieder. »Sie wird alle Ihre Fragen beantworten.«

Als sie schließlich Rajs vertraute Stimme vom Empfangstresen vernahm, war die Erleichterung wie frischer Sauerstoff für ihre Lungen. Sie holte tief Luft, um sich zu fangen – er würde sie hier rausholen.

Die beiden Beamten ließen sie schließlich allein. Da die Wände recht dünn waren, konnte sie hören, wie Raj ihnen irgendwelche Papiere vorlegte, die bewiesen, dass sie in Cimmeria zur Schule ging. Und wie er – wahrheitswidrig – behauptete, dass Mark dort ebenfalls Schüler sei. Das Ganze sei nur ein kindischer Streich, sagte er. Die Schule werde selbstverständlich für einen etwaigen Schaden aufkommen.

Er war von ausgesuchter Höflichkeit, doch Allie konnte den unterschwellig brodelnden Ärger in seiner Stimme hören. Ob sich dieser Ärger gegen sie richtete oder gegen die Polizei, war schwer zu sagen.

Als die Polizisten ihn zu den Sicherheitsvorkehrungen in der Schule befragten, wurde seine Stimme eisig.

»Ich kann Ihnen gern diese Fragen beantworten«, sagte er. »Aber zuerst erzählen Sie mir doch bitte, wie Sie dazu kommen, diese Kinder derart lange festzuhalten, ohne die Schule davon in Kenntnis zu setzen, dass sie sich in Ihrer Obhut befinden.«

Eine Pause entstand.

»Wir hätten Sie ja früher angerufen«, entgegnete der Beamte dann. »Aber die beiden wollten uns erst ihren Namen nicht sagen. Das war gar nicht so ohne, die zu identifizieren. Da habt ihr euch ja ganz schöne Problemkinder eingefangen in eurem Internat!«

Allie starrte ungläubig zur Tür.

Doch Rajs unausgesprochene Drohung schien Wirkung zu zeigen, denn danach stellten sie keine weiteren Fragen mehr. Als Allie ein paar Minuten später in den Vorraum trat, musterte Raj ihr Gesicht, um zu sehen, ob man ihr etwas angetan hatte.

»Alles in Ordnung?«, fragte er kurz angebunden, aber durchaus besorgt.

»Nein. Und zwar wegen denen.« Sie streifte die Beamten mit einem verächtlichen Blick.

Rajs Tonfall wurde kühler. »Da können die gar nichts dafür. Das hast du dir alles selber eingebrockt.«

Allies Gefühl der Erleichterung löste sich in nichts auf. Raj war vielleicht gekommen, um sie aus den Klauen der Polizei zu befreien, aber er hatte immer noch eine Stinkwut auf sie.

Als sie das Polizeigebäude verließen, blinzelte Allie müde gegen das Sonnenlicht. Der Himmel war strahlend blau und die spätwinterliche Luft kristallklar und kalt. *Ist ja wieder mal typisch, dass das ausgerechnet an einem so schönen Tag passieren muss.*

In diesem Moment tauchten Rajs schwarz gewandete Sicherheitsleute neben ihr auf und eskortierten sie über den kleinen Parkplatz. Allies Augen waren vor Erschöpfung ganz sandig, und ihr Kopf pochte, als würde jemand von innen gegen ihre Schädeldecke hämmern. Sie wurde zu einem schwarzen Geländewagen geleitet. Beim Einsteigen sah sie, wie Mark in einen anderen Wagen verfrachtet wurde, den einer von Rajs Leuten fuhr.

»Mark!«, rief sie. Er sah nicht auf.

Sofort kochte in ihr wieder die Wut hoch – wie so oft in der letzten Zeit.

»Wo bringt ihr ihn hin?«, rief sie und beugte sich vor zu Raj, der gerade auf dem Fahrersitz Platz nahm.

Als Raj keine Antwort gab, fragte Allie mit schriller Stimme weiter: »Wohin? Wohin?«

»Wir bringen ihn nach Cimmeria«, blaffte Raj, als sie vom Parkplatz auf die Straße fuhren. »Genau wie dich. Und jetzt sei still!«

»Das könnt ihr nicht machen!« Sie starrte ungläubig auf seinen Hinterkopf. »Er geht doch gar nicht dort zur Schule. Das ist Freiheitsberaubung! Ihr müsst ihn gehen lassen!«

»Er wurde rechtmäßig in unsere Obhut übergeben«, erwiderte Raj gleichmütig.

»Rechtmäßig?«, fuhr Allie auf. »Du hast die Polizei angelogen! Du hast behauptet, Mark würde auch in Cimmeria zur Schule gehen. Dabei stimmt das gar nicht! Was soll daran bitte rechtmäßig sein?«

Sie zitterte hilflos vor Wut. Als Raj wieder keine Antwort gab, tastete sie nach dem Türgriff.

Der Wagen hatte schon Fahrt aufgenommen, doch sie war so wütend, dass ihr das egal war. »Vielleicht sollte ich einfach zurückgehen und ihnen die Wahrheit sagen.«

Ohne Vorwarnung stieg Raj voll in die Eisen, und der Wagen kam quietschend zum Stehen. Allie wurde nach vorne geschleudert, der Gurt riss sie unsanft wieder zurück. Raj wirbelte herum und sah ihr ins Gesicht. Zum ersten Mal fielen ihr die dunklen Ringe unter seinen blutunterlaufenen Augen auf. »Es reicht jetzt! Du hast schon genug Ärger für einen Tag angerichtet. Isabelle war krank vor Sorge um dich. Ich war die ganze Nacht auf den Beinen, um nach dir zu suchen. Und meine Leute haben geschlagene vierzehn Stunden ohne Pause nach deiner Leiche gesucht.«

Bei seinen letzten Worten zuckte Allie zusammen. Sie hatte Mühe, Rajs verurteilendem Blick standzuhalten, in dem sich Wut und Erschöpfung die Waage hielten.

»Wenn du nicht willst, dass wir dich zu deinem eigenen Schutz fesseln, dann setz dich jetzt ordentlich hin und halt den Mund.«

Seine Worte waren scharf wie Rasierklingen.

Sie wusste, dass er recht hatte. Wusste, dass sie sich kindisch benahm. Doch sie konnte nicht einlenken – schließlich war Raj nicht der Einzige, der hier wütend und müde war.

Theatralisch nahm sie die Hand vom Türgriff und legte sie in den Schoß. Raj sah sie prüfend an, dann drehte er sich wieder um, und sie fuhren weiter.
Den Rest der Fahrt über starrte sie aus dem Fenster.
Jetzt hab ich gar niemanden mehr, dachte sie und kämpfte gegen die Tränen an. Sogar Raj hasst mich jetzt.

Als sie die Schule erreichten, herrschte reger Betrieb auf dem Gelände. Zunächst war Allie verdutzt wegen der vielen Leute, doch dann fiel ihr ein, dass wohl Mittagspause sein musste. Die eher seltene Februarsonne hatte alle nach draußen gelockt.
Die Schüler starrten neugierig auf den Autokorso, der langsam über den Kiesweg fuhr und vor dem Haupteingang haltmachte. Raj stieg aus und ließ seine Wachen die hintere Tür öffnen. Allie kletterte aus dem Wagen, links und rechts von einer Wache flankiert, wie eine Gefangene. Sie sah, dass Mark auf ähnliche Weise eskortiert wurde.
Während sich um sie herum eine Schülertraube bildete, die das Geschehen beobachtete und flüsternd kommentierte, versteckte sich Allie hinter den Wachen. Keine halbe Stunde, und die ganze Schule würde davon wissen. Die Gerüchte würden sich wie ein Buschfeuer verbreiten.
Bei dem Gedanken wurde ihr übel. Sie hätte sich am liebsten zu einem Knäuel zusammengerollt und ihr Gesicht vor den neugierigen Blicken geschützt. Aber den Gefallen, sie so gedemütigt zu sehen, wollte sie ihnen nicht tun.
Sie hob den Kopf und ließ ihren Blick gebieterisch über die Menge schweifen – so als hätte sie all das genau so gewollt. Als unterstünden die Sicherheitskräfte ihrem Befehl.

Doch plötzlich traf ihr Blick auf ein Paar außergewöhnliche Augen, die genau die Farbe des klaren Winterhimmels über ihnen hatten.

Allie erstarrte.

Auf der obersten Stufe der Treppe, die zum Haupteingang führte, stand Sylvain und schaute sie mit ungläubiger Miene an. Als würde er seinen Augen nicht trauen. An seinen hochgezogenen Schultern und dem vorgeschobenen Kiefer erkannte sie, wie angespannt er war.

Für einen bittersüßen Augenblick gab sich Allie dem Wunsch hin, er möge sie hochreißen, in seine Arme nehmen und aus dieser Situation erretten. Doch das konnte keiner.

Sylvain erwiderte ihren Blick und streckte fragend die Hände aus.

Allies Wangen röteten sich, und sie senkte den Blick.

Was sollte sie schon sagen?

Als sie wieder aufsah, war er verschwunden.

Drinnen wartete bereits Isabelle auf sie. Stinkwütend und ohne ein Wort zu sagen, führte sie Allie in ihr Büro. Allie konnte den Blick nicht von ihrem kerzengeraden, erbost durchgedrückten Rücken wenden, und mit jedem Schritt wurde ihr flauer im Magen.

Ohne ihr zu sagen, wohin sie ging, ließ die Rektorin sie allein in ihrem Büro warten, wo sie von einem von Rajs Männern bewacht wurde, der mit verschränkten Armen schweigend vor der Tür stehen blieb. Allie bekam nicht mit, wohin sie Mark brachten.

Sie sah sich in dem vertrauten Zimmer um und wartete darauf, dass Isabelle zurückkehrte. Ihre Nerven waren zum Zerreißen gespannt. Entlang der Wand standen mehrere niedrige Aktenschränke aus Holz – den Rest des Raums nahm zu einem Großteil Isabelles Schreibtisch ein. Allies Augen huschten zu der eleganten Schreibtischauflage aus Leder, auf der sie gestern das Handy gefunden hatte. Sie war nun leer. Isabelle würde sicher nicht denselben Fehler zweimal machen.

Ehe sie darüber weiter nachdenken konnte, kam die Rektorin schon zurück, mit Night-School-Ausbilder Jerry Cole im Schlepptau. Die beiden wirkten etwas verkrampft. Beinahe feierlich baten sie den Wachmann, sie nun allein zu lassen.

Isabelle nahm an ihrem Schreibtisch Platz, Jerry hockte sich auf einen der Aktenschränke. Isabelle war bleich vor Wut. Jerry ergriff zuerst das Wort. »Allie, du steckst in riesigen Schwierigkeiten«, sagte er mit strenger Stimme. »Wir müssen ganz genau wissen, was vorgefallen ist, und du kannst deine Lage verbessern, wenn du unsere Fragen beantwortest.«

Allie nickte, um zu signalisieren, dass sie verstanden hatte. Ihr Magen war in Aufruhr. »Ich müsste nur … Kann ich was zu trinken haben? Ich hab ziemlich Durst.«

Schweigend öffnete Isabelle den kleinen Kühlschrank in der Ecke und reichte ihr eine Flasche Wasser.

Allie konnte sich nicht erinnern, dass ihr je etwas so gut geschmeckt hatte wie dieses Wasser.

Isabelle und Jerry kamen gleich zur Sache.

Wie war sie an das Handy gekommen? Wie war es ihr gelungen, das Schulgelände zu verlassen? Hatte ihr jemand dabei geholfen? Wie war sie in die Stadt gelangt?

Allie versuchte, so klar wie möglich zu antworten, in der Hoffnung, dadurch schneller diesem Verhör zu entrinnen. Doch die beiden hatten immer wieder neue Fragen.

Als sie ihnen erzählte, was auf dem Polizeirevier vorgefallen war, tauschten Isabelle und Jerry einen finsteren Blick. »Ich kümmere mich darum, Isabelle«, sagte Jerry.

Doch das schien Isabelle nicht zu besänftigen. »Finde nur raus, was für Beamte das waren«, sagte sie. »Ich würde mich gern selber darum kümmern.«

Die Fragerei hörte gar nicht mehr auf. Allies Kopfschmerzen wurden immer schlimmer. Zudem war sie hungrig und müde. Ihre Antworten wurden mit der Zeit immer pampiger.

»Es wäre schön gewesen, wenn ihr euch genauso viel Mühe gegeben hättet, herauszufinden, wer Nathaniels Spion ist«, sagte sie schroff. Isabelle zeigte keine Reaktion, doch Jerry funkelte sie böse an.

»Woher willst du wissen, dass Mark nicht für Nathaniel arbeitet?«, fragte er.

»Das ist jetzt nicht dein Ernst, oder?«, schnaubte sie. Allein schon bei der Vorstellung musste sie lachen. Das war ein Fehler.

»Findest du das lustig?«, fragte Jerry. Er schrie es beinahe.

Ehe Allie antworten konnte, hob Isabelle die Hand. »Schluss jetzt! Alle beide.«

Allie ließ die Schultern hängen. Sie war hundemüde. Ihre Schläfen pochten wie verrückt. Sie konnte einfach nicht mehr klar denken.

Isabelle wandte sich ihr wieder zu. Zum ersten Mal an diesem Tag sah sie nicht wütend aus, sondern traurig. »Beantworte mir nur noch diese eine letzte Frage, Allie. Was hast du Mark über Cimmeria erzählt?«

Hastig spulte Allie im Geiste ihre verschwommenen Erinnerungen ab, wie sie im Suff von der Night School und Carter geschwafelt hatte. Von Nathaniel und Isabelle. Von der Security und der Bedrohung. Von Jo.

Ohne mit der Wimper zu zucken, sagte sie: »Nichts.«

»Und wir sollen dir jetzt glauben, dass du von hier abgehauen bist und die Nacht mit diesem Jungen verbracht hast, ohne ihm was zu erzählen?«, fragte Jerry mit deutlicher Skepsis in der Stimme.

Da ging Allie der Hut hoch. Sie wirbelte herum und blaffte: »Ich bin nicht mit Mark abgehauen, um ihm eure tollen Geheimnisse zu erzählen. Ich bin abgehauen, weil ich es hier nicht mehr ausgehalten habe. Weil einer von euch Nathaniel dabei geholfen hat, Jo umzubringen, und ihr nichts unternommen habt, um denjenigen zu finden. Die Sache ist einfach, dass ich mich hier nicht mehr sicher fühle. Keiner ist hier mehr sicher.«

Sie presste die Fingerspitzen gegen ihre brennenden Lider. »Ich wollte nur mit meinem Freund zusammen sein.«

»Wenn du nicht aufpasst, wirst du bald dauerhaft Gelegenheit dazu haben«, murmelte Jerry.

»Wenn ihr mich rausschmeißen wollt, wieso habt ihr euch dann die Mühe gemacht, mich hierher zurückzubringen?«, schoss Allie genervt zurück. »Du kannst verfickt noch mal froh sein …«

»Nicht in diesem Ton, Allie!«, fuhr Isabelle scharf dazwischen. »So redest du mir mit keinem Lehrer. Nur weil du einen schlechten Tag hast, sind noch lange nicht die Regeln des zivilisierten Miteinanders aufgehoben.« Sie wandte sich ihrem Kollegen zu und sagte:

»Wenn es dir nichts ausmacht, wäre ich gern ein paar Minuten ungestört mit Allie. Lässt du uns bitte allein?«

Als Jerry fort war, lehnte sich Isabelle gegen die Tür, ließ die Schultern hängen und starrte auf den Fußboden. So verletzlich hatte Allie sie noch nie erlebt, und es versetzte ihr unwillkürlich einen Stich ins Herz, sie so zu sehen.

»Hör mal, Isabelle«, sagte sie zögernd, »vielleicht sollte ich wirklich einfach gehen.«

Isabelle hob den Kopf und bedachte sie mit einem stählernen, anklagenden Blick. »Allie, du hast hier erst mal gar nichts zu melden. Du hast so ziemlich jede Regel der Internatsordnung gebrochen. Du hast mein Vertrauen missbraucht. Und du hast mich bestohlen.«

Ihr Ton war so verletzt und wütend, dass Allies Panzer für einen Moment Risse bekam. Ihre Unterlippe begann zu zittern. So ganz unrecht hatte die Rektorin nicht. Isabelle hatte sich um sie gekümmert, auf sie aufgepasst – ja, vielleicht liebte sie Allie sogar. Und Allie? Sie hatte Isabelle hintergangen.

Mit Recht, redete sie sich zum tausendsten Mal ein. *Schließlich hat sie zugelassen, dass Jo stirbt.*

Aber irgendwie war dieser Gedanke auch kein Trost mehr.

Als ob sie Gedanken lesen konnte, sagte Isabelle leise: »Ich weiß nicht, wie wir einander je wieder vertrauen sollen. Vielleicht hat Jerry ja recht. Und die Sache ist schon so aus dem Ruder gelaufen, dass du hier nicht mehr hingehörst. Vielleicht sollte ich dir einfach nachgeben: Sie griff in ihre Tasche, zog ihr Handy hervor – *irgendjemand muss es im Wald gefunden haben*, dachte Allie – und scrollte ihre Kontakte durch. Sie drückte auf die Wähltaste und sagte: »Aber das ist nicht meine Entscheidung.«

Eine Stimme antwortete.

»Möchtest du jetzt mit ihr sprechen?«, fragte Isabelle. Dann streckte sie Allie das Telefon entgegen, doch die machte keine Anstalten, danach zu greifen. »Jetzt geh schon ran«, insistierte Isabelle eisig.

Allie schluckte schwer und nahm den Apparat, der noch warm von Isabelles Hand war. »Hallo?«, sagte sie mit belegter Stimme.

»Allie, hier ist deine Großmutter. Offenbar gibt es einiges, worüber wir reden müssen.«

Sechs

»Ich verstehe, warum du dich in Cimmeria nicht mehr sicher fühlst.« Lucinda sprach seltsam monoton, als würde sie bei einem Geschäftsmeeting Fakten auflisten. »Ja, es gibt in Cimmeria jemanden, der gegen uns arbeitet, ja, diese Person ist gefährlich, und nein, ich weiß nicht, wer es ist. Aber du kannst dich darauf verlassen, dass in der Schule immer Leute um dich herum sein werden, die wenigstens versuchen werden, dich zu beschützen.«

Allie seufzte ungeduldig – all das wusste sie doch längst. Lucinda machte eine Pause. Als sie weitersprach, war ihr Tonfall eindringlicher.

»Bisher ist es uns nicht gelungen, dich zu beschützen, Allie, und das gilt auch und vor allem für deine Freundin Jo. Und wenn ich dir versprechen würde, dass niemandem mehr wehgetan wird, dann müsste ich lügen.« Ihre Worte klangen wahrhaftig. Allies Herz schlug schneller, und sie umklammerte den Hörer, als hätte sie Angst, er könne ihr entgleiten.

»Ich weiß genau, was Nathaniels Schläger euch angetan haben. Wenn ich du wäre, würde ich auch so weit und schnell fortlaufen wollen, wie ich könnte, um all das hinter mir zu lassen. Aber wie schnell du auch läufst, irgendwann wird Nathaniel dich finden.« Lucindas Stimme bekam fast etwas Beschwörendes. »Und deshalb bitte ich dich: Lauf nicht weg, Allie. Bleib da. Und lass uns gemeinsam zurückschlagen.«

Allie war überrascht. Bat ihre Großmutter sie etwa um Hilfe?

»Zurückschlagen?«, fragte sie. »Wie denn?«

»Nathaniel ist außer Kontrolle geraten, Allie, und dafür soll er büßen. Ich möchte, dass sein Plan scheitert. Ich möchte, dass seine Mörderbande ins Gefängnis kommt. Ich möchte herausfinden, wer von unseren Freunden ihm hilft, und mir diesen Verräter dann persönlich vorknöpfen.« Lucindas Stimme war nun kalt und präzise wie ein Eispickel. »Ich möchte alle Bestrebungen Nathaniels zunichtemachen. Aber dazu benötige ich deine Hilfe. Wenn du in Cimmeria bleibst, dann verspreche ich dir, dass Gabe für seine Taten büßen wird. Genauso wie derjenige, der ihm in jener Nacht das Tor geöffnet hat.«

Die Gehässigkeit in ihrer Stimme ließ keinen Zweifel daran, dass Lucinda es ernst meinte.

Sie will Rache, dachte Allie und ließ den Gedanken reifen, bis sie an nichts anderes mehr denken konnte. Sie würde Jos Tod rächen, die Mörder für ihre Tat bezahlen lassen. Der Preis dafür war, Lucinda zu vertrauen. Aber konnte sie das? Worauf sollte sich ihr Vertrauen stützen? Auf ein Wort, ein Gefühl, auf die zarten, verschlungenen DNA-Stränge, die sie miteinander verbanden?

Das reichte ihr nicht. Sie musste sichergehen, dass sie Lucinda trauen konnte. Und dafür musste sie mehr erfahren.

»Warum rufen wir nicht einfach die Polizei?«, fragte sie. »Wenn wir denen erzählen, was passiert ist, werden sie ihn doch verhaften, oder?«

Lucindas Zögern entging Allie nicht. »Ich fürchte, dass der zuständige Innenminister ein großer Fan von Nathaniel ist.«

Irritiert starrte Allie das Telefon an. Wieso sollte ein Mitglied der Regierung Nathaniel Gehör schenken? Er war völlig verrückt. Doch dann überlegte sie, wie die Polizisten sie am Morgen behandelt hatten, und ihr wurde kalt ums Herz.

Traurig sagte sie: »Aber die Polizei müsste ihn doch verhaften! Wie ist so was überhaupt *möglich*?«

»Es geht um Macht«, sagte Lucinda. »Und um Kontrolle. Ich besitze sie. Nathaniel will sie. Ganz einfach.«

»Nichts ist einfach«, erwiderte Allie scharf. »Ich kapiere nämlich gar nichts mehr.«

»Oh doch. Denk nach, Allie«, erwiderte Lucinda. Es klang wie ein leises, bedrohliches Knurren. »Weißt du nach all den Monaten immer noch nicht, in was du da hineingeraten bist? Im tiefsten Inneren weißt du es doch schon längst!«

Das Telefon in Allies Hand fühlte sich plötzlich wie eine heiße Kartoffel an. Allie ging im Geist noch einmal die vergangenen Monate durch – alles, was sie erzählt bekommen hatte. Und mit einem Mal fügten sich die bruchstückhaften Informationen wie Puzzleteile zu einem Ganzen.

Die Night School ist Teil einer viel größeren Organisation … Cimmeria ist mächtiger, als du dir vorstellen kannst … Der Aufsichtsrat von Cimmeria ist auch der Aufsichtsrat der Organisation … Der Aufsichtsrat kontrolliert alles … Der Premierminister … Mehrere Minister kommen zum Ball … Lucinda ist die Vorsitzende des Aufsichtsrats … Die Regierung … Lucinda …

Wie kannst du das immer noch nicht wissen …?

»Die Night School kontrolliert die Regierung.« Allie wagte diese Worte nur zu flüstern, doch sobald sie sie ausgesprochen hatte, wusste sie, dass sie recht hatte.

»Nicht die Night School«, korrigierte Lucinda sie. »Sondern die Organisation.«

Reglos saß Allie da und versuchte, diese Informationen zu verarbeiten. Das alles überstieg ihr Vorstellungsvermögen. Und ihre Bereitschaft, es zu akzeptieren.

»Ich …«, begann sie müde. »Ich meine … Wie?«

Lucindas Antwort kam wie aus der Pistole geschossen. »Wichtig ist nur, dass es so ist. Und wenn Nathaniel mich besiegt, wird all diese Macht ihm gehören. Dann wird er nicht mehr aufzuhalten sein.«

Allie stellte sich eine Welt vor, in der Nathaniel uneingeschränkt das Sagen hatte. Vor Schreck biss sie sich so fest auf die Lippe, dass sie einen bitteren Kupfergeschmack auf der Zunge schmeckte.

»Das darfst du nicht zulassen!«

Darauf hatte Lucinda nur gewartet. Sie stürzte sich auf die Gelegenheit. »Ich möchte ihn ja aufhalten. Aber das kann ich nicht ohne dich. Also, was ist … bleibst du und kämpfst mit mir?«

Jeglicher Zweifel war von Allie gewichen. Alles war so viel schlimmer, als sie gedacht hatte – so viel gefährlicher und furchteinflößender. Sie hatte keine Wahl, oder?

»Ja. Ich bleibe.«

»Gut.« Lucinda klang auf grimmige Weise erfreut. »Aber jetzt, da du weißt, was auf dem Spiel steht, erwarte ich von dir, dass du dich zu hundert Prozent einbringst. Und denk dran: Egal, wo du dich aufhältst, du bist immer in Gefahr – selbst in Cimmeria. Wir wissen nicht, wer der Spion in unseren Reihen ist, deshalb musst du ständig auf der Hut sein.«

»Das werde ich«, sagte Allie wie betäubt.

»Tu alles, was Isabelle von dir verlangt, ohne Murren«, fuhr

Lucinda fort. »Ich vertraue ihr vollkommen, und du sollst das auch.«
Allies Augen wanderten zu der Rektorin, die immer noch dasaß, gedankenverloren mit einem Stift spielte und sie beobachtete. Vielleicht konnte Isabelle auch Lucindas Stimme durchs Telefon hören; ihr Blick war wachsam und wissend.
»Okay.«
»Es wird nicht leicht für dich«, warnte Lucinda sie. »Wegen des gestrigen Zwischenfalls hast du viel wiedergutzumachen. Isabelle wird dich bestrafen, und die Strafe wird nicht angenehm sein – sie hat sich sehr über dich geärgert. Ich erwarte von dir, dass du jede Arbeit, die Isabelle dir zuweist, ohne Murren ausführst, und sei sie noch so niedrig, anstrengend oder sinnlos. Und es muss Schluss mit dem Weglaufen sein. Ich kann dich nicht beschützen, wenn ich nicht weiß, wo du dich aufhältst. Außerdem erwarte ich, dass du künftig nicht mehr gegen die Internatsordnung verstößt. Diese Regeln sorgen dafür, dass du am Leben bleibst. Schließlich bist du trotz allem immer noch eine Schülerin, und deshalb musst du auch deinen Stoff aufholen und in allen Fächern Bestnoten bringen. Sind wir uns da einig?«
Allie schwirrte der Kopf von den vielen Forderungen. Sie nickte stumm. Dann erst wurde ihr bewusst, dass ihre Großmutter sie ja nicht sehen konnte.
»Ja«, sagte sie schließlich. »Sind wir.«
Doch Lucinda war noch nicht fertig. »Gut. Aber eins musst du dir klarmachen, Allie: Der kleinste Verstoß gegen unsere Abmachung, und die Sache ist geplatzt. Das ist das Letzte, was ich will, aber wenn's sein muss, werde ich mich von dir trennen. Und es wird ganz bestimmt kein Vergnügen, auf sich allein gestellt zu

sein. Das kann ich dir versprechen. Aber wenn du dich an alles hältst, worum ich dich gebeten habe, dann schwöre ich dir: Du bekommst deine Rache.«

Als Allie Isabelles Büro verließ, dämmerte es bereits.

Sie kam sich exponiert vor, wie sie da in ihren Straßenklamotten durch die Flure lief, umgeben von lauter Schülern in dunklen Blazern mit weißem Cimmeria-Wappen über dem Herzen. Obwohl sie den Kopf gesenkt hatte, spürte sie, wie man sie neugierig musterte, hörte das leise Flüstern und Kichern. Doch jedes Mal, wenn sie aufsah, wichen die Mitschüler ihrem Blick aus. Als wäre sie unsichtbar.

So schnell sie konnte, lief sie die Treppen zum Mädchentrakt hinauf und durch den engen Flur bis zu ihrem Zimmer. Drinnen lehnte sie sich gegen die Tür – und genoss den Frieden. Als sie aber das Licht einschaltete, blieb sie wie angewurzelt stehen.

Ihr Zimmer war picobello aufgeräumt.

Die schmutzigen Klamotten waren verschwunden. Sämtliche Papiere geordnet. Die Bücher in die abgestaubten Regalbretter einsortiert. Der Holzboden war gründlich gewischt und das Bett mit einer frischen weißen Daunendecke überzogen worden, und am Fußende lag sorgfältig gefaltet eine blaue Wolldecke.

Das war eine Botschaft von Isabelle, Allie hörte sie laut und deutlich: Keine Extrawürste mehr.

Im Spiegel neben der Tür sah sie ihr strubbeliges Haar und das verschmierte Make-up. Da konnte sie sich schon denken, dass sie nach Cider und Schweiß roch.

So gehörte sie jedenfalls nicht in dieses Zimmer.

Sie zog die schmutzigen Jeans und den Pulli aus, wickelte sich in

den warmen Bademantel, griff sich ein kuscheliges, weißes Handtuch und ging zur Tür.
Im letzten Moment jedoch kehrte sie um, hob die Klamotten auf und warf sie in den Schmutzwäschekorb in der Ecke.
Deal ist Deal.
»Zufrieden?«, fragte sie in das leere Zimmer hinein.
Auf dem Weg zur Dusche versuchte sie, ihre letzte Erinnerung an Mark aus dem Kopf zu bekommen, seinen ungläubigen Gesichtsausdruck, als sie ihm gesagt hatte, dass sie in Cimmeria bleiben werde. Isabelle hatte ihnen noch ein paar Minuten Zeit zu zweit gegeben, ehe sie ihn in den Zug zurück nach London setzte.
»Willst du mich verarschen?« Fassungslosigkeit spiegelte sich in seinem Blick. »Die haben mich gerade stundenlang hier festgehalten! Du hast am ganzen Körper Narben, deine Lehrer sind Faschos, und jetzt soll plötzlich alles *okay* sein?!«
Allie wusste nicht, was sie sagen sollte. Wie sollte sie einem Außenstehenden erklären, was sie inzwischen alles in Erfahrung gebracht hatte?
»Hör zu«, sagte sie, »es gibt vieles, wovon du nichts weißt.«
Er unterbrach sie mit einer ungeduldigen Handbewegung. »Komm schon, Allie. Ich hab deine Schule gesehen – das ist doch das reinste Schloss. 'n bisschen etepetete warst du ja schon immer, aber jetzt hörst du dich an wie die Queen!«
Betroffen spürte Allie, wie ihr das Blut ins Gesicht schoss. Sie schüttelte den Kopf. »Das ist nicht fair, Mark. Ich bin immer noch dieselbe.«
»Nein, bist du nicht.« Er hatte die Hände in die Hüften gestützt und betrachtete sie, als sähe er sie zum ersten Mal. »Du merkst

es vielleicht nicht, aber für mich liegt das auf der Hand. Du bist keine von uns mehr. Du stehst jetzt auf der anderen Seite.«

Als sie sich jetzt an den Blick erinnerte, den er ihr daraufhin zugeworfen hatte, fröstelte Allie, und sie zog den Bademantel fester um sich.

Seufzend stieß sie die Tür zu den Mädchenduschen auf. Um diese Uhrzeit waren sie glücklicherweise vollkommen verlassen. In einer schneeweißen Duschkabine drehte sie das heiße Wasser auf, bis es fast wehtat, und stellte sich unter den Strahl, damit er den Schmutz der vergangenen vierundzwanzig Stunden fortwusch.

Als sie sich einseifte, fiel ihr erneut auf, wie sehr der Autounfall ihren Körper verändert hatte – unter ihren Fingerkuppen fühlten sich die Narben an wie glatte Beulen. Jede einzelne erinnerte sie daran, was sie zu erledigen hatte.

Etwas, das der Therapeut während einer ihrer Sitzungen gesagt hatte, nagte an ihr: »Es ist okay«, hatte er gesagt, »dass du überlebt hast und Jo nicht.«

Damals hatte sie ihm nicht geglaubt.

Vielleicht hat er ja doch recht gehabt, dachte sie nun. *Ich muss leben, damit ich Gabe umbringen kann.*

Als sie wieder im Zimmer war, bändigte sie ihr verfilztes Haar mithilfe eines Kamms und trug Make-up auf. Doch selbst danach lagen noch dunkle Schatten unter ihren grauen Augen; ihre Haut war ganz fahl.

Sie riss den Kleiderschrank auf und ging die Reihe der dunkelblauen Optionen durch. In Cimmeria war es nie besonders schwer, die richtigen Klamotten auszuwählen. Als Erstes dunkle Strumpfhosen und ein kurzer Faltenrock. Anschließend eine frisch gebügelte, durchgeknöpfte weiße Bluse und darüber ein blauer Blazer. Ein Paar von den bequemen Schulschuhen, und fertig war die Cimmerianerin.

Sie sah auf ihre Uhr – es war fast Abendessenszeit.

Also dann, dachte sie mit grimmiger Entschlossenheit, *auf zum Bußgang.*

Während sie die Treppe hinunterlief, schwoll der Lärm aus Gesprächen und Lachen aus dem rappelvollen Speisesaal immer mehr an. Das fröhliche Stimmengewirr fühlte sich fremd an, deshalb blieb sie vor der Tür kurz stehen und brachte es nicht über sich, hineinzugehen. Seit Wochen hatte sie das Abendessen ausfallen lassen.

Heute in ihrem Büro aber hatte Isabelle ihr unmissverständlich klargemacht, dass es so nicht weiterging. Ab jetzt musste sie zu jeder Mahlzeit pünktlich im Speisesaal sein, wie die Internatsordnung es vorschrieb.

Das war nur einer von vielen Punkten, auf die Allie sich eingelassen hatte. Nachdem sie sich zum Bleiben entschlossen hatte, hatte Isabelle ihr nämlich ordentlich die Leviten gelesen.

Allie durfte keine Unterrichtsstunde verpassen und hatte den ganzen Stoff dieses Trimesters nachzuholen, den sie bisher versäumt hatte. Außerdem wurden beste Noten von ihr erwartet.

Und – sie musste wieder in die Night School gehen.

Diese Forderung machte ihr Angst und verursachte ihr Bauchweh.

Sie wusste, dass es unvernünftig gewesen wäre, sich zu verweigern – sie musste in die Night School gehen, um zu trainieren, zu lernen und herauszufinden, was wirklich vor sich ging. Hier schlug das Herz von Cimmeria, deshalb musste sie dorthin. Doch die

Vorstellung, all das noch einmal durchzumachen, wieder in diese Welt hineinzurutschen … die jagte ihr eine Heidenangst ein. Aber wieso hätte sie Isabelle das erzählen sollen? Sie wusste es ja. Und es war ihr egal.

Als sie nicht sofort zugestimmt hatte, hatte Isabelle sie mit kaltem Blick fixiert.

»Die Teilnahme an der Night School ist eine Voraussetzung für deinen Verbleib auf Cimmeria. Also entscheide dich jetzt, Allie. Möchtest du in der Cimmeria Academy bleiben? Oder nicht?«

Allie gab sich geschlagen und nickte ihr Einverständnis.

Sie wollte bleiben. Und ihre Rache haben. Dafür hätte sie alles getan.

Und wenn sie wieder in die Night School gehen konnte, dann konnte sie jetzt auch durch diese Tür in den Speisesaal gehen. Und zu Abend essen.

Sie biss die Zähne zusammen und marschierte entschlossen durch die Tür, just in dem Moment, als Zelazny sie schließen wollte. Aus dem Augenwinkel sah sie, wie er ihr einen zornigen Blick zuwarf, doch sie ging einfach weiter bis zu dem einzigen leeren Stuhl an ihrem alten Tisch und setzte sich.

Die Unterhaltung am Tisch versiegte augenblicklich.

Obwohl die Stille sie peinlich berührte, zwang sich Allie, einen Blick in die Runde zu werfen; hier saßen all die Menschen, die sie wochenlang gemieden oder ignoriert hatte – lauter Menschen, die sie eigentlich doch so gern mochte.

Isabelle hatte Allie wegen dieses Verhaltens ordentlich den Marsch geblasen, und die Worte der Rektorin klangen ihr jetzt noch in den Ohren.

»Du hast in letzter Zeit wegen Jos Tod viel durchgemacht, das weiß ich, aber du hast das ausgerechnet an den Leuten ausgelassen, die dich am meisten mögen. Du hast diese Leute sehr verletzt. Was du offenbar nicht bedacht hast: *Sie haben ebenfalls getrauert.* Rachel zum Beispiel hast du wochenlang die kalte Schulter gezeigt, weshalb sie diese schlimme Zeit ganz allein durchstehen musste. Und Zoe hast du regelrecht ignoriert. Dabei bist du wie eine große Schwester für sie. Sie hätte dich gebraucht, aber du warst zu sehr mit dir selbst beschäftigt, um für sie da zu sein.«

Schräg gegenüber saßen Carter und Jules. Jedes Mal, wenn sie die beiden zusammen sah, war es, als würde sich ein winziger Eissplitter tiefer in ihre Brust graben, doch Carter war immer ihr Freund gewesen, und sie wollte ihn nicht verlieren.

Und wenn sie dafür freundlich zu Jules sein musste – auch gut.

Neben ihnen sah Zoe sehr klein aus. Mit ihren flinken, erstaunten Augen versuchte sie, die anderen einzuschätzen. Rachel hielt den Blick gesenkt, als könnte sie Allies Anblick nicht ertragen. Lucas, der neben ihr saß, nahm behutsam ihre Hand.

Allie kam es so vor, als warteten alle darauf, dass etwas passierte. Vielleicht erwarteten sie ja, dass sie verrücktspielte. Wegrannte. Sie anschrie.

Sie räusperte sich. »Hört mal, Leute. Ich will was sagen. Ich weiß, dass ich ziemlich neben der Spur war, und dafür möchte ich mich entschuldigen. Ich glaub, ich hab einfach Zeit gebraucht, um … ich weiß nicht … mich ein bisschen abzureagieren. Ihr wisst ja wohl alle, dass ich gestern abgehauen bin, aber ich möchte, dass ihr wisst, dass ich nicht vor euch davongelaufen bin …« Sie hielt inne. Stimmte das überhaupt? Sie hätte es nicht mehr sagen können. »Aber jetzt werde ich mich wieder zusammenreißen. Ich habe wirklich nicht versucht …« Ihre Augen huschten von einem zum anderen und verharrten kurz bei Carter, der jedoch ihren Blick mied. »Ich weiß, dass ich egoistisch und gruselig war, und ich kann nur hoffen …«, hilflos sah sie Rachel an, »… dass ihr mir verzeihen könnt. Und mir dabei helft … mich zu bessern.«

Es folgte eine kurze Pause, und dann redeten plötzlich alle durcheinander.

»Natürlich können wir …«

»Du glaubst doch nicht …«

»Das hätte doch jedem passieren …«

Alle waren unheimlich nett zu ihr, doch Allie war erleichtert, als die Unterhaltung sich von der unangenehmen Wahrheit (Allies Zusammenbruch) in sicherere Gefilde bewegte (Allies Flucht).

»Wie hast du das geschafft?«, fragte Lucas mit aufrichtigem Interesse in seinem Blick. »Es heißt, du wärst über den Zaun geklettert.«

»Wie denn?«, fragte Allie spöttisch. »Unmöglich. Zumindest für mich. So riesig, wie das Teil ist.«

»Hat dir eigentlich jemand geholfen?«, fragte Jules vorsichtig.

Allie zögerte. »Kann man so nicht sagen …«

»Was machen die jetzt mit dir?« Carters Stimme ließ alle anderen verstummen. Man konnte sich darauf verlassen, dass er die richtige Frage stellte. »Welche Art von Strafe?«

»Hausaufgaben, und zwar jede Menge. Lebenslänglich Gartenarrest.« Sie mimte ein unbekümmertes Achselzucken. »Das Übliche.«

Ein Blick in Carters Gesicht sagte ihr, er ahnte, dass da noch was war. Doch sie konnte ihnen nicht alles sagen. Sie konnte nicht verraten, was Lucinda ihr versprochen hatte. Zumindest nicht jetzt.

In diesem Augenblick gingen die Türen zur Küche auf. Allie betrachtete die schwarz livrierten Bedienungen, die in Zweierreihen mit dampfenden Platten hereinkamen, als sie plötzlich Sylvain bemerkte, der an einem der Nachbartische saß und sie vielsagend ansah. Seine Augen waren so hell und kalt wie Splitter von Gletschereis.

Sieben

Am nächsten Tag ging Allie zum ersten Mal seit Wochen wieder ganz normal zum Unterricht.

Offenbar waren ihre Lehrer vorgewarnt, denn keiner machte eine Bemerkung über ihr plötzliches Wiederauftauchen, nur Zelazny warf ihr einen giftigen Blick zu, als sie sich in Altertumsgeschichte auf ihren Platz setzte.

Die Schüler waren weniger zurückhaltend. Dass man sie anstarrte, damit konnte Allie umgehen, obwohl es ihr kalt den Rücken hinunterlief. Schwerer zu ertragen waren die Beleidigungen, die gerade so laut geflüstert wurden, dass sie es hören konnte. Die meiste Zeit gelang es ihr, sie zu ignorieren. Doch dann flüsterte jemand unüberhörbar: »Glaubst du, *die* hat Jo umgebracht …?«

Erst mal blieb Allie die Spucke weg. Dann ließ ein weißglühender Schmerz sie alle guten Vorsätze vergessen.

Sie fuhr herum und richtete ihren Stift wie einen Dolch auf die beiden Mädchen, die hinter ihr saßen: Amber und Ismay, Katie Gilmores Busenfreundinnen.

Die »Zwillinge des Bösen« hatte Allie sie immer genannt, damals, als sie noch einen Sinn für Humor gehabt hatte. Jetzt verstand sie überhaupt keinen Spaß mehr.

»An eurer Stelle«, sagte sie leise und mit erstaunlich fester Stimme, »würde ich das lieber lassen.«

Die beiden kicherten unsicher. Man sah ihnen an, dass sie nicht genau wussten, ob sie Allie verspotten oder doch lieber Angst vor ihr haben sollten.
Dann warf Amber mit geübter Nonchalance ihre langen, blonden Haare über die Schulter. »Die macht mir echt Angst«, sagte sie. »Die hat so Verbrecheraugen. Dass die hier frei rumlaufen darf!«
Das verlieh auch Ismay, der ewigen Nachmacherin, den nötigen Mut, und hasserfüllt sagte sie: »Das reinste Monster.« Sie verzog den Mund zu einem verächtlichen Lächeln. »Tu du uns doch allen den Gefallen und hau einfach noch mal ab!«
Irgendwie entschärfte die Belanglosigkeit ihrer Worte die Situation. Allies Ärger ebbte ab. Solange es nicht gegen Jo ging und die Beleidigungen sich nur gegen sie selbst richteten – das hielt sie aus. Dennoch hätte sie ihnen am liebsten eins auf ihre vorlauten kleinen Nasen gegeben; mal sehen, was sie dann gesagt hätten.
Aber sie hatte Lucinda versprochen, dass es keinen Ärger geben würde. Und keinerlei Regelverstöße. Dafür durfte sie dann den *richtigen* Leuten wehtun.
Bis dahin musste sie jedem Ärger aus dem Weg gehen.
Sie löste ihre Faust und nahm den Stift wieder in Schreibhaltung. »Ihr seid mir zwei Spacken«, sagte sie so laut, dass alle es hören konnten. Dann drehte sie ihnen den Rücken zu und versuchte, sich mit kalter Wut darauf zu konzentrieren, dass sie das gehässige, öde Kichern nicht mehr hörte.
Im Unterricht hatte sie sowieso keine Zeit mehr, sich damit zu beschäftigen, was wer über sie sagte. Sie war mit dem Stoff so im Rückstand, dass sie von dem, worüber die Lehrer redeten, meist nur Bahnhof verstand.

Am schlimmsten war es in Chemie. Sie schrieb zwar fleißig mit, doch als immer mehr komplexe Formeln und Diagramme die Seiten ihres Notizblocks füllten, ohne dass sie ihr das Geringste sagten, spürte sie die Panik in ihrer Kehle wie Galle aufsteigen.

Wie soll ich da jemals wieder den Anschluss finden?

Zwei Tage zuvor wäre ihr das noch völlig egal gewesen. Doch sie hatte Lucinda versprochen, dass sie in jedem Fach bestehen würde, und da so viel auf dem Spiel stand, nahm sie es sich sehr zu Herzen.

Das größte Problem war, dass ihr Chemielehrer Jerry Cole hieß, und auch wenn sie nach Kräften versuchte, dem Unterricht zu folgen, achtete sie auch sorgsam darauf, nur ja nicht seinem Blick zu begegnen.

Er war wieder ganz der Alte, der gut gelaunte Typ, der Kalauer über Atome und Molekularstrukturen riss. Er lächelte gelöst, und Allie fiel auf, dass er erfolglos versucht hatte, seine drahtigen Locken zu bändigen. Von dem zornigen Mann, der ihr tags zuvor gegenübergestanden hatte, war nichts mehr zu sehen.

Nach der Stunde schloss sie sich eilig dem Pulk an, der aus dem Klassenraum strömte. Sie wollte sich schon gratulieren, dass sie davongekommen war, als er sie beim Namen rief.

»Allie, kommst du bitte noch mal?«

Sie erstarrte, das Herz rutschte ihr in die Hose.

Kurz überlegte sie, ob sie einfach zur Tür hinauslaufen und so tun sollte, als hätte sie ihn nicht gehört. Doch dann drehte sie sich langsam und schwerfällig zu ihm um. Er bedeutete ihr, an einem Tisch in der ersten Reihe Platz zu nehmen. Dabei glitzerte seine Goldrandbrille im Licht, sodass sie seine Augen nicht sehen konnte.

Allie zögerte kurz, dann setzte sie sich und schloss steif die Arme um die Büchertasche auf ihrem Schoß. Jerry lehnte sich gegen sein Pult. *Locker ist der auch nicht gerade. Wie der die ganze Zeit nervös mit dem Fuß auf und ab wippt.*

»Allie, ich wollte nur reinen Tisch machen wegen gestern. Wir hatten beide einen schweren Tag, und ich würde die Sache gern aus der Welt schaffen.« Misstrauisch beobachtete sie, wie er mit einem Seufzer die Brille abnahm. Seine Augen wirkten müde. »Weißt du, all das, was hier passiert ist – Jos Tod, deine Verletzungen –, betrifft ja nicht nur die Schüler. Auch uns Lehrer lässt das nicht unberührt. Der Stress war für uns alle in diesem Trimester enorm. Aber wenn ich dich unterrichten soll, dann musst du dich bei mir wohlfühlen. Nur damit du's weißt: Du stehst hier nicht ständig auf dem Prüfstand bei mir. Ich hoffe also, dass wir wieder so gut zusammenarbeiten können wie früher. Ich halte dich für eine gute Schülerin – und einen guten Menschen –, und ich hab dich ausgesprochen gern in meiner Klasse.«

Er klang aufrichtig, und sie sehnte sich danach, dass alles wieder normal wurde. Er bot ihr etwas an, das ihr wirklich wichtig war.

»Ist schon okay«, sagte sie. »Und ich … möchte mich auch entschuldigen, glaube ich. Wegen … also, all den Sachen … die ich gemacht hab.«

Merklich entspannt lächelte er, als hätte er vor diesem Gespräch genauso viel Bammel gehabt wie sie. Das Lächeln war entwaffnend, und es ging ihr gleich besser.

»Gut. Das freut mich«, sagte er. »Und jetzt, wo wir das geklärt hätten … möchte ich mich mit dir über etwas viel Profaneres unterhalten – und zwar über Chemie.« Er lachte leise, und Allie lächelte höflich, während er mit einem Lappen, den er aus der Hosentasche zog, seine Brille putzte. »Du bist ganz schön hintendran, und mir ist natürlich klar, dass es schwer wird, das aufzuholen. Wenn man erst mal den Anschluss verloren hat, können die Dinge sich ziemlich schnell auftürmen, und ehe man sichs versieht …«, er hob die Hand, »… ist die Versetzung in Gefahr.«

Allie verzog keine Miene, umschloss aber die Tasche auf ihrem Schoß fester.

Will der mich sitzen bleiben lassen, oder was? Allein dass er die Möglichkeit laut ausgesprochen hatte, empfand sie als Demütigung. Das Blut schoss ihr in die Wangen.

»Ich möchte nicht, dass es so weit kommt«, fuhr er fort, ohne ihre Anspannung zu bemerken. »Aber ich denke, du brauchst ein bisschen Hilfe, damit du wieder Anschluss findest. Ich habe mit Rachel Patel gesprochen, und sie hat angeboten, dir für den Rest des Trimesters Nachhilfe zu geben. Du weißt ja, sie gehört zu den Stars in den Naturwissenschaften, deshalb halte ich das für keine schlechte Idee. Wenn ich mir die guten Noten anschaue, die du früher hattest, könnte ich mir vorstellen, dass du alles aufholst, sofern du dich anstrengst – kann ich mich darauf verlassen, dass du das tust?«

Ein plötzlicher Anflug von Hoffnung überkam sie, warm wie das Licht der Sonne. Jerry Cole traute ihr immer noch etwas zu. Er war der Meinung, dass sie es schaffen könnte. Und das Beste war, dass sie mit Rachel zusammenarbeiten würde – und sich dabei vielleicht auch ein Weg finden würde, wie sich ihre beschädigte Freundschaft wieder reparieren ließe.

»Auf jeden Fall«, sagte sie voller Begeisterung.

»Gut.« Er stand auf, und damit war klar, dass das Gespräch been-

det war. Als sie zur Tür lief, rief er sie noch einmal zurück, und sie drehte sich um: Der Lehrer sah sie etwas komisch an.
»Alles wird gut, okay?«, sagte er.
Vor lauter Überraschung konnte Allie gar nicht anders, als ehrlich zu reagieren: »Ich hoff's.«

Diese Unterhaltung war der einzige Lichtblick an einem ansonsten trüben Tag. Mit ihrer schweren Tasche voller Bücher schleppte sich Allie nach Unterrichtsschluss die Treppe hinauf in den Mädchenschlaftrakt.
Als sie vor sich eine kleine, vertraute Gestalt durch die Masse der Schüler flitzen sah, musste sie schlucken.
»Zoe sieht eine große Schwester in dir«, hatte Isabelle gesagt. »Sie hat dich vermisst.«
»Hey, Zoe«, rief sie, »wart doch mal!«
Das Mädchen blieb abrupt stehen und drehte sich um. Ihr Gesichtsausdruck verriet Zurückhaltung.
Zoe war ein Wunderkind – sie war erst dreizehn, aber in der Schule schon weiter als Allie. Im letzten Trimester hatten die beiden sich angefreundet, aber nach Jos Tod hatte Zoe sich benommen, als ob nichts passiert wäre. Als würde ihr das alles nichts ausmachen. Allie hatte sie nicht ein Mal weinen sehen. Zoe machte einfach weiter, als hätte es Jo nie gegeben.
Dr. Cartwright hatte Allie zu erklären versucht, was es mit dem Asperger-Syndrom auf sich hatte, doch damals hatte sie nichts davon wissen wollen. Es war einfach zu schwer zu ertragen gewesen. Jetzt aber kam ihr das, was sie getan hatte, gemein vor.
Als Allie sie eingeholt hatte, spulte sie ihre Entschuldigung ab. »Ich wollte dir nur noch mal sagen, dass es mir leidtut, wie ich

dich behandelt habe. Das war nicht fair. Ich war durcheinander, aber ich hätte das nicht … tun sollen.«

Zoe verzog das Gesicht, und Allie wusste, dass sie nun darüber nachdachte, indem sie die Wörter durchging, als wären es Zahlen. Sie zusammenzählte. Und heraus kam eine Antwort.

»Ich vergebe dir«, sagte sie schließlich. »Aber wenn du das noch mal tust, dann bin ich die längste Zeit deine Freundin gewesen.«

Etwas in Allies Herzgegend löste sich. Sie durfte Zoe nicht verlieren. Sie brauchte sie. Mit einer Inbrunst, deren sie sich gar nicht bewusst gewesen war, sagte sie: »Ich werd's nicht mehr tun, Zoe. Ich schwöre es. Und ich … ich hoffe, dass es mit uns wieder wird wie früher. Bitte. Lass uns einfach wieder … normal sein.«

Eindeutig zufriedengestellt, nickte Zoe so heftig, dass ihr Pferdeschwanz wippte. »Gut. Das möcht ich auch.«

Seite an Seite gingen sie den schmalen Flur entlang, von dem rechts und links kleine, weiße Türen mit schwarzen Nummern abgingen.

Zoe legte den Kopf schief und fragte mit der ihr eigenen Direktheit: »Wieso bist du eigentlich abgehauen? Weil du so traurig warst?«

Allie zögerte mit der Antwort. »Ja …«, sagte sie dann. »Ich war traurig.«

Zoe schien damit zufrieden. »Und wo bist du hin?«

Gar nicht so leicht zu beantworten …

»Am Schluss in eine Kirche«, entgegnete Allie mit reumütigem Lächeln. »Obwohl – das hatte ich gar nicht geplant. Eigentlich …«

»Was hattest du denn geplant?«

»Eigentlich wollte ich nach London und da herausfinden, wer Jo so wehgetan hat.« Allie zuckte die Achseln – das klang alles so bescheuert jetzt. »Irgendwie.«

»Du kommst doch aus London, oder?«, fragte Zoe und sah sie mit Argusaugen an.

»Ja, wieso?«

»Nathaniel hätte dich sofort gefunden. Er hätte sofort rausgekriegt, wo du bist. Der Plan war eine Katastrophe.«

Allie öffnete den Mund, um etwas zu erwidern, klappte ihn aber gleich wieder zu. Zoe hatte recht.

Vor Zoes Zimmertür blieben sie stehen, und Zoe sagte: »Wenn du noch mal abhauen willst, komm zu mir. Ich werd dir dabei helfen, den richtigen Ort zu finden. Statistisch gesehen.«

Verwundert stellte Allie fest, wie nah ihr das ging – einen Moment lang traute sie sich nicht, etwas zu erwidern. Doch als sie sich gefasst hatte, sagte sie inbrünstig: »Wenn ich noch mal abhaue, bist du die Erste, die davon erfährt.«

Als Allie die Tür zu ihrem Zimmer öffnete, wurde sie, noch ehe sie das Licht angeknipst hatte, vom künstlichen Zitronenduft der Möbelpolitur begrüßt. Sie atmete tief ein. Auch wenn sie es sich nur widerwillig eingestand, musste sie doch zugeben, wie froh sie war, dass jemand ihre schmutzige Wäsche hatte verschwinden lassen und auf dem Regal neben der Tür frische Handtücher lagen. Dass alles ordentlich war.

Von draußen schlug kalter Winterregen gegen das Fenster, als wollte er zu ihr herein. Sie ließ die schwere Tasche neben dem Schreibtisch zu Boden plumpsen und streifte die Schuhe ab. Das Zimmer war warm und behaglich.

Sie schnappte sich den dicken Stapel Hausaufgaben, den die Lehrer ihr an diesem Tag mitgegeben hatten, und setzte sich auf den Boden, um ihn zu sortieren – sie würde eine Menge Platz brauchen.

Mit zerfurchter Stirn nahm sie das erste Blatt. »Mal sehen … Das ist dringend«, murmelte sie und legte es rechts neben sich auf den Boden. »Und das hier … ist irgendwie auch dringend …« Sie legte das zweite Blatt auf das erste. »Und das hier …«, sie hob das nächste Blatt hoch, »ist aber so was von dringend!«

So ging das eine Zeit lang weiter, und der »Dringend«-Stapel wuchs beängstigend an. Als sie alles durchgesehen hatte, sah sie sich bestürzt um: Der Boden war so mit Papieren bedeckt, dass die weißen Holzdielen kaum noch zu sehen waren.

»Oh Mann«, sagte sie laut, obwohl niemand da war. »Bin ich gearscht.«

Schließlich beschloss sie, dass der Englischaufsatz für Isabelle das Wichtigste war: eintausendzweihundert Wörter über die englischen Romantiker in Italien, Abgabe am nächsten Vormittag. Allie hatte in den letzten Wochen nicht eine Seite der angegebenen Literatur gelesen.

Während sie bedrückt ihr Englisch-Lehrbuch durchblätterte, klopfte es.

»Herein«, sagte sie, ohne aufzuschauen.

»Hey, Al…lie.« Rachel verstummte und machte große Augen angesichts der Szenerie, die sich ihr bot. »Wow, da liegt ja ein ganzer Baum bei dir auf dem Boden!«

»Hilfe«, Allie wedelte mit ihrer Hausaufgabe, »was weißt du über die englischen Romantiker in Italien?«

»Kommt drauf an – die in der Toskana?« Rachel trat ins Zimmer und schloss die Tür hinter sich. »Oder die in Rom?«

Allie warf ihr einen verzweifelten Blick zu. »Wie – die waren an mehreren Orten?!«
Statt einer Antwort streckte Rachel die Hand aus und überflog das Blatt, das Allie ihr reichte. »Ich hab meinen Aufsatz schon geschrieben, lass mal sehen …« Sie ging die Titel in Allies Regal durch und zog ein schmales Büchlein heraus. »Ich hab das hier benutzt. Da steht alles drin, Kapitel acht. Lies das, und du hast das Grundgerüst für deine Arbeit. Und zitier ein paar Shelley-Gedichte, das schindet Platz und macht was her. Der Typ hat sich ja selber gerne reden hören. Hör dir das mal an.«
Mit dem Buch in der Hand deklamierte sie dramatisch:

»Let a vast assembly be,
And with great solemnity
Declare with measured words that ye
Are, as God has made ye, free …«

Allie griff nach dem Buch: »Rachel, du hast mir das Leben gerettet!«
»So kennt man mich.« Rachel lächelte ruhig, doch Allie kannte sie gut genug, um die leichte Unsicherheit dahinter zu entdecken.
Immerhin, beruhigte sie sich. *Wenigstens lächelt sie wieder.*
Plötzlich herrschte Stille.
Allie kramte in ihren Papieren und überlegte, was sie sagen könnte, doch Rachel füllte die entstandene Gesprächspause. »Hat Jerry dir gesagt, dass ich ab jetzt deine Chemielehrerin bin?«
Allie versuchte, cool zu wirken. »Glaub ja nicht, dass ich deshalb deine Sklavin bin. Ich bin immer noch ein freier Mensch.«

Rachel grinste, diesmal aufrichtig. »Ach ja? Und wer ist dein Papi?«

»Moment mal …«, Allie fand langsam wieder in den Rhythmus ihrer schnellfeuerartigen Unterhaltungen zurück, obwohl es nach all der Zeit noch ein bisschen knirschte. »Willst du damit sagen, mein neuer Papi ist ein kleines Mädchen namens Rachel? Wenn ich mal meine Memoiren schreibe, nenne ich sie ›Allie hat zwei Papis, und einer davon heißt Rachel‹.«

»Das verkauft sich bestimmt millionenfach, und ich werde berühmt. Ich bin mit ein paar Prozenten zufrieden.« Rachel rieb sich fröhlich die Hände. »Was ist, wollen wir mit der Leidenszeit beginnen … also, heute Abend was tun, meine ich? Eine Folterstunde Chemie wird dir guttun.«

Bei dem Geplänkel fühlte Allie sich fast schon wieder wie in alten Zeiten. Als hätte sie ihre Freundin zurück.

»Hab ich denn überhaupt eine Wahl?«

»Nein.« Rachel ging zur Tür. »Wir sehen uns beim Abendessen, Lakai. Da kannst du mir die Weintrauben schälen.«

Acht

»Allie, hilf mir! O Gott! Bitte hilf mir …«

Jos angsterfüllte Stimme wehte unheilschwanger durch das Dunkel herüber, vom selben Lufthauch getragen, der auch für das Rauschen im Geäst der Bäume über ihr sorgte.

Jedes einzelne Wort traf Allie wie ein Messerstich. In wilder Panik rannte sie verzweifelt erst nach links, dann nach rechts, und wieder nach links. Doch die Stimme schien nie näher zu kommen, und das Atmen fiel ihr immer schwerer. Sie hatte das Gefühl, als würde ihre Brust von Eisenbändern umschlossen, die sich unerbittlich immer fester zusammenzogen.

Keuchend schnappte sie nach Luft und versuchte zu sprechen.

»Ich kann dich nicht finden, Jo!«, rief sie mit schwacher Stimme. »Wo bist du?«

»Allie!« Die Hoffnung, die aus Jos Stimme klang, brach ihr das Herz. »Hilf mir! Bitte!«

Ein Schluchzen entrang sich Allies Kehle, als sie immer wieder im Kreis herumlief, zwischen Bäumen hindurch, die sich auf sie zu stürzen schienen, um mit ihren spitz zulaufenden Ästen, die langen, schartigen Nägeln glichen, nach ihren Kleidern zu schnappen. Sie ignorierte den Schmerz. Sie musste Jo finden. Wenn sie rechtzeitig bei ihr war, würde Jo überleben.

Der Erschöpfung nahe, entdeckte Allie Jo endlich in der Ferne, wie

sie unter Bäumen auf dem Rücken lag und in den schwarzen Himmel starrte, die blonden Haare umflossen ihren Kopf wie ein Heiligenschein. Mit kornblumenblauen Augen starrte sie in den Himmel und sah doch nichts.
Allie sank auf die Knie und griff nach Jos schlanker Hand. »Hier bin ich. Hier bin ich, Jo.«
Jos Atem rasselte in ihrem Hals. Als sie sich Allie zuwandte, umwölkten sich ihre blauen Augen und wurden weiß.
»Zu spät, Allie«, sagte sie bitter. »Du kommst zu spät. Ich bin schon tot. Und du bist schuld.«
Als sie nach unten sah, begriff Allie, dass sie die Hand einer Leiche hielt – Jos Finger waren blau und kalt und leblos.
Sie machte den Mund auf, um zu schreien, doch sie brachte keinen Laut hervor.

Allie saß senkrecht im Bett und schnappte nach Luft. Sie schlug die Decke zurück und sprang aus dem Bett. Der Schweiß lief ihr in Strömen übers Gesicht, während sie mit angstgeweiteten Augen das dunkle Zimmer absuchte. Wie ein in die Enge getriebenes Tier krabbelte sie zurück in ihr Bett und kauerte sich zitternd gegen das Kopfbrett.
Der erstickte Atem brannte ihr im Hals, und das Herz pochte ihr in den Ohren.
Es ist nur wieder dieser Traum. Ich bin in meinem Zimmer, schärfte sie sich ein. *Ich bin in meinem Zimmer, in Sicherheit, und alles ist okay. Alles ist okay. Alles ist okay. Alles ist okay. Alles ist okay …*
Doch die Wände rückten immer näher.
Sie presste die Augen fest zusammen, holte tief Luft und versuchte

mit Macht, Atemluft in ihre gestauchten Lungen zu pumpen, wenigstens kleinste Luftmengen durchzuschleusen. Am Rande ihres Gesichtsfelds zuckten Blitze auf.

Sie erinnerte sich an die Tricks für den Umgang mit Panikattacken, die ihr Carter beigebracht hatte – langsam durch die Nase atmen und an Dinge denken, die einen glücklich machen.

Kätzchen, dachte sie und überlegte fieberhaft weiter. *Kleine, flauschige Kätzchen! Sonnenschein und Schokoeis! Badestrände!*

Die Aufzählung kam ihr derart lächerlich vor, dass sie sich vor Lachen fast verschluckt hätte. Tränen rannen ihr die Wangen herunter.

Trotzdem funktionierte der Trick auch diesmal wieder. Allmählich kehrten die Wände wieder an ihren angestammten Platz zurück, und ihr rasender Herzschlag beruhigte sich.

Doch sie war noch immer ziemlich mitgenommen.

»Es war nur ein Traum«, sagte sie laut und klammerte sich an ihrem Kissen fest, das sie wie einen Schild vor die Brust hielt. »Nur ein Traum.«

Die Dunkelheit hatte etwas Bedrückendes, also machte sie das Licht an und griff nach ihrem Wecker.

Halb fünf.

Sie holte tief Luft, strich sich eine Haarsträhne aus dem Gesicht und lehnte sich gegen die kalte Wand.

Heute fing ihr Gartenarrest an. Dreimal die Woche sollte sie von sechs bis acht Uhr morgens im Nutzgarten antreten. Sie musste eigentlich erst in einer Stunde aufstehen, aber jetzt wollte sie nicht wieder einschlafen. Denn sie spürte, wie der Traum immer noch in ihrer Nähe lauerte, zusammengerollt wie eine Schlange, und nur darauf wartete, dass sie einnickte.

Stattdessen stand sie auf, duschte lang und heiß und suchte anschließend in ihren Schubladen nach warmen Klamotten. Sie versuchte, möglichst viele Lagen übereinanderzuziehen: Thermounterwäsche, Trainingshose und drei Pullis. Als sie fertig angezogen war, war es immer noch zu früh, weshalb sie die Zeit bis sechs damit verbrachte, noch einmal ihren Englischaufsatz durchzulesen.

Um diese Uhrzeit herrschte in der Schule gespenstische Stille. Selbst vom Personal war noch keiner zu sehen, als sie die Treppe hinunterging. Das Knarzen der Hintertür hallte in der Stille wider wie ein Schrei.

Gott, ist das eisig! Es war so kalt, dass ihr bei jedem Atemzug die Nase wehtat und die Stirn sich fester um ihr Gehirn zu schließen schien.

So tief es ging, vergrub sie die behandschuhten Hände in ihren Manteltaschen.

Gärtnern im Februar, haderte sie. *Gibt's Leute, die so was freiwillig machen?*

So ganz ohne Laub bildeten die Bäume entlang des Fußpfads hinter der Schule einen bedrückenden, skelettartigen Baldachin über ihrem Kopf. Sie senkte den Blick und beschleunigte ihre Schritte.

Zu ihrer Linken erkannte sie schemenhaft das kuppelförmige Dach der Marmorgrotte, das sich gespenstisch weiß zwischen den Bäumen abzeichnete. Der Fußweg vor ihr verschwand irgendwo im Dunkeln.

Von Unbehagen getrieben, verfiel Allie in einen leichten Trab.

Sie wollte sich nicht eingestehen, dass sie Angst hatte, und redete sich ein, dass sie ihre Muskeln aufwärmen musste, damit sie

nachher beim Arbeiten weniger wehtaten. Doch die Anspannung führte nur dazu, dass ihr Magen übersäuerte.
Als sie die lange, hohe Mauer aus grauen, schweren, alten Steinblöcken erreichte, hinter der sich der Garten befand, erlaubte sie sich, etwas zu entspannen. Sie bog links ab und folgte der Mauer bis zu einem robusten Holztor. Normalerweise war es abgeschlossen, doch heute hing das Zahlenschloss offen da, und das Tor stand einen Spalt auf.
Eine leichte Unruhe befiel Allie, als sie das sah. *Das Tor ist doch sonst nie offen.* Sie musste an Jo denken und wie sie routiniert an den kleinen Rädchen des Schlosses gedreht hatte.
Irgendwer muss es für mich aufgelassen haben, überlegte sie. *Ist ja nicht so, dass keiner mit mir rechnet. Und irgendwie muss ich ja auch reinkommen.*
Trotzdem war sie auf der Hut. Als sie das Tor durchquerte, ging sie leicht in die Knie und verlagerte ihren Körperschwerpunkt, sodass sie, wenn nötig, jederzeit wegrennen konnte.
Der Nutzgarten war groß – im Sommer lieferte er ausreichend Obst und Gemüse, um die ganze Schule zu versorgen, doch um diese Jahreszeit wirkte er nackt und tot. Und soweit sie erkennen konnte, war er verlassen.
»Hallo?«, rief Allie. Sie stellte sich auf die Zehenspitzen und starrte ins Dunkel. »Mr Ellison?«
Ihre Stimme versank im kalten Boden.
Jetzt reicht's mir aber langsam.
Bestimmt war es schon nach sechs. Und was machte sie hier? Stiefelte ziellos allein durch die Dunkelheit.
»Das ist so was von saublöd«, murmelte Allie vor sich hin und zwängte sich durch das trockene Geäst vor ihr. »Da könnt ich mir

geradesogut ein Schild auf den Rücken binden, auf dem steht: ›Bitte überfall mich, Nathaniel!‹« Sie blieb mit dem Ärmel an einem Dorn hängen und riss sich los. »›Huhu, ich lauf hier allein und ungeschützt in der Dunkelheit rum. Stürz dich auf mich und bring mich zurück unter deine Drecks-Weltherrschafts-Fuchtel.‹ Und wieso hab ich nicht mal eine Scheiß-*Taschenlampe* dabei?«

Just in diesem Moment zerriss ein lautes Knacken die Luft. Allie wirbelte herum, konnte aber im Dunkeln nichts erkennen.

Vielleicht bin ich nur auf irgendwas getreten, dachte sie hoffnungsvoll. *Und hab mein eigenes Echo gehört.*

Doch ihre Wange zuckte nervös und verriet ihre Anspannung.

»Hallo?«, rief sie zaghaft und räusperte sich. »Ist da jemand?«

Keine Antwort.

Allie verstummte. Vielleicht war es keine so tolle Idee, ihren Standort preiszugeben.

Eine Weile blieb es unangenehm still, dann hörte sie es wieder – das Knacken eines brechenden Zweigs.

Dabei hatte sie sich gar nicht bewegt.

Nun machte sich Allies Ausbildung bezahlt – sie ging tief in die Hocke, ohne Rücksicht auf ihr zerschundenes Knie. Ihr Herz pochte.

Knack.

Da – schon wieder!

Da war definitiv jemand – kein Tier konnte so ein Geräusch machen. Aber wer es auch immer war, er musste sich am anderen Ende des Gartens befinden, obwohl das schwer auszumachen war, weil das Geräusch vom Gemäuer ringsum als Echo zurückgeworfen wurde.

Geschützt durch Dunkelheit und trockenes Gestrüpp, hockte Allie eine Weile da und dachte nach. Sie war seltsam ruhig. Vielleicht eine Nachwirkung der Panikattacke von vorhin – ihr Adrenalinvorrat war aufgebraucht.
Eigentlich hätte sie zum Schulgebäude zurücklaufen und Hilfe holen müssen. Das hätte zumindest Isabelle von ihr erwartet.
Aber wenn es Nathaniel ist? Oder Gabe? Was, wenn die beiden jetzt hier sind? Das wäre doch meine Chance, die Sache zu Ende zu bringen. Und ihnen alles heimzuzahlen.
Aber sie war noch nicht wieder ganz die Alte. Und sie war allein. Sich jetzt mit ihnen anzulegen war keine gute Idee. Falls sie den Kürzeren zog …
Sie wusste nicht, was dann geschehen würde.
Doch sie hatte nur den einen Gedanken: *Wenn ich sie drankriege … dann ist endlich alles vorbei.*
Letztlich war die Entscheidung nicht so schwer.
Während sie sich aufrichtete, sah sie sich nach etwas um, das sich als Waffe verwenden ließ.
Egal, wie ihre Aussichten waren – sollten die beiden hier sein, würde sie auf keinen Fall davonlaufen. Das war sie Jo schuldig.
Sie griff sich zwei spitze Bambusstecken, riss sie aus der gefrorenen Erde und nahm in jede Hand einen.
Vorsichtig schlich sie sich zum Rand des Gartens. Dort verharrte sie regungslos, um zu horchen. Dann lief sie lautlos und schnell in Richtung Obstgarten, wie ihr Instinkt es ihr vorgab. Sie war jetzt völlig auf ihr Ziel konzentriert und spürte die Kälte gar nicht mehr.
Als sie ihr Ziel beinahe erreicht hatte, hörte sie das Geräusch

abermals – nur diesmal viel näher. Es kam von jenseits der Baumreihe vor ihr. Wer auch immer es war, er war hier drin. Ihr Magen krampfte sich vor Angst zusammen. Die Muskeln verhärteten sich, und sie zitterte nervös vor Anspannung, bereit, jederzeit hochzuschnellen.

Da hörte sie das Lachen.

Dröhnendes, vertrautes Gelächter, gefolgt von ein paar Wortfetzen, die sie nicht verstand, dann wieder ein Glucksen.

Dieses Lachen kannte sie.

Ohne sich weiter Mühe zu geben, leise zu sein, bahnte sie sich ihren Weg zwischen den eng beisammenstehenden Apfel- und Birnbäumen hindurch, die halb verborgen im frühmorgendlichen Dunkel lagen.

»… und er kriegt so ’ne rote Birne, und die Augen fallen ihm fast aus dem Kopf, und ich schwör bei Gott …«

Allie trat zwischen den Bäumen hervor. Carter stand mit dem Rücken zu ihr. Er war gerade dabei, dünne Äste in handlichere Größen zu zerbrechen und auf einen Stapel zu legen, und erzählte unterdessen seine Geschichte. Mr Ellison stand daneben und schliff lächelnd seine Heckenschere. Auf dem Boden zwischen ihnen stand eine batteriebetriebene Laterne.

Schamesröte stieg Allie in die Wangen. *Wie konnte ich glauben, es wäre Nathaniel? Ich bin paranoid. Sie hätten aber wirklich auch mal kurz nach mir sehen können, statt hier rumzustehen und zu quasseln*, dachte sie dann – und ihre Scham verwandelte sich ruck, zuck in Zorn.

»Hey!«, rief sie etwas lauter als beabsichtigt. Carter fuhr herum, in der Hand einen langen Ast. Immerhin wirkte er auch perplex.

»Wieso antwortet mir eigentlich keiner, wenn ich rufe?«

Ihr fiel selber die Verärgerung in ihrer Stimme auf, doch noch ehe Carter etwas erwidern konnte, richtete Mr Ellison seine Heckenschere auf sie.

»Sie sind spät dran, junge Dame«, sagte er mit finsterer Miene. »Und mir gefällt die Art nicht, wie Sie uns begrüßen.«

»*Wie bitte?* Aber ich … Ich hab euch nicht finden können. Habt ihr mich denn nicht rufen hören?« Ihr wütender Tonfall wurde defensiv. »Ich hab 'ne halbe Ewigkeit nach euch gesucht. Niemand hat mir gesagt, dass ich in den Obstgarten kommen soll, und außerdem …«, die beiden starrten sie an, »… ist es dunkel«, beendete sie etwas lahm ihren Satz.

Mr Ellison bückte sich und begann, sein Werkzeug in einer uralten Metallkiste zu verstauen. »Deswegen müssen Sie aber nicht gleich zum Anwalt rennen, Miss Sheridan. Versuchen Sie einfach, in Zukunft pünktlich zu sein. Und bringen Sie beim nächsten Mal eine Taschenlampe mit. Hier wird's erst nach sechs hell.«

Allie weigerte sich, Carter anzusehen, doch sie wusste, dass er sich nur mit Mühe ein Lächeln verkneifen konnte.

Vor lauter Verlegenheit versuchte sie, das Thema zu wechseln. »Und was macht der hier?«, fragte sie und deutete aggressiv auf Carter.

Der öffnete den Mund, um ihr zu antworten, doch Mr Ellison kam ihm zuvor. »Carter wird uns heute hier aushelfen – aus Gründen, die … nicht ganz freiwilliger Natur sind.«

Ellisons Augen glitzerten amüsiert, und diesmal gelang es Carter nicht, sich ein schuldbewusstes Grinsen zu verkneifen.

Das brachte Allie sofort in Harnisch. *Ach, so ist das? Wenn Carter Arrest kriegt, ist das lustig, aber mich behandelt man wie eine Axtmörderin?*

Diese Ungerechtigkeit entfachte ihren Zorn von Neuem.
»Na toll«, sagte sie verdrossen. »Also stehen wir jetzt hier rum und quatschen darüber, wie lustig es ist, wenn Carter gegen die Internatsordnung verstößt – oder kann ich sonst noch was für Sie tun?«
Mr Ellison zog die Augenbrauen hoch. »Ich möchte Sie doch bitten, Ihren Ton etwas zu mäßigen, Miss Sheridan.«
Sie konnte sich nicht erinnern, dass sie ihn jemals wirklich streng dreinblicken gesehen hatte. Groß und breitschultrig, wie er war, mit seinen warmen, braunen Augen, war der Internatsgärtner stets nett zu ihr gewesen.
Unter normalen Umständen hätte sie sich sofort entschuldigt und die Situation zu entschärfen versucht, doch es waren keine normalen Umstände: Ihr Körper war zerschunden, jeder einzelne Muskel tat ihr weh, ihr war kalt, sie hatte diesen furchtbaren Albtraum gehabt, und überhaupt – das alles war einfach nicht fair!
Sie starrte ihn in stummer Rebellion an.
Als Allie nichts erwiderte, sprach der Gärtner weiter, diesmal mit deutlicher Missbilligung in der Stimme. »Sie sind doch Rechtshänderin, Allie?«
Ein Teil von ihr wollte diese verfahrene Situation auflösen und ihm eine vernünftige Antwort geben, aber nun war sie ernsthaft eingeschnappt. Und so zuckte sie nur abschätzig mit den Achseln und verschränkte die Arme.
»Allie, komm jetzt …«, sagte Carter beschwichtigend.
Sie biss sich heftig auf die Lippe, damit sie ihm nicht an Ort und Stelle sagte, er solle bloß die Klappe halten. Wieso kümmerte er sich nicht um seinen eigenen Kram?

Mr Ellison hatte sich offenbar damit abgefunden, dass sie nichts sagen würde. Er griff in die Tasche seiner Arbeitshose und holte eine schon recht abgenutzte Gartenschere hervor, klein genug, um leicht in ihre Hand zu passen. Er streckte sie ihr entgegen, machte aber keine Anstalten, auf sie zuzugehen. Sie würde schon selber zu ihm hingehen und sie an sich nehmen müssen.
Mit störrisch verschränkten Armen stand Allie da. Sie wollte auf keinen Fall nachgeben. Konnte ruhig jeder wissen, wie sehr sie die Nase voll hatte. Wie unfair das alles war.
Aber er wird es Isabelle melden. Und so wird Lucinda davon erfahren – und die hat von mir vollständige Kooperation verlangt. Das heißt also …
Sie hatte keine Wahl. Langsam und widerwillig ging sie auf ihn zu und griff nach der Schere, wobei sie versuchte, ihm mit den Augen zu zeigen, wie wütend sie war.
Doch Mr Ellison ließ die Schere nicht los.
»Ich weiß doch, dass du sonst nicht so bist, Allie«, sagte er keineswegs unfreundlich.
Ihr erster Impuls war, ihm zu sagen, dass er doch gar keine Ahnung habe. Dass keiner eine Ahnung hatte, wie es ihr ging. Doch dann spürte sie zu ihrer Überraschung Tränen aufsteigen. Sie wollte gar nichts Gemeines zu Mr Ellison sagen. Sie wusste ja selber, dass sie sich zurzeit nicht im Griff hatte, einfach wild um sich schlug und stets die Falschen traf. Das musste aufhören.
Ihr Zorn löste sich in Luft auf, wie ein Atemstoß in der Kälte. »Es tut mir leid«, sagte sie.
Mr Ellisons Gesichtszüge wurden weicher. »Ich verstehe dich besser, als du denkst, Allie«, erwiderte er. Seine tiefe Baritonstimme hatte etwas Tröstliches. »Ich habe auch schon Menschen verloren.

Gute Menschen. Genau wie Carter. Menschen, die wir so geliebt haben wie du Jo. Wir wissen, wie weh das tut. Aber wir haben es durchgestanden, und jetzt musst du es auch durchstehen.«

Allie wusste, dass Carters Eltern gestorben waren, als er noch ein Kind gewesen war. Und dass sie gut mit Mr Ellison befreundet gewesen waren. Es musste niederschmetternd gewesen sein. Carter und ihm war es damals bestimmt nicht weniger schlecht gegangen als ihr jetzt.

Sie drehte sich zu Carter um, doch der hatte seinen Blick gesenkt, so als hätten Mr Ellisons Worte schmerzhafte Erinnerungen zurückgebracht.

Die festen Stricke, die ihr seit jener schrecklichen Nacht das Herz abzuschnüren schienen, lockerten sich ein klein wenig.

Sie war nicht die Einzige, die so etwas durchgemacht hatte. Und es war nicht richtig, ihren Schmerz an ihnen auszulassen. Jeder von ihnen dreien hatte schon einmal jemanden verloren.

Sie nickte heftig. »Ich krieg das hin, Mr Ellison. Versprochen.«

Allie hockte auf einer Leiter und stutzte den knorrigen, alten Apfelbaum zurecht, indem sie, so wie Mr Ellison es ihr gezeigt hatte, die abgeschnittenen Zweige zwischen den Ästen hindurchfallen ließ. Von ihrem Sitzplatz aus sah sie den oberen Teil des Schulgebäudes – im Schlaftrakt gingen gerade überall die Lichter an. Drinnen war es bestimmt warm und roch nach Speck und Toast.

Bei dem Gedanken knurrte ihr leerer Magen.

Um die Gartenschere richtig halten zu können, hatte sie einen Handschuh ausziehen müssen, weshalb sie nun kurz innehielt, um ihren gefrorenen Fingern neues Leben einzuhauchen. Unter ihr zerrte Carter die herabgefallenen Äste auf einen Haufen und rechte Laub und Zweige vom Baumstamm weg.

Mr Ellison war auf der anderen Seite des Obstgartens damit beschäftigt, größere Äste mit der Säge zu Brennholz zu machen, sodass sie im Grunde mit Carter allein war.

Allie beobachtete Carter im Schutz der Äste bei der Arbeit und musste daran denken, wie es war, ihm nahe zu sein. Zuerst war sie sein Kumpel gewesen, dann seine Freundin. Und jetzt war sie … gar nichts mehr.

Seit er mit Jules zusammen war, hatten sie praktisch nicht mehr miteinander geredet. Es machte sie fassungslos, wie schnell er zur Tagesordnung übergegangen war und ihr einfach aus dem Weg ging. Wenn sie sich begegneten, hing immer ein unausgesprochener Vorwurf in der Luft.

Sie kletterte von ihrer Leiter herunter und rückte sie auf die andere Seite des Baums.

Carter sah auf. »Brauchst du Hilfe?«

Sie schüttelte den Kopf. »Geht schon.«

Achselzuckend widmete er sich wieder seiner Arbeit.

Als die Leiter sicher an ihrem neuen Standort lehnte, wandte sich Allie ihm erneut zu und redete schnell, bevor sie es sich anders überlegen konnte. »Hör mal. Wegen vorhin, das tut mir leid. War irgendwie nicht so cool.«

Carter unterbrach seine Tätigkeit und schaute überrascht zu ihr hoch. »Schon okay. Ich bin dir nicht böse.«

»Ehrlich gesagt, hatte ich voll Schiss vorhin, als ich in den Garten kam«, sagte Allie und betrachtete ihre Gartenschere. »Ich dachte, ich hätte irgendwas gehört. Aber dann wart ihr es bloß. Darum hab ich einfach … überreagiert.«

»Dass deine Nerven gerade blank liegen, versteht jeder, Allie«, sagte er. »Das geht uns allen genauso. Es gibt nichts, wofür du dich entschuldigen müsstest.«

»Ach, da würde mir schon einiges einfallen, wofür ich mich entschuldigen müsste …«

Carter entging der ironische Unterton in ihrer Stimme nicht. »Wieso hast du das gemacht, Allie? Wieso bist du abgehauen?«

Sie lehnte sich an die Leiter, schaute hoch in den heller werdenden Himmel und erinnerte sich daran, wie sie sich an jenem Tag gefühlt hatte.

»Ich hatte halt das Gefühl … dass hier so gar nichts passiert«, sagte sie. »Da stirbt Jo, und alle außer mir tun so, als wäre nix gewesen. Gehen einfach so zur Tagesordnung über. Und da mach ich nicht mehr mit.«

Carter biss sich auf die Unterlippe und nickte, allerdings mehr zu sich selbst. »Die Sache ist nur«, sagte er nach einer Weile, »dass hier gar keiner einfach so zur Tagesordnung übergegangen ist, Allie.«

Das hatte sie nicht erwartet.

»Was willst du damit sagen?«, fragte sie mit gerunzelter Stirn.

»Ich meine, hier hat sich alles geändert. Das hat dir nur niemand erzählt, weil alle wussten, dass du … deinen Freiraum brauchst oder was weiß ich.« Er rupfte ein welkes Blatt vom Baum, ohne sie anzusehen. »Aber wir hatten hier ständig irgendwelche Treffen deswegen. Und die Night-School-Ausbildung hat sich auch komplett geändert. Alle suchen wie gestört nach diesem Spion. Raj hat jeden Schritt von Gabe und Nathaniel haarklein rekonstruiert.« Er schüttelte den Kopf und warf ihr einen kurzen Blick zu. »Und du weißt ja, Raj ist Superman, oder?«

»Moment, Moment«, sagte Allie, der jetzt nicht nach Scherzen zumute war. »Willst du damit sagen, das alles ist passiert, ohne dass mir jemand Bescheid gesagt hat?«

Carters Gesichtsausdruck war schwer zu deuten. »Isabelle hat gemeint, du wärst noch nicht so weit. Du bräuchtest Zeit für deine Trauer.«

Allie hatte die Zähne so fest zusammengebissen, dass es ihr schwerfiel zu sprechen.

»Ich hab genug getrauert«, sagte sie. »Jetzt bin ich bereit, es Nathaniel heimzuzahlen.«

Neun

An diesem Tag lief es für Allie in der Schule deutlich glatter – die Mitschüler achteten nicht mehr so auf sie, und sie konnte dem Unterricht zumindest ansatzweise folgen.

In ihren freien Augenblicken dachte sie darüber nach, was Carter ihr berichtet hatte. Wieso hatte Isabelle ihr nie von diesen Bemühungen erzählt? Sie versuchte, sich zu entsinnen, ob die Rektorin irgendwann einmal erwähnt hatte, dass sie Jos Mörder auf der Spur seien und den Spion jagten. Doch sie erinnerte sich nur an dieses ewige: »Mach dir keine Sorgen! Wir haben alles im Griff.«

Als es Nachmittag wurde und dann Abend und schließlich Nacht, wurde sie zunehmend hibbeliger. Bald würde sie es selbst herausfinden – ihr Night-School-Training ging wieder los. Als sie nach dem Abendessen in die Bibliothek ging und sich zu Rachel und Zoe gesellte, hatte sie ein sehr flaues Gefühl im Magen und konnte sich kaum auf Rachels Chemie-Nachhilfe konzentrieren.

»Also, besonders bei der Sache bist du ja nicht«, beschwerte sich Rachel, als Allie zum dritten Mal über dieselbe Aufgabe stolperte.

»Sorry.« Seufzend ließ Allie ihren Bleistift fallen. »Vielleicht sollte ich einfach mal 'ne Zeit lang was anderes machen. Mein Hirn ist müde.«

Von der anderen Seite des Tisches warf Zoe ihr einen vielsagenden Blick zu. Allie schaute auf die Uhr – kurz vor neun. Höchste Zeit.

»Wahrscheinlich bin ich einfach nur völlig geplättet«, sagte sie und schob ihren Stuhl zurück. »Ich glaub, ich geh heute mal früher ins Bett und versuch's morgen noch mal von vorn.«

Rachel nickte ihr mitfühlend zu. »Ist wohl das Beste. Du siehst echt geschafft aus.«

»Ich schließe mich an.« Zoe sprang auf. »Ich hab sowieso schon vorgearbeitet.«

Als sie aus der Bibliothek eilten, wurde Allie vom schlechten Gewissen geplagt. Rachel anlügen zu müssen war einfach nicht richtig. Sie waren dabei, ihre Freundschaft Stück für Stück neu zu schmieden – und jede Lüge konnte sofort alles zunichtemachen.

Als sie aus der Bibliothekstür traten, hielt Zoe kurz inne. »Ich lauf schnell hoch und werfe meine Bücher ab«, sagte sie.

Doch Allie wollte endlich loslegen.

»Dann lass uns doch einfach unten treffen«, sagte sie.

Nachdem Zoe die Treppe zum Mädchentrakt hinaufgeflitzt war, machte Allie sich auf in den Hauptflur. Das Herz klopfte ihr bis zum Hals. Sie würde es schaffen. Sie würde zurück in die Night School gehen und es diesmal nicht vermasseln. Irgendwie würde sie es schon hinkriegen.

Sie war so in Gedanken versunken, dass sie nicht hörte, wie ihr jemand entgegenkam. Als sie um die Ecke bog, stieß sie frontal mit diesem Jemand zusammen. Schulter krachte gegen Schulter, und ein jäher Schmerz fuhr ihr durch die Seite.

»Au! Verdammt … Ich meine, 'tschuldige.« Allie taumelte zurück und hielt sich den Arm. Da erst merkte sie, mit wem sie zusammengeprallt war.

»Hab ich dir wehgetan?«, fragte Sylvain und sah sie besorgt aus seinen blauen Augen an.

»Geht schon«, sagte sie und wurde rot.

Doch Sylvain entging nicht, wie sie sich den Arm hielt. »*Merde.* Ich hab dir doch wehgetan!«, sagte er zerknirscht.

Er griff nach ihrer Schulter, als ob er sie wieder in Ordnung bringen wollte, besann sich dann aber eines Besseren und ließ die Hände sinken. »Tut mir leid, Allie«, sagte er. »Ich war in Eile – ich hab dich nicht gesehen.«

»Ist nicht so schlimm«, murmelte Allie.

Sie sah auf und begegnete seinem wachen Blick: »Gebrochen hast du mir jedenfalls nichts.«

»Ich bin aber auch ein Tollpatsch. Ich war nur spät dran für die …« Er machte eine Geste in Richtung der offen stehenden Tür am anderen Ende des Flurs, durch die es hinunter zum Übungsraum ging.

»Da wollte ich auch hin«, sagte Allie.

Seine Augen weiteten sich. »Du machst wieder mit? Seit wann denn?«

Sie zuckte die Schultern, als ob die Night School nichts Besonderes wäre.

»Gehört zu meiner Strafe.«

Seine Augen huschten über ihr Gesicht. Auch wenn er es nicht sagte, hatte sie doch das Gefühl, dass er überrascht war, dass sie mit ihm redete. Seit jenem Abend des Winterballs war sie ihm wohlweislich aus dem Weg gegangen.

Es war nicht so, dass sie nicht mit ihm reden wollte. Sie wusste

einfach nur nicht, wie und worüber. Wenn sie nur daran dachte, wie sie sich an diesem Abend geküsst hatten, schlug ihr Herz schneller.
Aber dann war Jo gestorben. Und ihre Welt war über Nacht eine andere geworden.
In jener Nacht hatte sie begriffen, dass Nathaniel alle Menschen töten würde, für die sie etwas empfand. Und sie hatte sich vorgenommen, nie wieder für irgendjemanden etwas zu empfinden.
»Muss schwer sein für dich. Nach all dem, was passiert ist«, sagte er. »Bist du bereit?«
»Weiß nicht«, gab sie zu. »Aber ich muss es tun. Für sie.«
Er nickte, als hätte er nichts anderes erwartet. »Hätte ich an deiner Stelle auch gemacht.«
Überrascht blickte sie zu ihm auf.
»Ach ja?«, fragte sie.
»Na klar«, sagte er. »Anders geht es nicht. Man muss seine Kräfte sammeln und kämpfen. Und gewinnen.«
»Danke«, erwiderte sie aufrichtig. »Das hilft mir.«
Wenn er lächelte, wurden seine markanten Züge etwas weicher und ließen ihn fast jungenhaft aussehen – weniger abgeklärt. Manchmal wirkte er so erwachsen, dass man leicht vergaß, dass er erst sechzehn war.
Sylvain sah auf die Uhr, und sein Lächeln erstarb.
»Ich fürchte, wir kommen beide zu spät«, sagte er. »Ich muss vorher noch mal nach oben.«
»Klar«, sagte Allie und machte einen Schritt zur Seite.
»Allie …«
Sie sah ihn fragend an, aber er schien es sich anders überlegt zu haben.

»Ach, nichts«, sagte er. »Wir sehen uns gleich unten.«

Mit der Geschmeidigkeit eines Panthers eilte er davon, und Allie machte sich allein in den Keller auf.

Die einst so vertraute Kellertreppe hatte nie weniger einladend ausgesehen als jetzt. Und der Weg über den langen, schmuddeligen Flur war nie einsamer gewesen.

Sie war erleichtert, als sie die Mädchen-Umkleide erreicht hatte.

Der große Raum war weitgehend leer, bis auf eine Handvoll Mädchen, die gerade dabei waren, sich in ihre schwarze Night-School-Trainingsmontur zu werfen.

In einer Ecke sah sie Nicole, die noch ihre Schuluniform trug. Sie raffte gerade ihre Haare, um sie zu einem Pferdeschwanz zusammenzubinden. Dabei trafen sich ihre Blicke.

Nicole schien nicht überrascht, sie zu sehen – oder falls sie es war, verbarg sie es gut.

»Und? Bist du bereit, dich wieder durch den Fleischwolf drehen zu lassen?«, fragte sie.

»Ach, so heißt das jetzt?«, fragte Allie und rang sich ein Lächeln ab.

»Ist doch eine ganz passende Bezeichnung, *n' est-ce pas*?«

Nicoles bitterer Unterton spiegelte Allies Seelenlage perfekt wider. Irgendwo zwischen tapfer und wütend.

Die beiden hatten sich erst gegen Ende des letzten Trimesters ein wenig kennengelernt, doch Allie hatte Nicole schnell ins Herz geschlossen. Sie war zwar entschieden zu hübsch – klein und schlank, mit großen, braunen Augen –, schien aber vor nichts und niemandem Angst zu haben.

»Aber ehrlich«, stimmte Allie zu und ging zu ihrem Kleiderhaken, über dem in akkurater Schablonenschrift der Name »Sheridan« geschrieben stand. Dort hingen ein Paar schwarze Leggings, zwei eng anliegende, langärmlige Tops – eines für drinnen, eines für draußen – und eine Jacke mit Reißverschluss. Auf der Holzbank darunter standen ein Paar robuste, wasserdichte Laufschuhe, daneben lagen eine schwarze Wollmütze und Thermohandschuhe.

Haben die Klamotten die ganze Zeit da gehangen, während ich nicht dabei war? Und darauf gewartet, dass ich zurückkomme?

Statt ihre weiße Bluse aufzuknöpfen, zog Allie sie sich einfach über den Kopf – sodass sie danach linksherum dalag. Als sie nach einem der Tops griff, bemerkte sie, wie Nicoles Augen über ihre Narben huschten, die sich rot von der weißen Haut ihrer Arme und ihres Rumpfs abzeichneten. Es war das erste Mal, dass jemand anders als ihre Ärzte sah, wie sehr sie der Unfall entstellt hatte. Errötend zog sie sich rasch das schwarze Oberteil über den Kopf.

Nicole bemerkte ihre Verlegenheit und schüttelte den Kopf.

»Du brauchst dich gar nicht zu schämen für deine Narben«, sagte sie. Überrascht sah Allie zu ihr hinüber. »Sei doch stolz auf sie. Sie sind ein Symbol dafür, dass du überlebt hast. Dass du stark bist.«

So ein Quatsch, dachte Allie empört. *Ich bin nicht stark. Ich bin eine Versagerin.*

Sie schwieg. Doch Nicoles Worte hallten in ihr nach. Immerhin war sie noch am Leben, oder? Sie hatte es mit zwei Kerlen aufgenommen, die doppelt so groß waren wie sie – und sich durchgesetzt.

Die Narben waren der Beweis dafür.

Als sie ihre Leggings überstreifte, versuchte sie diesmal nicht, das hässliche rote Mal auf ihrem Knie zu verbergen.

Obwohl Nicole zuerst fertig war, wartete sie, bis Allie angezogen war; dann gingen sie gemeinsam in den Übungsraum, wo einige Dutzend Night-Schooler auf den blauen Übungsmatten ihre Dehnübungen machten oder sich unterhielten. Als die, die nah an der Tür waren, Allie hereinkommen sahen, verstummten sie.

Allie fühlte sich exponiert und sah sich nach vertrauten Gesichtern um. Am entfernten Ende des Raums standen Jules und Carter zusammen mit Lucas. Carter wandte Allie den Rücken zu, doch dann stupste Jules ihn an, und er drehte sich um. Ihre Blicke begegneten sich. Er nickte ihr höflich zu und wandte sich dann wieder seinem Gesprächspartner zu.

Sie schaute auf seinen Hinterkopf und musste schwer schlucken. Was hatte sie erwartet? Dass er zu ihr herüberlief und sie umarmte? Schön, dass du wieder dabei bist?

Dennoch, nach ihrem morgendlichen Gespräch hatte sie sich etwas mehr erhofft, und es versetzte ihr einen kleinen Stich. Sie spürte, wie ihre Wangen sich röteten.

Sie wandte sich Nicole zu und wollte etwas sagen – *irgendetwas*, um aller Welt zu zeigen, dass ihr das so was von schnuppe war.

»Und … wie geht's dir so?«, war das Einzige, was ihr einfiel.

Ich hab nur Stroh im Hirn, dachte sie gequält.

Nicole war das Ganze freilich nicht entgangen. »Prächtig, prächtig, Süße«, erwiderte sie mit einem fröhlichen, melodischen Lachen, so als hätte Allie gerade etwas schreiend Komisches gesagt. »Sollen wir da rübergehen?«, fragte sie und machte eine Kopfbewegung weg von Jules und Carter.

»Oh ja, unbedingt«, antwortete Allie, und man hörte ihr die Erleichterung an.

Als sie sich abwandte, hörte Allie ihren Namen rufen. Sie drehte sich um und sah Eloise auf sich zukommen, gut gelaunt und mit einem Lächeln im Gesicht.

Schlagartig fühlte Allie sich besser. Die Bibliothekarin war eine ihrer Lieblingsausbilderinnen in der Night School. Sie war jung und sprühte vor Energie, und Allie hatte immer das Gefühl gehabt, ihr vertrauen zu können.

»Willkommen zurück in der Night School!«, sagte Eloise und legte einen Arm um ihre Schulter. Sie senkte ihre Stimme. »Bist du bereit?«

Das war offenbar die Frage des Abends.

»Ich denk schon«, sagte Allie. »Das heißt … Ich hoffe es.«

»Das wird schon«, erwiderte Eloise absolut zuversichtlich. »Ich wollte dir von unserem Plan erzählen.«

»Welchem Plan?«

»Nach dem Unfall müssen wir dich erst mal wieder langsam an die Körperarbeit heranführen«, erläuterte Eloise. »Wir können dich nicht einfach so ins kalte Wasser schmeißen wie alle anderen – so weit bist du noch nicht. Also haben wir mit deinen Ärzten ein eigens auf dich abgestimmtes Kraftaufbautraining ausgearbeitet. Du wirst zwei Übungspartner haben statt einem.« Sie setzte ein breites Grinsen auf. »Und ich werde deine Fortschritte persönlich überwachen.«

Allie fiel ein Stein vom Herzen. So schlimm würde es also doch nicht werden. Wenn sie sich eine Ausbilderin hätte aussuchen dürfen, dann wäre es Eloise gewesen. Vielleicht würde sie es ja doch schaffen.

»Und wer sollen ihre Partner sein?«, mischte sich Nicole in das Gespräch ein.

»Zum einen du«, erwiderte Eloise, und Allies Laune stieg weiter.

»Und wer noch?«, fragte Nicole.

Eloise sah Allie an. »Wie fändest du es, wenn du deine alte Partnerin zurückbekommst?«

Das hätte Allie nicht für möglich gehalten. »Zoe? *Echt?*«

Eloise grinste nun bis über beide Ohren. »Jawoll. Die unheilige Allianz ist wieder vereint, so, wie es sein muss.«

»Danke, Eloise«, sagte sie aus vollem Herzen. »Das ist echt toll.«

»Dank mir nicht zu früh«, warnte die Bibliothekarin. »Du hast noch eine Menge harter Arbeit vor dir. Leicht wird das nicht.«

Als Eloise die beiden verließ, um etwas mit Jerry Cole zu besprechen, fühlte Allie sich trotzdem schon bedeutend besser. Sie musste es nicht allein durchstehen.

»So. Dann wollen wir mal«, erklang Zelaznys tönende Stimme. Allie eilte zu den anderen, die sich bereits um den Geschichtslehrer scharten, der in der Mitte des Übungsraums stand, als hätte er einen Stock verschluckt. Unter der spärlichen Haarpracht glänzte sein Schädel im Schein des Neonlichts. Seine blassblauen Augen vergewisserten sich, dass er auch die volle Aufmerksamkeit der Gruppe hatte.

»Wie schon beim letzten Mal fangen wir wieder mit ein paar grundlegenden Krav-Maga-Techniken an. Also tut euch mit euren Partnern zusammen, wärmt euch kurz auf, und dann fangen wir an.«

Die Schüler gingen paarweise auseinander, Allie sah sich verwirrt um.

Krav Maga?

Carter hatte ja gesagt, dass sich seit dem Überfall auf Jo einiges geändert hatte. Das hatte er also damit gemeint.

»Ach, da bist du.« Zoe kam angeflitzt, packte sie an der Hand und zog sie mit sich in den hinteren Teil des Turnsaals. »Hast du schon gehört? Wir sind wieder Partner! Wurde ja auch Zeit!« Sie musterte Allie kritisch. »Na, hoffentlich bremst du uns nicht zu sehr. Du bist echt 'n bisschen außer Form.«

Nicole schaltete sich ein: »Also, manchmal bist du einen Tick … *zu* ehrlich, Zoe!«

»Zu ehrlich?«, fragte Zoe verständnislos.

Nicole und Allie tauschten amüsierte Blicke aus.

»Vergiss es«, sagte Allie. »Weiß jemand von euch, was genau wir jetzt machen sollen?«

»Wir sollen da rüber, glaub ich«, antwortete Nicole und zeigte zur anderen Seite des Raums, wo Eloise stand und ihnen winkte.

Flankiert von Zoe auf der Linken und Nicole auf der Rechten durchquerte Allie den Saal. Ihr war bewusst, dass sie beobachtet wurde – ihre Rückkehr war nicht unbemerkt geblieben. Sie hob ihr Kinn und machte größere Schritte, in der Hoffnung, dass die anderen so denken würden, es gehe ihr gut – und sie habe vor nichts Angst.

»Achtet nicht darauf, was die anderen tun«, sagte Eloise, als sie da waren. »Wir machen hier einfach unsere eigene Trainingsgruppe auf.«

Während die anderen Schüler also gefährlich aussehende Kampfsporttechniken übten, imaginäre Waffen abwehrten und sich auf komplizierteste Weise gegenseitig auf die Matte schickten, bildeten die drei Mädchen eine Oase der Ruhe und wärmten sich mit einer Reihe von Yoga-Dehnübungen auf. So sanft diese auch waren – bei jeder tat es Allie irgendwo weh: als wäre die Übung darauf angelegt, einmal kräftig in jeder Wunde herumzustochern. Doch sie behielt ihren Schmerz für sich und biss sich jedes Mal auf die Lippe, wenn sie aufschreien wollte.

Irgendwann aber musste Eloise ihre schmerzverzerrte Miene aufgefallen sein, denn sie flüsterte ihr leise, sodass die beiden anderen Mädchen es nicht hören konnten, ins Ohr: »Das wird besser. Bald wirst du merken, dass es weniger wehtut. Und irgendwann wird es dann gar nicht mehr wehtun. Versprochen.«

Erleichtert, dass sie durchschaut worden war, nickte Allie heftig. Sie klammerte sich an diese Worte. Sie musste wieder zu Kräften kommen.

Und stark genug werden, um zu kämpfen.

Gegen Ende der Trainingseinheit war Allie völlig erschöpft. Sie hätte es nicht für möglich gehalten, dass man so schwitzen konnte. Ihre Muskeln fühlten sich derart verschlissen an, dass sie beim Gehen schwankte.

Sie duschte ausgiebig, um sich von den Strapazen zu erholen. Als sie sich endlich angekleidet hatte, waren die anderen Mädchen bereits fort, und sie war allein in der Umkleide.

Leer hatte der Raum eine ganz andere Anmutung – jedes Geräusch klang hohl, und die Schatten schienen ein Eigenleben zu führen. Hastig zog sie sich an und eilte zur Tür hinaus in den Flur – wo Sylvain an der Wand lehnte. Als sie ihn da so stehen sah, groß und breitschultrig, und er sie aus blauen Augen zurückhaltend anschaute, machte ihr Herz einen Sprung.

»Hey«, sagte sie. »Was gibt's?«

»Nichts«, erwiderte er und zuckte dabei so betont sorglos mit den

Schultern, dass sie wusste, er tat nur so. »Ich dachte nur, ich begleite dich noch nach oben.«

»Cool«, sagte Allie und tat ebenso unbeteiligt.

Ihre Schritte waren auf dem Linoleumboden kaum zu hören, und sie waren schon bei der Hälfte des Flurs angelangt, ehe Sylvain endlich zu sprechen begann.

»Ich wollte dir vorhin noch was sagen, aber dann war keine Zeit mehr.«

»Okay.«

»Ich …« Er zögerte, und sie sah neugierig zu ihm auf. Diese Unsicherheit sah Sylvain so gar nicht ähnlich. »Ich frag mich, warum du nicht zu mir gekommen bist, statt zu … als du abgehauen bist«, sagte er.

Allie war zu müde für eine ausweichende Antwort. Offenbar wollten alle immer nur darüber reden.

»Ja, vielleicht hätte ich das tun sollen«, erwiderte sie seufzend. »Aber ich dachte irgendwie, ich müsste es alleine durchziehen. Ich war stinksauer und wollte, dass irgendwas passiert.« Sie hatten die Treppe erreicht. »Verstehst du das?«, fragte sie und sah zu ihm auf. »Oder klingt das bescheuert?«

»Ich kann verstehen, warum du dich so gefühlt hast«, antwortete Sylvain. Er wählte seine Worte sorgfältig. »Aber ich finde, du hättest die Sache erst durchdenken müssen. Du hättest zu mir kommen können. Ich hätte dir die Wahrheit gesagt.«

»Wirklich?«, fragte sie mit leichter Bitterkeit in der Stimme. »Wärst du nicht eher zu Isabelle gegangen und hättest ihr verraten, was ich vorhabe? Um mich zu schützen?«

»Hab ich je schon mal so was gemacht?« Er sah ihr fest in die Augen, und Allie begriff: Nein, das hatte er nicht. Noch nie.

»Nein«, sagte sie. »Hast du nicht.«
Er sah sie immer noch an, so als wartete er darauf, dass es bei ihr klick machte – dass ihr ein Licht aufging. Oder als hätte er noch mehr zu sagen. Sie standen jetzt an der Treppe, und als Allie nach dem Geländer griff, streifte sie dabei aus Versehen seine Hand. Die Berührung war wie ein Schock – hastig riss sie ihre Hand weg.
»'tschuldigung«, sagte sie mit heißen Wangen.
»Wofür?«, fragte er. »Dafür, dass du mich berührt hast? Ist ja nicht verboten ...«
Seine Stimme klang sanft, spielerisch, aber irgendwie war das alles zu viel für Allie, und sie eilte überstürzt die Treppe hinauf.
»Was ist denn bloß los, Allie?«, fragte Sylvain. Sie waren mittlerweile im Erdgeschoss angelangt, und seine Stimme wurde von den hohen Wänden der Eingangshalle zurückgeworfen. »Wir haben uns doch schon anderswo angefasst als an den Händen.«
Sofort waren da wieder die Bilder von jenem Abend: der fallende Schnee, sein warmer Kuss auf ihren Lippen, ihre Finger in seinem Haar. Sie schüttelte den Kopf, wie um die Bilder zu verscheuchen.
»Es geht nicht«, sagte sie. »Ich kann das nicht.«
»Wieso denn nicht?«, fragte er. Sein Gesichtsausdruck – erstaunt und ein wenig verletzt – fuhr ihr direkt in die Magengrube. »Du weißt, dass ich dich mag. Und ich dachte, dass du mich auch magst. Aber plötzlich ist Schluss, und du redest nicht mal mehr mit mir.« Als sie nichts sagte, kam er einen Schritt näher. »Du kannst dich nicht auf ewig einsperren wegen dem, was passiert ist, Allie. Du musst weiterleben.«
»Gabe hat schon mal versucht, dich meinetwegen umzubringen, Sylvain«, sagte sie. »Das reicht. Schluss. Niemand stirbt mehr meinetwegen.«

Er sah sie verblüfft an. »Darum geht's dir also? Du versuchst, mich vor Gabe und Nathaniel zu beschützen?« Er hielt abwehrend die Hände in die Höhe, damit sie ihn anschaute. »Allie, ich bin nicht Jo!«

»Das weiß ich«, blaffte sie. »Aber kapierst du das nicht? In diesem Gebäude gibt es jemanden, der mitgeholfen hat, Jo umzubringen, und ich muss rausfinden, wer das ist, und dafür sorgen, dass er seine gerechte Strafe kriegt. Und ich möchte einfach nicht, dass du dich einmischst und dir was passiert und … mich ablenkst!«

Seine Augen blitzten. »Du willst also alles alleine machen, und ich lenke dich bloß ab?«, fragte er und strich sich durch die Haare. »Weißt du was? Du rennst immer noch vor allem weg, Allie«, sagte er wütend. »Du merkst es bloß nicht.«

Mit diesen Worten ließ er sie einfach stehen und stolzierte davon.

Auf dem ganzen Weg hoch zum Mädchentrakt versuchte Allie, sich das Gespräch mit Sylvain so zurechtzulegen, dass es weniger schlimm klang.

Das Schlimmste war, dass Sylvain in gewisser Weise recht hatte: Sie versuchte tatsächlich, die Sache allein durchzuziehen. Sie hatte Angst, seine Hilfe – oder die von irgendjemand anderem – anzunehmen. Wenn er in der Nähe war, wurde alles immer so verwirrend, und sie konnte sich nicht konzentrieren. Am Ende würden sie sich nur wieder küssen. Und das war einfach nicht drin, solange der Spion nicht enttarnt war.

Außerdem war die Sache mit Carter noch nicht gegessen – jedenfalls noch nicht ganz. Nachdem sie heute Morgen mit ihm geredet hatte, hoffte sie irgendwo in ihrem Herzen, dass alles ein schreck-

licher Irrtum war und sie die Sache irgendwie wieder hinbekommen würden.
Obwohl das jedes Mal, wenn sie ihn mit Jules zusammen sah, ein bisschen weniger vorstellbar wurde.
Die Gummisohlen ihrer Schuhe quietschten, als sie den langen Flur entlangging. Sie seufzte. *Was für ein Schlamassel.*
In ihrem Zimmer angekommen, ließ sie ihre Tasche auf den Boden fallen. Es roch stickig. Sie ging zum Fenster, beugte sich über den Schreibtisch und löste den Riegel des Fensterladens. Ein Stoß kalter, frischer Luft kam herein. Allie schloss die Augen und atmete tief ein. Sie musste einen klaren Kopf bekommen.
Es war Vollmond – der Punktstrahler im Himmel warf ein helles, bläuliches Licht auf das Schulgelände. Doch ohne ihre Night-School-Ausbildung hätte sie die kurze Bewegung unterhalb ihres Fensters wohl nicht bemerkt, so schnell ging sie vonstatten.
Plötzlich hellwach, ließ sie ihre Augen über den Rasen wandern, der zwei Stockwerke unter ihr lag. Vielleicht ein Fuchs oder ein Vogel?
Dann erstarrte sie. Denn was sie sah, war ein Mann, der davonrannte und im Schutz der Bäume verschwand.

Zehn

Allie stockte der Atem. Ihre Brust schien plötzlich zu eng für ihre Lunge zu sein.

Mit einer achtlosen Armbewegung schob sie die Sachen zur Seite und kletterte auf die Tischplatte, um bessere Sicht zu haben. Doch der Mann war verschwunden.

Einen Augenblick hockte sie wie erstarrt da und klammerte sich am Fensterrahmen fest. Dann stürzte sie zur Tür und hinaus in den Flur. Ihre Müdigkeit war verflogen. Mit Riesenschritten rannte sie die zwei Stockwerke nach unten und durch die große, leere Halle zur Eingangstür, wo sie mit vor Aufregung tauben Fingern an der alten Schließanlage rüttelte, bis diese endlich mit lautem Scheppern nachgab.

Ohne die Tür zu schließen, sprang sie die Eingangsstufen hinunter und rannte über den Rasen Richtung Waldrand, den Schmerz in ihrem Knie ignorierend.

Sie hatte keine Angst. Sie würde diesen Mann schnappen. Und er würde bekommen, was er verdiente.

Der Mond leuchtete das Gelände wie eine Bühne aus, tauchte das Gras in silbernes Licht und strahlte die Bäume an. Allie gab sich keine Mühe, im Verborgenen zu bleiben oder besonders leise zu sein. Hier kam es auf Geschwindigkeit an, nicht auf die Tarnung.

Als sie den Rasen überquert und die Stelle am Waldrand erreicht hatte, wo sie den Mann zuletzt gesehen hatte, gaben plötzlich ihre Muskeln nach, die noch vom Training erschöpft waren. Wie eine Betrunkene torkelte sie in den Wald.

Dort war es dunkler, weil das Mondlicht nicht durch den Baldachin aus Kiefernästen drang. Sie verlangsamte ihr Tempo und merkte plötzlich, dass sie keine Ahnung hatte, wohin sie sich wenden sollte – sie wusste nicht, welche Richtung der Mann eingeschlagen hatte, nachdem er in den Wald eingetaucht war.

Instinktiv nahm sie den Pfad zur Kapelle. Sie legte einen Zahn zu und spähte immer wieder ins Halbdunkel. Irgendwann blieb sie stehen und lauschte auf Schritte oder knackende Zweige. Doch außer ihrem eigenen rauen Atem und ihrem klopfenden Herzen war nichts zu hören.

Ich hab ihn aus den Augen verloren.

Verzweifelt beugte sie sich vor, stützte die Hände auf die Knie und atmete flach. Als sie wieder aufsah, bemerkte sie vor sich eine flüchtige Bewegung – wie von einem vorbeihuschenden Schatten. Aber irgendetwas stimmte damit nicht.

»Halt!«, schrie sie, so laut sie konnte, und stürzte los. Da bewegte sich der Schatten plötzlich und drehte sich zu ihr um, und als sie näher kam, wurde der Schatten zu einem Mann in Schwarz.

Erst da wurde Allie bewusst, dass sie keine Waffe hatte. Verzweifelt sah sie sich nach einem langen Stock, einem großen Stein oder sonst einem brauchbaren Gegenstand um. Sie hob einen Zweig auf, doch er war zu klein und zerbrechlich, um ihr viel zu nützen – und nun kam der Mann auch noch rasch auf sie zu.

»*Halt*, hab ich gesagt!«, brüllte sie. Doch dann blieben ihr die Worte im Hals stecken.

Das Gesicht des Mannes kam ihr irgendwie bekannt vor.
»Allie?!«, sagte er. Dann trat er ins Mondlicht, das an dieser Stelle durchs Geäst fiel. Es war einer von Rajs Wachleuten – er hatte mit im Geländewagen gesessen, auf der Fahrt von der Polizeiwache zurück nach Cimmeria. »Was machst du denn hier draußen?«
»Waren Sie das eben auf dem Rasen?« Allie atmete heftig. Das Seitenstechen kam so plötzlich, als hätte man ihr ein Messer in den Leib gerammt, und sie ließ den Zweig fallen, um die Hand auf ihre Rippen zu pressen.
»Ja, wir gehen Patrouille«, sagte er und wirkte erstaunt. Behutsam kam er auf sie zu, als könnte sie ausbüxen oder ihn beißen wollen. Er sprach mit demonstrativ ruhiger Stimme und streckte ihr die Hände entgegen. »Erkennst du mich nicht? Ich bin Peter, und das ist Karen.«
Eine Wachfrau kam zwischen den Bäumen hervor und stellte sich neben den Mann. Ihre langen, blonden Haare waren zu einem schimmernden Zopf geflochten, der ihr auf den Rücken fiel. Auch sie hatte Allie schon mal gesehen, beim Training mit den Night-Schoolern.
»Was ist passiert?«, fragte Peter. »Was hast du hier draußen verloren?«
»Ich hab gedacht, ich hätte Gabe gesehen …«, sagte Allie atemlos.
Karen hob die Brauen. »Und da hast du gedacht, ich renn mal schnell hin und schnapp ihn mir? Ganz allein?«
»Na ja«, erwiderte Allie und fühlte sich mit einem Mal unendlich müde und dumm. »Einer musste es ja tun.«

Die beiden Wachleute nahmen sie mit in ein unscheinbares Büro neben Übungsraum Eins, zu Mr Zelazny. Dieser war wenig erfreut über ihren – wie er sich ausdrückte – »Versuch der Selbstjustiz«.

»Es hätte Ihnen was passieren können, Sheridan«, sagte er, offensichtlich verärgert. »Oder jemand anderem. Manchmal denke ich, bei Ihnen hilft das beste Training nichts, Sheridan. Egal, was man Ihnen beibringt – wenn es Ihnen in den Kram passt, tun Sie genau das Gegenteil. Das hier ist nicht Ihr Wohnzimmer«, sagte er und machte eine ausladende Handbewegung durch das leere Büro, wo die Wachleute in einem Halbkreis um sie herumstanden. »Wir sind nicht Ihre Diener.«

Allies Wangen wurden heiß. »Es tut mir echt leid«, murmelte sie und senkte den Blick. »Ich hab nicht drüber nachgedacht.«

»Ganz genau, das haben Sie nicht.« Er beugte sich vor, bis sie ihm in die Augen sah. »Es hat schon seinen Grund, dass wir Ihnen das alles beibringen, Sheridan: Wir machen das hier nicht zum Spaß. Sie müssen sich konzentrieren, oder Sie stehen das nicht durch.«

Er wedelte mit einem Stift, zum Zeichen, dass sie gehen konnte. »Morgen nach dem Unterricht melden Sie sich bei Isabelle wegen Ihrer Bestrafung. Und nun ab ins Bett, Herrgott noch mal!«

Am nächsten Tag saß Allie ihren Unterricht ab in dem Wissen, dass sie sich am Nachmittag gegenüber Isabelle für ihr Handeln würde verantworten müssen. Die Rektorin würde bestimmt nicht erfreut sein. Allie hatte gegen die Internatsordnung verstoßen – hatte sie damit auch die Abmachung mit Lucinda gebrochen?

Hab ich jetzt alles versaut?

Als die letzte Stunde endlich vorbei war, ging sie mit schweren

Beinen und gesenkten Blickes die Treppe hinunter. Da trat ihr Katie Gilmore so unvermittelt in den Weg, dass sie fast in sie hineingerannt wäre.

»Mensch, Katie …« Allie musste sich an dem gewaltigen Eichengeländer festhalten. »Bist du bescheuert?«

Im Licht des Kristalllüsters wirkte Katies helle Haut makellos; ihre hellgrünen Augen sprühten vor Bosheit. »Ach, Gottchen. Auf jeden Fall nicht halb so bescheuert wie diese durchgeknallte Lügnerin, die zusammen mit dem versifften Aso-Proll die Dorfkirche ausgeraubt hat. Kennst du zufällig wen, auf den die Beschreibung passt?«

Heiße Wut stieg in Allie auf, doch sie schluckte sie herunter. Sie hatte schon genug Ärger.

»Ach, mach doch, was du willst, Katie.«

Sie wollte an Katie vorbeigehen, doch die stellte sich ihr erneut in den Weg. Ihr blauer Faltenrock wippte.

»Ich weiß nicht, warum die dich zurückgebracht haben. War doch die perfekte Gelegenheit, dich loszuwerden. Und das Niveau hier ein bisschen zu heben.«

»Echt, Katie. Erzähl's deinem Therapeuten.« Allie versuchte, so ungerührt und abschätzig wie möglich zu klingen, doch sie konnte selbst das leichte Zittern in ihrer Stimme hören. Die letzten Tage waren lang gewesen, und Allie war sich nicht sicher, ob sie das jetzt auch noch packen würde.

»Allie hat doch super Noten.« Allie und Katie wandten sich überrascht um, als sie die Piepsstimme von Zoe hörten, die plötzlich über ihnen auf der Treppe stand. »Und ob sie hier ist oder nicht, das ändert nichts am Niveau.«

Katie beäugte sie mit boshafter Geringschätzung. »Ach nee. Miss

Emotionslos. Solltest du nicht eigentlich gerade irgendwas auswendig lernen? Oder pubertieren?« Sie wandte sich wieder an Allie. »Passt wie die Faust aufs Auge, dass die kleine Knalltüte auf dich steht.«

Empört öffnete Allie den Mund, um Zoe in Schutz zu nehmen, doch die kam ihr zuvor. Sie trat näher an Katie heran, blieb aber zwei Stufen über ihr stehen, sodass Katie zu ihr aufsehen musste.

»Ich bin bereits in der Pubertät«, sagte sie mit der ihr eigenen Pedanterie. »Genau wie du. Das fängt mit elf an und hört mit siebzehn auf. Im Durchschnitt.«

Katie trat auf sie zu. »Das ist mir so was von egal, du gruseliger Winz-Android.«

Allie schob sich dazwischen. »Lass sie in Ruhe, Katie.«

Eine kleine Zuschauerschar bildete sich, die der Auseinandersetzung höchst neugierig beiwohnte. Die Sache drohte zu eskalieren.

Allie senkte die Stimme und versuchte, auf die gleiche leise und zugleich bedrohliche Art zu sprechen wie Raj Patel, wenn er jemanden einschüchtern wollte.

»Ich weiß nicht, was für ein Problem du mit mir hast, und es ist mir auch echt egal. Du weißt, wer ich bin, wer meine Großmutter ist. Lass mich und meine Freunde in Ruhe, oder ich mach dich fertig. Ich werde es zu meiner persönlichen Mission machen, dein Leben zu ruinieren.«

Katie kam näher, bis ihre Gesichter nur Zentimeter voneinander entfernt waren.

»Ich hab keine Angst vor dir, Allie«, zischte sie. »Und vor Lucinda Meldrum auch nicht. Hat nämlich keiner. Erzähl ihr doch mal …«

Aber die Erwähnung des Namens ihrer Großmutter war zu viel – Allie packte Zoe am Arm und zog sie mit sich.

»Komm, Zoe«, sagte sie und schleuderte Katie einen eisigen Blick zu, »wir sind hier fertig.«

Als sie im Erdgeschoss angelangt waren, sah Zoe sie an. »Die Pubertät ist bekanntermaßen eine schwierige und emotionale Zeit. Ich hab mich damit beschäftigt, ich bin also gewappnet.«

»Das ist super, Zoe«, erwiderte Allie abwesend. Sie war noch bei dem, was Katie gesagt hatte. Was hatte sie damit gemeint, keiner hätte Angst vor Lucinda? Sollte das eine Botschaft sein?

Katies Eltern waren mächtige Mitglieder im Aufsichtsrat. Mehr wusste Allie nicht über sie.

Zoe hatte die Sache mit der Pubertät abgehakt und war bereit, mit ihrem Tagesprogramm fortzufahren. »Egal. Ich muss jetzt weiterlernen.«

Sie wirkte völlig unbekümmert, und der Streit auf der Treppe schien ihr kein bisschen Kopfzerbrechen zu bereiten.

»Hey«, sagte Allie zögernd. »Danke, dass du für mich Partei ergriffen hast.«

Zoe warf sich die Tasche über die Schulter. »Hat voll Spaß gemacht. Katie Gilmore ist echt 'ne blöde Schlampe.«

Als sie fort war, steuerte Allie auf Isabelles Büro zu. Nach kurzem Zögern klopfte sie fest an. Als niemand antwortete, rüttelte sie am Türknauf – die Tür war abgeschlossen.

»Isabelle?«, fragte sie aufs Geratewohl. »Bist du da drin?«

Stille.

»Mist«, brummte sie.

Sie wartete eine Weile vor dem Büro und strich zum Zeitvertreib immer wieder mit dem großen Zeh ihres schwarzen Halbschuhs über das gebohnerte Parkett. Doch Isabelle ließ auf sich warten.

Allie wusste nicht recht, was sie tun sollte. Zelazny hatte ziemlich bestimmt darauf hingewiesen, dass Isabelle sie hier erwarten würde. Und das Letzte, was sie gebrauchen konnte, war noch mehr Ärger.

Sie biss sich auf die Lippe und sah sich nach einem Ort um, wo sie warten konnte. Auf der anderen Seite des Flurs befand sich ein schwerer Ziertisch, auf dem eine Vase mit blassrosa Rosen stand. Wenn sie sich daneben auf den Boden setzte, wäre sie aus dem Weg und könnte trotzdem die Tür zum Büro der Rektorin im Auge behalten.

Nachdem sie es sich auf dem Boden gemütlich gemacht hatte, nahm sie ihr Geschichtsbuch aus der Büchertasche und machte sich an ihre Hausaufgaben. Schüler und Personal kamen und gingen, doch von Isabelle keine Spur.

Eine halbe Stunde war vergangen, als sie plötzlich ein leises Knarzen hörte. Als sie aufschaute, sah sie eine Frau vor Isabelles Tür stehen, mit dem Rücken zu ihr. Offenbar hatte die Rektorin Schwierigkeiten mit dem Schlüssel.

Endlich.

»Isabelle!« Allie ließ ihre Bücher liegen und lief auf die Frau zu. Doch als diese sich umdrehte, war es gar nicht Isabelle. Sondern Eloise. Und in ihrer Hand hielt sie einen kleinen, silbernen Schlüssel.

Eloise machte große Augen, als Allie eine Vollbremsung hinlegte, und im ersten Moment waren die beiden so überrascht, dass sie einander einfach nur anstarrten.

Was hat Eloise in Isabelles Büro zu suchen? War sie da am Ende schon öfter drin? Hat sie mich einfach bloß ignoriert, als ich geklopft habe? Und wieso hantiert sie da jetzt an der Tür rum?

Allie wusste, dass sie etwas sagen musste, doch ihr Hirn verweigerte ihr den Dienst.

»Ich …, äh …«, stotterte sie. »Eigentlich … Ich wollte gerade … zu Isabelle.«

Die Augen der Bibliothekarin suchten blitzschnell den Flur ab, als befürchtete sie, dass sie noch jemand gesehen haben könnte.

Erst jetzt bemerkte Allie, dass Eloises Wangen gerötet waren und sie ganz außer Atem war. Ihre dunklen Haare hatten sich zum Teil aus den Spangen gelöst, als hätte sie trainiert oder gejoggt. Zu Allies Verwirrung gesellte sich allmählich Misstrauen. Ihr Magen verkrampfte sich, und sie schlang die Arme um den Oberkörper.

Eloise fasste sich schnell wieder. »Sie ist nicht da«, sagte sie und reckte gebieterisch das Kinn, wie um Isabelles angeborenen Stolz zu imitieren. »Kann ich dir vielleicht weiterhelfen?«

Ja, dachte Allie finster, *du könntest mir zum Beispiel verraten, was zum Teufel du in Isabelles Büro zu suchen hast, wenn sie nicht da ist.*

Doch das sagte sie nicht.

»Nein … nein. Ich muss was mit ihr bereden«, sagte sie stattdessen so beiläufig wie möglich. »Weißt du … also … wann sie wieder zurückkommt?«

»Sie ist nach dem Unterricht zu einer Sitzung nach London gefahren. Sie kommt erst spät am Abend zurück.« Eloise warf einen Blick auf ihre Uhr und sah Allie prüfend an. »Bist du sicher, dass ich dir nicht helfen kann?«

»Ja, danke.« Hastig trat Allie einen Schritt zurück und stieß sich an der Unterkante des Treppenaufgangs. »Aua.« Sie rieb sich den Kopf, ohne Eloise aus den Augen zu lassen. »Ich … äh … glaub, ich komm später noch mal her. Morgen oder so.« Betont langsam durchquerte sie den Flur und sammelte ihre Bücher ein, als ob nichts wäre. Und die ganze Zeit war sie sich bewusst, dass Eloise jede ihrer Bewegungen genau beobachtete.

Elf

Am selben Abend schleppte Allie sich schweren Schrittes durch den Kellerflur zum Übungsraum Eins.
Sie fühlte sich bedrückt, so als ob jemand an ihr zerren und sie zurückhalten würde.
Sie wollte nur eins: Irgendjemandem von der ganzen Sache erzählen, doch jedes Mal, wenn sie zu einer Erklärung ansetzte, kam es ihr verrückt vor.
Hey. Also, gestern Abend hab ich mir eingebildet, ich hätte Gabe draußen rumlaufen sehen, aber ich hab mich wohl getäuscht, und dann ist da noch Eloise in Isabelles Büro eingebrochen, obwohl die nicht da war. Aber hey, ich hab noch alle Tassen im Schrank, macht euch bloß keine Sorgen. Schließlich hab ich für meinen Geschichtsaufsatz eine Zwei bekommen.
Als sie den Übungsraum erreichte, waren Nicole und Zoe schon da und machten sich weiter hinten im Raum warm. Allie gesellte sich zu ihnen, hatte aber kaum die Gelegenheit, ein paar Worte zu wechseln, weil plötzlich Eloise zu ihnen trat. Sie sah aus, als wäre nichts gewesen.
»Wie geht es dir heute?«, fragte die Trainerin ernsthaft besorgt. »Tut das Knie noch weh?«
»Ein bisschen.« Allie konnte sich nicht überwinden, Eloise in die Augen zu schauen.

»Wir lassen es heute ein wenig langsamer angehen. Aber gut zu wissen, dass dein Knie das gestrige Training verkraftet hat.« Eloise lächelte, als würde sie sich aufrichtig freuen. »Du machst Fortschritte.«

Während sie sich wie gewohnt aufwärmte, behielt Allie Eloise im Auge, doch die wirkte völlig normal, lachte über Nicoles Scherze und achtete stets darauf, ob Allie mithalten konnte.

Falls sie der Spion war und glauben musste, sie sei gerade enttarnt worden, dann verbarg sie es verdammt gut.

Das alles stürzte Allie in einen Gewissenskonflikt. Vielleicht gab es ja eine sehr gute Erklärung dafür. Wahrscheinlich würde sich alles auflösen, sobald sie mit Isabelle sprechen konnte – doch die Rektorin war noch immer nicht zurückgekehrt.

Nach einem kurzen Aufwärmtraining trat Zelazny in die Mitte des Raums. »Wir fangen an mit einem Sechs-Kilometer-Wettlauf.«

Zoe, die eine begeisterte Läuferin war, machte vor Freude einen Luftsprung.

»Wurde auch Zeit«, zwitscherte sie vor sich hin.

Allie, die überhaupt keine Lust auf ein Wettrennen hatte, war konsterniert. Wer bei diesen Wettläufen als Letzter ins Ziel kam, wurde gewöhnlich mit einem kurzen Arrest oder Sondertraining bestraft. Die Strafe war mild, aber die Demütigung groß.

Doch als Zelazny zu Ende gesprochen hatte, nahm Eloise die Mädchen beiseite.

»Tut mir leid für dich, Zoe«, sagte sie und lächelte die Kleine an, »aber du wirst heute etwas langsamer machen müssen. Allie kann noch nicht wieder so schnell laufen, und ganz bestimmt keine sechs Kilometer.«

»Och nee!«, maulte Zoe.

Eloise schärfte ihren Begleiterinnen strengstens ein, dass Allie immer wieder Ruhepausen werde einlegen müssen und keinesfalls mehr als drei Kilometer schaffen könne.
»Wenn ihr weiterlaufen wollt«, schärfte sie Zoe und Nicole ein, »dann bringt ihr Allie erst hierher zurück. Unter keinen Umständen lasst ihr sie unbeschützt da draußen.«
Das Wort »unbeschützt« verblüffte Allie – zum ersten Mal wurde ihr bewusst, dass Zoe und Nicole so etwas wie ihre Leibwächter waren. Aber das ergab Sinn. Man hatte ihr statt des üblichen einen zwei Partner zur Seite gestellt, beide schnelle Läuferinnen. Zudem war Nicole eine erfahrene Night-Schoolerin und daher in Selbstverteidigung und Kampfsport ausgebildet.
Die anderen Schüler waren schon längst gestartet, der Übungsraum hatte sich geleert, und auch die drei wollten los.
»Ach, und – Allie!«, rief Eloise sie noch einmal zurück. Allie blieb stehen und sah sie an. »Sei vorsichtig.«
Als Allie im Flur zu Zoe und Nicole aufschloss, war sie voller Zweifel. Sosehr sie sich auch bemühte, sie brachte Eloises Verhalten am Nachmittag zuvor nicht mit ihrem jetzigen Verhalten überein. Als wären es zwei verschiedene Menschen.
»Eloise ist echt nett«, sagte Nicole, als hätte sie Allies inneren Monolog mitgehört. »So wie die kümmert sich sonst keiner von den Lehrern um uns.«
»M-mh …«
»Jemand wie Zelazny würde uns vermutlich den Wölfen zum Fraß vorwerfen, und Jerry würde uns zu hart rannehmen, aber Eloise hat einfach mehr Mitgefühl«, fuhr Nicole fort, während Zoe vorauseilte.
»Du vertraust ihr also?« Erst als sie ihre eigene Stimme hörte,

wurde Allie sich bewusst, dass sie die Frage laut gestellt hatte. Sie hätte sich ohrfeigen können.

Nicole warf ihr einen neugierigen Blick zu. »Natürlich. Du nicht?«

Sie folgten Zoe eine Treppe hinauf zu einer Tür, die in die finstere Nacht hinausführte.

Doch, dachte Allie. *Sag Doch.*

»Ich weiß nicht«, sagte sie stattdessen. »Mittlerweile weiß ich überhaupt nicht mehr, wem ich noch trauen soll. Das war mal anders.«

Die eisige Februarluft verschlug Allie die Sprache.

Falls sie erwartet hatte, Nicole sei von der Vermutung, Eloise könne nicht vertrauenswürdig sein, schockiert, so wurde sie enttäuscht. Die Französin zuckte nur die Schultern.

»Du hast so viel durchgemacht, dass es mich ehrlich gesagt wundern würde, wenn du überhaupt noch wem traust.«

Dann deutete sie auf Zoe, die in einiger Entfernung wie ein zorniges Elflein auf und ab hüpfte und auf sie wartete.

»Nicht dass die uns noch explodiert.«

»Igitt«, sagte Nicole vergnügt. »Bestimmt würde Zelazny uns den ganzen Dreck wegmachen lassen.«

Sie trabten los.

Zoe lief vorneweg und legte immer wieder kleine Zwischenspurts ein, bis sie außer Sichtweite war, dann ließ sie sich wieder zurückfallen, bis Nicole und Allie sie fast eingeholt hatten. Die anderen Schüler waren ihnen weit voraus. Sie waren ganz allein.

Die Nacht war klar, und eine Weile beleuchtete der helle Mond den Pfad vor ihnen. Im Wald war der Weg schwieriger zu erkennen, und sie mussten das Tempo drosseln. Sie waren noch nicht weit gekommen, als Allie über eine Wurzel stolperte und einen Stich im Knie spürte.

Fluchend hüpfte sie umher und hielt sich das Knie.

»Zu dumm zum Scheißen?«, fragte Zoe, die in Höchstgeschwindigkeit zurückgewetzt kam.

»Zoe!«, rief Allie, gebührend empört. »Seit wann hast du denn solche Kraftausdrücke drauf?«

»Ich hab geübt«, antwortete Zoe. »Lucas bringt's mir bei.«

»Ist es schlimm?«, fragte Nicole und brachte das Gespräch wieder auf das eigentliche Thema zurück.

Vorsichtig versuchte Allie, das Knie zu belasten, und zuckte schon mal vorsorglich zusammen. Es ließ sich aushalten.

»Geht eigentlich«, sagte sie. »Lasst uns weiterlaufen.«

Zoe ließ sich das nicht zweimal sagen und sprintete sofort wieder los, doch Nicole beäugte Allies Bein kritisch.

»Lass uns erst mal ein paar Minuten gehen«, sagte sie. »Und schauen, ob es hält.«

Dass Nicole so viel Geduld mit ihr hatte, beschämte Allie. Sie spürte den Impuls, sich zu bedanken.

»Danke für … du weißt schon«, sagte sie. »Dass du das tust, meine ich. Also, aus Rücksicht auf mich langsam machen. Wo du doch mit den anderen mitrennen könntest.«

Wegen der Kälte waren Nicoles Nase und Wangen gerötet; mit ihrem blassen Teint und dem dunklen Haar sah sie aus wie Schneewittchen – nur eben in der Ninja-Variante.

»Ach, nicht der Rede wert«, sagte Nicole. »Mir macht das hier viel mehr Spaß als das, was wir sonst so machen.«

Das hatte Allie nicht erwartet. »Echt? Ich dachte, du magst die Night School?«

»Es war nicht meine Idee, bei der Night School mitzumachen. Meine Eltern haben darauf bestanden.« Als sie Allies Gesichtsausdruck bemerkte, zuckte sie vielsagend mit den Schultern. »Ist schon okay – so schlimm find ich's ja auch gar nicht. Manchmal macht es sogar Spaß, aber ...«, sie machte eine reuevolle Geste, »andere Dinge würde ich lieber machen.«

Darüber dachte Allie eine Weile nach. »Hast du nie daran gedacht, dich dem Wunsch deiner Eltern zu widersetzen?«

Nicoles Antwort kam prompt. »Nie. Wegen meiner Mutter, ihr bedeutet das wahnsinnig viel. Weißt du, ich bin das erste Mädchen in meiner Familie, das aufgenommen wurde. Meine Mutter war auch auf Cimmeria, aber zur Night School wurde sie nie zugelassen, deshalb ...« Sie zuckte die Achseln. »Ich denke, ich lebe ihren Traum.«

Allie, die sich bestens mit unerfüllten Elternträumen auskannte, lachte bitter auf. »Und ich glaube, ich lebe den Albtraum meiner Mutter ... Sieht so aus, als säßen wir im selben Boot, nur aus unterschiedlichen Gründen.«

Eine Weile gingen sie schweigend nebeneinander her. Allies Knie hatte sich wieder erholt, doch Nicole zeigte keine Neigung, weiterzurennen, und das war Allie nur recht. Eloise hatte gesagt, sie sollten es langsam angehen lassen. Der Wald um sie herum stand auf eine Weise still, wie man es nur in Winternächten erlebt – kein Windhauch bewegte das Geäst. Das einzige Geräusch war das Knirschen ihrer Schritte auf dem gefrorenen Boden.

Allie warf Nicole, die ganz in ihre eigenen sorgenvollen Gedanken versunken schien, einen verstohlenen Blick zu.

Vielleicht kann ich ihr trauen. Vielleicht weiß sie ja, was ich tun soll.

Sie nahm all ihren Mut zusammen, räusperte sich, um das Schweigen zu brechen, und sagte: »Äh … darf ich dich mal was fragen, Nicole?«

Die Französin wandte sich ihr mit fragendem Blick zu, doch just in diesem Augenblick kam Zoe wieder angerannt. Diesmal jedoch stimmte etwas nicht mit ihrem Tempo – sie war zu schnell. Als rannte sie vor etwas davon.

Alles lief wie in Zeitlupe. Allie griff nach Nicoles Arm, um sie zu warnen, doch diese war schon losgesprintet. Allie stolperte hinterher.

Ganz außer Atem, deutete Zoe ins Dunkel jenseits des Pfades.

»Die Kapelle«, keuchte sie. »Da … ist wer … drin.«

In dem Augenblick, als Zoe diese Worte aussprach, schien der kalte Waldboden Allies Füße mit eisigem Griff zu packen und festzuhalten. Starr stand sie da und betrachtete das Ganze wie aus weiter Ferne, während Nicole auf Zoe zuging und ihr Fragen stellte.

Diesen Ausdruck auf Zoes Gesicht kannte sie, sie hatte ihn schon einmal gesehen. Zoe hatte Angst.

Es war wieder so weit.

»Was genau hast du gesehen?« Nicoles vernünftige Stimme rüttelte Allie wach, und sie trat zu den beiden anderen.

Zoes Miene verriet Anspannung, doch für solche Situationen war sie ausgebildet.

»Die Tür zur Kapelle steht offen«, sagte sie. »Drinnen brennen Kerzen. Ich hab sie durch die Tür gesehen.«

Allie stellten sich die Nackenhaare auf. Niemand hatte einen Grund, um diese Uhrzeit in der Kapelle zu sein. Jeden Abend vor Sonnenuntergang wurde sie verschlossen und in den Abendstunden höchstens für besondere Schulzwecke benutzt. Alle zwei Stunden wurde sie von Wachleuten kontrolliert.

Wieso steht sie dann offen?

Es ergab keinen Sinn. Das sahen die beiden anderen offenbar genauso.

»Hast du jemanden gesehen?«, fragte Allie angespannt.

Zoe schüttelte den Kopf.

»Bist du sicher, Zoe?«, fragte Nicole nach.

Entnervt streckte Zoe die Hände von sich. »Geht doch selbst nachschauen. Es ist … irgendwie komisch.«

Doch Nicole schüttelte den Kopf. »Mir gefällt das nicht. Wir sollten Allie zurückbringen.« Zoe und sie sahen Allie an, als wäre sie ein Problem, das es zu lösen galt.

Allies Wangen wurden heiß. *Das dürfen sie nicht tun. Das könnte unsere große Chance sein. Und wenn da Gabe ist oder der Spion? Dann können wir ihn hier und jetzt schnappen!*

»Wird schon gehen«, beharrte sie. »Das halte ich schon durch.«

»Aber du kannst nicht rennen«, hob Zoe hervor.

»Kann ich wohl«, verteidigte sich Allie. »Vor ein paar Minuten bin ich noch gerannt.«

»Aber nicht besonders schnell«, wandte Nicole ein.

Da hatte sie recht, doch Kneifen kam für Allie jetzt nicht infrage. Obwohl ihr zum ersten Mal unangenehm bewusst wurde, dass die anderen sie ohne Weiteres zwingen konnten, zurückzukehren.

»Komm schon, Nicole.« Allie streckte flehentlich die Hände aus. »Wir müssen das tun.«

Die Französin schüttelte den Kopf. »Es ist zu gefährlich.«

»Wir sind zu dritt, und alle drei haben wir für so was trainiert«, gab Allie zu bedenken. »Was, wenn Jos Mörder da drin ist? Wir könnten ihn schnappen, das weiß ich genau. Wenn wir jetzt erst Hilfe holen, wird er uns entwischen. Die Chance können wir uns nicht entgehen lassen, Nicole! Am Ende bringt er heute Abend noch jemanden um. Bitte!« Ihre Augen flehten die anderen an. »Lasst uns hingehen.«

Nicole und Zoe tauschten einen langen Blick aus. Zoe wirkte unschlüssig, doch es war klar, dass Nicole das letzte Wort haben würde. Sie war die Erfahrenste von ihnen.

»Okay«, sagte sie schließlich, obwohl Sorgenfalten ihre Stirn zerfurchten. »Aber wir arbeiten zusammen und gehen keinerlei Risiko ein. Abgemacht?«

Sie sprach zu beiden, doch sie schaute Allie dabei an …

Die zuckte nicht mit der Wimper. »Abgemacht.«

Zoe lief voraus, Allie und Nicole folgten Seite an Seite. Als der Pfad zu eng wurde, ließ Allie sich etwas zurückfallen, blieb Nicole aber dicht auf den Fersen. Das Rennen ermüdete sie, trotzdem hatte sie das Gefühl, die anderen hielten sich ihretwegen zurück.

Ihre leisen Schritte, fast im Gleichschritt, kamen Allie ohrenbetäubend laut vor. Es war kälter geworden, und ihr Atem kam in kleinen Wölkchen heraus, die kurz im Mondlicht aufschienen, ehe sie sich wieder auflösten.

An der Friedhofsmauer duckten sie sich und achteten auf die kleinste Bewegung. Doch der Pfad, der daran entlangführte, lag verlassen da, und sie schlichen weiter.

Sie befanden sich nun in unmittelbarer Nähe des Bachs, der durch die jüngsten Regenfälle stark angeschwollen war, sodass das Rauschen des Wassers sämtliche Geräusche übertönte und sie sich schneller bewegen konnten.

Das Tor zum Friedhof stand halb offen, als wäre es achtlos zugemacht worden.

Allies Atem ging schneller.

Zoe wandte sich zu ihr um und deutete mit einer ruckartigen Bewegung zweimal auf das Tor, worauf die Mädchen sich dort postierten – Nicole auf einer Seite, Allie und Zoe auf der anderen. Drinnen standen windschiefe, alte Grabmäler eng zwischen den Baumgerippen; die Erde war von Bodennebel bedeckt. Nicht weit entfernt ragte eine uralte Eibe über die Steinmauer. Instinktiv wanderte Allies Blick zu den ausladenden unteren Ästen, auf denen Carter und sie oft gesessen hatten, wenn sie sich getroffen hatten.

Jetzt waren die langen, knorrigen Äste verlassen.

Alles war, wie Zoe es beschrieben hatte. Die schwere Bogentür der Kapelle stand sperrangelweit offen. Flackerndes Kerzenlicht warf lebendige Schatten.

Zoe schoss los, quer über den Friedhof. Geschmeidig und pfeilgerade lief sie geduckt über den Rasen, der ihre Schritte dämpfte. Binnen Sekunden war sie in der Dunkelheit verschwunden. Nach einer Weile erschien plötzlich ihre Hand vor der grauen Kirchenmauer und winkte die beiden herbei.

Nicole suchte ihren Blick und neigte den Kopf, um anzuzeigen, dass Allie vorangehen sollte.

Allie holte tief Luft, als würde sie gleich ins Schwimmbecken springen. Dann duckte sie sich und lief über den Kirchhof. Das Gras unter ihren dicken Schuhsohlen war glitschig, die Welt seltsam gedämpft – alles, was sie hörte, war ihr eigener, ohrenbetäubend lauter Atem.

Der Sprint bis zur Kapelle kam ihr vor wie eine Ewigkeit, doch

als sie im Schatten neben Zoe zum Stehen kam, nickte diese bloß beifällig, ehe sie sich wieder der Tür zuwandte und die Geste von eben wiederholte.
Binnen Sekunden war Nicole bei ihnen. Fragend sah sie Zoe an. Die deutete auf die Tür, doch Nicole schüttelte den Kopf.
Dann eben durchs Fenster.
Sie bewegten sich wie eine Einheit vorsichtig an der Wand entlang bis zu dem Buntglasfenster, durch das tagsüber farbiges Licht in den Innenraum einfiel. Jetzt nahm das Licht den umgekehrten Weg.
Zoe reckte sich und versuchte, einen Blick durchs Fenster zu erhaschen, doch sie war bei Weitem nicht groß genug. Das Fenstersims befand sich mindestens zwanzig Zentimeter über ihr. Sie ließ sich wieder fallen und schüttelte den Kopf. Als Nächste versuchte es Nicole, doch sie war kaum größer als Zoe. Frustriert kauerte sie sich wieder hin.
Die beiden Mädchen drehten sich zu Allie um.
Die stellte sich auf die Zehenspitzen, zog sich an den Fingern am kalten Sims nach oben und schaute durchs Fenster. Was sie sah, raubte ihr den Atem.
Sämtliche Kerzen in der Kapelle brannten. Dutzende. An die hundert vielleicht. Der Raum war buchstäblich von Licht *erfüllt*. Die Kandelaber, die gewöhnlich neben dem Altar standen, hatte man in einem Halbkreis vor die Mauer links vom Fenster aufgestellt. Allie konnte nicht erkennen, was sie erleuchten sollten.
Sie ließ sich herunterfallen, und die anderen sahen sie erwartungsvoll an.
Sie schüttelte den Kopf und formte mit den Lippen die Worte: »Ich kann keinen sehen.«

Einen Moment lang standen Allie und Zoe reglos da und richteten die Augen auf Nicole, die hier ja offenbar die Entscheidungen traf. Zoe deutete energisch auf die Tür. Nicole schüttelte den Kopf.

Zoe kniff die Augen zusammen und deutete erneut mit dem Finger auf die Tür – diesmal mit noch mehr Nachdruck. Ihr Gesichtsausdruck verriet, dass sie nicht daran dachte, nachzugeben. Nach einer Weile hob Nicole kapitulierend die Hände.

Als alle drei sich in Bewegung setzen wollten, drehte Nicole sich zu Allie um und machte eine abwehrende Geste: »Du wartest hier.«

»Ach, komm schon …«, bat Allie mit den Lippen.

Doch Nicole ließ sich nicht erweichen. Sie deutete heftig auf den Boden zu Allies Füßen.

Jeder Muskel in Allies Körper war gespannt, bereit für den bevorstehenden Kampf. Bereit, Jos Mörder zu fangen, falls er dort drin sein sollte. Bereit, ihm wehzutun.

Aber Nicole würde sie nie im Leben als Erste hineingehen lassen.

Meinetwegen. Sollen die eben als Erste reingehen. Ich bleibe ihnen einfach auf den Fersen.

Sie nickte, zum Zeichen, dass sie gehorchte. Zoe warf ihr einen kurzen Blick zu, ehe sie zur Tür schlich, wo sie auf Nicole wartete, die im nächsten Moment neben ihr stand.

Nicole deutete auf etwas, das Allie nicht sehen konnte, und dann waren beide verschwunden.

Sobald sie außer Sicht waren, lief Allie zur Tür und verbarg sich im Halbdunkel daneben. Falls jemand herauswollte, konnte sie zuschlagen, ehe derjenige wusste, wie ihm geschah.

Wie eine Statue stand sie da und starrte so lange ohne zu blinzeln

in den Durchgang, dass sich ihre Augen mit kalten Tränen füllten. Sie lauschte angestrengt – nach einem Schrei, einem Hilferuf, irgendetwas. Doch sie hörte nur den Bach in der Nähe vorbeidonnern und ihr Herz, das erstaunlich regelmäßig schlug.
Just als sie schon dachte, die Ungewissheit würde sie in den Wahnsinn treiben, tauchte Zoe im Durchgang auf. Das Kerzenlicht hinter ihr schien so hell, dass es im ersten Moment so aussah, als stünden ihre Haare in Flammen.
Wortlos bedeutete sie Allie, ihr zu folgen.
Die Luft im Innern der Kirche stand, es war heiß. Es duftete nach Rauch und schmelzendem Wachs. Der Luftzug, der durch die Bewegungen ihrer Körper entstand, brachte die Flammen der Kerzen zum Tanzen. In diesem Lichtertanz schienen die mittelalterlichen Gemälde auf den grauen Steinmauern zum Leben zu erwachen.
So ist es auch gedacht, begriff Allie. *Genau so soll man sie betrachten.*
Auf einer Wand stieß ein gigantischer roter Teufel arme Sünder hinab in die Hölle, während andere über eine Leiter in den Himmel hinaufkletterten, der Rettung entgegen – doch wieso sahen sie dann so verängstigt aus?
Anderswo schnappte ein Drache in die Lüfte, wo eine Taube nur ganz knapp seinen Klauen entkam. Bislang hatten die Farben auf sie immer angejahrt und matt gewirkt, doch jetzt im Kerzenschein schimmerten die rostroten Schuppen des Drachen, als wären sie lebendig.
Zoe und Nicole hatten dafür freilich keinen Blick. Sie starrten auf das Wandgemälde einer Eibe, die jener auf dem Friedhof sehr ähnlich sah. Die gemalte Version war indes voller farbenfroher

Früchte und Vögel. Ihre verschlungenen Wurzeln bildeten die Worte »Baum des Lebens«. Dies war Allies Lieblingsgemälde in der überladenen Kapelle.

Und genau vor diesem Gemälde waren die Kerzenleuchter sorgfältig in einem Halbkreis aufgestellt worden.

Als sie näher trat, bemerkte Allie, dass sich auf dem Gemälde noch etwas anderes befand.

»Was ist das?«, wisperte sie.

»Eine Botschaft«, antwortete Nicole, ohne die Augen von dem Bild zu wenden. Langsam hob sie die Hand und deutete darauf.

Da erst sah Allie das gefaltete Blatt Papier, das jemand mit einem Jagdmesser in Höhe des Baumstamms an die Wand gespießt hatte.

Wer tut so was?, dachte sie empört. *Wer beschädigt ein Gemälde, das fast tausend Jahre alt ist?*

Dabei wusste sie ganz genau, wer so etwas tat.

Langsam, wie im Traum, trat sie in den Halbkreis aus Kerzen. Sie hörte, wie Zoe und Nicole warnend ihren Namen flüsterten und sie aufforderten, stehen zu bleiben.

Doch sie hörte nicht auf sie. Sie konnte nicht stehen bleiben.

Denn auf dem Papier stand, in einer selbstbewussten, nach links geneigten Handschrift, nur ein einziges Wort: »Allie«.

Zwölf

Der aufwendig verzierte Schaft des Dolchs fühlte sich kalt an, doch das focht sie nicht an. Mit einem Ruck riss sie ihn aus der alten Steinmauer. Das Dokument löste sich, und Allie fing es auf. Schweres Papier, das sich seidig anfühlte und wie ein Tuch auffalten ließ. Reglos stand sie da und las.

Liebe Allie,
bitte entschuldige, dass ich zu solch dramatischen Mitteln der Kommunikation greife, aber ich wollte einfach Deine Aufmerksamkeit erregen. Und die dürfte ich nun ja auch haben.
Du hast Dir die falsche Seite in diesem Krieg ausgesucht, Allie. Es wird Dich vielleicht überraschen, aber ich nehme Dir das gar nicht übel. Mehr als jeder andere weiß ich, wie bestechend Lucinda sein kann. Wie überzeugend Isabelle die Rolle der Fürsorglichen spielt. Wie stark doch die Familienbande sind!
Aber die lügen Dich an, Allie.
Bisher hast Du mich enttäuscht. Sei's drum: Du hast Deine Entscheidung getroffen – und das wird Konsequenzen haben. Ich sage es ungern, aber diese Konsequenzen werden sehr gravierend sein. Das ist bedauerlich, aber wir sind nun mal an diesem Punkt angelangt.
Nun ist es aber nie so, dass sich ein Kurs, den wir einmal ein-

geschlagen haben, nicht ändern ließe. Wenn Du Dein falsches Verhalten einsiehst und Deine Meinung jetzt änderst, wirst Du in meiner Organisation genauso willkommen sein wie damals Christopher. Und das alles wird aufhören. Du kannst den Dir zustehenden Ehrenplatz einnehmen. Du hast ein Recht darauf, Allie. Und Du hast ein Recht auf die Wahrheit. Nur ich bin bereit, sie Dir zu sagen.

Alles, was Du tun musst, ist, zu mir zu kommen. So einfach ist das. Ich halte immer Ausschau. Wenn Du mich suchst, werde ich Dich finden.

Bei mir wirst Du endlich in Sicherheit sein.

Nathaniel

»Alles klar bei dir, Allie? Was steht denn drin?« Nicole betrat den Kerzenkreis.

Als Allie sich zu ihr wandte, spürte sie, dass ihr Gesicht tränennass war. Es waren Tränen vergeblicher Wut, obgleich sie sich nicht daran erinnern konnte, geweint zu haben.

Behutsam griff die Französin nach dem Brief. »Kann ich mal sehen?«

Starr nickte Allie und sah zu, wie Nicole die Nachricht rasch überflog. Als sie das Ende erreichte, wurden ihre Lippen schmal, und sie stieß einen Schwall französischer Schimpfwörter aus, die sich derber anhörten als alles, was Allie je aus Sylvains Mund gehört hatte.

»Dieser Mann ist geisteskrank«, sagte Nicole. »Alles okay?«, fragte sie dann und legte, ohne eine Antwort abzuwarten, fürsorglich den Arm um Allie. »Zoe ist los, um Hilfe zu holen.«

»Ich hätte ihn so gern geschnappt.« Allies Hand krampfte sich um den Griff des Dolchs, bis ihre Knöchel weiß wurden. »Wieso entwischt er mir jedes Mal?«

Wenige Minuten später war der Friedhof der reinste Bienenstock. Überall schwirrten Sicherheitsleute, Lehrer und Night-Schooler zwischen den Gräbern umher, stellten batteriebetriebene Scheinwerfer auf, riefen Anweisungen und rannten in die Kapelle und wieder hinaus.

Die drei Mädchen standen im Schatten der Friedhofsmauer und wurden weitgehend in Ruhe gelassen, nachdem Raj Allie sanft Messer und Nachricht aus den Fingern gewunden und sie gedrängt hatte, nach draußen zu gehen, wo sie, wie er behauptete, in Sicherheit wären.

»Rührt euch nicht von der Stelle!«, hatte er noch gesagt und war dann in der Dunkelheit verschwunden.

Allie bedauerte es nicht, dass sie die Nachricht nicht mehr hatte. Sie hatte sie oft genug gelesen, um sich die Drohbotschaft merken zu können, die in einer akkuraten, etwas ungelenken Handschrift verfasst war.

Mit unbändiger Wut rief sie sich seine letzten Worte ins Gedächtnis:

»*Alles, was Du tun musst, ist, zu mir zu kommen.*«

»Von wegen, du widerlicher Saftsack«, murmelte sie. Zoe, die neben ihr stand, sah sie fragend an.

»Sorry. Nicht du«, sagte Allie. »Ich meine Nathaniel.« Demonstrativ ungehalten warf sie einen Blick auf die Uhr – es war schon nach Mitternacht. Sie betrachtete die geschäftigen Wachleute und Night-Schooler um sie herum. Sie wollte endlich auch etwas tun.

»Was glaubst du, wie lange wir hier noch rumstehen müssen?«
»Keine Ahnung, aber sie könnten uns wenigstens irgendwas machen lassen.« Zoe hatte von der Kälte eine rote Nase bekommen und hüpfte ungeduldig auf und ab. »Ich weiß nicht, wieso die uns hier festhalten.«
»Weil sie nachher noch mit uns reden wollen«, sagte Nicole, ohne die Augen von den Wachleuten zu nehmen. »Die sichern erst mal das Gelände, und dann befragen sie uns. So macht man das eben.«
Rajs Wachleute schienen allesamt Selbstgespräche zu führen – Allie konnte die Mikrofone nicht sehen, vermutete aber, dass sie irgendeine Art von Übertragungstechnik verwendeten. Was sie etwas überraschte – verweigerte sich die Schule ansonsten doch jeglicher modernen Technologie.
In diesem Moment schaltete jemand die Scheinwerfer an, und der Friedhof war plötzlich in ein schauriges, blauweißes Licht getaucht – alle waren geblendet.
Zwei Gestalten kamen auf sie zu. Allie hielt sich schützend die Hand vor die Augen und blinzelte ins grelle Licht. Nebel und Scheinwerfer ließen die beiden wie Schattenwesen aussehen, bis sie direkt vor ihr standen.
Es waren Raj Patel und Zelazny.
»Wir müssen euch an einen sicheren Ort bringen«, verkündete Zelazny ohne Vorrede. »Ihr müsst ins Schulgebäude, bis die Suche abgeschlossen ist.«
»Als ob wir da sicherer wären«, versetzte Allie und warf ihm einen bitteren Blick zu.
Ehe Zelazny etwas darauf erwidern konnte, hatten sich drei Schatten aus der Dunkelheit gelöst und waren nahe genug heran-

gekommen, dass Allie ihre Gesichtszüge erkennen konnte. Peter und Karen. Und Carter.

»Die drei werden euch zurück in die Schule bringen und bei euch bleiben, bis wir anderen auch wieder da sind.« Patels dunkle Augen waren stahlhart, als er Allie ins Gesicht sah. »Ich werde kein Risiko eingehen.«

Sie brachen sofort auf, und bald schon verschwand der Friedhof mit seinen hellen Scheinwerfern und den beruhigend vielen Sicherheitsleuten in der Ferne.

Allies Nackenhaare sträubten sich. Zu dunkel war ihr der Wald. Und zu still.

Doch ihre Leibgarde legte ein ziemliches Tempo vor, das sie konstant hielt, Allie immer in der Mitte der schützenden Phalanx. Keiner sagte ein Wort. In stummer Formation rannten sie den Fußweg entlang.

Allie war erschöpft, ihre Arme und Beine waren bleischwer und zogen sie nach unten. Jeder Laufschritt erforderte die gesamte Energie, die sie noch übrig hatte. In ihrem Knie pulsierte es, und jeder Schritt schickte einen messerscharfen, stechenden Schmerz durch ihr Bein. Doch sie ertrug ihn mit verbissener Zustimmung – der Schmerz half ihr, sich auf das zu konzentrieren, was wichtig war. Er verlieh ihrer Rage den Feinschliff.

Nicole und Zoe liefen neben ihr, Carter hielt sich an Nicoles Seite. Das eine Mal, als sie ihn aus den Augenwinkeln beobachtete, schaute er mit wachsamer und angespannter Miene geradeaus.

Sie brauchten nur halb so lange wie sonst, bis sie den Waldrand erreicht hatten. Vor ihnen ragte das Schulgebäude auf wie eine Trutzburg. Die Fenster des Schlaftrakts im oberen Stockwerk waren dunkel, doch aus der offen stehenden Eingangstür kam ein Lichtstrahl, in dem sich Isabelles Silhouette abzeichnete. Sie stand oben auf der Treppe und erwartete sie schon. Ihr goldbraunes Haar fiel in glänzenden Wellen den Rücken hinab. Mit dem etwas zu großen, weißen Mantel, der ihr über die Schultern hing, sah sie aus wie eine Göttin.

Als die Truppe den Eingang erreicht hatte, legte Isabelle Allie beruhigend die Hände auf die Schultern und fragte: »Alles in Ordnung?«

Allie nickte. »Mir geht's gut.«

»Gott sei Dank.« Isabelle wandte sich den anderen beiden Mädchen zu. »Bitte geht schon mal voraus in den Aufenthaltsraum und wartet dort auf mich. Ich hab euch Tee und belegte Brote machen lassen – ihr müsst ja halb erfroren sein.« Sie fasste Carter am Arm. »Kann ich dich bitte kurz sprechen?«

Die beiden gingen die Treppe wieder hinunter, entfernten sich ein Stück und hielten kurz Zwiesprache. Allie hätte zu gern gewusst, worüber sie sich unterhielten.

»Komm, Allie. Es ist besser, du gehst jetzt rein!«, sagte Zoe, packte ihre Hand und zerrte sie in den großen Hauptflur, wo Nicole schon auf sie wartete.

Um diese Zeit waren die Kronleuchter normalerweise heruntergedimmt, doch nun leuchteten sie hell und verliehen dem menschenleeren Eingangsbereich eine merkwürdig feierliche Atmosphäre, wie bei einer Party, zu der niemand aufgekreuzt ist.

Die beiden Wachen waren immer noch bei ihnen – Karen lief voraus, Peter hatte sich zurückfallen lassen. Beim Aufenthaltsraum postierten sie sich zu beiden Seiten des Eingangs, ließen die Mädchen eintreten und schlossen hinter ihnen die Tür.

Die tiefen Ledersofas und Orientteppiche sahen sehr verlockend aus – und die Mädchen hatten lange genug in der Kälte ausgeharrt. In dem großen Kamin knackte ein munteres Feuer, und daneben stand ein Teewagen, auf dem sich Sandwiches und Kekse türmten.

Ohne auf eine Einladung zu warten, ließen sich Nicole und Zoe in die Sessel neben dem Kamin fallen.

»Das ist schon viel besser!«, sagte Nicole und streckte ihre Füße in Richtung der Flammen.

Nur Allie blieb an der Tür stehen und sah irritiert umher. Das war ihr alles eine Spur zu zivilisiert und normal – als wären sie gerade von einem heiteren Nachmittag beim Eislaufen oder Shoppen zurückgekehrt. Das passte irgendwie nicht zusammen. Vor der Tür standen *Wachen*.

Allmählich glaubte sie allerdings: Wenn Nathaniel wollte, würde er auch an denen einfach vorbeispazieren.

Sie war derart in Gedanken vertieft, dass sie Carter gar nicht kommen hörte.

»Alles okay?«

Als sie seine tiefe Stimme hörte, stieß Allie einen vernehmlichen Seufzer aus und drehte sich zu ihm um. Er musterte besorgt ihr Gesicht.

Unwillkürlich musste sie an die Situation im Übungsraum denken, als er nicht einmal Hallo gesagt hatte.

Jetzt kannste ruhig mal nett zu mir sein, dachte sie bitter. *Jules sieht's ja nicht.*

»Alles schick«, log sie.

»Raj hat mir von dem Brief erzählt.«

Er rang kopfschüttelnd nach Worten. »Geht es dir wirklich gut?«

»Nein. Mir geht es nicht besonders«, entgegnete sie. Ihre Stimme bebte. »Ich bin gerade völlig am Durchdrehen und weiß allmählich überhaupt nicht mehr, was hier los ist. Ich bin sauer auf mich selbst, dass ich Nathaniel nicht geschnappt habe, und ich bin sauer auf Raj, weil er ihn auch nicht zu fassen kriegt. So langsam, aber sicher werd ich verrückt. Ich hab einfach Angst. Davor, was als Nächstes passiert.«

Sie schlug die Hand vor den Mund, wie um sich am Weiterreden zu hindern.

Carter schüttelte den Kopf. »Du bist nicht verrückt. Die Welt ist verrückt. Das ist nicht unsere Schuld. Wir haben die Welt nicht so gemacht – wir haben sie nur so geerbt.«

Als sie in seine vertrauten dunklen Augen schaute, wurde ihr schwer ums Herz. Bis zu diesem Moment war ihr nicht klar gewesen, wie sehr sie seine ruhige, vernünftige Art vermisst hatte. Wie er sie immer wieder besänftigte, wenn sie sich nicht mehr einkriegte.

Es funktionierte immer noch.

Allies Lippen verzogen sich zu einem zaghaften Lächeln. »Wenn wir als Einzige noch halbwegs bei Trost sind, dann hat die Welt echt ein Problem.«

»Schicksal«, sagte er.

Sie hörte Schritte im Flur, und der Augenblick verpuffte wie ein warmer Atemstoß in kalter Nachtluft.

Kurz darauf betraten Zelazny, Raj und Isabelle den Raum. Beim Anblick ihrer grimmigen Mienen krampfte sich Allies Magen zusammen.

Isabelle bedeutete den beiden anderen Mädchen, sitzen zu bleiben, und wandte sich dann an Allie: »Kommst du bitte mit?«

Dreizehn

»In dem Brief steht nichts Neues«, tat Zelazny Nathaniels Nachricht ab.

»Da bin ich anderer Meinung«, sagte Raj leise, aber bestimmt. »Vordergründig steht da vielleicht nichts Neues – aber die Botschaft ist eine andere.«

Sie hatten sich zu viert in Isabelles Büro versammelt. Isabelle und Raj saßen am Schreibtisch, Allie auf dem Sessel gegenüber. Zelazny stand mit dem Rücken zur Tür und hatte die Arme verschränkt.

Es war heiß und stickig, und Allie meinte, einen leichten Schweißgeruch wahrzunehmen.

»Das kann ich nicht so ganz nachvollziehen – was soll denn die neue Botschaft sein?«, fragte Isabelle stirnrunzelnd. Sie trug die dunkelblonden Haare offen und wirkte dadurch jünger – eher wie eine Schülerin denn eine Rektorin. Aber ihr entschiedenes Auftreten ließ keinen Zweifel zu. Und sie war erzürnt.

»Die Nachricht ist zwar an Allie adressiert, aber sie richtet sich an uns alle«, erklärte Raj. »Er steht kurz davor, seinen nächsten Zug zu machen, das will er uns damit sagen. Eigentlich bittet er nicht Allie, zu ihm zu kommen – wir sollen sie ihm überstellen.«

Totenstille senkte sich über den Raum.

Allie rann es eiskalt den Rücken hinunter. Nun, da Raj sie ausgesprochen hatte, schien Nathaniels unterschwellige Botschaft offensichtlich. Er ließ Isabelle ein Hintertürchen, forderte sie auf, Allie und Lucinda zu verraten.

Gab ihr eine letzte Chance.

»Wenn er das glaubt, verschwendet er bloß seine Zeit«, schnaubte Isabelle ungeduldig.

Doch irgendwie klangen ihre trotzigen Worte hohl. Was hätte sie auch sonst sagen sollen angesichts der Tatsache, dass Allie direkt neben ihr saß?

Die Rektorin wandte sich Raj zu. »Nathaniels Wünsche können wir später immer noch diskutieren. In erster Linie interessiert mich jetzt, wie es dazu kommen konnte. Wie kann es sein, dass die Kapelle nicht gesichert war? Und wieso mussten meine Night-School-Schüler darauf stoßen, wieso haben deine Leute nicht entdeckt, dass jemand in das Gelände eingedrungen ist? Das ist schon ein gravierendes Versäumnis.«

Ihr Tonfall verhieß nichts Gutes. Raj sah sie scharf an.

»Wir glauben eher nicht, dass da jemand eingedrungen ist.«

»Was soll das heißen?«, bellte Zelazny. »Jemand war in der Kapelle, das ist doch offensichtlich.«

Raj hielt die Augen auf Isabelle gerichtet. Allie sah, wie sie blass wurde, als sie begriff, was Raj gleich sagen würde.

»Nichts deutet darauf hin, dass letzte Nacht irgendwer unbefugt das Schulgelände betreten hat. Mag sein, dass die Botschaft von außerhalb der Schule kommt – vielleicht ist sie sogar mit der Post gekommen. Aber die Szene in der Kapelle wurde von einem von uns arrangiert. Das war ein Insider-Job.«

Isabelle schlug mit Macht auf die Schreibtischplatte. Überrascht blickten die anderen sie an. Allie sah, dass sie Mühe hatte, sich zu beherrschen.

»Wieso gelingt es uns nicht, diesen Verräter ausfindig zu machen, Raj?«, fragte sie mit unüberhörbarer Verärgerung in der Stimme. »Wie kann es sein, dass der euch immer wieder entwischt? Da muss es doch etwas geben, das wir übersehen.«

Raj schüttelte nur den Kopf. Wenn er eine Antwort gehabt hätte, wäre sie die Erste gewesen, die davon erfahren hätte. Was sollte er schon sagen?

»August?« Sie drehte sich zu Zelazny um, doch der presste nur die Lippen zusammen und machte eine abwehrende Geste.

Isabelle rieb sich müde die Augen und wandte sich wieder Allie zu.

»Gibt es irgendetwas, das du uns noch nicht erzählt hast, Allie? Irgendein Detail?«

Allie zögerte.

»Allie.« Isabelle sah sie beschwörend an.

»Was immer es ist, sag's uns lieber. Nicht dass du es für dich behältst – und später stellt sich raus, dass es wichtig war.«

»Es ist nur ... ich dachte ...« Allie kam sich vor wie eine Verräterin, doch nun gab es kein Zurück mehr. »Ich hab da neulich vielleicht was gesehen. Wahrscheinlich ist es nicht so wichtig. Aber ihr solltet es vielleicht wissen.«

Eine bedrückende Stille legte sich über den Raum. Die drei Erwachsenen starrten sie an. Raj fand als Erster seine Stimme wieder. »Was hast du vielleicht gesehen?«

Die geballte Aufmerksamkeit aller war auf Allie gerichtet, und das brachte sie völlig aus dem Konzept. Sie wickelte sich den Saum ihres Pullovers so fest um die Finger, dass es wehtat.

»Ach, es war nur … Eloise.«
»Das versteh ich jetzt nicht«, sagte Isabelle. Sie war ganz still geworden. »Was ist mit Eloise?«
Isabelle und die Bibliothekarin waren befreundet; bestimmt hatte sie ihr einen Schlüssel gegeben. Und bestimmt war das alles ein schrecklicher Irrtum, dachte Allie in einem Anfall von Panik. Ihr wurde ganz heiß. Sie hatte überhaupt keine Beweise. Sie konnte doch nicht einfach herumlaufen und irgendwelche Leute des Mordes bezichtigen.
Aber jetzt hatte sie sich schon zu weit aus dem Fenster gelehnt. Sie musste sich erklären.
»Neulich wollte ich nach dem Unterricht zu dir ins Büro«, sagte sie und sah die Rektorin an. »Du warst gerade in London, aber das wusste ich nicht. Deswegen hab ich ewig vor deinem Büro gewartet. Und dann … war Eloise offenbar da drin. Also, die ganze Zeit … Aber sie hat nicht aufgemacht, als ich geklopft habe. Ich hab nur gesehen, wie sie plötzlich an der Tür stand. Wahrscheinlich hat das alles nichts zu sagen. Aber als sie mich gesehen hat, hat sie sich irgendwie komisch benommen. Sie ist ins Schwitzen geraten und sah aus, als hätte sie … Angst. Aber sie hatte ja einen Schlüssel.« Allie sah Isabelle hoffnungsvoll an. »Vielleicht hatte sie ja irgendwas da zu tun?«
Isabelle und Raj tauschten einen langen Blick aus; aus dem Gesicht der Rektorin war jede Farbe gewichen.
»Es gibt jede Menge plausibler Erklärungen dafür«, sagte Isabelle warnend zu Raj.
»Natürlich. Und die kann sie uns am besten gleich selbst liefern«, schnurrte Raj wie eine Katze beim Anblick eines Vogels, der in Reichweite zur Landung ansetzt.

So hatte sich Allie das ganz bestimmt nicht vorgestellt. Ganz im Gegenteil. Sie bekam eine Gänsehaut, und es lief ihr kalt den Rücken hinunter. *Oh Gott. Was habe ich da angerichtet?*

Isabelle sah Raj lange an, als müsste sie eine schwere Entscheidung treffen. Dann nickte sie – nur ein Mal.

Ohne ein Wort sprang er auf und war mit wenigen Schritten an der Tür. Zelazny folgte ihm auf dem Fuße.

Als sie gegangen waren, starrte Isabelle mit leeren Augen auf die geschlossene Tür. Abermals legte sich eine bleierne Stille über den Raum.

Allie überlegte, was sie sagen sollte, doch die Rektorin schien völlig vergessen zu haben, dass sie da war.

»Vielleicht sollte ich dann lieber mal …«, sagte sie und schickte sich an, aufzustehen, doch Isabelle bedeutete ihr, sitzen zu bleiben. Ihre Nase war ganz rot geworden, so als kämpfte sie mit den Tränen.

Allie hatte große Schuldgefühle. Sie fühlte sich überhaupt nicht wohl in ihrer Haut. *Hätte ich ihnen bloß nicht erzählt, was ich gesehen habe! Wieso musste ich das auch mitkriegen?*, dachte sie wütend. *Hätte an dem Tag nicht jemand anders vor dem Büro stehen können?*

»Ich bin sicher, sie wird 'ne gute Erklärung dafür haben«, sagte Allie.

Isabelles goldbraune Augen blitzten vor unterdrücktem Schmerz auf.

»Ich kenne Eloise jetzt schon mein ganzes Leben lang. Ich kann einfach nicht glauben, dass sie der Maulwurf ist.« Mit zitternder, aber resoluter Stimme wiederholte sie ihre Worte: »Ich glaub das einfach nicht. Da muss es noch was anderes geben, Allie. Etwas, das wir übersehen haben.« Sie schnappte sich Papier und Stift und sah Allie mit entschlossenem Gesichtsausdruck an. »Okay, gehen wir das Ganze noch mal durch. Und zwar von Anfang an!«

Der Morgen graute schon fast, als Allie endlich ins Bett ging. Sie war total erschöpft, ihre Augen waren völlig verquollen, und ihre Beine fühlten sich an, als wären sie aus Beton. Doch an Schlaf war nicht zu denken.

Isabelle und sie hatten sich stundenlang unterhalten und jedes kleinste Detail diskutiert, das Allie gesehen oder gehört hatte. Isabelle war ihre Notizbücher, Aufzeichnungen und Kalender durchgegangen, in dem Versuch, Eloises Aktivitäten nachzuvollziehen und zu beweisen, dass sie es gar nicht gewesen sein konnte.

Doch in keinem Fall fand sich ein Beweis. Jedes Mal, wenn Allie sich verfolgt gefühlt hatte, hatte Eloise kein Alibi.

Selbst an diesem Abend. Eloise war zwar beim Night-School-Training gewesen, doch dann waren die Schüler allein nach draußen gegangen. Hatte sie genügend Zeit gehabt, vor ihnen in der Kapelle zu sein? Oder gab es noch jemanden, der mit ihr zusammenarbeitete?

Sie erinnerte sich, dass Eloise sie noch ein letztes Mal zu sich gerufen hatte, bevor sie mit Nicole und Zoe losgelaufen war.

Was, wenn sie versucht hat, Zeit zu schinden?, dachte Allie voller Schrecken. *Damit jemand anderes leichteres Spiel hat?*

Nichts davon konnte sie sich wirklich vorstellen. Eloise war immer so reizend. Wie hätte sie da mit der Person zusammenarbeiten können, die zwei Schüler auf dem Gewissen hatte?

Allies Gedanken drehten sich im Kreis. Sie zog sich ein Kissen über den Kopf, damit es endlich aufhörte.

Doch immer wieder kehrte sie zu dem Moment zurück, als Eloise begriffen hatte, dass sie bis zum Hals in Schwierigkeiten steckte. Als sie ins Schulgebäude zurückgekehrt war, hatte Isabelle sie abgefangen und Allie angewiesen, in ihrem Büro zu bleiben. Sie ließ die Tür offen, sodass Allie mitbekam, wie Eloise mit fröhlicher Stimme fragte: »Was gibt's denn?«

Raj hatte ihr geantwortet, doch Allie hatte seine Worte nicht verstehen können. Was auch immer er gesagt hatte, es verfehlte seine Wirkung nicht – denn Eloise geriet offensichtlich in Panik.

»Was? Nein. Das ist doch lächerlich!« Und kurze Zeit später: »Isabelle, bitte. Das können die doch nicht machen!«

Allie rannte zur Tür und sah gerade noch, wie sie die Bibliothekarin abführten wie eine Gefangene, Zelazny auf der einen, Raj auf der anderen Seite.

Bei dem Anblick drehte sich ihr der Magen um – sie wusste nur zu gut, wie sich das anfühlte.

Allie gab es auf, schlafen zu wollen, strampelte die Bettdecke von sich und kletterte auf ihren Schreibtisch, um das Bogenfenster aufzustoßen. Sie schloss die Augen und ließ sich von der kalten Luft erfrischen.

Wenn es nur jemanden gäbe, mit dem ich darüber reden könnte.

Letztes Trimester wäre sie einfach übers Dach zum Jungstrakt hinüber, wäre durchs Fenster in Carters Zimmer geklettert und hätte ihm alles erzählt.

Sehnsüchtig betrachtete sie den stabilen Mauervorsprung unter dem Fensterrahmen. Dann schüttelte sie den Kopf und sah weg. Diese Zeiten waren vorbei.

Aber mit wem konnte sie sonst noch reden? Rachel ging nicht in die Night School, weshalb sie mit ihr nicht richtig darüber sprechen konnte. Zoe war erst dreizehn, und obwohl sie beängstigend schlau war, war sie eben doch nur ein Kind.

Die Kälte war ihr inzwischen bis in die Knochen gedrungen, und sie hatte das Fenster gerade wieder zugemacht, als es leise an ihre Tür klopfte.

Allie sah auf den Wecker neben ihrem Bett. Es war halb fünf. Wer klopfte in aller Herrgottsfrühe bei ihr an?

Es war Nicole. In ihrem dunkelblauen Schlafanzug und dem dicken, weißen Bademantel sah sie ganz anders aus als sonst – die langen, dunklen Haare waren zerzaust, und sie trug kein Make-up. Auf einer Wange waren sogar lauter kleine, rote Pickel zu sehen.

Hinter ihrer perfekten Fassade versteckte sich also auch nur ein Mensch.

»Entschuldige bitte«, sagte die Französin und ignorierte in fröhlicher Unbekümmertheit, welch strengem Blick sie gerade ausgesetzt war. »Ich konnte nicht schlafen und dachte mir, dass es dir vielleicht genauso geht.«

»Das kannst du laut sagen«, entgegnete Allie und ließ Nicole ins Zimmer. »Ich bin froh, dass es nicht nur mir so geht.«

»Tja, war ja auch ein etwas merkwürdiger Abend«, sagte Nicole trocken.

Ohne auf eine Einladung zu warten, setzte sie sich ans Bettende, zog die Wolldecke vom Fußbrett und legte sie sich über die Beine. »Hier ist es kälter als bei mir im Zimmer«, bemerkte sie. Allie bewunderte ihr Selbstvertrauen; Nicole war jederzeit Herrin der Situation. Egal, wo sie hinkam, und egal, was sie tat – sie war mit sich im Reinen.

Allie kletterte zurück in ihr Bett und zog sich die Decke bis ans

Kinn. Es war immer noch recht kalt im Raum, obwohl sie das Fenster längst zugemacht hatte.

»Nachdem du fort warst, haben Zelazny und Jerry Cole uns noch verhört«, sagte Nicole leise. »Sie haben uns mit Fragen gelöchert, wollten uns aber nicht verraten, wo du steckst. Völlig bescheuert. Als ob sie wieder mit ihren blöden Kriegsspielchen anfangen wollten.«

Allie nickte. Sie hasste es, wenn die Lehrer sich aufführten wie Geheimagenten.

»Sind sie irgendwie auf … Eloise zu sprechen gekommen?«, fragte Allie zögernd.

Nicole sah sie mit ihren riesigen, dunklen Augen an. »Regelrecht ausgefragt haben sie uns nach ihr. Hat sie Ärger? Das hat mich ein bisschen verwirrt.« Ihre grazile Stirn legte sich in Falten.

Allie schwieg, unschlüssig, wie viel sie preisgeben sollte. Andererseits würde Nicole als erfahrene Night-Schoolerin es sowieso bald herausfinden.

»Die glauben, dass sie Nathaniels Spion ist.«

Obwohl sie ihre Worte beinahe flüsterte, kam es ihr vor, als hallten sie nach wie Glockenschläge.

Nicole war stumm vor Entsetzen. Erschüttert schnappte sie nach Luft. »*Mais c'est ridicule!*«, murmelte sie wütend auf Französisch. »Das ist doch totaler Schwachsinn. Wie kommen die bloß auf die Idee?«

Allie wurde rot. »Alles meine Schuld«, gestand sie und schlug die Augen nieder. »Ich hab da was beobachtet und ihnen davon erzählt. Und da sind sie total ausgeflippt.«

Zu ihrer Überraschung fing sich Nicole rasch wieder. »Und was hast du gesehen?«

Allie erzählte ihr, wie sie Eloise mit einem Schlüssel in der Hand an Isabelles Bürotür gesehen hatte.

Als sie fertig war, schaute Nicole sie grübelnd an.

»Das ist ja seltsam …«, sie sah Allie an, »Isabelle hat doch gesagt, Eloise hätte keinen Grund gehabt, dort zu sein, oder?«

Allie nickte düster.

»Oh nee.« Nicole ließ sich gegen die Wand sinken. »Das ist ja furchtbar. Nicht sie. Das kann nicht sein. Ich will aber nicht, dass es Eloise ist.«

»Hab ich auch erst gedacht, aber dann … Ich weiß nicht. Sieht jedenfalls nicht gut aus«, sagte Allie.

»Warte.« Nicole richtete sich auf und tippte sich bedächtig mit ihrem blassrosa Fingernagel ans Kinn. »Lass uns das noch mal genau durchdenken.«

»Muss das sein?«, stöhnte Allie und vergrub das Gesicht in den Händen. »Ich hab schon Stunden mit Isabelle darüber geredet. Wir haben nichts Entlastendes gefunden.«

Doch Nicole ließ sich nicht so schnell davon abbringen. »Mir kommt da gerade so ein Gedanke. Hast du nicht gesagt, sie hätte etwas verschwitzt und nervös auf dich gewirkt?«

Allie nickte.

»Waren ihre Haare … Wie sagt man? Zerzaust? Als wäre sie gerade aufgestanden?«

Allie war perplex. Was sollte das jetzt bringen? Verwundert zuckte sie die Achseln. »Ja, ich glaub schon.«

»Und hast du sonst noch jemanden aus dem Büro kommen sehen? Irgendwelche anderen Lehrer?«

Allie schüttelte den Kopf. »Nein. Aber ich bin auch direkt danach gegangen.«

»Hmmm.« Nicole legte das Kinn auf ihre Hand und starrte vor sich hin. »Es könnte nämlich sein …«

»Was könnte sein?«

»Es könnte nämlich sein, dass Eloise gar keine Spionin ist. Sondern einfach nur da drin war, weil sie mit Jerry Cole Sex hatte.«

Ich glaub, ich hab mich verhört.

»Was?«, fragte Allie mit offenem Mund. »Willst du damit sagen, dass Eloise und Jerry …«

Nicole nickte. »Ganz genau. Die ficken.«

Allie bekam den Mund gar nicht mehr zu. Allein die Vorstellung, dass die Bibliothekarin und der Chemielehrer miteinander Sex hatten, war abstoßend. Was wollte eine junge, hübsche Frau mit so einem alten Knacker? *Der ist doch bestimmt schon … an die vierzig.*

Sie versuchte sich vorzustellen, was die Bibliothekarin an ihm finden mochte – und erinnerte sich plötzlich daran, wie Jo ihn verträumt angestarrt hatte. Sie war immer ein wenig verschossen in Jerry gewesen. *Trotzdem. Das würde Eloise nicht tun. Die kann doch jeden haben.*

»Das halte ich für Quatsch«, verkündete sie. »Wieso sollte Eloise sich denn mit dem abgeben?«

Nicole wirkte überrascht. »Wieso nicht? Ich finde, er sieht ziemlich gut aus. Und 'ne gute Figur hat er auch.«

»Jerry?« Entsetzt starrte Allie sie an. »Das ist doch ein alter Sack. Der soll 'ne gute Figur haben? Das ist ja wohl … Igitt!«

»Ach, ihr englischen Mädels seid so naiv«, seufzte Nicole. »Jerry sieht sehr gut aus, glaub's mir einfach. Und ich weiß, dass die beiden eine Affäre haben. So viel steht fest.«

»Woher willst du das denn wissen?« Allie konnte ihr Grausen nicht verbergen.
»Die Frage ist wohl eher, wie man das nicht wissen kann. Ist dir noch nie aufgefallen, wie die beiden sich anschauen? Die haben sich schon immer gemocht, und seit letztem Trimester sind sie auch zusammen. Ich hab sie öfter zusammen in den Wald gehen sehen. Und einmal hab ich sie beim Knutschen im Übungsraum erwischt, bevor die anderen gekommen sind. Ich dachte, das wär allgemein bekannt.« Sie zuckte abermals die Achseln. »Sie sind verliebt. Ist doch schön.«
Diese Information musste Allie erst einmal verdauen. »Okay, aber selbst wenn sie zusammen sind – was ich überhaupt nicht gut finde –, wie sind sie in Isabelles Büro gekommen? Und wieso sollten sie ausgerechnet da reingehen, um … zu ficken? Das können sie doch auch auf ihren Zimmern machen?«
»Das weiß ich auch nicht«, gab Nicole zu. »Aber die Lehrer dürfen ja keine Beziehungen an der Schule haben, und Sex schon gleich gar nicht. Vielleicht sind sie irgendwie an den Schlüssel gekommen und dachten, da drinnen wären sie ungestört, weil Isabelle ja weg war. Keine Ahnung, nur so eine Idee.« Sie sah Allie mit gedankenschwerer Miene an, so als grübelte sie gerade über eine besonders vertrackte Hausaufgabe nach. »Das Büro ist zwar klein, aber groß genug dafür, dass zwei Leute darin Sex haben können, *non*?«
Allie rümpfte die Nase. *Übel ist das. Übel, übel, übel.*
»Möglich wär's, das stimmt«, sagte sie. »Aber wenn es so war, wieso erzählt sie es ihnen dann nicht einfach? Jerry würde ihr bestimmt beistehen, und die würden sie gehen lassen.«
»Wenn sie ihnen erzählt, dass sie mit Jerry eine Affäre hat, flie-

gen die alle beide hochkant raus«, erwiderte Nicole. »Es könnte also sein, dass sie ihn schützen will. Oder sie hat es ihnen erzählt, und er streitet alles ab, um seinen Arsch zu retten. Aber das wäre ja wohl das Hinterletzte.« Nicoles Gesichtsausdruck wurde ernst. »Oder Raj und Zelazny kaufen ihnen die Geschichte einfach nicht ab.«

Allie schaute sie an. »Und was glaubst du? Hältst du es für möglich, dass Eloise für Nathaniel arbeitet? Glaubst du, dass sie's ist?«

»Natürlich nicht«, entgegnete Nicole wie aus der Pistole geschossen.

Bevor sie die Frage gestellt hatte, war Allie gar nicht klar gewesen, wie sehr sie innerlich gehofft hatte, Eloise wäre tatsächlich der Spion. So schrecklich das gewesen wäre – wenigstens wäre die Sache aufgeklärt gewesen, und die Jagd hätte dann ein Ende gehabt. Und das wäre ja auch schon mal was …

Aber insgeheim glaubte sie auch nicht, dass es Eloise war. Es fühlte sich nicht richtig an. Es passte nicht.

Wie eine schwarze Gewitterwolke fegte die Verzweiflung über sie hinweg. Sie war so müde, und sie hatten sich so viel Mühe gegeben. Alles für die Katz.

Nathaniel trieb immer noch da draußen sein Unwesen. Die falsche Person wurde gegen ihren Willen festgehalten. Und alles war noch genauso schlimm wie vorher. Wenn nicht schlimmer.

»Aber wer ist es dann?«, fragte sie und sah Nicole mit leeren Augen an.

Eine Zeit lang erwiderte Nicole nur ihren Blick, dann richtete sie sich plötzlich auf, als wäre ihr gerade eine Idee gekommen. »Kann ich mal Papier und Stift haben?«

Allie stand auf und holte einen Notizblock und ein paar Stifte von ihrem Schreibtisch. Wie Rachel war Nicole ein As in den naturwissenschaftlichen Fächern. Da lag es nahe, dass sie die Sache wie eine komplexe Gleichung angehen wollte.

»Also, bleiben wir zunächst mal nur bei den Überfällen selbst«, sagte Nicole und malte drei Quadrate aufs Papier. Ins erste schrieb sie »Ruth«, ins zweite »Jo« und ins dritte »Kapelle«.

»Okay«, sagte sie. »Wo waren wir alle, als Ruth ermordet wurde?«

Penibel trugen sie zusammen, wer von den Night-Schoolern und Lehrern sich am Abend des Sommerballs wann wo aufgehalten hatte. Sie erstellten eine Liste derer, die ein Alibi hatten, und eine derer, die keines hatten.

Dasselbe machten sie für den Abend, an dem Jo ermordet worden war. Wen hatten sie zur Tatzeit gesehen? Wen nicht?

Und genauso verfuhren sie mit dem Vorfall von letzter Nacht. Nicole machte ein Diagramm mit lauter Namen, die sie in kleine Rechtecke eintrug, und verband diejenigen, deren Aufenthaltsort unbekannt war, durch Pfeile mit den drei Quadraten.

Schnell begriff Allie, dass Nicole nach einem Muster suchte. Natürlich konnte auch jemand von außen auf das Schulgelände gelangt sein, aber jemand von innen musste den Schlüssel liefern, ein Schloss aufschließen, das Tor entriegeln.

Als sie fertig waren, starrten sie beide schweigend und mit gemessenem Ernst auf das Blatt.

Mit der Fingerspitze zog Allie die dunklen Linien nach, die zu einer Reihe von Kästchen führten, in denen jeweils ein vertrauter Name stand. Jede Linie so zart und zerbrechlich wie das Vertrauen, das sie zu jeder dieser Personen aufgebaut hatte.

Doch alles Aufgebaute kann auch wieder zerstört werden. »Es muss also einer von denen sein«, sagte sie.

Nicole nickte ernst und sah sie aus dunklen Augen an. »Einer von denen ist es.«

Allie starrte auf das inkriminierende Blatt Papier. Dann hob sie den Blick und sah Nicole an. »Und was machen wir jetzt?«

Vierzehn

Es war fast neun, als Nicole an diesem Morgen Allies Zimmer verließ. Sie hatten einen Plan gefasst.

Zwar nur die Grundzüge eines Plans, aber das war besser als nichts.

Als Erstes würden sie ein Team zusammenstellen, das ihnen helfen sollte.

Sie hatten ausgemacht, dass nur die dabei sein durften, die für sie beide akzeptabel waren, doch schließlich war es gar nicht so schwer, sich auf Namen zu einigen, mit denen sie beide leben konnten.

Jetzt mussten sie diese Leute nur noch dazu überreden, dass sie mitmachten.

Allie zog sich schnell an und eilte hinunter. Jetzt am Samstag lag das Treppenhaus still da – die meisten Schüler spielten vermutlich irgendetwas oder unterhielten sich. Ein paar kickten sicher auch draußen in der Kälte. Aus der offenen Tür zum Aufenthaltsraum drangen leises Gemurmel und vereinzeltes Gelächter.

Einen Augenblick lang sehnte Allie sich nach einem ganz normalen Schülerleben. Es wäre toll gewesen, eine Zeit lang mal jemand anders zu sein.

Sie verfiel in einen leichten Trab, quer durch die Halle zur Bibliothek.

Immer wenn sie durch die Bibliothekstür trat, kam sie sich vor wie in einer anderen Welt. Es herrschte eine Stille wie im Krankenhaus. Was an Geräuschen nicht von den dicken Perserteppichen geschluckt wurde, verlor sich irgendwo in den hohen Decken. Man kam sich vor wie in Watte eingepackt.

Der beißende Rauchgestank vom Brand im vergangenen Sommer war schon längst verflogen; inzwischen roch es hier wieder nur nach alten Ledereinbänden, Tinte aus dem 19. Jahrhundert und Möbelpolitur.

Die meterhohen Regale, die ins Schummerlicht über ihrem Kopf ragten, sahen alle gleich aus, doch Allie wusste, dass im vorderen Teil der Bibliothek lauter originalgetreue Nachbauten standen, und selbst die neuen Rollleitern sahen genauso aus wie früher.

Alle Schäden, die Nathaniel dem Gebäude zugefügt hatte, waren repariert worden. Doch in diesem Augenblick hätte nichts ihre Stimmung aufhellen können.

Als sie einen schlanken, bebrillten Mann auf Eloises Stuhl sitzen sah, klumpte sich ihr der Magen zusammen. Sie fand es unerhört taktlos, Eloise einfach zu ersetzen, als wäre sie bereits schuldig gesprochen. Als wäre sie austauschbar.

Sie kannte den Mann, er unterrichtete Englisch in der Unterstufe. Allie versuchte, ihre Wut hinunterzuschlucken. Er konnte ja nichts dafür. Vermutlich.

Dennoch musste sie ihn auf die Probe stellen. Sie wollte herausfinden, ob er ihr ins Gesicht lügen würde.

»Entschuldigung«, sagte sie. »Haben Sie Eloise gesehen?«

Der Lehrer legte die Karteikarten hin, die er gerade ausfüllte, und sein Gesichtsausdruck sagte Allie, dass er im Gegensatz zu ihr ganz genau wusste, wen er da vor sich hatte.

»Ich fürchte, sie ist in Klausur«, erwiderte er mit untadeliger Höflichkeit. »Das ganze Wochenende über.«

Die Kombination aus Lüge und guten Manieren machte Allie nervös. Er musste wissen, wo Eloise war und was sie gerade durchmachte, doch es schien ihm völlig egal zu sein.

So ein Vollidiot.

»Wunderbar«, sagte sie kühl. »Ich dachte schon, ihr wär was zugestoßen.«

Ohne seine Reaktion abzuwarten, machte Allie auf dem Absatz kehrt und steuerte auf einen schwach beleuchteten Bereich im hinteren Teil des Saals zu. Rachel saß genau da, wo Allie sie vermutete, die Lesebrille auf der Nasenspitze, das lange Haar nachlässig im Nacken zu einem Knoten gebunden, der von einem Bleistift zusammengehalten wurde, dessen eines Ende in die Höhe zeigte wie eine Antenne.

Es hatte Allie überrascht, wie bereitwillig Nicole ihren Wunsch akzeptiert hatte, Rachel solle auch mitmachen. Da Rachel nicht zur Night School gehörte, hatte sie Einwände erwartet.

»Wenn wir sie mitmachen lassen, verstoßen wir gegen so ziemlich alle Regeln der Internatsordnung«, hatte Allie Nicole klargemacht, doch die hatte nur mit den Achseln gezuckt.

»Wir werden sowieso gegen derart viele Regeln verstoßen, dass es darauf auch nicht mehr ankommt. Wenn die uns erwischen, fliegen wir alle hochkant von der Schule.«

»Hey«, sagte Allie jetzt und setzte sich Rachel gegenüber.

»Ah, sehr gut.« Rachel sah zu ihr auf. »Bist du hier, um dich auspeitschen zu las… äh, wegen deiner Chemie-Nachhilfe, wollte ich sagen?«

Als Allie auf den Scherz nicht einging, kniff Rachel die Augen zusammen. »Was ist los? Irgendwas ist passiert, würde ich sagen. Deine Nase tut wieder so komisch.«

Misstrauisch fasste Allie sich an die Nasenspitze. Sie hatte nicht den Eindruck, dass ihre Nase irgendwas tat.

»Was denn?«, fragte sie, wartete Rachels Antwort jedoch nicht ab. »Hör mal, es ist was passiert ...«

»Wusst ich's doch«, entgegnete Rachel selbstgefällig. »Nasen lügen nicht.«

Allie beugte sich vor, um Rachels ganze Aufmerksamkeit zu bekommen. »Ich brauche deine Hilfe.« Obwohl an den Tischen um sie herum niemand saß, hielt sich Allie halb die Hand vor den Mund, während sie weitersprach. »Was ich dir jetzt sage, wird dir garantiert nicht gefallen.«

»Oh-oh.« Rachel setzte die Lesebrille ab.

»Eloise steckt ganz schön in Schwierigkeiten und braucht unsere Hilfe.«

Aus Rachels Gesicht wich jeder Anflug von Albernheit. »Was ist denn passiert?«

Allie sah sich um. »Komm mal mit.«

Sie ließen Rachels Bücher liegen und zogen sich in eine dunkle Ecke in der Abteilung »Griechische Antike« zurück, wo nie jemand war. Mit jedem Schritt wuchs Allies Angst, dass Rachel ihr die Bitte am Ende abschlagen könnte.

Rachel hasste die Night School und überhaupt alles, was mit der dunklen Seite von Cimmeria zu tun hatte. Sie hatte versucht, Allie davon abzubringen, dort mitzumachen. Aber die Bibliothek war Rachel der liebste Ort auf der Welt, und in ihren Augen *war* Eloise die Bibliothek. Wenn Rachel mitmachen sollte, musste Allie in leuchtenden Farben ausmalen, in welch arger

Klemme die Bibliothekarin steckte. Sie kam sich vor wie eine Verräterin.

Genau das verabscheute Rachel so an dieser Schule, und genau in diese Kerbe schlug Allie nun.

Rasch berichtete sie von den Geschehnissen am Abend zuvor – dem Messer in der Mauer, Nathaniel, Gabe. Als sie erklärte, dass es in der Schule einen Helfer geben musste, stieß Rachel einen erstickten Schrei aus und wandte sich ab.

»Das hatte ich befürchtet«, sagte sie, als sie sich gefasst hatte. »Mein Vater hat vor einer Weile mal was gesagt, aus dem ich geschlossen habe, es könnte einer von uns sein. Und wen haben sie in Verdacht?«

Allie erwiderte ihren Blick. »Jetzt in diesem Augenblick? Eloise.«

Rachel ballte die Fäuste und stieß einen leisen Fluch aus.

Allie konnte sich nicht daran erinnern, je solche Worte aus ihrem Mund gehört zu haben. Rasch fuhr sie fort: »Die Sache ist nur, dass wir uns ziemlich sicher sind, dass sie nicht der Spion ist. Aber um das zu beweisen, brauchen wir deine Hilfe. Ich weiß, du kannst so Sachen nicht leiden, aber … würdest du mir helfen?«

Eine Zeit lang sagte Rachel nichts. Als sie aufsah, waren ihre mandelförmigen Augen vor Ärger ganz dunkel.

»Was soll ich tun?«

Der Rest war ein Kinderspiel.

Allie bestand darauf, dass Zoe mitmachte. Sie war zwar ein paar Jahre jünger, dafür aber schlau. Und vor allem war sie unauffällig – sie konnte in einen Raum schlüpfen und diesen wieder verlassen, ohne dass es jemandem auffiel. Wer achtete schon auf ein Kind?

Nicole ihrerseits sorgte dafür, dass auch Carter und Sylvain mit von der Partie waren.

Nur als Jules' Name fiel, hatte Allie heftig den Kopf geschüttelt. Dieses Carter-Jules-Geturtel konnte sie zurzeit wirklich nicht gebrauchen.

Umgekehrt lehnte Nicole Lucas ab, ohne Erklärung.

»Ich möchte ihn halt nicht dabeihaben«, hatte sie auf Allies Nachfrage nur geantwortet.

»Komm schon, Nicole«, hatte Allie gedrängt. »Er ist Rachels Freund. Für den leg ich meine Hand ins Feuer.«

Doch Nicole hatte nur den Kopf geschüttelt, und Allie musste die Waffen strecken. Dann eben ohne Lucas. Und so bestand ihre Gruppe jetzt also aus sechs Leuten, die schaffen sollten, was die besten Ausbilder in Cimmeria nicht geschafft hatten: den Spion ausfindig zu machen.

Der erste Schritt war ganz einfach. Sie wollten sich um Mitternacht in der Gruft unter dem Mädchentrakt treffen.

Von da an würde es sehr viel schwieriger werden.

Um drei Minuten vor Mitternacht klopfte Allie ein Mal fest gegen die Wand zwischen Rachels und ihrem Zimmer. Kurz darauf hörte sie ein schwaches Klopfen als Antwort.

Auf geht's.

Lautlos öffnete sie ihre Tür, schlüpfte hinaus und ließ den Knauf mit einer routinierten Handbewegung zuschnalzen. Das Einrasten des Schlosses war praktisch unhörbar.

Um diese Zeit lag der Flur leer und dunkel da. Rachels Tür war immer noch geschlossen.

Die Taschenlampe in der Hand, wippte Allie ungeduldig auf den

Zehen, immer darauf bedacht, bloß kein Geräusch zu machen.
»Komm schon, Rach …«, flüsterte sie leise.
Einige endlose Sekunden lang passierte nichts. Dann endlich öffnete sich mit einem Knarren die Tür, und Rachel tauchte auf, mit hängenden Schultern. Sie hielt den Blick gesenkt, und es war offenkundig, wie sehr ihr das alles gegen den Strich ging. Doch darauf konnte Allie jetzt keine Rücksicht nehmen – sie war einfach auf Rachel angewiesen.
Mit einer Kopfbewegung bedeutete sie der Freundin, ihr zu folgen, und ging wortlos den Flur entlang. Die Heizung war trotz der kalten Winternacht heruntergedreht, und überall im Gebäude ächzte und knarrte es.
Die Tür am Ende des Gangs sah aus, als führte sie zu einer gewöhnlichen Abstellkammer, doch dahinter öffnete sich eine der Dienstbotenstiegen, die sich hinter Cimmerias Mauern verbargen. In viktorianischer Zeit hatten die Hausmädchen sie genutzt, um ihre Arbeiten zu verrichten, ohne die Herrschaften zu stören. Inzwischen waren diese Stiegen fast in Vergessenheit geraten.
Durch die offene Tür blies ein kühler Windhauch, und Allie bekam eine Gänsehaut. Nachdem sie sich mit einem Blick über die Schulter vergewissert hatte, dass Rachel noch bei ihr war, schaltete sie ihre Taschenlampe ein und machte sich an den Abstieg.
Vier Stockwerke tiefer mündete die enge, steinerne Wendeltreppe in einen großen Raum mit niedriger Decke. Die Wände und Böden aus Kalkstein funktionierten wie ein Kühlschrank – der Raum war eiskalt. Und leer. Was er nicht sein sollte.
Allie stellten sich die Nackenhaare auf. Irgendetwas stimmte nicht.
Sie leuchtete mit der Taschenlampe im Raum umher. Der Licht-

strahl fiel auf gespenstische Steinsäulen, die vor Urzeiten einmal mit dem Meißel bearbeitet worden waren – als hätte ein wildes Tier seine Klauen daran gewetzt.
Plötzlich hörten sie hinter sich ein scharrendes Geräusch, als wäre durch die plötzliche Helligkeit etwas aufgescheucht worden.
Allie fuhr herum, zog Rachel hinter sich und ging in Verteidigungsstellung, wobei sie die Taschenlampe wie einen Knüppel hielt.
»Echt krass hier«, hörte sie da Zoe flüstern, die ihre Taschenlampe einschaltete. »Super Idee.«
Allie sackte in sich zusammen, und das überschüssige Adrenalin floss nur so aus ihr heraus.
»Verdammt noch mal, Zoe. Wieso hast du nicht eher was gesagt? Du hast mich zu Tode erschreckt!«
»Hallo, Allie. Ich bin hier. Genau da, wo du mich hinbestellt hast.« Die Fröhlichkeit in Zoes Stimme wandelte sich rasch in Besorgnis. »Du liebe Güte, Rachel, du siehst aber nicht gut aus. Setz dich lieber mal hin.«
Allie schaute hinter sich und bemerkte, dass Rachels gesunde Gesichtsfarbe einem seltsam blassen Grünton gewichen war.
»Rachel!«
»Alles bestens«, erwiderte Rachel auf wackeligen Beinen.
Allie packte sie am Arm und führte sie zu einer verstaubten Kiste.
»Setz dich hierhin. Du siehst aus, als wäre dir übel.«
»Nur … 'n bisschen erschrocken«, sagte Rachel matt. »Ich hab gedacht, wir wären tot. Nichts Weltbewegendes.«
»Leg den Kopf zwischen deine Knie«, ordnete Zoe an.
»Was ist denn mit Rachel los?« Aus einem Gang tauchte Sylvain auf, von dem allerdings nicht viel mehr zu erkennen war als ein

greller Taschenlampenstrahl mit französischem Akzent. »Sie hört sich gar nicht gut an.«

»Zoe hat uns einen Riesenschreck eingejagt«, sagte Allie und warf der Kleinen einen vorwurfsvollen Blick zu. »Rachel hat voll den Herzkaspar gekriegt.«

»Nicht ganz«, murmelte Rachel dumpf, weil sie das Gesicht immer noch auf die Knie presste. »Aber ich hab gerade mein ganzes Leben vor meinem geistigen Auge ablaufen sehen. Das mit Robert Peterson tut mir echt leid.«

Die anderen starrten sie an.

»Wer ist Robert Peterson?«, fragten Allie und Zoe wie aus einem Mund.

»Ich kenne ihn«, sagte Nicole, während sie sich durch den gleichen Eingang bückte, durch den Allie und Rachel gekommen waren. »Der war letztes Jahr bei mir in Physik. Ein Streber mit ziemlich dicken Brillengläsern.«

»Ich hab ihn mal geküsst«, sagte Rachel. »Der hat vielleicht gesabbert.«

»Voll eklig«, sagte Zoe angewidert.

Nicole zuckte nur die Schultern. »Du hast es ja überlebt.«

»Irgendwie ja«, gestand Rachel ein.

»Und wo bleibt Carter?«, fragte Nicole und sah sich in dem gewölbeartigen Raum um.

»Bin schon da.« Alle wandten sich um. Zunächst sahen sie nur Carters Lampenstrahl im Gang auf sie zukommen und immer heller werden. Dann richtete Allie ihre Lampe auf Carter, bis sich seine Umrisse im Dunkel abzeichneten.

»Damit wären wir vollzählig«, stellte Nicole feierlich fest. »Dann kann's ja losgehen.«

Fünfzehn

Im Licht der Taschenlampen setzten sie sich im Kreis auf den staubigen Boden der Gruft. *Wenn man es nicht besser wüsste, könnte man meinen, wir spielen irgend so ein Gesellschaftsspiel,* dachte Allie, *»Wahrheit oder Pflicht« zum Beispiel oder »Flaschendrehen«.*

Nur dass sie bestimmt nicht zum Spielen hier waren.

Allie betrachtete den Kreis aus vertrauten Gesichtern, die sie erwartungsvoll ansahen, und wusste, dass sie dasselbe wollten wie sie: Antworten. Entschlossenes Handeln. Gerechtigkeit.

Das alles konnte sie ihnen nicht bieten.

»Ihr wisst ja, warum wir hier sind.« Ihre Stimme hallte von den kalten Steinwänden wider. »Nach dem, was letzte Nacht passiert ist, glaube ich …« Ihr Blick fiel auf Nicole, und sie korrigierte sich. »Nicole und ich, wollte ich sagen … Wir glauben, dass Isabelle und die anderen die falsche Fährte verfolgen. Wir wollen herausfinden, wer der wirkliche Spion ist. Deshalb haben wir mal überprüft, wo jeder Einzelne war, als all diese Dinge passiert sind.« Die anderen sahen sie erwartungsvoll an. »Wir wissen immer noch nicht, wer der Spion ist. Dafür glauben wir aber zu wissen, wer es *nicht* ist.«

Allie lehnte sich zurück, und die Französin übernahm. Ihr dunkles Haar hatte sie im Nacken zu einem Pferdeschwanz gebunden;

wenn das Licht der Taschenlampen darauffiel, schimmerte es wie Granit.

»Wir sind davon ausgegangen, dass der Spion keiner von den normalen Schülern ist«, begann sie. »So frei wie diese Person können sich in Cimmeria nur ältere Night-Schooler bewegen. Deshalb … müsste es logischerweise einer von uns sein.« Langsam ließ sie den Strahl ihrer Taschenlampe über die Gesichter der anderen huschen. »Aber das glaube ich nicht.«

»Und wieso nicht?«

Die Frage kam von Rachel, und alle drehten sich überrascht zu ihr um.

»Was willst du damit sagen?« Allies Stimme überschlug sich fast.

Rachel zuckte die Achseln. »Es könnte durchaus einer von uns sein. Schließlich sind wir nicht immer und überall zusammen.«

Nur Nicole wirkte nicht sonderlich überrascht. »Ganz genau, und deshalb habe ich vorsorglich mal die älteren Night-Schooler unter die Lupe genommen: Für alle Vorfälle konnte ich nachvollziehen, wo jeder Einzelne von uns war. Die Sache mit dem Messer in der Kapelle zum Beispiel – das kann keiner von uns gewesen sein. Man hat mir gesagt, dass du …«, sie deutete auf Rachel, »… in der Bibliothek warst.« Rachel nickte. »Allie, Zoe und ich waren ja zusammen draußen. Carter und Sylvain waren auch da, zusammen mit Jules und Lucas und den anderen älteren Night-Schoolern. Bei all denen ist also geklärt, wo sie sich aufhielten. Auf die gleiche Weise habe ich auch die anderen beiden Zwischenfälle überprüft und festgestellt, dass niemals ein und derselbe ältere Night-Schooler alle drei Dinge hätte tun können. Von uns kann es also keiner sein.«

»Also muss es einer von den Lehrern sein.« Carters Stimme klang dumpf.

Obwohl sie am Morgen gemeinsam mit Nicole bereits zum gleichen Ergebnis gekommen war, wurde es Allie eiskalt ums Herz, als sie es nun ausgesprochen hörte. Und an den Blicken ringsum sah sie, dass es den anderen genauso ging. Sylvain vergrub den Kopf in seinen Händen. Rachel wirkte mitgenommen. Selbst Zoe schien aufgewühlt, sie biss sich ständig auf die Unterlippe und hatte eine finstere Miene aufgesetzt.

»Ja«, entgegnete Nicole ruhig. »Es muss jemand aus Isabelles nächstem Umfeld sein, einer von den Night-School-Ausbildern. Nur die haben den nötigen Freiraum und die entsprechenden Möglichkeiten, und es lässt sich viel schwerer nachvollziehen, wie sie ihre Zeit verbringen.«

»Und warum kann es dann nicht Eloise sein?«, fragte Zoe und zog die Stirn kraus.

Allie musste an das Blatt Papier mit Eloises durchgestrichenem Namen denken, das am Morgen auf ihrem Bett gelegen hatte. An die seltsame Mischung aus Enttäuschung und Erleichterung, die sie empfunden hatte.

»Kurz bevor wir das Messer gefunden haben, war Eloise noch bei uns«, erklärte sie. »Derjenige, der es in der Kapelle platziert hat, muss das in dem Zeitraum getan haben, als die anderen Night-Schooler schon vorbei und wir noch nicht da waren, denn sonst hätte es irgendwer mitgekriegt. Eloise hätte nicht genügend Zeit gehabt, um die Kapelle zu erreichen und alles zu arrangieren. Wenn es also stimmt, was Raj sagt – dass nämlich gestern Abend niemand ins Schulgelände eingedrungen ist –, kann es Eloise auf keinen Fall gewesen sein.«

Die anderen ließen diese Überlegungen sacken, Nicole leuchtete ihnen reihum ins Gesicht. »Dass man die Sache nun ihr in die Schuhe schiebt, ist … Wie sagt man? Pures Theater.«

Die Temperatur in der sowieso schon kalten Gruft schien noch weiter zu fallen.

»Mal angenommen, du hast recht, dann muss doch der Lehrer, der Eloise beschuldigt, derjenige sein, der mit Nathaniel unter einer Decke steckt«, sagte Sylvain.

»Klingt logisch«, stimmte Rachel zu. »Denn wenn alle denken, Eloise ist der Spion, hören sie auf zu suchen.«

Allie nickte. »Und unterdessen könnte der Spion …«

Nicole sprach den Gedanken für sie aus: »… nach Belieben schalten und walten.«

Zoes Gesicht war förmlich anzusehen, wie es in ihr arbeitete. »Wenn wir uns in Eloise nicht irren, dann muss der Spion also entweder Zelazny, Isabelle oder Jerry oder Raj sein …«

»Mein Vater bestimmt nicht!«, entgegnete Rachel so scharf, dass die anderen herumfuhren und sie ansahen.

»Rachel hat recht«, sagte Allie. »Raj kann es unmöglich sein. Dafür ist er diesem Ort und Isabelle zu sehr verbunden. Und Isabelle kann es aus objektiven Gründen auch nicht sein.«

»Und was ist mit Rajs Wachleuten?«, fragte Sylvain. »Von denen haben manche einen Generalschlüssel.«

Doch auch das hatte Nicole bereits bedacht. »Drei aus Rajs Team haben Generalschlüssel«, sagte sie. »In der Nacht, als Ruth getötet wurde, hatten aber nur zwei von ihnen hier Dienst.«

Im Keller wurde es still. Die Liste der möglichen Spione war drastisch zusammengeschrumpft.

»Damit bleiben also übrig: Zelazny, Jerry oder einer von Rajs

Schichtleitern.« Feierlich zählte Carter die Namen an den Fingern ab. »Und Raj sucht seine Leute sehr sorgfältig aus.«

Sylvain sah aus, als hätte er einen Schlag ins Gesicht bekommen. »Ich kann's einfach nicht glauben«, sagte er. »Es muss einer von den Wachleuten sein. Jerry oder Zelazny wären zu so was nicht fähig. Ausgeschlossen.«

Allie und Nicole wechselten einen Blick. Nichts war mehr ausgeschlossen.

Der nächste Tag war ein Sonntag. Um neun Uhr morgens wartete Allie vor Isabelles Büro.

Die Tür war abgeschlossen, das Büro schien verlassen.

Mit verschränkten Armen lehnte Allie sich gegen die Wand und machte es sich gemütlich.

Irgendwann muss sie ja mal zurückkommen.

Carter und Sylvain sollten von nun an Zelazny und Jerry im Auge behalten. Nicole und Rachel wollten so viel wie möglich über die anderen Lehrer in Erfahrung bringen. Und Zoe sah sich unter Rajs Schichtleitern um.

Allie fiel die Aufgabe zu, so viel wie irgend möglich aus Isabelle rauszubekommen.

Einer von ihnen würde etwas herausfinden, denn wer immer der Spion war, er konnte nicht perfekt sein. Irgendwann würde er einen Fehler machen. Sie mussten nur die Augen offen halten.

Doch je mehr Zeit verging, desto mehr wünschte sie sich, sie hätte eine andere Aufgabe zugeteilt bekommen.

Sie hüpfte von einem Fuß auf den anderen. Ließ sich auf den Boden sinken und streckte die Beine aus. Zählte sogar die Paneele in der eichengetäfelten Wand, doch sie war nicht wirklich bei der Sache.

Das nächste Mal nehm ich mir ein Buch mit.

Als es Zeit zum Mittagessen wurde und Isabelle noch immer nicht aufgetaucht war, nahm Allie sich vor, das Mittagessen ausfallen zu lassen und weiter auszuharren. Doch auf Dauer konnte sie dem köstlichen Duft, der durch den Flur waberte, nicht widerstehen.

Ein kurzes Päuschen kann bestimmt nicht schaden, sagte sie sich. *Wo immer Isabelle steckt, hier ist sie jedenfalls nicht.*

Als sie den Speisesaal betrat, saßen Rachel und Nicole bereits am Tisch, aßen Sandwiches und tuschelten miteinander. Allie gesellte sich zu ihnen.

»Irgendwelche Neuigkeiten?«, fragte Allie.

Die beiden schüttelten den Kopf.

»Fehlanzeige«, antwortete Rachel. »Und bei dir?«

»Dito. Isabelle hat sich nicht blicken lassen. Ich hab den ganzen Vormittag vor ihrem Büro gewartet.« Finster beobachtete Allie die ordentlich gestapelten Sandwiches auf dem Tablett in der Mitte des Tisches. »Ich wüsste echt mal gern, wo die steckt.«

Weil ihr die Kälte von ihrem nächtlichen Ausflug immer noch in den Knochen steckte, warf sie einen Blick in die Suppenschüssel.

»Heute gibt's wieder grüne Gruselsuppe«, warnte Rachel sie. »Ich würd die Finger davon lassen.«

Skeptisch sahen die beiden zu, wie Allie sich Suppe von zweifelhafter Farbe in eine weiße Porzellanschale mit Cimmeria-Wappen schöpfte.

»Ich brauch einfach was Heißes«, sagte Allie. »Und wenn es Soylent Green ist.«

»Soylent Green, das ist doch Menschenfleisch!«, verkündete Zoe und ließ sich neben sie auf den Stuhl fallen.

»Na bravo«, sagte Rachel. »Jetzt hast du mir das Ende vom Film versaut.«

»Ich dachte, den kennt jeder.« Zoe starrte auf Allies Suppe. »Sieht das widerlich aus. Könnte wirklich Menschenfleisch sein.«

»Schmeckt aber viel besser, als es aussieht«, erwiderte Allie unbekümmert. Dann sah sie zu Zoe auf. »Hast du was erreicht?«

»Erreicht? Inwiefern?«, fragte Zoe verdutzt.

Allie neigte bedeutungsvoll den Kopf. »Na, du weißt schon … Diese Sache … von heute Nacht.«

»Ach so, du meinst von wegen *ausspionieren.*« *Pst!*, machten die anderen, während Zoe sich ein Sandwich nahm. »Ein bisschen was schon.«

Die beiden spitzten die Ohren.

»Und was hast du herausgefunden?«, fragte Allie.

»Es ist so, wie wir gedacht haben. Sie halten Eloise fest.«

»Und wo?«, fragten die anderen alle auf einmal.

Den Mund voller Käsesandwich, antwortete Zoe: »Weiß ich nicht – das haben sie nicht gesagt. Aber die Wachen haben langsam die Nase voll. Schieben in einer Tour Doppelschichten. Die haben schließlich auch Familie. Davon war aber nicht die Rede, als sie mit dem Job hier angefangen haben. Und in illegale Machenschaften wollen sie auch nicht verwickelt werden.«

Zoes Ausdrucksweise war eigenartig, ihr Akzent änderte sich von Satz zu Satz. Es dauerte eine Weile, bis Allie kapierte, dass Zoe die Gespräche der Wachleute exakt so wiedergab, wie sie sie gehört hatte. Zoes natürliche Neigung zur Präzision machte sie zur idealen Spionin.

»Wir müssen unbedingt herausfinden, wo sie Eloise festhalten«, sagte Allie. »Dort ist bestimmt auch Isabelle. Bloß wie soll ich mit ihr reden, wenn ich nicht mal weiß, wo sie ist?«

Vor lauter Überdruss hatte sie lauter gesprochen und musste sich zwingen, wieder zu flüstern.

»Ich werde sie finden«, sagte Zoe selbstsicher. »Einer von den Wachleuten hat gesagt …«

Sie brach ab und riss die Augen auf. Alarmiert fuhr Allie herum.

Carter und Sylvain kamen quer durch den Speisesaal auf sie zugerannt. Ein merkwürdiger Anblick, wo sie einander doch nicht ausstehen konnten. Doch wie sie jetzt einträchtig durch den Saal angelaufen kamen, wirkten sie wie ein eingespieltes Team.

Ihr Erscheinen löste allgemeine Verwirrung aus. Der Geräuschpegel stieg an, und ein paar Schüler, die in der Nähe der Tür saßen, sprangen auf und liefen aus dem Raum.

»Kommt schnell«, sagte Carter außer Atem. »Das müsst ihr euch angucken.«

Die Mädchen tauschten einen verdutzten Blick aus. Dann liefen sie hinter den Jungs her zur Tür, wo der plötzliche Exodus einen Stau verursacht hatte.

Nachdem sie sich in den Flur vorgekämpft hatten, geleiteten die Jungen sie zur Eingangstür, die trotz des kalten Februarwinds offen stand.

Das verhieß bestimmt nichts Gutes. Allie wurde flau im Magen.

In der Auffahrt vor dem Schulgebäude schimmerte ein Bentley. Ein kräftiger Mann in einer seltsamen Uniform – halb Militär, halb Hotelpage – marschierte gerade darauf zu. In der einen Hand trug er einen Designerkoffer. Mit der anderen zerrte er ein widerspenstiges Mädchen am Arm hinter sich her.

»Das ist ja Caroline Laurelton«, rief Rachel bestürzt. »Was geht denn hier ab?«

»Echt?« Zoe drängelte sich nach vorne durch, damit sie auch etwas sehen konnte.

»Lass mich!«, schrie Caroline und versuchte, sich aus dem Griff des Fahrers zu befreien. Doch der Fahrer war fast zwei Meter groß und schien nur aus Muskelmasse zu bestehen. Caroline dagegen war zierlich und jung. Sie hatte nicht den Hauch einer Chance.

»Ich verstehe das nicht …«, wandte Allie sich an Sylvain, der neben ihr stand. »Was geht da ab?«

Sylvain biss die Zähne zusammen, in seinem Blick lagen Wut und Abscheu.

»Ihre Eltern nehmen sie von der Schule«, erwiderte er. »Sie haben ihren Fahrer geschickt, damit er sie nach Hause bringt.« Während er sprach, ließ er das Mädchen nicht aus den Augen, das – wie Allie nun erkannte – hysterisch zu weinen begonnen hatte. »Sie will aber nicht.«

Sylvains Blick huschte zur Tür, wo einer von Rajs Wachleuten stand und das Geschehen verfolgte. Ihre Blicke trafen sich, und der Wachmann schüttelte den Kopf.

Misch dich lieber nicht ein.

Der Fahrer stieß nun das weinende Mädchen in den geräumigen Fond des Wagens.

»Das ist nicht in Ordnung«, sagte Allie mehr zu sich selbst.

Sylvain warf ihr einen bitteren Blick zu. »Ich weiß.«

Der Fahrer rückte seine Mütze zurecht, hob den Koffer des Mädchens auf und warf ihn auf den Beifahrersitz. Dann setzte er sich, ohne die Schülerschar eines Blickes zu würdigen, hinters Lenkrad und fuhr los.

Während der Wagen im Wald verschwand, erhob sich unter den Schülern verwirrtes Gemurmel.

Zoe stellte sich neben Allie, dicht gefolgt von Rachel.

»Wieso hat ihn keiner aufgehalten?«, fragte Zoe.

»Sorry, aber sah das nur für mich gerade wie eine Entführung aus?«, fragte Rachel. Als ihr niemand antwortete, sah sie sich hektisch um. »Ich kann das nicht begreifen. Wo ist mein Vater?«

Carter und Sylvain wechselten einen Blick, der Bände sprach. Dann machte Carter eine Kopfbewegung zur Tür hin. »Lasst uns reingehen.«

Der Speisesaal war fast leer, als sie an ihren Tisch zurückkehrten. Sie schoben die Teller beiseite, steckten die Köpfe zusammen und besprachen sich mit gedämpften Stimmen.

»Folgendes«, sagte Carter. »Caroline Laureltons Eltern sitzen im Aufsichtsrat von Cimmeria, und sie sind nicht gerade Fans von Lucinda. Es geht das Gerücht um, dass sie heute Morgen den anderen Mitgliedern des Aufsichtsrats eine Erklärung haben zukommen lassen, in der es heißt, dass Isabelle und Lucinda die Schule zugrunde richten und sie da nicht länger mitmachen wollen.« Er zögerte kurz, ehe er die schlechte Nachricht vervollständigte. »Dass sie nur die ersten, aber sicherlich nicht die einzigen Eltern wären, die ihre Kinder von der Schule nehmen, und dass bald auch alle anderen die Schule verlassen würden.«

Allie wurde flau im Magen.

»Noch mehr Theater«, warf Nicole bitter ein. »Die Tochter ist nur das Bauernopfer. Was sie dabei empfindet, ist denen egal. Sie benutzen sie nur, um Isabelle Nathaniels Botschaft zu übermitteln.«

»Das ist Nathaniels nächster Schachzug«, sagte Sylvain mit großer

Ernsthaftigkeit. »Erst hat er den Aufsichtsrat gespalten. Und jetzt ist die Schule dran. Es geht los.«

Die anderen starrten einander an und ließen diese Worte sacken. Sie hatten sich gefragt, was Nathaniel wohl als Nächstes unternehmen würde – dass es so etwas sein könnte, hatte keiner geahnt.

»Stimmt das?« Rachel sah Carter an. »Ist jetzt Krieg?«

Carter zögerte mit der Antwort. Dann schaute er auf, sah Sylvain an und nickte.

»Ja. Es ist Krieg.«

Sechzehn

»Wenn das wirklich eine Kriegserklärung ist«, sagte Rachel, »dann wird Caroline garantiert nicht die Einzige bleiben. Die werden auch noch andere Schüler abziehen.«

»So sehen wir das auch«, sagte Carter.

»Ich kapier das einfach nicht«, grübelte Zoe. »Wenn so was passiert, müssen die Night-School-Ausbilder doch Bescheid wissen. Aber die sind alle wie vom Erdboden verschwunden.«

»Was soll das heißen, wie vom Erdboden verschwunden?«, fragte Allie.

»Na ja, Zelazny, Jerry, Eloise und Isabelle sind seit gestern Abend spurlos verschwunden«, erklärte Zoe. »Alle zerreißen sich das Maul darüber. Jerry ist nicht zu seinem Wochenend-Workshop aufgetaucht, und Zelazny hätte heute eigentlich eine außerplanmäßige Stunde gehabt, war aber auch nicht da. Die sind alle einfach …«, Zoe zögerte und streckte hilflos die Hände zum Himmel, »… verschollen.«

»Aber irgendwo müssen sie ja sein. Lehrer lösen sich doch nicht einfach so in Luft auf«, sagte Allie.

»Bestimmt sind sie bei Eloise«, meinte Sylvain, von Carter durch ein Nicken unterstützt. »Wahrscheinlich sind sie gerade gemeinsam mit Raj dabei, sie zu verhören – irgendwo abseits vom Schulgebäude, wo sie ungestört sind.«

»Wir müssen sie suchen gehen und ihnen sagen, was los ist«, warf Zoe ein.

»Mir macht bloß eins Angst: Was ist, wenn Nathaniel es genau darauf angelegt hat?«, sinnierte Rachel. »Wenn er Eloise einfach was anhängt, um Chaos zu stiften? Je mehr, desto besser – zumindest für ihn.«

»So kann's aber nicht gewesen sein«, sagte Allie gequält, »weil ich ja diejenige war, die Eloise beschuldigt hat. Und er hat mich nicht dazu angestiftet.«

»Ich glaube, Allie hat recht«, sagte Nicole. »Es ist genau andersrum.«

»Du meinst, er hat mitgekriegt, dass Eloise beschuldigt wird, und beschlossen, sofort loszuschlagen?«, sagte Sylvain. »Klingt plausibel.«

»Ist ja auch ein ziemlich schlauer Schachzug«, stimmte Nicole zu. »Anzugreifen, während die Lehrer anderweitig beschäftigt sind.«

Rachel zog die Stirn kraus. »Moment mal … Woher weißt du, was ihre Eltern im Aufsichtsrat gesagt haben?«

»Katie«, erwiderte Sylvain mit offenkundigem Abscheu. »Sie posaunt es überall rum.«

Die anderen stöhnten. Dass Katie Gilmores Eltern zu den Wortführern des Aufsichtsrats zählten, war allgemein bekannt.

»Aber wie hat Katie davon Wind bekommen?«, rätselte Allie. »Dafür braucht man doch zumindest ein Telefon.«

»Gute Frage«, sagte Sylvain stirnrunzelnd. »Ich werd mal mit ihr reden – weit kann sie ja nicht sein, ich hab sie eben noch draußen gesehen. Vielleicht weiß sie ja noch mehr.«

Er machte sich auf und ließ die anderen ratlos zurück.

»*Irgendwas* müssen wir doch unternehmen!«, rief Zoe voller Ungeduld. »Wir sollten den Lehrern Bescheid sagen.«
»Und wie willst du das anstellen?«, fragte Carter. »Dazu müssten wir ja erst mal rausfinden, wo die sind.«
Nicole sah Zoe an. »Lass uns doch kurz 'ne Runde drehen und schauen, ob wir was rausfinden können.«
»Ich werd mal mit den Wachleuten reden«, sagte Rachel und erhob sich. »Vielleicht erzählen die mir ja was – immerhin ist mein Dad ihr Chef.«
Erleichtert, endlich etwas tun zu können, brachen alle eilig auf. Carter und Allie blieben allein am Tisch zurück.
»Gut … Und was machen wir jetzt?«, fragte Allie und band einen Knoten in ihre weiße Serviette.
»Erst mal müssen wir rausfinden, was hier eigentlich los ist und wie viel die Lehrer wissen.«
»Und wie sollen wir das anstellen?«, fragte Allie.
»Ich hätte da schon eine Idee«, sagte Carter und grinste verwegen.

Am Nachmittag hatte Allie wieder ihren Posten vor Isabelles Büro bezogen und lehnte mit verschränkten Armen betont nonchalant an der Wand. Diesmal war sie freilich nicht allein. Ihr gegenüber stand Carter mit dem Rücken an Isabelles Tür und pfiff leise vor sich hin.
Ab und an begegneten sich ihre Blicke, und er hob fragend seine Augenbrauen. Doch sie schüttelte jedes Mal den Kopf.
Noch nicht.
Sie wusste aus Erfahrung, dass er nur eine Minute für das brauchte, was er im Begriff war zu tun. Doch wenn er dabei gesehen würde,

hätte das verheerende Folgen gehabt. Deshalb musste sie absolut sicher sein, dass die Luft rein war.

Suchend reckte sie den Hals. Treppenhaus und Flur waren menschenleer.

»Jetzt.«

Mit flinker Zuversicht machte er sich ans Werk. Er beugte sich über das Schloss zu Isabelles Tür und führte eine silbrig glänzende Nadel ein.

Allie hatte sich neben ihn gestellt, um die Sicht auf ihn zu verdecken, und stand Schmiere.

»Alles klar?«, fragte er flüsternd, ohne aufzuschauen. Bewundernd verfolgte sie, wie seine Hände – selbst unter Druck – ruhig blieben und den Draht ins Schloss fummelten.

»M-hm.«

Es war so ruhig, dass das Geräusch der aufschnappenden Tür im Flur wie ein Höllenlärm wirkte.

»Das Schloss gehört auch mal ausgetauscht«, murmelte Carter und stieß die Tür auf. »Lässt sich zu einfach knacken.«

Sie schlüpften ins Zimmer und machten die Tür hinter sich zu.

In dem fensterlosen Raum war es ziemlich dunkel, und man hörte kaum Geräusche aus dem Gebäude. Die Stille machte Allie nervös. Sie konnte kaum Carters Umrisse erkennen, doch sie hörte seinen gleichmäßigen Atem.

Sie streifte ihren Blazer ab und deckte damit den Spalt unter der Tür ab.

Carter tastete sich vorsichtig an den Möbeln entlang zur Schreibtischlampe. Er schaltete sie an, und der Raum erwachte zum Leben.

Carter deutete auf Isabelles Schreibtisch.

»Lass uns hier anfangen«, sagte er.

Wie üblich war der imposante Mahagoni-Schreibtisch der Rektorin mit Papierstapeln unterschiedlicher Höhe bedeckt. Hastig blätterten sie sie durch, um irgendwelche Hinweise auf Eloise oder Nathaniel zu finden. Irgendetwas, das erklären konnte, was hier gerade ablief.

Da sie nicht wussten, wann die Rektorin wieder zurückkommen würde – geschweige denn, wo sie überhaupt war –, mussten sie sich beeilen. Wenn man sie hier erwischte, war Schluss mit lustig – und zwar für sie beide.

Zehn Minuten durchsuchten sie schweigend die Unterlagen. Hauptsächlich waren es korrigierte Englischaufsätze, Rechnungen, Kontoauszüge – der übliche Bürokram einer Internatsleiterin. Jedenfalls nichts Brauchbares.

Allie hatte gerade eine Mappe mit Strom- und Heizungsabrechnungen geöffnet, als Carter leise rief: »Hier!«

Sie schaute auf. Er hielt ein Blatt Papier in der Hand, auf das jemand handschriftliche Notizen gekritzelt hatte.

»Was ist das?«, fragte sie und trat neben ihn. Carter senkte das Blatt, damit sie besser sehen konnte.

»Die Anschuldigungen gegen Eloise.«

Auf dem Zettel stand, durchnummeriert, eine Reihe von Anklagepunkten, die sich überwiegend auf Eloises Angaben bezogen, zu den fraglichen Zeitpunkten, an denen Nathaniels Spion aktiv gewesen war, meist allein gewesen zu sein.

»Jetzt schau dir das mal an«, flüsterte Allie und deutete auf das Blatt. »Da wird mit keinem Wort darauf eingegangen, dass sie gar keine Zeit hatte, in die Kapelle zu gehen, um die Kerzen anzuzünden, bevor wir kamen.«

»Das ist Zelaznys Handschrift«, sagte Carter tonlos.
Allie sah ihn zweifelnd an. »Glaubst du echt …?«
Er zuckte die Achseln. »Wenn er sie beschuldigt«, sagte er schmallippig, »dann frage ich mich schon, was er davon hat. Der echte Spion weiß ja, dass sie es nicht ist.«
Bei seinen Worten fröstelte es Allie abermals. »Fällt mir irgendwie schon schwer, das zu glauben. Zelazny ist doch so ein Hundertprozentiger.«
Carter sah von dem Blatt auf, die dunklen Augen unergründlich im goldenen Schein der Schreibtischlampe.
»Ich trau hier keinem mehr.«
Weil Allie nicht wusste, was sie darauf erwidern sollte, wandte sie sich wieder den Papieren auf dem Schreibtisch zu.
Ihr Geschichtslehrer war ein griesgrämiger Pedant und Regelfanatiker – geschenkt. Aber unter allen Lehrern war er ihr immer als Fels in der Brandung erschienen, unverrückbar und unbeirrbar in seiner Loyalität zur Schule.
Wie kann das sein, dass ausgerechnet er …?
Ihr schwirrte der Kopf. Zerstreut blätterte sie ein paar Kontoauszüge durch, als sie plötzlich innehielt.
»Carter«, flüsterte sie und hielt das Papier näher an die Lampe, »hier stimmt was nicht!«
»Was ist denn los?«
»Ich weiß nicht, aber … sind wir pleite?«, fragte sie verwirrt.
»Pleite?« Er runzelte die Stirn und griff nach dem Auszug. »Was meinst du damit?«
»Schau dir das mal an …« Sie zeigte auf die unterste Zeile. »Hier steht, dass die Schule mit 374 000 Pfund in den Miesen ist. Ziemlich fettes Minus.«

Carter überflog das Papier rasch und schüttelte den Kopf. »Das verstehe ich nicht«, sagte er. »Das gibt's doch gar nicht!«
Allie hatte bereits das nächste Blatt in der Hand. »Und guck mal hier!«
Laut las sie vor:
»… da beinahe die Hälfte aller Eltern es in diesem Trimester versäumt hat, die Schulgebühren zu überweisen, werde ich die nötigen Mittel auf das Cimmeria-Konto einzahlen, um die Deckungslücke auszugleichen. Das Ganze zeigt, dass Nathaniel plant, noch in diesem Trimester loszuschlagen. Folglich müssen wir unsere Anstrengungen verstärken, ihm und seiner Gruppierung zuvorzukommen, weil sonst die Schule zerstört werden würde. Und die Organisation für uns verloren wäre.«
Der Brief war mit Lucindas schwungvoller Unterschrift versehen.
»Die haben also damit gerechnet«, sagte Allie. »Deshalb hoffen sie auch alle, dass sie den Spion gefunden haben.«
Carter sah sie an. »Und glauben, das ist jetzt ihre einzige Chance, die Sache aufzuhalten.«
Er griff nach dem Blatt, um es noch einmal zu lesen. Dabei streiften seine Finger die ihren, und ein Schauer lief ihr den Rücken hinunter. Sie zuckte zurück und ließ das Papier los.
Weil er dasselbe tat, segelte das Blatt zu Boden.
»Sorry«, sagten beide gleichzeitig, bückten sich genau im selben Moment, um es aufzuheben, und stießen krachend mit den Köpfen zusammen.
Allie fasste sich an den Schädel und wusste nicht, ob sie lachen oder weinen sollte.
Carter hielt sich die Schläfen. »Noch alles dran?«

»So weit alles in Ordnung, glaub ich. Nur ein kleiner Dachschaden«, erwiderte Allie und lachte verlegen, obwohl ihr der Schädel brummte.

Als sie mit den Fingern ihren Kopf betastete, spürte sie die Beule anschwellen. Sie atmete geräuschvoll durch die Zähne ein – schon die leichteste Berührung verursachte einen stechenden Schmerz.

»Tut es so weh? Lass mal sehen.« Jetzt sah Carter besorgt drein.

»Nein, es geht schon, wirklich …«, wehrte Allie ab, doch er schüttelte streng den Kopf.

»Lass doch Dr. Carter mal einen Blick drauf werfen.« Er hielt ihr die Lampe an den Kopf und teilte mit samtweichen Fingern ihr Haar, um die Kopfhaut zu untersuchen. Er stieß einen leisen Pfiff aus. »Da haben Sie sich aber 'ne ganz schöne Beule eingefangen, Sheridan.«

Sie blinzelte ironisch zu ihm auf. »Meinen Sie, ich komme durch, Doktor?«

Er lächelte, und an seinen Augen bildeten sich wieder die Fältchen, die sie so mochte.

Es war so wie früher – natürlich und ungezwungen. *Ach, wenn dieser Moment doch nie aufhören würde.*

Als wäre ihm plötzlich aufgegangen, wo sie sich befanden und mit wem er da gerade turtelte, räusperte sich Carter unvermittelt und schob vorsichtig die Schreibtischlampe wieder an ihre ursprüngliche Position.

»Wir sollten uns beeilen«, sagte er, nun wieder etwas kühler. »Schaust du die Schubladen noch durch?«

»Ja, klar«, erwiderte sie und nahm wieder ihre alte Position am entfernten Ende des Schreibtischs ein – mit gesenktem Kopf, damit er ihre roten Wangen nicht sah.

Warum ist das so schwer? Warum können wir nicht einfach wieder Freunde sein?
Seufzend probierte sie, die oberste Schreibtischschublade aufzumachen.
Abgesperrt.
Genauso wie die Schublade darunter. Und alle anderen auch.
»Kein Glück«, sagte sie.
»Ich ...«, hob Carter an – und verstummte.
Sie hatten beide im gleichen Moment das Geräusch gehört. Allie stand reglos da und starrte entsetzt in Richtung Tür.
Jemand machte sich am Schloss zu schaffen.
Wortlos streckte Carter den Arm aus und zog Allie an seine Seite. Dann knipste er die Schreibtischlampe aus, und der Raum versank in Dunkelheit.

Siebzehn

Allie kauerte hinter Isabelles Schreibtisch und hielt den Atem an. Sie konnte Carter im Dunkeln zwar nicht sehen, spürte ihn aber neben sich.

Wer immer da versuchte, ins Büro zu gelangen, tat sich ziemlich schwer damit.

Der Türknauf klapperte noch einmal, begleitet von einem leisen Klirren, wie wenn Metall an Metall schlägt.

»Er hat einen Schlüssel«, hauchte Carter beinahe unhörbar in Allies Ohr.

Beide taten keinen Mucks.

Das Gestochere ging noch eine Weile so weiter, dann hörte es unvermittelt auf.

»Der passt nicht«, sagte eine Stimme, die von der Tür gedämpft wurde. »Ich glaub, sie hat uns den falschen Schlüssel gegeben.«

Es war eine Männerstimme. Sie hörten, wie sich der Mann mit mehreren Leuten beriet.

Wenn die noch einen Schlüssel haben, werden sie ihn jetzt ausprobieren und uns finden.

Doch plötzlich war von draußen nichts mehr zu hören. Allie hielt den Atem an und lauschte konzentriert. Stille.

Eine geschlagene Minute kauerten sie so im Dunkeln zusammen.

Dann sagte Carter leise: »Sie sind weg. Lass uns lieber verschwinden, bevor die noch mal zurückkommen.«
Vorsichtig, um ja kein Geräusch zu machen, richteten sie sich auf.
Die Hand an ihrem Ellbogen, geleitete Carter sie zur Tür. Das wäre nicht nötig gewesen, denn Allie kannte den Raum wie ihre Westentasche. Doch seine Berührung gab ihr ein Gefühl der Sicherheit. *Schade*, dachte sie, als er wieder losließ.
An der Tür angekommen, betrachtete sie seine Silhouette und wünschte sich, sie könnte all die unschönen Dinge, die zwischen ihnen vorgefallen waren, mit einem Wort ungeschehen machen. Damit sie wenigstens Freunde sein konnten. Doch ihr fiel keines ein.
»Bist du so weit?«, fragte er.
»Ja«, sagte sie, reckte das Kinn und griff rasch nach ihrem Blazer, der immer noch an der Tür auf dem Boden lag.
Dann öffnete sie die Tür und spazierte ins Helle.

»Wir haben rausgefunden, dass sie irgendwo anders festgehalten wird«, flüsterte Nicole.
»Geht das vielleicht etwas genauer?«, fragte Carter so scharf, dass ein in der Nähe sitzender Schüler von seinem Physikbuch aufsah.
»Nicht so laut, Carter«, ermahnte Sylvain ihn leise.
Allie rechnete mit einem bösen Blick oder einer sarkastischen Bemerkung, doch stattdessen senkte Carter nur zustimmend den Kopf.
Stirnrunzelnd beobachtete Allie die beiden. Irgendwas musste sich zwischen ihnen verändert haben in der Zeit, als sie sich

von allen abgekapselt hatte. Sie gingen zwar nicht unbedingt wie Freunde miteinander um, behandelten einander aber auch nicht länger wie Feinde. Es musste irgendeine Übereinkunft zwischen ihnen herrschen. Sie benahmen sich wie … Verbündete.

Carter sprach erneut, diesmal etwas leiser. »Entschuldige, Nicole. Erzähl weiter.«

Sie saßen in der hinteren Ecke des Aufenthaltsraums auf einem Ledersofa und diversen Sesseln und steckten die Köpfe zusammen. Der Raum war voll mit gelangweilten Schülern in verschiedenen Stadien der Entspannung – manche spielten Brettspiele, andere lasen Bücher oder tratschten.

Jedenfalls hatten sie gedacht, der Lärmpegel wäre laut genug, damit sie sich ungestört unterhalten konnten.

»Warte«, sagte Sylvain, ehe Nicole etwas sagen konnte. »Tu so, als würdest du über irgendwas Unterhaltsames reden. Fußball oder so.«

»Fußball ist nicht unterhaltsam«, sagte Rachel.

Auch wenn die Lage immer noch ernst war und sie kaum einen Schritt weitergekommen waren: Allein der Umstand, dass sie endlich etwas unternahmen, hob die Stimmung ungemein. Wenigstens tappten sie nicht mehr im Dunkeln. Sie taten etwas, ermittelten – und waren dabei, herauszufinden, was hier eigentlich vor sich ging.

Mit einem Stoßseufzer zog Sylvain eine blank polierte Mahagoni-Box mit Schachfiguren unter dem Couchtisch hervor und begann, die Figuren auf dem Schachbrett aufzustellen, das direkt auf die Tischplatte gemalt war. Rechts Schwarz, links Weiß.

Er schaute auf und bedeutete Allie, sie möge sich ihm gegenüber auf den Boden setzen. Nach kurzem Zögern folgte sie seiner Aufforderung.

»Wir müssen nur so aussehen wie alle anderen, dann können wir über alles reden«, erklärte er und sah vom Schachbrett auf. »Die Leute sehen, was sie sehen wollen.« Das Licht brach sich in seinen Augen wie Sonnenstrahlen im Wasser.

»Ich hab schon ewig kein Schach mehr gespielt. Seit …« Allie verstummte und nahm einen Bauern in die Hand; die Keramikfigur war weiß wie Schnee und auch genauso kalt. »Na ja, früher hab ich immer mit Jo gespielt.«

»Ich erinnere mich.« Das Mitgefühl in Sylvains Stimme machte die Sache zugleich besser und schlimmer. »Nimm du doch Weiß.«

»So«, sagte er zu den anderen. »Und ihr tut jetzt so, als ob ihr uns zuseht, während ihr euch unterhaltet. Und versucht, nicht so laut zu reden.« Er sah Allie an und lächelte ihr aufmunternd zu. »Du bist dran.«

Als sie sah, dass er es ernst meinte mit dem Schachspielen, hob Allie die Hand, ließ sie kurz über dem Brett schweben, entschied sich dann für einen Bauern und schob ihn ein Feld vor. Sylvain konterte ihren Zug spiegelbildlich und postwendend.

»Eloise wird in einem der alten Personalhäuschen festgehalten«, sagte Rachel mit leiser, ruhiger Stimme. »Wir haben gesehen, wie mein Vater und Jerry und die ganze Truppe von irgendwoher zur Schule gelaufen sind – und dann später wieder dorthin abgezogen sind. Zoe ist ihnen nach.«

Allie hielt in ihrem Zug inne. »Ganz allein?«, fragte sie, einen Bauern in der Hand. »War das nicht ein bisschen riskant?«

»Was soll denn daran riskant sein?«, blaffte Carter, ehe Zoe noch etwas sagen konnte. »Die Lehrer hätten ihr schon nichts getan.«

Sein Ton war unnötig scharf. Allie bedachte ihn mit einem vorwurfsvollen Blick und wandte sich dann wieder ihrem Spiel zu. Der Augenblick in Isabelles Büro war offenkundig Vergangenheit. Sie schob den Bauern neben den von Sylvain – ganz nah und dennoch außer Reichweite.

»Wie du meinst«, flüsterte sie so leise, dass nur ihr Gegenüber es hören konnte. Sylvain lächelte ihr verschwörerisch zu, und sie konnte nicht anders, als zurückzulächeln.

»Erzähl, was du rausgefunden hast«, raunte Nicole Zoe zu, die neben ihr saß.

»Also, sie sind in einem dieser Häuschen – aber nicht in dem von Mr Ellison, sondern in einem anderen, beim Weiher im Wald. Schon etwas runtergekommen und total zugewachsen.« Zoe unterbrach sich und warf einen kritischen Blick auf das Schachbrett. »Du setzt deinen Läufer nicht richtig ein, Allie.«

Verdattert schaute Allie auf die Figur mit der Bischofsmütze und fragte sich, wie sie sie wohl richtig einsetzen sollte.

»Das Haus kenn ich«, sagte Carter. »Früher haben da Hausangestellte gewohnt, aber seit ein paar Jahren wird es nicht mehr genutzt. Ich glaube, es sollte renoviert werden, aber Isabelle ist nie dazu gekommen, es machen zu lassen.«

»Hast du mitgekriegt, ob Eloise da drin ist?«, fragte Rachel flüsternd und beugte sich vor. »Wie geht es ihr?«

Zoe schüttelte den Kopf. »Ich hab nur ihre Unterhaltung belauscht. Der Schlüssel würde nicht passen, haben die Lehrer gesagt und Eloise immer wieder nach dem richtigen Schlüssel gefragt.« Sie sah in die Runde. »Was bedeutet das?«

Sylvain rückte seine Dame vier Felder vor.
»Sie hatten einen Schlüssel und dachten, dass sie damit in Isabelles Büro kommen«, sagte Carter. »Wir waren gerade drin, als sie es versucht haben, und sind vor Angst fast gestorben. Aber der Schlüssel hat nicht gepasst.«
»Das verstehe ich nicht«, warf Rachel ein. »Was spielt das für 'ne Rolle, dass der Schlüssel nicht gepasst hat?«
Unvermittelt blitzte vor Allies geistigem Auge das Bild auf, wie Eloise vor Isabelles Tür gestanden hatte.
»Eloise hatte einen Schlüssel zu Isabelles Büro«, sagte Allie. »Den hatte sie in der Hand, als ich sie damals gesehen habe – an dem Tag, als ich dachte, sie wär der Spion. Ich hab ihnen davon erzählt.«
»Bestimmt suchen sie jetzt fieberhaft nach diesem Schlüssel«, sagte Nicole nachdenklich. »Die wollen vermeiden, dass irgendein Schaden damit angerichtet wird.«
»Aber wieso sollte Eloise ihnen den falschen Schlüssel geben?«, fragte Carter verwundert.
»Vielleicht, weil sie den richtigen nicht mehr hat?«, überlegte Rachel.
»Aber wer hat ihn dann?«, fragte Sylvain.
Darauf wusste keiner eine Antwort.
»Was habt ihr im Büro denn gefunden?«, fragte Rachel in die Stille hinein.
Carter schilderte kurz, was sie in Erfahrung gebracht hatten. Als er fertig war, sahen die anderen fassungslos drein.
»Dann haben die also die ganze Zeit gewusst, dass es so weit kommen würde?«, fragte Rachel schockiert.
»Wenn nur die Hälfte der Eltern die Schulgebühren bezahlt

haben, heißt das jetzt, dass demnächst die Hälfte der Schüler gehen wird?«, fragte Nicole.

»Das ist vermutlich Nathaniels Plan«, erwiderte Sylvain. »Die Schule spalten und den Aufsichtsrat zwingen, Partei zu ergreifen. Er glaubt, sie werden sich auf seine Seite schlagen.«

Ohne dass sie es gemerkt hatte, war Allies König von Sylvains Dame und einem seiner Springer in die Enge getrieben worden.

Wie hat er das denn jetzt gemacht?

»Schach«, murmelte Sylvain und hob eine Braue.

Allie starrte auf das Brett, fand aber keinen Ausweg. »Scheiße.«

»Was ist, wenn unsere Eltern uns von der Schule nehmen wollen?«, fragte Zoe.

»Caroline haben sie regelrecht fortzerren müssen«, sagte Rachel. Ihr war mulmig zumute. »Wollen die das bei der halben Schule auch so machen?«

»Was können wir denn dagegen tun?«, fragte Allie.

Sylvain nahm einen weißen Springer in die Hand und betrachtete ihn nachdenklich. Dann hielt er ihn in die Höhe.

»Wir können die anderen Schüler warnen.«

Sylvains Vorschlag hatte einen sofortigen Proteststurm zur Folge. Wie sollten sie das anstellen? Und wenn sie es taten, würde dann nicht jeder erfahren, was sie im Schilde führten? Wie sollten sie erklären, dass sie überhaupt an diese Information gelangt waren? Es war ja nicht so, dass sie jedem Schüler eine anonyme E-Mail schicken konnten. Und wenn sie es herumerzählten, würden ihnen die Ausbilder rasch auf die Schliche kommen und die Sache unterbinden.

Schließlich hatte Rachel die Lösung. »Wir setzen einfach auf die Gerüchteküche!«

Die anderen glotzten verständnislos.

»Das kapier ich jetzt nicht …«, sagte Nicole und sah sich Hilfe suchend um.

Doch Carter schien ein Licht aufzugehen. Er sah Rachel an. »Du bist vielleicht raffiniert, Rachel!«, rief er. »Erzähl's den Klatschtanten, und die erzählen es Gott und der Welt.«

»Ganz genau«, sagte Rachel. »Wir erzählen einfach den fünf größten Klatschmäulern von Nathaniels Plänen und dass sie vielleicht die Nächsten sind, die von ihren Eltern abgeholt werden.« Sie blickte die anderen erwartungsvoll an, doch die hatten es immer noch nicht begriffen. Rachel rollte mit den Augen. »Die werden es brühwarm jedem weitererzählen … *Mann, Leute!* Das ist besser als Facebook. Bis Sonnenuntergang weiß es die ganze Schule, und es lässt sich nicht mehr verfolgen, wo das Ganze herkommt.«

Die anderen sahen sich an.

»Und was passiert dann?«, stellte Nicole die Frage, die ihnen allen auf der Zunge lag.

»Dann haben sie die Wahl«, sagte Sylvain. »Wie es danach weitergeht, liegt bei ihnen.«

»Aber was sollen sie schon groß machen?«, fragte Carter. »Abhauen?«

»Abhauen«, erwiderte Allie kühl. »Oder sich wehren.«

Achtzehn

Am nächsten Morgen um sechs Uhr stand Allie wieder im eiskalten Nutzgarten. Es war der erste Tag, an dem sie so tat, als wäre alles normal, obwohl nichts normal war. Anspannung und Nervosität schlugen ihr auf den Magen – heute würden sie ihren Plan in die Tat umsetzen.

Über all der Aufregung hätte sie den Arrest fast vergessen, doch abends, als sie sich getrennt hatten, um auf ihre Zimmer zu gehen, hatte Carter ihr noch hinterhergerufen: »Wir sehen uns dann in alter Frische im Garten …«

Allie war stehen geblieben und hatte ihn ungläubig angestarrt. »Ist das dein Ernst? Meinst du wirklich, Isabelle erwartet von uns, dass wir uns an unseren Arrest halten, wo all das …«, sie machte eine ausladende Armbewegung, »… um uns rum passiert?«

»Äh … Ja, was denn sonst?« So, wie er guckte, dachte er wohl, dass sie sich absichtlich doof anstellte. »Dein Arrest gilt bis auf Weiteres. *Bis auf Weiteres.* Isabelle wäre nicht sehr erfreut, wenn wir aus eigenem Entschluss nicht hingehen würden – wegen eines Weltuntergangs, von dem wir eigentlich gar nichts wissen dürften.«

»Na schön.« Allie stapfte hinter den anderen Mädchen die Treppe zu ihrem Trakt hinauf. »Ich hab ja auch nichts Besseres zu tun.«

»Ich hab auch viel um die Ohren, weißt du?«, hatte Carter ihr hinterhergerufen, doch sie hatte sich nicht mehr umgedreht.

Nun packte sie ihre Taschenlampe und ging durchs offene Gartentor. Es war wärmer geworden, der Boden taute. Den Kopf voller Gedanken an Nathaniel und Spione, watete sie durch den Matsch und suchte nach Mr Ellison.

Sie fand ihn am Rand des Obstgartens, wo er die Vorbereitungen traf und dabei eine schiefe Melodie vor sich hin pfiff.

»Die frühen Mitarbeiter sind mir die liebsten«, sagte er fröhlich. »Wie geht es dir heute?«

»Gut.« Sie stand aufrecht da und versuchte, gut auszusehen.

»Prima«, sagte Mr Ellison und holte diverse Gerätschaften aus einem Schuppen. »Eine Verbesserung. Fühle dich gut, und die Menschen um dich herum schließen sich dir aus Solidarität an.«

Dass sie offenbar ungläubig die Stirn runzelte, wurde Allie erst bewusst, als Mr Ellison mit dem Finger fuchtelte. »Das stimmt. Versuch's selbst, wenn du mir nicht glaubst. Du wirst schon sehen.«

»Okay …«, erwiderte sie skeptisch.

»Du arbeitest heute in den Beeren.« Er reichte ihr Harke und Gartenschere. »Die Sträucher müssen frühlingsfertig gemacht werden. Komm mit, ich zeig dir, wie's geht.«

Allie folgte ihm durch den dunklen Garten.

»Wo ist eigentlich Carter?«, fragte sie, während sie über eine matschige Kuppe sprang.

Mr Ellisons Blick verdüsterte sich. »Zu spät, wie üblich.«

»Oh.«

Der Gärtner zeigte ihr gerade, wie man die noch kahlen Heidelbeersträucher von den Brombeerzweigen unterscheiden konnte, als sie plötzlich schwere Schritte hörten, die rasch näher kamen. Sie fuhren herum.

Ehe Allie sichs versah, hatte Mr Ellison sich schützend vor sie gestellt; die schwere, eiserne Hacke hielt er so mühelos in der rechten Hand, wie sie vielleicht einen Bleistift geschwungen hätte.

Der Gärtner war ein großer Mann, über eins neunzig, und hatte auf sie immer ein wenig schwerfällig gewirkt, doch nun sah er plötzlich aus, als wäre er zu großer Schnelligkeit und Anmut fähig, und Allie, der das mit einem Mal bewusst wurde, empfand unwillkürlich Respekt – und zugleich Verzweiflung: War denn keiner in Cimmeria das, was er zu sein schien?

Im nächsten Augenblick war die Anspannung wieder gewichen, und sie hörte den Gärtner leise murmeln: »Was ist nur mit dir los, Junge?«

Allie stellte sich auf die Zehenspitzen und entdeckte Carter, der durch den Matsch angerannt kam, wobei der schwache Strahl seiner Taschenlampe hin und her wanderte.

»Tut mir leid«, sagte er, als er schließlich zu ihnen stieß. »Ich hab verschlafen.«

»Verschlafen.« Mr Ellison spuckte das Wort förmlich aus. Als hätte er »Verräter« gesagt.

Zu Allies Überraschung ließ Carter den Kopf hängen. »Tut mir leid, Bob«, sagte er. »Ich kann die Zeit nachholen.«

»Das klären wir später«, erwiderte der Gärtner.

Carters Reue schien ihn zu erweichen, und bald ließ er sie allein, damit sie die Sträucher beschnitten.

Nach Carters Stimmungsschwankungen gestern zeigte Allie wenig Neigung, sich mit ihm zu befassen, und wahrte lieber Distanz. Sie hatte nicht verstanden, was in seinem Kopf vor sich gegangen war – doch davon mal abgesehen, konnte er auch nicht einfach so ankommen und ihre Nähe suchen und sie dann wieder fallen lassen, wie es ihm passte, als wäre sie ein Spielzeug. Entweder waren sie Freunde, oder sie waren es nicht.

Das Beschneiden der Sträucher erwies sich als gar nicht so einfach. Die Brombeerdornen waren wie heimtückische, kleine Dolche, die sich durch Handschuhe und Ärmel bohrten.

»Aua, du blöde, doofe, gemeine … *Pflanze*!« Allie zerrte an ihrem Handschuh und besah sich den Blutfleck auf ihrer Fingerspitze. »Immerhin habe ich jetzt endlich das wahre Wesen von Brombeeren erkannt. Kleine, bösartige Biester sind das!«

»Alles in Ordnung?« Carter, der die abgeschnittenen Zweige zu einem Haufen zusammenraffte, damit sie verbrannt werden konnten, sah mit einer Mischung aus Sorge und Belustigung zu ihr herüber.

Allie schaute überrascht auf: Es war das erste Mal an diesem Morgen, dass er sie direkt ansprach. Doch rasch hatte sie sich gefasst und bedachte ihn mit einem nonchalanten Achselzucken. »Ich werd's überleben. Hab noch nie von einem gehört, der zu Tode gedornt worden wäre.«

»Zumindest, soweit wir wissen …«, erwiderte er.

»Vielleicht hat die Beerenindustrie ja dafür gesorgt, dass die Sache vertuscht wurde.«

Während sie den Handschuh wieder überstreifte, musste sie daran denken, wie Mr Ellison kurz zuvor verteidigend vor sie gesprungen war. »Gehört Mr Ellison eigentlich auch zur Night School?«

Carters Miene verdüsterte sich. »Ja und nein.« Er schaute um sich, um sicherzugehen, dass der Gärtner nicht in der Nähe war.

»Früher mal. Er ist hier zur Schule gegangen. Hat dann in Oxford Philosophie studiert und in der City bei einer der großen Banken gearbeitet. Dann ist was schiefgelaufen, ziemlich schlimm.«

Allie versuchte, sich Mr Ellison vorzustellen, jung und elegant, im Anzug. Undenkbar. Sie kannte ihn nur im dunkelgrünen Overall. Und nie ohne schmutzige Hände.

Sie sah Carter an. Darüber wollte sie unbedingt mehr erfahren. »Weißt du, was passiert ist?«

»Er hat immer nur gesagt, dass er einen Fehler gemacht und dadurch vielen Leuten geschadet hat. Was immer es war, es muss so schlimm gewesen sein, dass er den Job aufgab und nie mehr zurückkehrte.«

Er warf einen langen Ast auf den Komposthaufen. »Er wird sich das nie verzeihen.«

Die Geschichte war ernüchternd. Die Vorstellung, dass man einen, nur einen einzigen Fehler machen kann, und das ganze Leben ist ruiniert, jagte Allie Furcht ein, und sie musste daran denken, was sich gerade in Cimmeria abspielte. Sie fragte sich, ob hier und jetzt ebenfalls Fehler von solcher Tragweite gemacht wurden. Wenn sie es recht bedachte, war sie ziemlich sicher, dass es so war.

»Ich frage mich …«, hob sie an. »Ich glaube …«, begann Carter gleichzeitig.

Sie hielten inne und kicherten verlegen.

»'tschuldigung«, sagte Carter und winkte ihr mit einem Zweig. »Du zuerst.«

»Ach, nichts Wichtiges«, sagte Allie. »Ich frag mich nur, wie es Eloise so ganz allein in dem Haus ergehen mag. Ich frag mich, ob sie Angst hat.«

»Erstens ist sie da doch gar nicht allein«, antwortete Carter. »Die würden sie nie allein lassen. Vermutlich wär sie sogar lieber allein da. Und zweitens …« Er sah sie prüfend an, als überlegte er, wie viel er ihr zumuten konnte. »Versteif dich nicht zu sehr darauf, dass Eloise unschuldig ist, nur weil Nicole das meint.«

Allie sah ihn erschrocken an. Ein Gefühl der Panik schnürte ihre Kehle ein. »Moment mal. Jetzt sag bloß, du glaubst doch, dass *sie* die Spionin ist!«

»Ich weiß nicht, ob sie's ist oder nicht. Ich glaub nur nicht, dass Nicoles Theorie wasserdicht beweist, dass Eloise unschuldig ist. Ich würde halt nicht einfach davon ausgehen, dass sie's nicht ist.«

»Aber wieso nicht?« Allies Stimme klang jetzt nicht mehr so überzeugt. »Das mit der Kapelle kann sie nicht gewesen sein, oder? Nicht selbst, meine ich.«

Bis eben, bis Carter ihr diese Sicherheit geraubt hatte, war Allie nicht bewusst gewesen, welch große Bedeutung die Überzeugung, dass Eloise unschuldig war, für sie hatte. Sie wollte diese Überzeugung zurückhaben.

Doch Carters Blick war bitter wie dunkle Schokolade. »Weil keiner hier ohne Schuld ist, Allie. Das müsstest du inzwischen eigentlich wissen, oder?«

»Das hätte ich mir ja denken können, dass ihr quatscht, anstatt zu arbeiten!«

Mr Ellisons Stimme hielt Allie von einer Antwort ab. Sie schaute auf und sah den Gärtner in seinem schon etwas schmutzigen Overall auf sie zustapfen. Jetzt, wo sie das über ihn wusste, war er ihr irgendwie noch sympathischer. Zu wissen, dass jemand litt, hatte etwas Unwiderstehliches, Verbindendes.

Ich werd später mit Carter weiterreden, dachte sie. *Ich werd ihm beweisen, dass er sich irrt. Eloise ist es nicht. Sie kann es einfach nicht sein.*

Den Unterricht ertrug Allie mit kaum beherrschter Ungeduld. Keiner der Night-School-Ausbilder ließ sich blicken. Sie wurden von verschiedenen Lehrern aus anderen Klassen vertreten, und die Stunden waren schludrig vorbereitet und nervend.

Es ging das Gerücht, dass das Night-School-Training eine Zeit lang ausgesetzt war – ohne dass es dazu eine Erklärung gegeben hätte.

Nachmittags standen Allie und Rachel auf dem Absatz der Haupttreppe und taten so, als wären sie ins Gespräch vertieft. Plötzlich richtete Rachel sich auf. »Ziel gesichtet. Auf sechs Uhr. Alle Mann auf Gefechtsstation.«

»Aye, aye, Käpt'n«, erwiderte Allie, die ihrem Blick gefolgt war. Das lebhafte Rot ihrer üppigen Mähne machte Katie unverkennbar, während sie inmitten ihrer genetisch perfekten Freundinnenschar die Treppe heraufstolziert kam.

»Was hast du gehört?«, fragte Allie unnötig laut.

Rachel wartete mit der Antwort, bis Katie fast bei ihnen war. »Die Hälfte der Schüler muss gehen. Aber keiner weiß, wer. Wie bei Caroline, nur mal hundert.«

»Das ist ja schrecklich«, gab sich Allie schockiert. »Was können wir dagegen tun?«

Katie war so abrupt stehen geblieben, dass ihre Begleiterinnen einen Schritt zurückgehen mussten, um sich wieder mit ihr zu vereinigen, doch Katie verscheuchte sie nur mit einer irritierten Geste.

»Geht schon mal vor. Ich komm dann nach.«

Nach kurzem Zögern gingen sie weiter. Als sie außer Hörweite waren, wandte Katie sich an Rachel. »Was hast du da gerade gesagt, Streberin?«

Rachel wurde ernst und berichtete ihr, was sie in Erfahrung gebracht hatten. Während sie zuhörte, lehnte Katie sich gegen die Wand und ließ den Kopf an die Eichentäfelung zurückfallen. Es tat einen dumpfen Schlag.

»Das haben die also vor.« Sie war blass geworden. »Hätte ich mir schon denken können, als Caroline den Abgang gemacht hat. Wie konnte ich nur so blöd sein?«

Allie runzelte die Stirn. »Wer *die*?«

»Meine Eltern. Natürlich haben die einen Plan. Und natürlich beinhaltet der, mich von der Schule zu nehmen und mein Leben zu ruinieren.« Sie wandte sich an Allie. »Ich hab versucht, dich zu warnen, dass sich da was zusammenbraut. Dass Lucinda die Kontrolle verliert. Aber du wolltest das nicht hören.«

»Moment«, erwiderte Allie. »Deine Eltern sind auf Nathaniels Seite?«

Katie bedachte sie mit einem verärgerten Blick. »Natürlich. Mach dich nicht lächerlich. Schnallst du denn gar nichts?«

»Und was ist mit dir?«, fragte Allie.

Ihre Direktheit schien Katie auf dem falschen Fuß zu erwischen; sie schüttelte so fest den Kopf, dass ihr rotes Haar hin und her flog. »Nein. Niemals.«

»Und was wirst du tun, wenn sie jemanden schicken, um dich abzuholen?«, fragte Rachel.

Katie zögerte mit der Antwort. Schließlich sagte sie gequält: »Ich weiß es nicht. Aber die müssen mich schon umbringen, wenn die

mich hier wegkriegen wollen. Ich werde nicht so einfach mitgehen wie Caroline.«
»Würdest du dich wirklich dem Willen deiner Eltern widersetzen?«, fragte Allie überrascht.
Katies Augen glitzerten wie Eiskristalle in der Wintersonne. »Ich verachte meine Eltern, Allie. Mit denen geh ich nirgendwohin. Und dieser schleimige Widerling Nathaniel kann mich mal an meinem perfekten Arsch lecken.«
Ihr kristallklarer Akzent ließ noch die größten Obszönitäten elegant und lustig klingen. Das erinnerte Allie schmerzlich an Jo, und wieder stieg in ihr das Gefühl des Verlusts auf, das sie in den seltsamsten Momenten überfiel, als würde sie in ein unsichtbares Loch fallen.
Sie legte den Kopf schief und musterte Katie anerkennend. Vielleicht hatte sie sie falsch eingeschätzt. Als könnte sie Allies Gedanken lesen, richtete Katie ihren arroganten Blick wieder auf Rachel.
»Und wie kann ich euch behilflich sein, Streberin? Spuck's aus.«

Neunzehn

Den ganzen nächsten Tag über wirkten die Gerüchte mit gnadenloser Effizienz. Beim Abendessen gab es nur noch ein Thema: dass wegen der Unstimmigkeiten im Aufsichtsrat zahlreiche Eltern ihre Kinder von der Schule nehmen wollten.

Die meisten Schüler wussten mittlerweile über Nathaniel Bescheid – Gerüchte über ein Zerwürfnis in der Schulleitung kursierten schon lange –, doch die Vorstellung, dass die Spaltung so tief ging, sorgte für Panik.

In dem eleganten Speisesaal sah es aus wie immer – auf den runden Tischen brannten Kerzen, auf jedem Platzdeckchen glitzerte Kristall, schweres Silberbesteck schimmerte im warmen Schein der mächtigen Lüster –, doch die Stimmung war mies.

Auch an diesem Abend ließ sich keiner von den Night-School-Lehrern blicken. Sie hatten schon so lange nicht mehr an einer regulären Mahlzeit teilgenommen, dass Allie sich langsam fragte, ob sie nicht da draußen im Wald verhungerten. Ein Teil von ihr hätte nichts dagegen gehabt.

Auf der anderen Seite des Saals stritten sich lautstark zwei rotgesichtige Jungs, einer schlug wütend auf den Tisch. Ein paar Mädchen in der Nähe waren den Tränen nahe.

Wissen die Lehrer überhaupt, was hier los ist? Ist ihnen klar, dass sie dabei sind, die Kontrolle zu verlieren?

Entgegen den Erwartungen waren an diesem Tag keine weiteren Schüler von der Schule genommen worden – doch das vergrößerte die Furcht nur noch. Alle warteten darauf, dass etwas Schreckliches passierte.

»Was meint ihr, hat Nathaniel vor?«, fragte Carter. »Wenn er wirklich die Hälfte der Schüler aus der Schule nehmen lassen will, wieso ist dann nur eine Schülerin gegangen und nicht mehr?«

»Sollte vielleicht nur eine Warnung sein«, warf Nicole ein.

»Um Isabelle klarzumachen, dass er es ernst meint – und sie dazu zu bewegen, ihm zu geben, was er will«, stieß Rachel ins gleiche Horn. »Er erpresst sie.«

»Das ist doch Zeitverschwendung. Das werden die nie tun«, meinte Allie und schob halbherzig mit der Gabel das Essen auf ihrem Teller hin und her.

»Besonders, wo sie anscheinend gar nicht zur Kenntnis genommen haben, dass Caroline nicht mehr da ist«, sagte Zoe.

Als Allie zu ihr aufsah, bemerkte sie aus dem Augenwinkel, dass Jules von einem Nachbartisch zu ihnen herübersah. Wie am Abend zuvor saß sie bei Katie und ihren Freundinnen. Sie wirkte gekränkt, und als sie Allies Blick auffing, schaute sie rasch weg.

Allie fragte sich, ob Carter Jules erzählt hatte, was los war. Warum er bei den Mahlzeiten nicht mehr neben ihr saß. Bei all dem, was in den letzten Tagen passiert war, konnten sie sich kaum gesehen haben.

»Tja, heute Abend findet ja nun kein Night-School-Training statt …« Carter sah über den Tisch hinweg zu Sylvain. Wie es aussah, bekam er gar nicht mit, was für ein Gesicht seine Freundin machte. Er war zu sehr auf ihr Projekt konzentriert.

Sylvain fing den Ball sofort auf – er richtete sich auf und sagte, ohne Carter aus den Augen zu lassen: »Ja. Und der Himmel ist klar.«
Offenbar wollten sie auf etwas Bestimmtes hinaus.
Ein wissendes Lächeln huschte über Nicoles volle Lippen. »Ich glaub, die Jungs haben da was ausbaldowert.«
Sylvain und Carter grinsten. Allie war sich nicht sicher, ob sie diese neue Allianz guthieß.
»Okay, es geht um Folgendes«, sagte Carter. »Bisher haben wir immer nur darauf gewartet, dass die Lehrer zurückkommen, damit wir sie fragen können, was los ist. Sylvain und ich denken, es wäre mal fällig, dass wir zu ihnen gehen. Und es selbst herausfinden.«
»Was? Wir gehen los und suchen selbst die Lehrer?« Der Gedanke schien Zoe zu gefallen.
»Wir gehen los und reden selbst mit Eloise«, erwiderte Sylvain.

»Ich weiß ja nicht, ob das eine so gute Idee ist«, überlegte Allie laut. Sie thronte auf einer Bank in der Mädchen-Umkleide der Night School und nestelte am Band ihrer Jogginghose. »Irgendwie hab ich das Gefühl, als würden wir damit ein bisschen den Bogen überspannen.«
»Ach, tatsächlich?«, ließ sich Rachels sarkastische Stimme vernehmen. Ihr Kopf steckte in einem geborgten Thermoshirt fest, das sie vergeblich überzuziehen versuchte. »Nur ein bisschen?«
»Wird schon alles gut gehen.« Nicole hatte dicke, schwarze Leggins angezogen und griff nun nach ihren Socken. Ihre Gelassenheit rief bei Allie Bewunderung hervor – nichts schien sie einzuschüchtern. »Wir gehen doch bloß mal nachgucken.«

Der Umkleideraum war knallweiß gestrichen; der einzige Schmuck bestand aus glänzenden Messinghaken entlang der Wand, ein jeder mit einem Namen in Hochglanzschwarz und den schwarzen Kleidern daran. An einer Wand hingen vom Boden bis zur Decke Spiegel, wodurch der Raum größer wirkte, als er war. Allie fühlte sich hier mittlerweile heimisch – doch Rachel hatte ihn in all den Jahren, die sie schon in Cimmeria war, noch nie gesehen, weil er der Night School vorbehalten war.

Als die Jungen ihnen von ihrer Idee erzählt hatten, hatte selbst Rachel begeistert reagiert. Wenn sie dadurch der Sache auf den Grund gehen konnten, dann lohnte es das Risiko, da waren sich alle einig gewesen.

Erst jetzt, da sie schon mitten in den Vorbereitungen steckten, regte sich bei Allie plötzlich das Zweifel-Gen.

Alle wussten, dass sie gegen diverse heilige Internatsregeln verstießen, indem sie Rachel Zutritt zu einem Bereich gestatteten, der den geheimen Gruppenaktivitäten vorbehalten war, und ihr auch noch das Trainingszeug einer anderen Night-Schoolerin gaben.

»Wie kannst du nur so ruhig bleiben?«, fragte Allie Nicole. »Hast du keine Angst, dass wir alle fliegen?«

»Tut mir leid, aber falls einer der Lehrer zu mir sagt: ›Da hast du aber gegen die Internatsordnung verstoßen‹, dann antworte ich: ›Tja, und wo zum Teufel steckt Eloise? Und Jo? Und Ruth?‹« Wenn sie wütend wurde, klang ihr französischer Akzent noch stärker durch. »›Wo wart ihr, als in der Schule alles den Bach runterging?‹ Das dürfte die Diskussion beenden, denke ich.«

Wo sie recht hat, hat sie recht, musste Allie zugeben. Die Dinge liefen zurzeit so derart schief, was spielte da die Internatsord-

nung noch für eine Rolle? Beachtete die überhaupt noch irgendwer?
Unterdessen stand Zoe schon fix und fertig in ihrer schwarzen Night-School-Montur in einer Ecke der Umkleide und machte Schattenkickboxen. Bei jeder Bewegung stieß sie Laute aus wie eine kleine, wütende Krähe.
Allie beunruhigte es, dass Zoe mitkommen sollte. Schnell und schlau war sie ja, aber … noch so jung. Einfach noch klein.
Doch ehe sie weiter darüber nachdenken konnte, meldete Rachel sich wieder.
»Das Ding passt nicht.« Sie stand vor dem Spiegel und beäugte sich skeptisch. Das geliehene Oberteil reichte ihr nur bis zur Taille und gab ein paar Fingerbreit milchkaffeebraune Haut frei. »Ich bin zu groß.«
»Jules müsste deine Größe haben«, sagte Nicole, die gerade ihr langes Haar zu einem Pferdeschwanz zusammenband. »Versuch's mal mit ihrem.«
Rachel ging zur anderen Seite des Raums hinüber, nahm ein neues schwarzes Oberteil vom Haken und wog es in der Hand. Allie, die genauso eins trug, wusste, dass es leicht und trotzdem sehr warm war, weil es aus dem gleichen Material gemacht war wie Skikleidung.
»Echt irre«, sagte Rachel, während sie das zu kleine Top auszog und das größere anprobierte. »Ich kann kaum glauben, was wir hier tun.«
Zoe unterbrach ihr Kickboxen und sah sie an. »Wir tun die ganze Zeit nichts anderes.«
Rachel warf ihr einen strengen Blick zu. Eine dünne Linie zeichnete sich zwischen ihren Brauen ab. »Das ist mir bekannt.«

Allie wusste, dass Rachel stets versucht hatte, die Night School, so gut es ging, zu ignorieren. Zwangsläufig hatte sie eine Menge mitbekommen, schließlich hing ihr Vater mittendrin, doch sie hatte immer darauf geachtet, so wenig wie möglich damit in Berührung zu kommen.

Nüchtern beobachtete sie, wie Rachel die Night-School-Kleidung anlegte und sich von einer gescheiten Schülerin in eine Kämpferin verwandelte. Jules war ein paar Zentimeter kleiner als sie, doch die Klamotten passten trotzdem. Wie die anderen war Rachel nun ganz in Schwarz gekleidet, mit dicken Leggins und warmen Laufschuhen. Ihr dunkelgelocktes Haar war unter einer blauen Strickmütze verstaut.

Früher oder später erwischt es uns alle.

»Ich seh aus wie der Hamburgerklau«, grummelte Rachel.

»Können wir dann mal?« Zoe stand an der Tür und wartete ungeduldig auf einem Bein hüpfend, bis sich endlich alle hinter ihr aufgestellt hatten.

Dann knipste sie das Licht aus und öffnete die Tür.

Es war Mitternacht. Seit einer Stunde war Nachtruhe.

In absoluter Stille schlichen sie den dunklen Kellerflur entlang. Allie hielt sich nah bei Rachel und leuchtete ihr den Weg mit einer Spezialtaschenlampe, die ein blassblaues Licht aussandte – gerade hell genug, dass sie Hindernisse entdeckten, doch von ferne kaum auszumachen. Die anderen brauchten kein Licht – sie waren diesen Flur schon so oft entlanggegangen, dass sie es blind gekonnt hätten.

Rajs Wachleute folgten nicht dem normalen Einsatzplan, weshalb sie jederzeit damit rechnen mussten, auf Patrouillen zu stoßen. Dafür kamen die Patrouillen seltener vorbei als sonst, und deshalb standen die Chancen, unbemerkt nach draußen zu gelangen, nicht schlecht.

Es war kein gutes Zeichen, dass die Patrouillen seltener liefen: Wenn die Security derart vernachlässigt wurde, musste die Schulleitung sich ziemlich sicher sein, dass sie ihren Spion gefasst hatte.

Genau, was Nathaniel will.

Zoe, die ihnen vorausging, war an einer Treppe stehen geblieben. Sie bedeutete den anderen, zu warten, und huschte nach oben. Eine Tür ging lautlos auf, und ein Schwall kalter, feuchter Luft strömte herein. Allie straffte die Schultern und atmete die frische Kühle tief ein. Es beruhigte sie.

Heimlich sah sie nach Rachel: Wie die anderen stand sie reglos da und starrte nach oben zu der Türöffnung, durch die Zoe verschwunden war. Dass sie nervös war, verrieten nur der dünne Schweißfilm auf ihrer Stirn und die Tatsache, dass sie in einem fort die Hände ballte und öffnete.

Allie griff nach einer dieser Hände und drückte sie. Ohne sie anzusehen, erwiderte Rachel den Druck.

Dann erschien Zoe oben auf der Treppe und bedeutete ihnen, zu folgen.

Sofort ließ Allie Rachels Hand los.

Geduckt schlichen die Mädchen die Treppe hinauf, hinaus in die Nacht. Während sie über den Rasen liefen, hörte man nur das Patschen des kalten Schlamms unter ihren Füßen und das Geräusch ihres Atems.

Bei jedem Schritt erwartete Allie einen Ruf – dass man sie entdeckte und wieder einkassierte. Mit angespannten Muskeln wetzten sie über das flache, offene Gelände. Doch nichts rührte sich.

Sobald sie im Wald waren, entspannte Allie sich ein wenig und reihte sich hinter Rachel ein; Nicole hinter ihnen bildete die Nachhut. Hier waren sie weniger exponiert, die Dunkelheit machte sie praktisch unsichtbar.

Bei jedem Schritt wurde Allie daran erinnert, dass sie noch in der Erholungsphase und ziemlich außer Form war. Gott sei Dank lieferte Rachels Anwesenheit ihr einen Vorwand, es langsamer angehen zu lassen. Rachel konnte Sport nicht leiden – Allie hörte, wie schwer sie atmete. Doch sie hielt durch.

Nach zehn Minuten erreichten sie die Steinmauer, die die alte Kapelle umgab. Zoe verlangsamte ihr Tempo, die anderen taten es ihr nach. Bald konnte Allie das ramponierte, alte Tor ausmachen – es stand offen.

Ihr blieb fast das Herz stehen, doch sie lief weiter, während sie sich in Erinnerung rief, dass es so ja geplant war.

Pünktlich tauchten leise wie Gespenster zwei Schatten aus dem dunklen Friedhof auf und schlossen sich ihnen an. Die Mädchen beschleunigten wieder.

Gemeinsam mit Zoe übernahm der Carter-Schatten die Führung. Der Sylvain-Schatten gesellte sich ans Ende, zu Nicole.

An der Kapelle vorbei ging es zu einem Pfad, der zum Bach führte. Auf Zoes Zeichen hin gingen sie in die Hocke und schlichen mucksmäuschenstill weiter.

In der Dunkelheit konnte man ein kleines Steinhaus erahnen. Hier wohnte Mr Ellison, und hier war Carter aufgewachsen. Allie war es immer wie ein Märchenhaus vorgekommen, wie ein Lebkuchenhaus mit Zuckerguss und einem Garten voll üppiger Blumen.

Es brannte kein Licht, doch in der Luft hing noch ein schwacher

Geruch nach Feuer; der Gärtner war erst vor Kurzem zu Bett gegangen.

Plötzlich bemerkte Allie Christrosen entlang der Steinmauer, unerwartet und blass. Im Vorbeigehen berührte sie eine mit ihrem schwarzen Handschuh – es sah zu schön aus, um wahr zu sein. Durch die Berührung mit der Pflanze lösten sich Wassertropfen und fielen zu Boden.

Wie aus dem Nichts griff Sylvain nach ihrem Arm und zog sie von der Mauer fort. Er warf ihr einen mahnenden Blick zu. Selbst unter diesen Umständen beschleunigten seine blauen Augen ihren Herzschlag. Sie nickte nur entschuldigend, woraufhin er sie wieder losließ und gleich darauf in der Dunkelheit verschwunden war.

Der zweite Pfad war enger und unebener als der Hauptweg – offenbar wurde er viel seltener benutzt. Äste und Steine machten das Gehen tückisch. All das hielt sie auf und machte es schwierig – wenn nicht unmöglich –, unbemerkt zu bleiben.

Vor einem umgestürzten Baum, der den Pfad versperrte, blieben sie stehen. Zoe hielt sich an einem Ast fest und schwang sich leichtfüßig wie ein Eichhörnchen darüber.

Carter, der ihr folgte, musste sich schon mehr anstrengen. Einer nach dem anderen halfen sie sich hinüber. Nach Rachel wollte Allie den Ast packen und sich hinaufschwingen, doch als sie auf dem Baumstamm zu stehen kam, spürte sie plötzlich einen Stich im Knie. Sie umfasste ihr Bein, damit der Schmerz nachließ.

Von unten griff eine warme Hand nach ihrem Arm, um sie zu stützen. Sie sah hinunter und begegnete Carters dunklem Blick.

»Alles okay mit dir?«, flüsterte er.

Sie nickte und bereitete sich darauf vor, hinunterzuspringen, doch Carter kam ihr zuvor. Er legte den Arm um ihre Taille und setzte sie auf dem Boden ab. Damals, als sie Freunde gewesen waren, hatte er das auch immer so gemacht. Allie sah ihn verdutzt an.

Doch ehe ihr eine passende Bemerkung eingefallen war, sprang Nicole vom Baumstamm herunter und landete direkt neben ihnen.

»Weiter!«, zischte sie und deutete auf den Pfad.

Allie drehte sich um und merkte, dass die anderen bereits außer Sicht waren. Der Pfad war leer.

Carter stieß einen leisen Fluch aus und verschwand in die Dunkelheit.

Allie folgte, doch ihr Knie fühlte sich jetzt steif an und tat weh. Sie konnte das Tempo nicht halten.

Wenn sie daran dachte, wie flink sie vor dem Unfall gewesen war – wie schnell sie hatte rennen können –, dann hasste sie Nathaniel und Gabe nur noch mehr. *Alles haben die kaputt gemacht.*

Hinter der nächsten Kurve wartete Carter auf sie. Er hatte warnend die Hand gehoben. Allie verlangsamte ihren Schritt und versuchte, das Hinken zu überspielen.

Als sie zu ihm aufschloss, hatten Nicole und Sylvain sie eingeholt. Carter deutete nach links, wo ein schmaler Pfad zwischen den Bäumen verschwand. Er werde vorangehen, und Allie solle ihm folgen, bedeutete er ihr.

Sie nickte.

Der neue Pfad war so schmal, dass er im pechschwarzen Dunkel kaum zu erkennen war – Allie sah nur Carter, der vorsichtig vorauslief.

Sie gelangten an einen kleinen Bach, kaum mehr als ein Rinnsal. Carter sprang leichtfüßig hinüber.

Allie betete leise, dass ihr Knie das aushielt, und sprang hinterher. Die weiche Erde dämpfte die Landung, das Knie hielt.

Erst da entdeckte sie die Hütte. Sie stand am anderen Ende des Teichs, wo sie im vergangenen Sommer nackt baden gewesen waren. Damals war ihr die Hütte nicht aufgefallen, vermutlich weil sie fast bis zur Unkenntlichkeit zugewachsen war. Sie stand inmitten von Sträuchern und Bäumen, und die alten Steinwände waren von Efeu überwuchert.

Als Allie darauf deutete, nickte Carter. Sie waren am Ziel.

In gebührendem Abstand zu dem Gebäude gingen sie in weitem Bogen durch den Wald, bis sie ein Gebüsch erreichten und Allie fast in Rachel hineingerannt wäre, die neben Zoe im Finstern kauerte.

Carter besprach sich kurz mit Zoe, dann stellte er sich wieder neben Allie, beugte sich zu ihr und wisperte: »Wir warten, bis die Wachen fort sind.«

Allie nickte, um ihm anzudeuten, dass sie verstanden hatte. Dann starrte sie auf die Hütte, als wollte sie durch die Steinmauern hindurchschauen.

Unterdessen waren auch Nicole und Sylvain zu ihnen gestoßen. Hinter einem dicken Kiefernstamm verborgen, spähten Sylvain und Zoe zu dem Gebäude hinüber. Nicole kauerte neben ihnen.

Plötzlich hallte das Knarren einer sich öffnenden Tür durch den Wald. Alle erstarrten. Allie fühlte sich irgendwie exponiert – die anderen hatten bessere Verstecke gefunden. Sie hatte gedacht, sie hätten mehr Zeit.

Während ihr das Herz in den Ohren pochte, sah sie sich nach besserer Deckung um, doch dafür war es zu spät; wenn sie sich jetzt gerührt hätte, hätte man sie womöglich entdeckt.
Sie konnte nicht viel tun, deshalb blieb sie, wo sie war, tat keinen Mucks und hielt die Luft an.

Zwanzig

Die beiden Wachen, die aus dem Häuschen kamen, gaben sich keine Mühe, leise zu sein. Trotz der Entfernung konnte Allie ihre Stimmen deutlich hören. Einer der beiden lachte kurz auf; es klang wie ein Gewehrschuss in der Stille.

Carter stand neben ihr und beobachtete die beiden mit grimmiger Konzentration, als könnte er sie durch bloße Willenskraft zum Weggehen zwingen. Nicole hatte eine Hand auf Rachels Arm gelegt, und Allie vermerkte erleichtert, dass Rachels dunkle Augen wachsam waren – und sie keineswegs verängstigt wirkte.

Es schien eine halbe Ewigkeit zu dauern, bis die Wachleute endlich zwischen den Bäumen verschwunden waren. Allie atmete tief durch und spürte, wie sich ihre Schultermuskeln allmählich entspannten.

Irgendwo in der Ferne schrie eine Eule.

Zoe tauchte aus ihrem Versteck auf. Lautlos huschte sie zu Sylvain, flüsterte ihm etwas zu und verschwand im Wald. Allie sah Sylvain fragend an.

»Sie folgt ihnen«, wisperte er. »Um sicherzugehen, dass die nicht plötzlich kehrtmachen.«

»Glaubst du, die haben uns gesehen?«, fragte Allie alarmiert.

Er schüttelte den Kopf. »Nein, aber wir müssen auf Nummer sicher gehen.«

Während sich Sylvain Carter zuwandte, um ihn etwas zu fragen, kauerte sich Allie neben Rachel nieder.

»Alles klar?«, fragte sie.

Rachel nickte mit leuchtenden Augen. »Ist ja viel aufregender, als ich dachte. Jetzt verstehe ich, warum euch das so viel Spaß macht.«

»Ja«, entgegnete Allie grimmig. »Voll geil.«

Rachel runzelte die Stirn und wollte etwas erwidern, als Zoe aus dem Wald geschossen kam. Eilig versammelten sich alle um sie.

»Sie haben den Hauptweg genommen«, flüsterte sie außer Atem. »Die sind wir erst mal los.«

»Okay.« Sylvain schaute auf die Uhr. »Wir haben eine halbe Stunde bis zur nächsten Patrouille.«

»Seid ihr bereit?«, flüsterte Nicole und sah jedem einzeln in die Augen.

Sie hatten alles bis ins kleinste Detail geplant, sodass es nichts mehr zu besprechen gab – jeder wusste, was zu tun war.

Nicole machte den Anfang. In gebückter Haltung rannte sie über die Lichtung, bis sie das rettende Haus erreicht hatte und in seinem Schatten verschwunden war.

Die anderen blinzelten ins Dunkel, bis sie das blassbläuliche Licht von Nicoles Taschenlampe zweimal aufblitzen sahen. Dann folgten sie ihr einer nach dem anderen. Zunächst Rachel, dann Sylvain, dann Allie.

Allie schien es, als würde der Sprint über die Lichtung ewig dauern – sie kam sich völlig exponiert vor. Sie biss die Zähne zusammen, ignorierte den Schmerz in ihrem Knie und zwang sich, schneller zu laufen, als sie das für möglich gehalten hatte. Und dabei nicht zu humpeln.

Sie brauchte nur ein paar Sekunden.
Als sie endlich neben den anderen an der kalten Steinmauer des Hauses lehnte, musste sie erst einmal wieder zu Atem kommen. Rachel sah sie besorgt an.
»Alles okay?«, fragte sie lautlos. Allie nickte. *Witzig, dass Rachel sich jetzt Sorgen um* mich *macht,* dachte sie.
Zoe führte sie um das Gebäude herum auf die andere Seite, wo sie zuvor Eloises Stimme gehört hatte. Direkt über ihren Köpfen befand sich ein mit Brettern zugenageltes Fenster.
Nicole stellte sich auf die Zehenspitzen und flüsterte: »Eloise?«
Alle hielten gespannt den Atem an. Doch es kam keine Antwort.
»Es ist schon spät. Vielleicht schläft sie ja«, sagte Rachel.
An diese Möglichkeit hatte keiner gedacht. Sie tauschten ratlose Blicke, und Allie verließ der Mut. *Jetzt sag nicht, wir haben das alles umsonst riskiert …*
Sylvain befühlte die Ränder der Sperrholzplatten, mit denen das alte Fenster verbarrikadiert war.
»Hier«, sagte er und zupfte leicht an der unteren rechten Ecke. Das Brett war nachlässig angenagelt worden und ließ sich ein paar Zentimeter vorziehen – weit genug, damit er mit der Hand darunterfahren und gegen die Fensterscheibe klopfen konnte.
Klopf. Klopf. Klopf.
»Eloise?«, flüsterte er. »Bist du wach?«
Klopf. Klopf. Klopf.
Allie presste das Ohr an die Wand, als könnte sie die Bibliothekarin auf diese Weise hören – obwohl eine dreißig Zentimeter dicke Mauer sie trennte. Stille.

Sylvain hörte auf zu klopfen. »Vielleicht ist sie ja gar nicht da drin. Vielleicht …«

Da hörten sie es:

Klopf. Klopf. Klopf. Von der anderen Seite.

»Das ist sie!«, zischte Zoe. Sylvain klopfte nochmals zur Antwort.

»Bist du das, Eloise?«, flüsterte er.

»Ja.« Ihre Antwort war so schwach, dass sie beinahe unwirklich klang. Durch das verbarrikadierte Fenster hindurch hatte ihre Stimme etwas Ätherisches, ja Gespenstisches.

Die Liebe zu Eloise ließ Rachel alle Angst vergessen. Sie trat neben Sylvain und fragte: »Geht's dir gut?«

Schweigen. Dann ein »Ja«.

Carter beugte sich zu Sylvain vor. »Frag sie, ob sie momentan bewacht wird.«

»Ist jemand bei dir?«, fragte Sylvain. »Jemand, der dich bewacht?«

»Ja.«

Allie stellte sich vor, wie Eloise am Fenster stand und durch die Scheibe mit ihnen flüsterte, eine einsame Gefangene. Jemand musste im Raum nebenan sein und sie beaufsichtigen. Wie eine Kriminelle.

Die kalte Wut packte sie.

Sie wandte sich an Sylvain. »Frag sie, ob wir sie irgendwie da rauskriegen können.«

»Wie können wir dir helfen, abzuhauen?«, fragte Sylvain. »Gibt es … einen Fluchtweg?«

Diesmal war die Pause sehr lang. »Nein.«

Allie hätte am liebsten aufgeheult vor ohnmächtigem Zorn. Irgendwas *mussten* sie doch tun können.

Rachel ergriff die Initiative. »Darf ich?«, fragte sie.
Sylvain nickte und trat zurück, hielt aber weiter das Brett hoch, sodass Rachel durch die Scheibe sprechen konnte.
»Eloise, wir wissen, dass du es nicht warst«, sagte Rachel. »Zumindest glauben wir das. Ich meine, du warst ja mit Jerry zusammen. Gibt es irgendwas, das wir von hier aus tun können, um deine Unschuld zu beweisen?«
Das darauf folgende Schweigen dauerte so lange, dass Allie sich schon fragte, ob Eloise aufgeflogen und irgendwie zum Schweigen gebracht worden war.
Dann ließ sich Eloise wieder vernehmen, ganz schwach: »Der Schlüssel.«
Sie sahen sich verwirrt an. Was meinte sie damit?
Rachel beugte sich näher an das Fenster. »Welcher Schlüssel, Eloise?«
»Isabelles Büro … Den ich hatte … Müsst den Schlüssel finden!«
Allie war, als hätte man ihre Brust in einen Schraubstock gespannt. Diese Zweifel. Wieso wollte Eloise, dass sie den Schlüssel fanden? Erwartete sie von ihnen, dass sie ihn versteckten, damit die Lehrer ihn nicht fanden? Um sie zu schützen? War sie am Ende doch schuldig?
Sie schlang die Arme um ihren Oberkörper und starrte zu Boden.
»Wo ist denn dieser Schlüssel?«, fragte Rachel. »Ich versteh nicht ganz …«
Als die Bibliothekarin weitersprach, hatte Allie den Eindruck, dass sie weinte. Ihre Stimme klang gepresst.
»Zelazny hat ihn Jerry gegeben, und dann … hat er ihn uns wie-

der abgenommen. Ich glaube, er … hat ihn versteckt. Ihr müsst ihn finden. So einen kleinen silbernen Schlüssel.«

Will sie damit sagen, dass Zelazny sie reingelegt hat?

Sylvain trat näher an das Fenster. »Wieso hätte er das tun sollen, Eloise?«

Sie gab keine Antwort.

Allie fühlte sich ausgelaugt. Sie hatten die Möglichkeit durchgespielt, dass Zelazny der Spion sein könnte, aber keiner hatte es wirklich geglaubt. Doch wenn er wusste, wo der Schlüssel versteckt war …

Sie zitterte vor Wut.

Wie kann er Eloise das antun? Wie kann er, ohne etwas zu sagen, zulassen, dass man sie hier festhält?

Die einzige Erklärung war, dass er etwas zu verbergen hatte. Sie steigerte sich so in ihre Wut hinein, dass sie das leise Knarzen zuerst gar nicht registrierte.

Bis mit einem dumpfen Knall die Tür am Vordereingang zufiel.

Allie blieb fast das Herz stehen – panisch sahen die Freunde sich an. Der Moment schien eine Ewigkeit zu dauern.

Dann griff Carter ohne jede Vorwarnung nach Allies Hand und zog sie mit sich. In geduckter Haltung rannten sie, so schnell sie konnten, Richtung Wald davon.

Es geschah alles so schnell, dass Allie keine Zeit hatte, zu reagieren. Der Gedanke an Rachel kam erst, als es bereits zu spät war.

Sylvain wird ihr helfen. Er stand ja direkt neben ihr. Bestimmt kümmert er sich um sie. Er weiß ja, dass sie völlig untrainiert ist.

Immer wieder versuchte sie, sich umzudrehen, um zu sehen, ob die anderen noch hinter ihnen waren, doch Carter hielt ihre Hand so fest und bewegte sich derart schnell durch das unweg-

same Gelände, dass alles vor ihren Augen verschwamm, zumal es dunkel war.
Als sie über den Bach sprangen, knackte ein Zweig laut unter ihrem Fuß. Allie zuckte zusammen und lief weiter – fürs Leisesein hatten sie jetzt keine Zeit. Jetzt kam es nur auf Schnelligkeit an.
Ihre Lunge brannte wie Feuer, und mit jedem Schritt fuhr der Schmerz in ihr Knie – Carters Tempo war erbarmungslos. Ohne auf Äste und Steine zu achten, die grob nach ihren Armen und Gesichtern griffen oder unter ihren Füßen wegstoben, brachen sie durch den vertrockneten Farn und das winterlich abgestorbene Unterholz. Sie waren bestimmt schon fast einen Kilometer gelaufen, und Allie fragte sich allmählich, wie lange sie noch durchhalten würde, als sie eine natürliche Senke erreichten, die durch einen umgestürzten Baum geschützt war. Carter sprang hinein und zog Allie mit sich, hinunter auf den Waldboden.
Dann war es überall still.

Lange Minuten lagen sie so da, ohne sich zu bewegen. Allie lauschte nach Schritten, doch so sehr sie die Ohren spitzte, der Wald gab nichts preis. Ein leichter Windhauch blies durch die Äste hoch über ihnen und ließ sie leise rauschen.
Als der Wind kurz darauf abebbte, konnte sie nur noch das Hämmern ihres Herzens und ihre angestrengten Atemzüge hören.
Sie waren völlig allein.
Langsam beruhigte sich ihr Atem, und sie nahm ihre Umwelt wieder wahr. Sie spürte Carters Gewicht – er lag fast auf ihr, einen Arm über ihre Schultern geworfen, den Kopf in den kalten, lehmigen Boden neben ihr gepresst.
Sie spürte, wie sich sein Oberkörper mit jedem Atemzug hob und

senkte; seine Körperwärme durchdrang die Kälte, die vom feuchten Waldboden ausging.

Darauf bedacht, kein Geräusch zu machen, drehte sie langsam den Kopf nach rechts – bis sie sein Gesicht sehen konnte. Er lag ruhig da und betrachtete sie unverwandt.

Allie wusste nicht, wie lange sie dort nun schon reglos dalagen und einander einfach anstarrten und nach irgendwelchen Anzeichen lauschten, dass ihnen jemand gefolgt war. Anfangs zählte sie ihre Atemzüge, doch irgendwann verlor sie den Überblick. Carters Nähe lenkte sie ab. Sie war sich überdeutlich bewusst, dass seine Hand zwischen ihren Schulterblättern ruhte. Und wie er sie anschaute.

Schließlich ließ er seine Hand über ihren Rücken nach unten wandern.

Wieso macht er das jetzt?

Ihr stockte der Atem.

Jetzt bloß vernünftig bleiben. Wir verstecken uns hier nur gemeinsam, ermahnte sie sich. *Mehr ist da nicht. Er ist nur nett zu mir.*

Doch auch Carters Atem klang nun deutlich angestrengter, und seine Muskeln spannten sich an.

Allie wollte ihn eigentlich gar nicht küssen. Später sollte sie sich nicht mehr erinnern, wie es überhaupt dazu gekommen war. Irgendwie war ihr Mund plötzlich auf seinem.

Carters Lippen fühlten sich so vertraut an, dass es Allie einen Stich versetzte. Sie hatte ganz vergessen, wie gut seine Küsse schmeckten und wie warm sich sein Körper anfühlte. Er schlang seine Arme um ihre Schultern – und sie fühlte sich sofort sicherer, warm und geborgen. Sie ließ sich in seine Umarmung sinken, während er sie fest an sich zog.

In seinen Armen versuchte Allie, alles zu vergessen, was passiert war – selbst wo sie gerade waren und warum. Sie brauchte das jetzt so sehr. Sie wollte begehrt werden. Sie wollte alles vergessen und einfach ein paar Minuten lang wieder das Wichtigste in irgendjemandes Leben sein.

Doch ihr Verstand ließ das nicht zu. Immer wieder sah sie den verletzten Gesichtsausdruck vor sich, den Jules gehabt hatte, als sie begriff, dass sie nicht mitmachen durfte. Wie verloren sie gewirkt hatte.

Stell dir mal vor, wie unglaublich weh ihr das tun würde, wenn sie davon wüsste, flüsterte eine Stimme in ihrem Kopf. *Wie würdest du dich wohl an ihrer Stelle fühlen?* Bei dem Gedanken an Jules' Schmerz drehte sich ihr der Magen um.

Keine so gute Idee.

Carter und sie hatten gerade erst begonnen, ihre Freundschaft vorsichtig wiederaufzubauen. Das hier konnte alles wieder kaputt machen. Wie würden sie sich verhalten, wenn sie sich morgen wieder auf dem Flur begegneten? So tun, als wäre nichts passiert? Bei der Vorstellung überlief es sie eiskalt.

Das geht einfach nicht.

Als hätten ihn gerade dieselben Zweifel befallen, hörte Carter just in diesem Augenblick auf, sie zu küssen. Er stützte sich auf einen Ellbogen und studierte ernst ihr Gesicht. In seinen dunklen Augen spiegelte sich ihre eigene Verwirrung.

»Es tut mir leid«, sagte er. »Aber ich kann nicht …«

»Ich weiß«, sagte Allie mit belegter Stimme. Sie versuchte etwas zu sagen, was die Sache besser machen würde, doch ihr Verstand hatte ausgesetzt. »Ist nicht deine Schuld. Mir tut's auch leid.«

»Ich hab dich einfach vermisst«, sagte er. »Und manchmal, da …« Er verstummte.

»Ich hab dich auch vermisst«, sagte sie leise. »Es wär nur schön … wenn's irgendwie einfacher wär.«

Carter sah sie lange an.

Dann rollte er sich wieder auf den Rücken und starrte in den Sternenhimmel, einen Arm über die Stirn gelegt, als würde ihn etwas blenden.

»Ich weiß.«

Warum bringt einem keiner so was bei? Wieso sagt einem keiner: »Wenn du nach einer Trennung noch befreundet sein willst, musst du es so und so anstellen.« Oder: »Wie man es hinkriegt, seinen Ex nicht ab und zu küssen zu wollen.« Das wäre so ziemlich der hilfreichste Ratschlag der Welt – bloß dass ihn keiner parat hat.

Allie richtete sich auf, schlang die Arme um die Knie und starrte in den Wald.

Eine ganze Weile blieben sie so – jeder in seine eigenen Gedanken vertieft.

Dann setzte sich Carter ebenfalls auf, als hätte er gerade einen Entschluss gefasst. »Ich möchte dir was sagen«, hob er an und schaute ihr ins Gesicht. »Ich wollte es dir schon so lange sagen, aber ich hab's einfach nicht fertiggebracht. Aber jetzt muss ich's endlich mal loswerden.« So ergriffen klang er, dass Allie ihn ganz überrascht ansah. »Es ist einfach nur … Es tut mir so leid, wie ich dich behandelt habe, als wir zusammen waren. Ich weiß, ich hab's verbockt.«

Allie stiegen Tränen in die Augen, doch sie wich seinem Blick nicht aus.

»Erst war ich eifersüchtig und hab mich wie der letzte Depp benommen. Dann war's mir peinlich, und ich war nur noch wütend.« Er fuhr sich mit den Fingern durch die verwuschelten, dunklen Haare. »Ich weiß, dass ich dich verletzt habe, und das tut mir ehrlich leid.«

Mit einem Male löste sich etwas in Allies Brust, das sehr lange angespannt gewesen war.

Was immer sie sich von diesem Abend erwartet hatte – das ganz bestimmt nicht.

Ihre Lippen waren von den heftigen Küssen noch ganz wund. Wie wollte sie ihm da erzählen, wie sehr ihre Trennung sie verletzt hatte? Wie bedeutungslos sie sich anfangs gefühlt hatte, wenn sie ihn zusammen mit Jules sah. Und wie einsam, wenn er sie einfach ignorierte.

Carter hatte gerade alles gesagt, was sie von ihm hören wollte – hätte er es nur vor vier Monaten gesagt! Bis eben war ihr all das nicht klar gewesen – aber nun war es zu spät.

Es gab kein Zurück.

Doch das konnte sie jetzt nicht sagen. Sie konnte nur versuchen, den Schaden wiedergutzumachen, den sie gerade ihrer Freundschaft zugefügt hatten – und Jules.

»Danke, dass du das sagst. Das hilft mir«, sagte sie mit erstaunlich fester Stimme und ballte dabei die Fäuste so sehr, dass ihre Fingernägel kleine Halbmonde in ihre Handflächen bohrten.

»Ich hätte dich eben nicht küssen sollen. Das war falsch. Du bist jetzt mit Jules zusammen. Sie wäre ziemlich verletzt, wenn sie das rausfinden würde. Sie darf nie davon erfahren. Ich versprech dir, dass ich …«

Abrupt sprang Carter auf und lief auf die Lichtung, wo er mit dem Rücken zu ihr stehen blieb.

Allie wurde flau im Magen. *Jetzt bin ich zu weit gegangen.*
Hastig rappelte sie sich auf und eilte ihm hinterher. »Carter … Es tut mir leid. Ich hab's nicht so gemeint …«
»Jetzt hör doch auf damit«, schnitt er ihr das Wort ab und drehte sich zu ihr um. »Das machst du nämlich andauernd – dich für Sachen entschuldigen, für die du gar nichts kannst.« Im Dunkeln konnte sie seine Augen nicht sehen. »Man sollte sich nie dafür entschuldigen, dass man recht hat.«
Ehe sie darauf etwas erwidern konnte, hatte er schon die Schultern durchgedrückt und deutete Richtung Norden. »Lass uns lieber zurückgehen. Die warten bestimmt schon auf uns.«
Ohne ihre Antwort abzuwarten, marschierte er los in die Dunkelheit.

Als sie zwanzig Minuten später die Mädchenumkleide der Night School betraten, sprang Zoe sofort auf und rannte auf sie zu. »Wo wart ihr denn?«, fragte sie und fiel Allie um den Hals. Die Geste kam so unerwartet, dass Allie kurz zögerte, ehe sie die Umarmung erwiderte.
Zoe umarmt doch nie jemanden. Unter gar keinen Umständen.
Jetzt jedoch drückte das junge Mädchen sie ganz fest an sich. »Wir warten seit 'ner Ewigkeit auf euch. Wir dachten schon, sie hätten euch geschnappt, oder so.«
Allie warf einen Blick über die Schulter in den Raum und war erleichtert, Rachel dort sitzen zu sehen. Alle hatten es geschafft – Carter und sie waren als Letzte zurückgekehrt.
»Tut mir leid, dass wir euch so einen Schreck eingejagt haben«, sagte sie verlegen. »Wir haben uns … äh … ziemlich lange versteckt … Also, um ganz sicherzugehen …«

»Du hast da Laub im Haar«, bemerkte Zoe und löste sich von ihr.

Allie wurde rot. Sie beeilte sich, das vertrocknete Blatt aus den Haaren zu zupfen, das sich in einer dunklen Strähne verfangen hatte. Von der anderen Seite der Umkleide warf Rachel ihr einen prüfenden Blick zu.

Sie hatten vorab vereinbart, sich hier wiederzutreffen, falls sie aus irgendeinem Grund getrennt werden sollten – es war einer der wenigen Räume in der Schule, die von Patels Wachen nie überprüft wurden. Trotzdem hatte es etwas seltsam Verwegenes, Jungs in der Mädchenumkleide anzutreffen.

»Na, war doch ein Erfolg, alles in allem.« Beim Klang von Sylvains Stimme drehte Allie sich um. Sylvain saß auf einer niedrigen Bank in der Ecke und streckte die langen Beine von sich, als würde er auf einem der bequemen Sofas im Aufenthaltsraum lümmeln.

Er hob sardonisch eine Braue, und Allie schlug schamrot die Augen nieder. Sein Gesichtsausdruck machte sie nervös. Irgendwie war es, als wüsste er, was passiert war.

Carter und sie hatten auf dem Rückweg so gut wie kein Wort gewechselt. Schweigend waren sie durch den dunklen Wald marschiert. Allie kannte sich in diesem Teil des Geländes nicht aus und wusste nicht genau, wo sie sich befanden. Doch obwohl sie sich von den befestigten Wegen fernhalten mussten, hatte Carters untrüglicher Orientierungssinn sie schnurstracks zurück zur Schule geführt.

»Wie man's nimmt«, sagte Carter und holte sie wieder in die Gegenwart zurück. Er lehnte an der Wand und hatte die Arme locker vor dem Oberkörper verschränkt. Es war nicht zu übersehen, dass er Allies Blicken auswich – er schaute überallhin, nur nicht zu ihr. »Wir sind zwar nicht erwischt worden, haben aber auch nicht besonders viel Neues in Erfahrung gebracht.«

»Ich sag's nur ungern, aber was Eloise gesagt hat, kam mir zum Teil schon ein bisschen komisch vor«, sagte Nicole. »Das hatte irgendwie weder Hand noch Fuß.«

Ihre Worte rissen Allie aus ihrem Gefühlsaufruhr und zwangen sie, sich auf das Wesentliche zu konzentrieren: den Spion zu fangen. Nicole hatte nämlich recht: Eloise war seltsam vage geblieben und hatte kaum brauchbare Hinweise gegeben – und das, obwohl ihr eigenes Schicksal davon abhing, dass sie ihr helfen konnten. Unschuld klang anders.

»Fand ich auch«, sagte Rachel und tauschte einen verzweifelten Blick mit Nicole aus.

Eine gedrückte Stimmung breitete sich im Raum aus. Sie war fast mit Händen zu greifen. Nur Zoe schien immer noch Hoffnung zu haben.

»Wir haben's ja noch gar nicht versucht«, sagte sie. »Also, den Schlüssel zu finden, mein ich.«

»Apropos Schlüssel«, sagte Nicole und wandte sich Allie zu. »Was denkst du? Glaubst du Eloise?«

Allie fuhr sich mit dem Handrücken über die Stirn – ihre Haut fühlte sich ganz sandig an. »Ich weiß nicht, ob ich ihr glauben soll. Ich weiß, dass es einen Schlüssel gibt – ich hab ihn ja selber gesehen. Aber wo sie ihn jetzt herhat, oder was sie damit gemacht hat … Also, das klang schon alles ein bisschen komisch. Als ob sie jemanden decken wollte. Aber davon mal abgesehen: Wenn sie nicht unsere Spionin ist und Zelazny ihr den Schlüssel gegeben, aber keinem davon erzählt hat, dann …«

»Dann ist Zelazny unser Spion«, beendete Sylvain den Satz für sie.

Allie spürte, wie sehr es ihn schmerzte, das zu sagen. Er hatte sich immer gut mit Zelazny verstanden, und es musste eine furchtbare Vorstellung sein, dass sein Mentor ihn die ganze Zeit zum Narren gehalten hatte.

»Ich glaube, wir müssen verdammt vorsichtig sein«, sagte Rachel, »denn im Augenblick haben wir gute Gründe, so ziemlich jeden zu verdächtigen.«

Einundzwanzig

Die Kälte traf sie wie ein Keulenhieb. Dazu kam der Wind, der irgendwie zugenommen haben musste, seit sie losgelaufen war, auch wenn sie es nicht mitbekommen hatte. Nun tobte er richtig und ließ die Äste über ihrem Kopf gegeneinanderkrachen, bis es toste wie bei schwerer See und die schiere Wucht des Sturms sie beinahe von den Füßen geholt hätte.

Langsam ging sie im Kreis, in dem Versuch, sich zurechtzufinden. Wo bin ich hier bloß? *Sie war schon so lange gelaufen, dass sie völlig die Orientierung verloren hatte, wohin sie eigentlich wollte. Nach wem sie Ausschau hielt.*

»Allie.« Die Stimme gehörte Sylvain, sein französischer Akzent ließ ihren Namen wie einen Seufzer klingen, wie eine Liebkosung.

Doch sie konnte niemanden sehen, es war zu dunkel. Ohne Mondlicht waren die Bäume nur Schatten neben anderen Schatten. Dunkel und unheilvoll dräute die Nacht – ihr Gewicht schien sie förmlich niederzudrücken, das Atmen fiel ihr schwer.

»Sylvain? Wo bist du?« Sie reckte den Hals, konnte aber außer Bäumen nichts erkennen.

»Wieso hast du das getan?«

Sie schluchzte auf und schlug sich die Hand vor den Mund – er klang so traurig. Ob er wusste, dass sie Carter geküsst hatte? Aber woher? Sie hatten es doch keinem erzählt. Wem hätten sie es erzählen sollen?

»Was getan? Ich hab doch nichts getan«, beharrte sie, aber selbst in ihren Ohren klang es wie eine Lüge – bestimmt hörte er das auch.

»Wieso hast du nicht besser auf Jo aufgepasst?«, klagte Sylvains Stimme sie an. »Sie hat dir vertraut. Ich hab dir vertraut.«

Tränen strömten ihr übers Gesicht. Sie musste ihn unbedingt sehen. Wenn sie nur sein Gesicht sehen konnte, würde sie ihn überzeugen können, dass nichts passiert war. Wirklich gar nichts.

»Du kannst mir vertrauen«, rief sie beschwörend. »Und Jo auch – ich werd sie nicht im Stich lassen!«

»Aber Jo ist doch schon längst tot«, antwortete er kalt.

Allie erwachte von ihrem eigenen Schrei aus dem Traum.

Sie musste im Schlaf geweint haben; ihr Kissen war ganz nass. Und als die Erinnerung an letzte Nacht zurückkehrte, schluchzte sie erneut auf.

Wieso hab ich Carter geküsst? Wieso hab ich das getan? Ich hab alles kaputt gemacht. Wieso bin ich nur so doof?

Erst hatte sie Jo im Stich gelassen und dann auch noch ihre Freundschaft mit Carter ruiniert. Sie konnte sich nicht erinnern, sich selbst je so gehasst zu haben. Sie zitterte regelrecht.

Ohne jede Vorwarnung flog die Tür auf, und Rachel stand vor ihr, die Haare vom Schlaf zerzaust, das Gesicht bleich. Doch der Ausdruck von Angst wich bald dem von Besorgnis.

»Allie! Was ist denn passiert? Ich hab dich schreien hören.« Als sie Allies verheultes Gesicht sah, rannte sie auf ihre Freundin zu, kniete neben ihrem Bett nieder und umarmte sie heftig. »Alles okay? Hattest du wieder einen von deinen Albträumen?«

Allie nickte und ließ sich gegen Rachels Schulter fallen. »Ich bin so traurig, Rachel«, schluchzte sie. »So was von traurig. Ich hab alles falsch gemacht, aber ich kann es nicht mehr rückgängig machen. Wenn man es erst mal gemacht hat, geht es nicht mehr weg, und das ist so ätzend.«

»Ach, Süße«, sagte Rachel besänftigend. »Du hast gar nichts falsch gemacht. Wirklich, ich versprech's dir. Und es gibt auch nichts, was du rückgängig machen müsstest.«

Aber das stimmt doch gar nicht.

»Ich hab Jo nicht gerettet«, flüsterte Allie. »Und jetzt hab ich auch noch Carter geküsst.«

Rachels Hand, die besänftigend ihren Rücken gestreichelt hatte, hielt kurz inne. Dann machte sie weiter.

»Also, erstens hast du getan, was du konntest, um Jo zu retten. *Niemand* hätte sie retten können – wenn nicht mal Gott sie hat retten können. Für das, was ihr zugestoßen ist, kannst du nichts.«

Allie glaubte ihr kein Wort, dabei wollte sie ihr so gern glauben.

»So«, sagte Rachel, griff nach dem Taschentuchspender im Regal und reichte Allie ein paar Tücher. »Jetzt hol ich dir was zu trinken, und dann erzählst du mir, wieso du mit Carter rumgeknutscht hast.«

Nachdem sie Allie ein Glas Wasser gebracht hatte, setzten sie sich beide aufs Bett. Allie hielt die feuchten Taschentücher in der einen und das Wasserglas in der anderen Hand. Sie hatte einen Schluckauf, doch ihr Tränenfluss war abgeebbt, bis er schließlich ganz versiegte. Geknickt erzählte sie ihrer Freundin, was in der Nacht im Wald passiert war.

»Und wie hat er reagiert?«, fragte Rachel und zog sich die Decke übers Knie.

»Als ob er einen Fehler gemacht hätte«, erwiderte Allie. Sie hob die Hand mit den Taschentüchern, als wollte sie sagen: *Wie hätte er auch sonst reagieren sollen?*

»Und was denkst du? War es ein Fehler? Ich meine, stehst du immer noch auf ihn?«

»Nein. Das heißt, ich weiß nicht.« Allie seufzte. »Ich bin einfach nur verwirrt. Ich meine, wenn man mit jemandem zusammen war und gedacht hat, dass man ihn … na ja: liebt … wie kann man da auf einmal sagen: ›Ach, ich lieb dich gar nicht mehr‹, einfach so auf Knopfdruck? Ich vermiss es einfach, mit ihm zusammen zu sein, ihn als Freund zu haben – und mich nervt, dass uns ständig dieses Wir-war'n-mal-zusammen-Ding dazwischenpfuscht. Aber das geht nicht einfach so weg. Und wenn ich mit ihm allein bin, gibt es jedes Mal ein großes Kuddelmuddel.«

»Mit anderen Worten: Du hättest ihn gern wieder als Freund zurück.«

Allie schwieg und dachte darüber nach. »Ja … wahrscheinlich schon.«

»Ich hab da nämlich so 'ne Theorie. Möchtest du sie hören?«, fragte Rachel – und es war, als würde der Raum durch ihr Lächeln wärmer.

Allie nickte und kuschelte sich an Rachel. Allmählich glaubte sie wirklich, dass Rachel die Sache besser machen konnte.

»Ich glaube, wenn man mit einem Mädchen befreundet ist, das man wirklich liebt – also so, wie wir zwei uns lieben –, dann ist die Sache supereinfach. Wir beide mögen einander wirklich gern und sind keine Lesben, also – zack, schon sind wir die besten Freundinnen!«

Allie nickte zaghaft, und Rachel fuhr fort: »Aber stell dir vor,

ich wär 'n Kerl und du wärst eine gute Freundin von mir – dann könnte es leicht das totale Durcheinander geben. Und wenn dann auch noch sonst alles drunter und drüber geht und du ständig in Gefahr bist, kann es schnell passieren, dass du deine Freundschaft zu mir als romantische Liebe missverstehst und auf einmal meine richtige Freundin sein willst. Und schon gibt es das reinste Gefühlswirrwarr.«
Sie lehnte sich zurück, um Allies Gesicht besser sehen zu können. »Also, was ich damit sagen will: Ich glaub, dass man Freundesliebe und romantische Liebe leicht verwechseln kann, wenn der Freund, um den es geht, ein Kerl ist. Und deswegen bist du so verwirrt.«
Allie zerriss langsam ein Taschentuch in kleine Fetzen und dachte über Rachels Worte nach.
Wenn das stimmt, erklärt das vielleicht, wieso ich mich immer so zwischen Carter und Sylvain hin- und hergerissen gefühlt habe. Vielleicht empfinde ich ja Freundesliebe für Carter und romantische Liebe für Sylvain. Aber woran erkenne ich das?
»Du glaubst also, ich empfinde nur Freundschaft für Carter?«, fragte sie und sah ihre Freundin hoffnungsvoll an.
Rachel zögerte. »Ich weiß nicht«, sagte sie dann. »Das kann ich ja nicht wissen. Das kannst nur du wissen. Aber es ist gut möglich, dass du Carter liebst, ohne in ihn verliebt zu sein. Darüber solltest du vielleicht mal nachdenken – vor allem, solange er noch mit Jules zusammen ist.«
Bei der Erwähnung von Jules' Namen zuckte Allie zusammen. Sie mochte die Vertrauensschülerin nicht besonders, aber ihr den Freund auszuspannen, wäre ihr nie in den Sinn gekommen.
»Und was soll ich jetzt tun?«, fragte sie matt. »Ich möchte das

irgendwie in Ordnung bringen. Ich bin nicht so eine, die sich in andere Beziehungen einmischt. Und ich will Carter nicht schon wieder verlieren. Auf gar keinen Fall.«

»Na ja«, sagte Rachel und warf gähnend einen Blick auf Allies Wecker. Es ging auf fünf Uhr morgens zu. »Ich glaube, du musst mit ihm reden und die Sache aus dem Weg räumen. Und sag's ihm so. Sag ihm, dass du nur mit ihm befreundet sein willst – jedenfalls solange er eine Freundin hat. Das lässt dir Zeit, herauszufinden, was du wirklich für ihn empfindest.«

»Aber woran soll ich das erkennen?«, fragte Allie fast schon flehentlich. »Woher weiß man, welche Art von Liebe es ist?«

»Tja. Das ist das Kniffelige dabei«, sagte Rachel grinsend, legte sich neben sie ins Bett und zog die Decke über beide.

Der Unterricht am nächsten Tag war eine Qual. Die Stunden schienen sich endlos hinzuziehen. Nach dem Albtraum hatte Allie nicht mehr richtig schlafen können, obwohl Rachel bei ihr geblieben war, und konnte nun kaum die Augen offen halten. Das monotone Geleiere der Vertretungslehrer tat ein Übriges.

In Englisch und Geschichte, den beiden Fächern, die sie gemeinsam hatten, verhielt sich Carter distanziert und sah sie nicht ein einziges Mal an.

Einmal begegnete sie Jules im Flur und bekam ein derart schlechtes Gewissen, dass sie in einem Anfall von Panik ins nächste Klassenzimmer stürzte, wo sie so heftig mit einem Lehrer zusammenstieß, dass dessen Unterlagen in hohem Bogen durch die Luft flogen.

Zum Mittagessen traf sich die Gruppe, um das weitere Vorgehen durchzusprechen. Obwohl Allie zwischen Rachel und Zoe saß, bewirkte allein die Tatsache, dass Carter und Sylvain mit am selben Tisch saßen, dass sie nichts essen konnte. Stattdessen sezierte sie ihr Sandwich nach allen Regeln der Kunst.

An einem der angrenzenden Tische saß Jules mit Lucas und ein paar Freunden. Allie versuchte, nicht zu ihr hinzusehen, doch die Schuldgefühle sorgten dafür, dass ihre Augen immer wieder wie von selbst in Jules' Richtung wanderten und heimlich verfolgten, wie die blonde Vertrauensschülerin sich unterhielt und aß.

Carter saß Allie gegenüber und unterhielt sich gerade angeregt mit Rachel und Nicole. Nur die Ringe unter seinen Augen verrieten, dass auch er letzte Nacht nicht sonderlich gut geschlafen haben konnte.

Zwei Plätze weiter saß Sylvain und hörte konzentriert zu. Mit seinen langen Fingern ließ er selbstvergessen sein Messer um die eigene Achse wirbeln. Allie fiel es schwer, den Blick von diesen sanften und geschickten Händen abzuwenden. Das Silber glitzerte im Licht der Nachmittagssonne.

Plötzlich hielt das Messer in der Bewegung inne. Als sie aufschaute, merkte sie, dass er sie beobachtete: seine Miene undurchdringlich und rätselhaft, die Augen kühl und blau wie unbewegtes Wasser.

Allies Herzschlag setzte kurz aus, und sie zwang sich, wegzuschauen. Erst da bemerkte sie, dass die anderen sie erwartungsvoll anblickten.

»Was ist denn?«, fragte sie. So abweisend hatte es gar nicht klingen sollen. »Hat irgendwer … was gesagt?«

Rachel sah sie scheel an. »Ich hab gesagt: ›Und was meinst du dazu?‹«

»Wozu?«

»Na, zu unserem *Plan.*« Nicoles Blick wanderte von Allie zu Sylvain und wieder zurück, als hätte sie den Verdacht, zwischen den beiden spiele sich etwas ab. »Findest du die Idee gut?«

»Sorry«, sagte Allie und wurde rot. »Ich hab letzte Nacht schlecht geschlafen. Ich bin nicht ganz da. Bitte erzählt's mir noch mal. Diesmal konzentrier ich mich auch – versprochen!«

Carter stöhnte genervt auf. »Okay, also noch mal für Allie zum Mitschreiben«, sagte er und sah ihr zum ersten Mal seit beinahe zwölf Stunden direkt ins Gesicht. Doch seine Augen waren ohne jede Wärme. »Der Plan sieht so aus: Heute Abend teilen wir uns auf. Nicole und ich durchsuchen Eloises Zimmer, Zoe und Rachel sehen sich in Zelaznys Kursraum um. Und du …«, mit einem Stirnrunzeln ließ er den Blick zwischen Sylvain und ihr hin- und herwandern, »… filzt mit Sylvain Zelaznys Zimmer – Sylvain weiß, wo das ist.«

Allie hatte einen Kloß im Hals. Sie zwang sich, ruhig zu nicken, doch ihr Herz schlug wie verrückt.

Ein paar von den Lehrern lebten in kleinen Häuschen auf dem Schulgelände, doch die meisten von ihnen wohnten in einem für das Lehrpersonal reservierten Seitenflügel des Hauptgebäudes, den Allie noch nie betreten hatte.

Den Lehrertrakt zu betreten war nämlich strengstens verboten – nur die Vertrauensschüler hatten dort Zutritt, und selbst die brauchten einen sehr triftigen Grund.

Die anderen schauten sie erwartungsvoll an. Sie wollten hören, was sie von ihrem Plan hielt, mit dessen Umsetzung sie auch die letzten Regeln der Internatsordnung brechen würden, die zu brechen sie letzte Nacht vergessen hatten.

Allie straffte die Schultern. »Klingt gut. Ich bin dabei.«

Zweiundzwanzig

Abends lief Allie im Halbdunkel des rückwärtigen Teils der Bibliothek ungeduldig hin und her. Sylvain war schon zehn Minuten überfällig.

Sie war sich sicher, dass sie sich nicht vertan hatte – er hatte ihr den Ort genau beschrieben, die fast drei Meter hohen Regale um sie herum enthielten ausschließlich alte, in Leder gebundene französische Bücher. Gelangweilt fuhr sie mit den Fingerspitzen über die dicken Einbände mit den goldgeprägten Schriftstellernamen, die Laclos lauteten oder Langlois.

Mit einem Seufzer sah sie erneut auf ihre Uhr.

»Nun beeil dich mal, Sylvain«, brummte sie.

Sie stieg auf eine Rollleiter, mit deren Hilfe man auch an die Bücher in den oberen Fächern herankam, pflanzte sich auf eine der Sprossen und ließ ein Bein baumeln.

Und nun forderte der Schlafmangel von letzter Nacht seinen Tribut, aller Sorge und Anspannung zum Trotz. Allie stützte das Kinn in eine Hand und ließ die schweren Lider zufallen. Angenehm war es so im Dunkeln, und bald döste sie dahin und träumte zusammenhanglose Szenen von Läufen durch den Wald und einer Stimme.

Wach auf, Allie.

Es war eine vertraute Stimme – Allie mochte sie. Und in der Hoff-

nung, sie werde weitersprechen, ließ Allie die Lider geschlossen. Doch die Stimme blieb stumm.
Langsam öffnete sie die Augen und begegnete Sylvains Blick.
Er hatte sich mit einem Fuß so auf die Leiter gestellt, dass er Allie auf gleicher Höhe ansehen konnte. Schläfrig blinzelte sie in seine saphirblauen Augen.
»Hey«, murmelte sie, noch immer ganz benommen. Die Situation kam ihr unwirklich vor, wie ein Traum. So nah war sie Sylvain seit dem Winterball nicht mehr gewesen. Sie spürte die Wärme seines Beins an ihrem, roch sein unverwechselbares Rasierwasser. »Ich muss eingeschlafen sein.«
»Sorry wegen der Verspätung«, sagte er, das Gesicht so nah, dass sie die violetten Tupfen im Blau seiner Augen erkannte. Dann sprang er in einer ebenso anmutigen wie athletischen Bewegung zu Boden. »Einer von den Wachleuten hat mich aufgehalten. Er wollte ganz genau wissen, ob gestern Nacht, als bereits Nachtruhe war, noch jemand das Schulgebäude verlassen hat.«
»*Was?*« Schlagartig wach, beugte Allie sich vor. »Sag bloß, die wissen, dass wir das waren?«
Sylvain schüttelte den Kopf. »Keine Sorge, das wissen sie nicht. Aber offenbar haben sie uns in der Nähe der Hütte gehört. Ab jetzt müssen wir noch vorsichtiger sein.«
Die Aussicht auf Gefahr schien ihn anzuregen – seine Wangen röteten sich, und er wippte auf den Fußballen, als könnte er vor lauter überschüssiger Energie nicht stillstehen. Aus seinem gewellten Haar hatte sich eine Locke gelöst und fiel ihm ins Gesicht.
Bei ihrem Anblick musste Allie unwillkürlich daran denken, was sie empfunden hatte, als sie das erste Mal mit den Fingern durch Sylvains Haar gefahren war – der Kick des Verbotenen. Und da-

ran, welche Wirkung das auf ihn gehabt hatte. Wie seine Arme sich um ihre Taille geschlossen hatten; wie er seine Lippen noch fester auf ihre gedrückt hatte.

Ganz anders als die Küsse von Carter.

War das nun diese romantische Liebe, oder was?, fragte sie sich verzweifelt. *Oder die andere?*

Sie kletterte die Leiter hinunter und streckte die Arme in die Höhe, um ihre Muskeln zu beleben. »Cool. Ich bin bereit, wenn du's bist.«

Sylvain sah sie an und schenkte ihr ein bittersüßes Lächeln. »Ich wünschte, es wär so.« Dann drehte er sich um und ging zwischen den Büchern hindurch. »Komm. Wir müssen los.«

Allie ließ die Arme fallen und eilte ihm so schnell nach, dass sie über einen Bücherstapel stolperte, den jemand am Ende des Gangs abgestellt hatte.

»Oh, du hast's aber eilig …«, murmelte sie.

»Was?« Sylvain warf ihr einen fragenden Blick zu.

»Ach, nichts«, antwortete Allie schulterzuckend. »Ich hab nur einen Satz aus einem Film zitiert.«

»Magst du Kino?« Die Vorstellung schien ihm zu gefallen. »Was ist dein Lieblingsfilm?«

Wie immer, wenn sie nach ihrem Lieblingsbuch oder -film gefragt wurde, fiel Allie nichts ein – als wäre sie noch nie im Leben im Kino gewesen. Derartige Fragen fand sie total stressig. Alle versuchten, Eindruck damit zu schinden, was für einen tollen Geschmack sie hatten. Und so dauerte es eine Weile, bis ihr einfiel, dass der Satz, den sie gerade zitiert hatte, ja aus einem ihrer Lieblingsfilme stammte.

»›Ist das Leben nicht schön‹ find ich gut«, sagte sie. »Den Film haben wir uns zu Hause immer an Weihnachten angeschaut, bevor … äh … Er ist ganz gut, glaub ich.«

Sie hatten den Film in den guten alten Zeiten angeschaut, hatte sie sagen wollen. Bevor Christopher weggelaufen und ihre Welt zusammengebrochen war.

Sylvain sah sie ernst an. »Ein fantastischer Film – und einer meiner Favourites. James Stewart finde ich toll.« Sie waren an der Tür angelangt, und während er sie für Allie aufhielt, kam er noch mal auf das Thema zurück. »Ich liebe Kino. Wenn ich zu Hause bin, schaue ich mir die ganze Zeit Filme an, am liebsten alte Schwarz-Weiß-Filme. Ich finde sie besser als die modernen Filme, obwohl ich nicht sagen könnte, warum.« Er warf ihr einen Blick von der Seite zu. »Hast du ›Jules et Jim‹ gesehen?«

Allie schüttelte stumm den Kopf. Der Titel klang französisch und kultiviert. So was hatten ihre Eltern natürlich nicht bei sich herumstehen.

»Der ist von François Truffaut, einem großartigen französischen Regisseur, vielleicht dem besten aller Zeiten«, fuhr Sylvain fort, während sie den Hauptflur betraten. Um diese Uhrzeit war es hier ganz still, das gebohnerte Eichenparkett schimmerte im fahlen Licht. »Manchmal erinnerst du mich an die Hauptdarstellerin. Deine Haare … und sonst noch dies und das …«

Bei diesen Worten wurde es Allie unwillkürlich warm ums Herz. Doch auch wenn es ganz nett war, mit einer französischen Filmschauspielerin verglichen zu werden, die vermutlich wunderschön und geheimnisvoll war wie alle französischen Filmschauspielerinnen, lenkte das lockere Gespräch sie von der Aufgabe, die vor ihnen lag, ab, und sie fragte sich, ob Sylvain das Thema absichtlich so ausbreitete, damit sie sich nicht allzu viele Sorgen machte. Plötzlich empfand sie es als eigenartig, dass kein Mensch in Cimmeria mehr über gewöhnliche Dinge redete. Immer ging es nur um Nathaniel oder Jo, Isabelle oder Lucinda oder den Tod. Es kam einem fast schon komisch vor, über etwas Normales zu reden.

»Dann muss ich mir den mal anschauen«, sagte sie. »Wenn du ihn so magst, muss er gut sein.«

Jules et Jim, versuchte Allie sich den Titel einzuprägen. *Jules et Jim, Jules et Jim, Jules ...*

»Vielleicht sehen wir ihn uns irgendwann ja mal gemeinsam an«, sagte er und schenkte ihr eins dieser Sylvain-Lächeln, die einem das Gefühl gaben, als existierten auf dieser Welt nur er und sie. Und da war Allie plötzlich froh, dass es in dem weitläufigen Flur so schummrig war, denn sie war bestimmt rot geworden.

»Jetzt hier entlang.« Sylvain nahm ihre Hand und zog sie mit sich zu einer Stelle, wo der Flur sich weitete und mehrere klassizistische Marmorstatuen standen. Allie und Sylvain kauerten sich hinter einen ausladenden Sockel, wo sie von Vorbeigehenden nicht entdeckt werden konnten. Der Eingang zum Lehrertrakt lag nur wenige Meter entfernt.

Geduckt hinter Sylvain, beobachtete Allie ihn neugierig. Sein Atem ging ruhig, doch seine Muskeln waren gespannt – die Sehnen an seinem Hals zeichneten sich unter seiner geschmeidigen, dunklen Haut ab. Seine Anspannung war ansteckend, und Allie spürte, wie ihr Atem schneller ging. Als hätte er dies mitbekommen, warf er ihr einen Blick über die Schulter zu.

»Bereit?«

Sie erwiderte seinen Blick. »Ja.«

Er stand auf, und sie mit ihm. »Jetzt.«

Leise huschten sie durch den leeren Flur zur Tür. Sylvain öffnete und ließ Allie hindurchschlüpfen, folgte ihr dann eilig und schloss die Tür hinter ihnen wieder.
Schlagartig war es finster. Nachdem sie sich an die Dunkelheit gewöhnt hatte, konnte Allie schwere Eichenbalken und geschnitztes Holz erkennen, mehr nicht. Dieser Flur musste zum älteren Teil des Gebäudes gehören. Rechts und links reihten sich breite Türen mit Nummern aneinander. Die Lehrerwohnungen vermutlich.
Im Gleichschritt huschten sie den Flur entlang. Aus dem Augenwinkel bemerkte Allie, dass Sylvain eine seltsame Haltung angenommen hatte. Sein Bizeps wölbte sich, als bereitete er sich auf einen Kampf vor; die Hände hatte er zu Fäusten geballt.
Er ist nervös.
Adrenalin schoss durch ihre Adern. Sylvain war sonst nie nervös.
Sie waren fast am Ende des Flurs angelangt, als Sylvain die Hand hob und stehen blieb. Noch einmal kontrollierte er, ob niemand sie beobachtete, trat dann vor die Tür mit der Nummer »181« und drehte den Knauf – sie war nicht verschlossen.
Sylvain warf Allie einen Blick zu. Sie waren sich des Risikos bewusst.
Allie blieb ruhig. Sie nickte.
Sylvain drückte die Tür auf.

Dreiundzwanzig

Dunkelheit und Stille.

Sylvain hob die Hand, um Allie zu bedeuten, dass sie warten solle, und schlüpfte ins Zimmer.

Sekunden später kam er zurück und winkte ihr, ihm zu folgen. Allie atmete tief durch und betrat Zelaznys Zimmer.

Sobald die Tür wieder geschlossen war, herrschte absolute Finsternis. Allie stand still da und wagte nicht, sich zu rühren.

»Sylvain?«, flüsterte sie.

»Hier«, kam leise die Antwort. Sie hörte, wie seine Hände über die Wand strichen, auf der Suche nach dem Lichtschalter. Im nächsten Augenblick war der Raum auch schon hell erleuchtet. Allie musste ihre Augen beschirmen.

»Das blendet vielleicht«, sagte sie.

»Geht gleich vorbei.«

Durch ihre Finger hindurch blinzelte sie ins grelle Licht. Sylvain stand neben der Tür und betrachtete sie mit einem schiefen Lächeln, als täte sie wunders was Komisches. Alle Anspannung war von ihm gewichen.

Das Zimmer war aufgeräumt und mit einem Ledersofa und einem niedrigen Polstersessel mit Armlehnen aus Holz möbliert. In der Ecke neben einem Kamin standen ein Fernseher und ein DVD-Player. Die Wände waren in einem matten, nüchternen Grauton gestrichen, einziger Schmuck war ein weiße, umlaufende Zierleiste. An einer Wand bemerkte Allie ein Bücherregal sowie eine Tür, die in einen zweiten Raum führte, vermutlich das Schlafzimmer.

»Ist das vielleicht winzig.«

»So schlimm find ich's gar nicht.« Sylvain stand immer noch an der Wand und sah sich um, als würde er überlegen, wo sie mit der Suche beginnen sollten.

»Fang du doch mit dem Bücherregal an«, sagte er. »Ich nehme mir den Schreibtisch vor.«

Zelaznys Regal ruhte auf niedrigen Holzschränken und reichte bis an die Decke. Die meisten Bücher darin schienen militärischen Inhalts – »Englands Schlachten«, »Der Sturm zieht auf«, irgendwas Philosophisches mit dem Titel »Die sieben Säulen der Weisheit«.

Die eintönigen, marineblauen und grauen Einbände fühlten sich rau an. Ein Geruch nach Druckerschwärze und altem Papier stieg ihr in die Nase.

Sie hatte keinen Plan, wo sie anfangen sollte, deshalb befühlte sie erst einmal die Kanten und tastete nach Dingen, die vielleicht dahinter versteckt worden waren. Aber da waren nur Bücher. In einem Regal.

Allie sah zu Sylvain hinüber, der die Papiere auf dem Tisch durchsah. »Soll ich nur nach dem Schlüssel suchen oder auch nach was anderem?«

»Der Schlüssel ist das Wichtigste. Aber wenn du sonst noch was Komisches oder Verdächtiges fändest, wär das auch nicht schlecht.«

Etwas Komisches oder Verdächtiges? Was denn zum Beispiel? Einen rauchenden Colt? Ein blutiges Messer? Ein Pamphlet, das mit »Wie vernichtet man die Cimmeria Academy: Einführung für Schwerverbrecher« betitelt ist?

Doch jetzt war nicht der richtige Zeitpunkt für sarkastische Bemerkungen. Allie schaute hinter jedes einzelne Buch. Um an die oberen Fächer zu gelangen, stieg sie auf einen Stuhl.

Nach einer Weile fragte Sylvain plötzlich: »Und was war da gestern Abend mit dir und Carter los?«

Allie wäre beinahe vom Stuhl gefallen. Im letzten Moment fing sie das Buch über das Leben von Winston Churchill auf und stellte es vorsichtig zurück.

»Gar nichts«, erwiderte sie mit ausdrucksloser Miene. Als er ihr einen zweifelnden Blick zuwarf, hob sie abwehrend die Hände. »Es war wirklich so, wie wir gesagt haben: Wir haben uns eine Weile im Wald versteckt, bis wir sicher waren, dass die Luft rein ist. Dann sind wir zurückgekommen. Wieso fragst du?«

Er musterte sie nachdenklich. »Na, weil ihr ziemlich lange weg wart. Und weil deine Haare so zerzaust waren.« Er machte eine unbestimmte Geste. »Du hast Carter nicht angeschaut, und Carter hat dich nicht angeschaut.« Er sah unter einen Stapel Papier. »Irgendwas muss vorgefallen sein.«

Kurz überlegte Allie, ob sie ihm die Wahrheit sagen sollte. *Ja, ich hab ihn geküsst. Und er hat mich zurückgeküsst. Aber es hat sich falsch angefühlt, wir haben es beide bereut, und jetzt reden wir nicht miteinander, und wenn Jules das rausfindet, werde ich mich für den Rest meines Lebens hassen. Das mit ihm ist nur Freundesliebe, was immer das sein mag. Was ich für dich empfinde, weiß ich nicht so recht, irgendwie wünsche ich mir, du würdest mich auch küssen, damit ich mich entscheiden kann.*

Stattdessen nahm sie das nächste Buch und blätterte es durch. »Sei nicht albern«, sagte sie, obwohl ihre Stimme komisch klang. »Da war nichts. Carter wollte nur sichergehen, dass die Luft wirklich rein ist, bevor wir los sind. Du kennst ihn doch.«

»Ja«, sagte Sylvain trocken. »Ich kenne Carter.«

Allies Kopf schoss so schnell hoch, dass ihr Stuhl wieder leicht ins Wackeln geriet, und sie blitzte Sylvain an. »Was soll das heißen?«

Ohne aufzusehen, zahlte er es ihr mit gleicher Münze heim: »Gar nichts.«

Eine ganze Weile sagte keiner mehr was – man hörte nur noch, wie Seiten umgeblättert wurden, und ein schleifendes Geräusch, wenn Allie die Bücher ins Regal zurückschob. Sylvain stellte keine weiteren Fragen, doch aus irgendeinem Grund wollte Allie ihm klarmachen, dass sie nicht wieder mit Carter zusammen war.

Aber wie soll man so was sagen?

»Schau mal«, hob sie schließlich an. »Carter und ich sind Freunde. Zumindest versuchen wir's. Mehr nicht. Er geht jetzt mit Jules. Er … hat sie sehr gern.«

Sylvain setzte einen Papierstapel ab. Sein Blick schien sie durchbohren zu wollen, doch er sagte nichts – er ließ sie einfach reden.

»Freunde zu sein, ist irgendwie … schwierig – also, nach gewissen Dingen«, stammelte sie. »Und gestern Abend … Da haben wir darüber geredet. Es war okay.«

»Wenn es okay war, wieso willst du jetzt nicht darüber reden?«

Allie lief scharlachrot an. »Hab ich doch gesagt. Weil's schwierig ist.«

Ihre Worte kamen ohne Nachdruck, und er warf ihr einen forschenden Blick zu, doch sie hatte nicht vor, noch mehr preiszugeben. Sie war so aufrichtig gewesen, wie sie konnte – nie hätte sie

Carters Vertrauen enttäuscht. Es war an der Zeit, das Thema zu wechseln.

»Sag mir lieber mal, was zwischen euch beiden passiert ist«, sagte sie, während sie ein weiteres Buch aus dem Regal zog. »Ihr habt euch doch immer gehasst, aber jetzt zieht ihr plötzlich an einem Strang. Ihr geht beinahe *nett* miteinander um.«

Ungerührt zog Sylvain eine Metallnadel aus der Tasche und machte sich damit an einer Schreibtischschublade zu schaffen. »Nach dem, was mit Jo und dir passiert ist, haben wir uns mal hingesetzt und geredet. Wir haben beschlossen, dass es langsam an der Zeit war, uns auf Nathaniel zu konzentrieren, anstatt einander zu bekämpfen. Funktioniert ganz gut bis jetzt.« Mit einem Klicken ging das Schloss auf. »Wir trainieren zusammen.«

Allie wäre fast vom Stuhl gekippt. »Das glaub ich nicht.«

»Ist aber so.« Als er ihren ungläubigen Gesichtsausdruck sah, musste er lächeln. »Er ist sehr gut – sehr stark. Ich bin natürlich beweglicher, aber … er ist auch nicht schlecht.«

»Das … ist ja toll.« Allie versuchte, sich jenes Gespräch vorzustellen, in dem sie feierlich sechs oder mehr Jahre Feindschaft ad acta legten. Es gelang ihr nicht.

Als sie das Regalende erreicht hatte, kletterte sie von dem Stuhl herunter und wischte sich die Hände an ihrem Rock ab. »Hier ist nichts. Außer wahnsinnig öden Büchern.«

Sylvain, der vor dem Schreibtisch kauerte und mit seiner Nadel am nächsten Schubladenschloss hantierte, deutete auf die Tür zum Nebenzimmer. »Da geht's zum Schlafzimmer. Sieh mal in den Nachttischchen nach.«

Allie zog ein Gesicht.

Zelaznys Schlafzimmer, dachte sie angewidert. *Igitt.*

Widerwillig ging sie durch die Tür und tastete an der Wand entlang. Der Lichtschalter fühlte sich kalt an. Licht flutete den kleinen Raum. Er war in der gleichen Farbe gestrichen wie das Wohnzimmer – etwas Beruhigendes hatte die Farbe ja, musste Allie zugeben.

An einer Wand stand ein Doppelbett, dessen blaue Tagesdecke perfekt unter die Matratze geklemmt war. Nirgendwo das kleinste Staubkörnchen.

»Hier könnte man ja vom Boden essen«, murmelte sie zu sich selbst.

»Was sagst du?«, rief Sylvain.

»Nichts.«

Rechts neben dem Bett stand ein Nachttisch mit zwei Schubladen und einer kleinen Messinglampe darauf. Allie näherte sich ihm wie einer Giftschlange. Sie wappnete sich und griff nach der oberen Schublade, obwohl sich jede Faser ihres Körpers gegen die Vorstellung wehrte, sie zu öffnen.

Lass bitte keine Pornos drin sein. Lass bitte keine Pornos drin sein. Lass bitte …

Leise glitt die Schublade auf und enthüllte eine Lesebrille mit Drahtgestell, einen akkurat gespitzten Bleistift sowie zwei Bücher mit Kreuzworträtseln und eins mit Sudokus.

Nichts, was sie weiterbrachte, aber Gott sei Dank auch nichts Gruseliges.

Als sie die Schublade schon wieder schließen wollte, fiel ihr Blick auf zwei eigenartige pinkfarbene Plastikklümpchen. Mit unverhohlenem Ekel betrachtete sie sie, ehe ihr klar wurde, worum es sich handelte.

Ohrstöpsel.

»Grauenhaft«, flüsterte sie und knallte die Schublade zu.
Nachdem sie in der ersten Schublade nichts Unanständiges gefunden hatte, fiel es ihr leichter, die zweite zu öffnen. Obenauf lag ein Buch mit dem Titel »Konfliktlösung«. Sie nahm es heraus.
Darunter lagen ein Notizblock mit Stift, eine CD, eine Packung Taschentücher und ein Glasdöschen mit einer Creme.
Allie nahm davon Abstand, die Creme genauer zu begutachten.
»Hier ist nichts«, rief sie leise.
»Schau unter dem Bett nach«, kam prompt die Antwort.
»Toll«, brummte sie.
Mit einem tiefen Seufzer ging sie auf Hände und Knie, um unter dem Bettrahmen aus Kiefernholz nachzusehen. Blitzeblank auch hier. Nichts außer einem Koffer und einem Pappkarton.
Der Koffer, den sie als Erstes hervorzog, war leer. Gründlich untersuchte sie auch die Seitentaschen, fand aber nichts.
Unterdessen dachte sie darüber nach, was Sylvain gesagt hatte. Wie leicht er ihren Versuch durchschaut hatte, zu überspielen, was im Wald passiert war. Und schuldbewusst musste sie daran denken, wie schlecht sie ihn damals nach Jos Tod behandelt hatte – als wäre er ein Problem, für dessen Lösung sie gerade keine Zeit hatte. In vielerlei Hinsicht hatte sie ihn behandelt, wie Carter sie behandelt hatte.
Diese Erkenntnis ließ sie mitten in der Bewegung innehalten. Sie blickte über die Schulter durch die offene Tür zum Wohnzimmer, wo sie Sylvain im Inhalt der Schreibtischschubladen kramen hörte. Sie sah seine schnellen, geschickten Bewegungen vor sich, während er nach Indizien dafür suchte, dass sein Mentor einem Mörder geholfen hatte.

Der Fußboden fühlte sich kalt an, während sie den Koffer schloss und langsam unters Bett zurückschob.

Seit Jos Tod hatte sie sich alle Mühe gegeben, nichts zu empfinden. Doch jetzt war es, als hätten Carters Küsse eine Tür aufgestoßen, die sie mit aller Macht hatte geschlossen halten wollen. Ein Schwall von Gefühlen überschwemmte sie.

Sylvain war kein einfacher Mensch, und in der Vergangenheit war zwischen ihnen so ziemlich alles schiefgelaufen. Trotzdem hatte er sich die ganze Zeit um sie gesorgt, hatte sie nie aufgegeben und sich etwa eine andere gesucht. Hatte sie nie bedrängt. Allie hatte ihn über Wochen links liegen gelassen, doch er hatte immer weiter auf sie gewartet. Hatte Geduld aufgebracht. War … treu geblieben.

»Hast du was gefunden?«

Beim Klang von Sylvains Stimme zuckte Allie schuldbewusst zusammen, als wüsste er, dass sie an ihn gedacht hatte.

»Noch nicht.«

Sie zog den anderen Gegenstand unter dem Bett hervor, einen Pappkarton, dessen Deckel nicht verschlossen war. Der Karton sah aus, als würde er häufig geöffnet und sein Inhalt hervorgeholt.

Auf den ersten Blick schien er nur Andenken und Aufzeichnungen zu enthalten. Auch alte Bankauszüge fanden sich – die sie sich geflissentlich nicht näher anschaute – sowie ein paar Rechnungen und Briefe, die an »Mr August S. Zelazny« adressiert waren.

Wofür steht wohl das S.? dachte Allie.

Auf dem Boden der Schachtel lag ein Buch in Hellblau und Weiß, das ihre Aufmerksamkeit auf sich zog. Es war überschrieben mit: »Dein Baby-Buch«.

Stirnrunzelnd schlug sie es auf und entdeckte das Foto eines kleinen Neugeborenen, das empört das rote Gesichtchen verzog.
Über dem Foto stand die jubelnde Überschrift: »Dein erstes Foto!«
Darunter der Name des Babys: Arnold August Zelazny. Das Geburtsdatum lag fünfzehn Jahre zurück.
Zelazny hat einen Sohn?! Verwundert las sie noch mal nach. Ein Kind hatte er nie erwähnt. Und verheiratet war er auch nicht, so viel stand fest.
Sie blätterte um. Ein Foto von Zelazny in jüngeren Jahren, lächelnd und mit wenig Ähnlichkeit zu heute. Damals hatte er noch mehr Haare gehabt und ein Grübchen am Kinn. Entspannt sah er aus und … fröhlich. Neben ihm stand lächelnd eine brünette Frau, deren Frisur etwas durcheinandergeraten war, als wäre sie gerade dem Bett entstiegen. Vorsichtig wie Porzellan hielten sie ihr Baby.
Bestürzt betrachtete sie das Foto.
Was mag da passiert sein?, fragte sie sich, den Finger auf dem Rand der Seite. Das dicke Papier war tadellos – wie für die Ewigkeit gemacht.
Allie hatte den entsetzlichen Verdacht, dass etwas Schreckliches geschehen war. Babys verschwinden nicht einfach so aus deinem Leben.
Sie blätterte um und stieß auf weitere Fotos des Babys: mit Haaren, lächelnd mit kleinen Zähnchen. Die Daten, an denen es zu laufen begonnen, die ersten Wörter gebrabbelt hatte. Karten zu seinem ersten Geburtstag.
Dann plötzlich nichts mehr.
Sorgfältig suchte sie überall in dem Pappkarton, doch von dem

Kind fand sich ansonsten keine Spur. Als wäre sein ganzes Leben in diesem einen Buch.

Vorsichtig legte Allie alles zurück und schob den Karton wieder in sein Versteck.

Arnold Zelazny: Was ist mit dir passiert?

Sylvain tauchte in der Tür auf, mit geflissentlich ausdrucksloser Miene.

»Im Schreibtisch ist nichts. Hast du was gefunden?«

Sie schüttelte den Kopf. »Nichts.«

Er wirkte erleichtert, und sie konnte ihn verstehen. Vielleicht war es ja doch nicht Zelazny.

»Dann sollten wir mal wieder. Hier verschwenden wir nur unsere Zeit.«

Sie wollte ihm schon folgen, als ihr auffiel, dass die »Konfliktlösung« noch auf dem Nachttisch lag – sie hatte vergessen, das Buch an seinen Platz zurückzulegen.

»Augenblick noch«, rief sie Sylvain hinterher, während sie die untere Schublade öffnete und gleichzeitig nach dem Buch griff. Dabei fiel etwas aus den Seiten und landete mit einem metallischen Klirren auf dem Holzboden.

Sofort war Sylvain an ihrer Seite. »Was ist das?«

Sie beugten sich hinunter und sahen einen kleinen Silberschlüssel auf den dunklen Dielen glänzen.

»Oh nein«, wisperte Allie.

Als sie Zelaznys Wohnung verließen, war schon längst Nachtruhe. Sie hatten alles genau an seinen Platz zurückgestellt, bis auf den Schlüssel, der nun tief in Allies Rocktasche steckte.

Als alles in Ordnung war, schaltete Sylvain das Licht aus, legte dann das Ohr an die Tür und horchte still. Einen Augenblick später öffnete er die Tür einen Spalt weit und linste nach draußen – der Flur war leer.

Leise wie Gespenster schlüpften sie auf den langen Korridor hinaus.

Entschlossen und schnell gingen sie los, doch die Tür am Ende des Gangs kam Allie verdammt weit weg vor, und sie heftete beschwörend den Blick darauf, damit sie endlich näher kam.

Die Vorstellung, Zelazny sei der Spion, erschien ihr unmöglich. Allein bei dem Gedanken wurde ihr schwindelig. Der Schlüssel in ihrer Tasche, den sie mit der Hand umschlossen hatte, fühlte sich heiß an. Zelazny sollte Beihilfe zum Mord an Jo geleistet haben? Ausgerechnet Zelazny, der immer so um die Sicherheit der Schule bemüht gewesen war, um die Sicherheit Isabelles, der von allen die strikte Befolgung der Internatsregeln verlangte? Zelazny mit seiner verschwundenen Familie und seiner geleckten Wohnung … *Und der soll Nathaniel dabei geholfen haben, Menschen umzubringen?*

Unmöglich. Und doch … Sie hatte den Beweis in der Hand.

Aber Schlüssel besaßen viele Leute. Es gab nur eine Möglichkeit, herauszufinden, ob es der richtige Schlüssel war, und sie waren dabei, es herauszufinden. Doch erst einmal mussten sie unentdeckt aus dem Lehrertrakt kommen. Um diese Uhrzeit wäre es nicht ungewöhnlich gewesen, wenn ein Lehrer den Wohntrakt betreten hätte. Sie mussten darauf gefasst sein, jederzeit entdeckt zu werden. Und in diesem langen, schmalen Flur gab es kein Versteck.

Vierzig Schritte, einundvierzig, zweiundvierzig …

Sie hatten die Tür fast erreicht, als sie hinter sich das unverwech-

selbare Geräusch einer sich öffnenden Tür hörten. Doch keiner von beiden zauderte.
Ohne nach rechts oder links zu schauen, gingen sie selbstbewusst weiter.
Wer immer die Tür geöffnet hatte, schien sie nicht bemerkt zu haben – niemand forderte sie auf, stehen zu bleiben.
Zehn Schritte später hatten sie endlich die Tür erreicht und waren draußen.
Still gingen sie an den Marmorstatuen vorbei den breiten, leeren Hauptflur entlang. Die Schüler lagen längst in ihren Betten, die meisten Lichter waren ausgeschaltet. Wie zwei Schatten huschten sie über das im Halbdunkel liegende, gebohnerte Eichenparkett.
Vor der vertrauten geschnitzten Tür zu Isabelles Büro blieben sie stehen wie x-beliebige Schüler einer x-beliebigen Schule vor der Tür zum Rektorinnenbüro und klopften. Als niemand »Herein« rief, wechselten sie einen Blick.
Allie holte den kleinen, harmlos aussehenden Schlüssel aus ihrer Tasche und steckte ihn mit fester Hand ins Schloss. Er ließ sich mühelos drehen. Beide hörten sie, wie der Riegel zurückgeschoben wurde.
Leise stieß sie den Atem aus. Bis zu diesem Augenblick war ihr nicht bewusst gewesen, wie sehr sie gehofft hatte, der Schlüssel würde nicht passen.
Sylvain biss sich auf die Unterlippe und wandte sich ab. Allie spürte seine tiefe Enttäuschung. Er hatte fest an Zelazny geglaubt.
Zaghaft legte sie ihm die Hand auf die Schulter, um ihm ohne Worte mitzuteilen, dass sie wusste, wie ihm zumute war. Dass sie die furchtbare Resignation ob des Verrats teilte.

Sylvain wandte sich um und sah sie an. Und zum ersten Mal seit langer Zeit spürte sie wieder die Kraft der Verbindung, die einmal zwischen ihnen bestanden hatte. Das Gefühl traf sie unvorbereitet – wie grelles Licht in einem dunklen Raum.

Seine Hand wanderte nach oben und legte sich auf ihre.

Das fühlt sich aber nicht wie Freundesliebe an, dachte Allie, während ihr Herz einen Satz machte.

Das weiche Geräusch sich nähernder Schritte zerstörte den Augenblick. Sylvain hielt ihre Hand fester und sah ihr in die Augen. Sie nickte, zum Zeichen, dass sie es auch gehört hatte.

Leise trat sie in den Schatten unter der Treppe hinter ihm. Er ließ ihre Hand nicht los.

Langsam kamen die Schritte näher. An dem Geräusch erkannte Allie, dass sie von zwei Personen stammten – der eine hatte einen schwereren Gang. Sie sagten nichts. Erst als die beiden die Treppe erreicht hatten, konnte Allie sie erkennen – schwarz gekleidet, unauffällig, professionell.

Wachen.

Stumm beobachtete Sylvain jede ihrer Bewegungen.

Ohne sie bemerkt zu haben, gingen die Wachleute vorüber. Am Fuß der großen Treppe bogen sie ab und begannen hinaufzusteigen. Allie sah nach oben und hörte die Stufen knarren. Im ersten Stock schlugen sie den Weg zu den Klassenräumen ein.

Als nichts mehr von ihnen zu hören war, wandte Allie sich wieder Sylvain zu. Er sah sie an, und ein Lächeln spielte um seine Mundwinkel.

»Du wirst langsam echt zum Profi in so Sachen«, flüsterte er und sah stolz und zugleich bedauernd drein.

»Ich weiß«, sagte sie.

Vierundzwanzig

Am nächsten Morgen stand Allie in aller Herrgottsfrühe im Garten und rammte ihre Schaufel in den matschigen Boden. Der Regen tropfte ihr in die Augen, während sie versuchte, die Furche vor ihr tiefer und gerader zu machen.

Eine Reihe weiter stand Carter und tat dasselbe, nur schneller und besser.

Es regnete nun schon seit einer halben Stunde. Eisig und unbarmherzig tröpfelte es vor sich hin – es war ein Elend: so nasskalt, dass es einem durch alle Kleiderschichten bis auf die Knochen ging.

Was für eine sinnlose Zeitverschwendung. Wir reißen hier draußen unseren Arrest runter, wo wir doch drinnen so schön weiter nach dem Spion suchen könnten. Ohne uns den Arsch abzufrieren.

Allie zog sich die Wollmütze über die Ohren und hätte sie sich am liebsten übers ganze Gesicht gestülpt.

Sie hielt einen Moment inne und sah Carter bei der Arbeit zu. Da er hier aufgewachsen war – er war mehr oder weniger von Mr Ellison großgezogen worden –, hatte er viel mehr Übung als sie, und doch war er nie viel weiter als sie. Allie hatte das Gefühl, dass er sich bremste, um in ihrer Nähe zu bleiben. Trotzdem hatte er den ganzen Morgen über noch kein einziges Wort mit ihr gewechselt.

Das macht mich wahnsinnig.

Der Abend mit Sylvain hatte sie noch einmal alles überdenken lassen. Mit Sylvain war es anders, als es je mit Carter gewesen war. Sylvain glaubte unerschütterlich daran, dass sie, Allie, ihre Sache schon gut machen würde. In seiner Gegenwart hatte sie Selbstvertrauen.

Seine Aufmerksamkeit war wie ein heller Lichtstrahl, der auf sie schien – und sie wärmte. Und in dem sie wachsen und gedeihen konnte.

Nachdem die Wachen verschwunden waren, hatten sie sich eilig in ihren jeweiligen Schlaftrakt zurückgeschlichen. Zum Reden blieb keine Zeit. Doch wenn sie an den Moment im Flur dachte, als sich ihre Hände berührt hatten … dann machte ihr Herz einen Sprung. Wie konnte so etwas Einfaches wie eine Berührung eine solche Wirkung auf sie haben? Aber so war das eben bei Sylvain. In der Zeit vor Jos Tod hatte er sie manchmal nur anschauen müssen, und schon war es um sie geschehen.

Romantische Liebe.

Carters Spaten schnitt mit einem satten Geräusch in den Schlamm und erinnerte sie daran, warum sie eigentlich hier war.

Seufzend nahm sie die Schaufel in die Hand und stocherte in der Erde herum. Regentropfen hefteten sich an ihre Wimpern, sodass sie Carter wie durch ein Prisma sah. Seine Wangen waren rot vor Kälte, und er war klitschnass. In der ganzen Zeit sah er nicht ein Mal zu ihr auf.

Sie stieß den Spaten in die Erde. Heftiger diesmal.

Warum musste mit Carter immer alles so furchtbar *kompliziert* sein? Seine Gefühle waren ein einziges Labyrinth aus Vertrauen und Misstrauen, Glaube und Zweifel.

Zum Beispiel heute. Da waren sie nun schon allein im Garten und hätten eine Menge zu bereden gehabt. Bestimmt hatte Sylvain ihm gestern Abend noch von dem Schlüssel erzählt. Sie hatten vereinbart, dass er Carter informieren würde und Allie die Mädchen. Und doch hatte Carter die Sache heute Morgen mit keinem Wort erwähnt. Um genau zu sein, hatte er noch gar kein Wort über irgendwas verloren.

So konnte es nicht weitergehen. Es musste etwas geschehen.

»Willst du mich jetzt den ganzen Tag ignorieren?«, fragte sie schließlich. »Oder nur hier, bei diesem Scheißwetter, wo wir allein sind und den verkackten Schlamm schippen?«

Carter sah nicht von seiner Arbeit auf. »So was sagt man nicht.«

»Kann schon sein«, erwiderte sie und stieß wütend den Spaten in den Boden. »Hauptsache, man sagt überhaupt was!«

»Na schön«, seufzte Carter. Er richtete sich auf, stützte sich auf seinen Spaten und sah sie reserviert an. »Hi, Allie. Wie geht's dir denn so heute Morgen?«

»Ausgezeichnet, Carter. Könnte nicht besser sein.«

Der Regen rann ihr übers Gesicht und sickerte unter ihrem Schal bis zu den Schultern durch. Es war zu viel.

»Ich mach jetzt Pause, sonst hol ich mir noch 'ne Lungenentzündung«, sagte sie und schaute ihn an. Als er keine Antwort gab, versuchte sie es noch einmal: »Willst du mitkommen? Ich geh nur kurz da rein.« Sie deutete mit ihrer Schaufel auf einen kleinen Schuppen an der Gartenmauer.

Carter sah zunächst nicht auf, sodass sie schon dachte, er werde sie abblitzen lassen. Doch dann streckte er sich und schulterte seinen Spaten. »'ne Lungenentzündung wäre jetzt echt das Letzte, was ich gebrauchen kann.«

Der Schuppen war zwar unbeheizt, besaß aber wenigstens Türen,

die den Regen draußen hielten, und eine Bank in der Ecke, sodass sie nicht auf dem kalten Boden sitzen mussten. Allie hängte ihre tropfnasse Mütze und den feuchten Schal an einen rostigen Nagel, der neben der Tür aus der Wand ragte. Dann schüttelte sie ihre Haare. Lauter feine, kalte Wassertröpfchen bestäubten die Luft. Ihre Haare waren in letzter Zeit gewachsen; die langen, dunklen Strähnen gingen ihr nun bis über die Schultern.
»Die roten Haare fehlen mir irgendwie«, ertönte es von hinter ihr.
Sie wirbelte herum. Carter hatte sie die ganze Zeit von der Bank aus beobachtet.
»Echt jetzt?«, erwiderte sie zweifelnd. Sie nahm eine Strähne zwischen die Finger und betrachtete sie leidenschaftslos. »Ich komme mir immer ein bisschen komisch vor, wenn ich sie jetzt färbe. So, als wäre das gar nicht ich, die ich da sehe, wenn ich in den Spiegel schaue.« Mit einem Seufzer ließ sie sich auf die andere Seite der Bank fallen. »Allerdings – vielleicht ist das ja gar nicht so schlecht.«
»Wieso?«, fragte Carter. »Magst du dich selbst nicht?«
»Manchmal«, meinte sie achselzuckend. »Im Moment gerade nicht so.«
»Und wieso nicht?«
Der Blick, den sie ihm zuwarf, besagte: *Ach komm, die Antwort kennst du doch selber.*
»Ach so«, sagte er und senkte den Blick. »Das.«
»Ja. Das«, erwiderte sie und verschränkte die Arme fest vor dem Oberkörper. »Können wir mal über *das* reden?«
Carter machte eine unverbindliche Geste.
»Weißt du …« Allie suchte nach den richtigen Worten. »Irgend-

wie fühlt sich das alles so komisch an. Und seit es passiert ist, gehen wir uns nur noch aus dem Weg und tun immer so kühl, wenn wir uns sehen. Dabei hatten wir's fast schon geschafft, Freunde zu sein. Und jetzt dieser totale Rückschritt. Das finde ich …«, sie seufzte und ließ die Schultern hängen, »… einfach blöd.«

Carter verlagerte sein Gewicht, und die klapprige Bank wackelte gefährlich.

»Ich weiß«, sagte er. »Aber irgendwie … Ich weiß einfach nicht, wie ich damit umgehen soll.« Er betrachtete eingehend seine Finger. »Du bringst mich immer so durcheinander. Ich denk immer, ich weiß, was ich will – und dann kommst du, und alles ist wieder so ein Kuddelmuddel.«

Dieses Gefühl kannte Allie nur zu gut. »Aber das machst du mit mir genauso.«

Carter rieb sich die Augen. »Es ist nur so … Jules und ich – wir sind seit dem Tag, als sie nach Cimmeria kam, befreundet. Hab ich dir das eigentlich je erzählt?« Allie schüttelte den Kopf. »Wir waren noch halbe Kinder. Ich war ein zorniges, total verkorkstes Waisenkind. Und sie kam da an mit ihren teuren Koffern und dem Kindermädchen, hat mich einmal angeguckt und gesagt: ›Hallo, ich bin Jules. Ich bin deine neue beste Freundin.‹« Die Erinnerung löste bei Carter ein warmherziges Lachen aus. »Und genau so kam's. Von dem Moment an waren wir die besten Freunde. Sie war so selbstsicher und resolut. Wir haben zusammen gelernt, sind zusammen aufgewachsen, zusammen in die Night School gekommen … Wahrscheinlich war es völlig unvermeidlich, dass wir irgendwann einmal ein Paar werden. Aber als es dann passiert ist, auf dem Winterball, war es eher so ein Unfall. Wir hatten beide zu viel getrunken, und dann – ist es einfach passiert. Am nächsten

Tag dachte ich, es war ein Fehler. Aber mit der Zeit dachte ich dann …« Er zögerte. »Vielleicht ist das doch nicht so verkehrt. Sie kennt mich so gut und … wir kommen prima miteinander aus. Mit ihr ist es irgendwie anders.«

Allie wusste, dass er es nicht so gemeint hatte, doch seine Worte schnitten ihr wie eine Rasierklinge ins Herz. Denn miteinander auskommen, das war genau die eine Sache, die Carter und sie als Paar nie hinbekommen hatten. Die Vorstellung, dass Jules und er nie Streit hatten – und sich einfach blind verstanden –, kam ihr wie ein weiterer Beleg für ihr eigenes Versagen als Carters Freundin vor.

Es war irgendwie komisch – er hatte alles gesagt, was sie hören wollte. Und trotzdem tat es weh.

»Neulich, als wir zusammen durch den Wald gelaufen sind«, fuhr Carter fort, »da war es irgendwie so wie früher. Und ich hab dich einfach nur angesehen und mich daran erinnert, wie es mit uns war. Also, an die guten Sachen. Und dann ist irgendwie der Gaul mit mir durchgegangen, und ich hab's verbockt. Tut mir leid, Allie, aber Jules bedeutet mir sehr viel. Ich kann sie nicht einfach …« Carter verstummte. Auf seinen Wangen hatten sich rote Flecken gebildet. »Wenn sie je davon erfährt, was passiert ist …«

Auf dieses Stichwort hatte Allie nur gewartet.

»Das wird sie nicht«, versicherte sie ihm inbrünstig. »Jedenfalls nicht von mir. Und du darfst ihr's nie erzählen! Ich hatte auch nicht vor, dich zu küssen. Es war ein Versehen. So was wie ein Autounfall oder so. Wir waren alleine da draußen, es war dunkel, und wir waren es einfach *gewohnt*, uns zu küssen. Aber jetzt müssen wir eben so tun, als wär's nie passiert – und lernen, Freunde zu werden. Richtig gute Freunde«, sagte sie voller Leidenschaft. »Carter, ich möcht so gerne, dass wir wieder Freunde sind. Ich möcht dich nicht schon wieder verlieren. Lass uns bitte einfach … Freunde sein!«

Carter war sichtlich überrascht davon, wie nahe ihr das Ganze ging. »Aber du hast mich doch nie verloren, Allie«, sagte er und sah sie an. »Also, nicht wirklich.«

Sie wusste, dass das nicht stimmte.

»Wir haben einander verloren. Und wenn wir je wieder zusammenkommen, wird das, glaube ich, wieder passieren«, erwiderte sie resolut. »Lass uns einfach für immer Freunde bleiben, Carter.«

Er schaute ihr tief in die Augen. »Ich werde immer dein Freund sein, Allie. Für immer und ewig. Ich schwör's.«

Als der Nachmittagsunterricht endlich um war, rannte Allie nach unten, wo sie mit den anderen verabredet war. Bei jedem Schritt rumpelte die schwere Büchertasche rhythmisch gegen ihre Hüfte. Sie hatte das Ende der großen Treppe beinahe erreicht, da hörte sie, wie jemand ihren Namen rief.

Als sie sich umdrehte, sah sie Katie auf sich zukommen. Sie trug das Haar offen, und ihre langen, kupferfarbenen Locken loderten im Nachmittagslicht.

»Ich such schon die ganze Zeit nach deiner … ja, wie soll ich sagen? *Bande.*« Katie betonte das Wort mit offenkundigem Abscheu. »Ich muss mit dir sprechen.«

Allie rollte nur mit den Augen. »Bande, Freunde, egal. Was ist denn?«

»Meine Eltern haben sich bei mir gemeldet.«

Allie runzelte die Stirn. »Wie – gemeldet?«, fragte sie und dachte: *Versteh ich nicht. Das muss doch über Isabelle laufen – und die ist gar nicht da.*
Katie warf ihr einen gelangweilten Blick zu. »Kriegst du eigentlich gar nix mit, Allie? Die können machen, was sie wollen. Wenn sie mit mir reden wollen, dann reden sie mit mir. Es würde echt helfen, wenn du wenigstens *ein Mal* nicht mit mir streiten würdest.«
Allie hob beschwichtigend die Hände. »Ist ja gut. Du hast also mit deinen Eltern geredet. Und, ist alles … okay?«
»Gar nichts ist okay«, blaffte Katie. »Sonst würde ich ja wohl kaum hier stehen und mit dir reden, oder?« Sie wechselte den Tonfall und sagte mit Bettelstimme: »Ach, hi, Allie, ich muss dir unbedingt was erzählen: *Es ist wirklich gar nix Interessantes passiert!*«
Allie konnte sich nur mühsam beherrschen. »Meine Güte, Katie. Jetzt komm mal runter. Erzähl mir einfach, was los ist. Wenn's geht, heut noch.«
»Dass ihr auch die Einzigen sein müsst, die mir helfen können. Ich pack's nicht«, murmelte Katie angewidert. Sie ließ den Blick schweifen, um sicherzugehen, dass niemand sie belauschte, dann senkte sie die Stimme. »Sie haben gesagt, dass sie vielleicht noch diese Woche *für einige Zeit wegfahren.* Und dass ich doch *mitkommen* soll. Ich soll doch schon mal für alle Fälle Koffer packen.«
»Wieso sollst …?«, setzte Allie an. Doch kaum hatten die Worte ihren Mund verlassen, begriff sie, was Katie meinte.
»Oh.«
»Genau: *Oh.*«

Allie sah Katie bestürzt an. *»Diese Woche?«*

Das war eine Katastrophe. Dabei waren sie *so* nahe dran, den wirklichen Spion zu entlarven. Sie hatten den Schlüssel gefunden, jetzt mussten sie noch die Ausbilder zur Rede stellen, einen Plan aushecken, Zelazny enttarnen und ihn sich irgendwie gegen Nathaniel zunutze machen. Doch von den Ausbildern fehlte noch immer jede Spur. Die Schüler waren ohne Schutz. Die Sache war erst zur Hälfte erledigt.

»Scheiße, Scheiße, *Scheiße*. Katie, wir sind noch nicht so weit!« Allies Stimme überschlug sich fast, so verzweifelt war sie. »Das ist zu früh.«

»Na, dann seht zu, dass ihr so weit seid«, erwiderte Katie wenig mitfühlend. »Wir brauchen einen Plan. Und zwar sofort. Ich hab keine Lust, mich von einem dieser Ganoven-Gorillas hier rauszerren zu lassen wie unser Carolinchen, die arme Nuss.«

»Wir denken uns heute noch was aus«, versprach Allie ihr. »Falls sie auftauchen, versteck dich. Nutz die Zeit, um dir ein paar Verstecke auszugucken: das Dach, der Speicher, der alte Keller, die Studierzellen in der Bibliothek – oder das Priesterloch in der Kapelle. Ich kann dir zeigen, wo das ist.«

Während sie sämtliche Orte aufzählte, an denen sie sich im letzten Trimester vor den Lehrern versteckt hatte, verdüsterte sich Katies Miene zusehends. Offenkundig war das nicht der große Fluchtplan, mit dem sie gerechnet hatte.

»Mann, ist das ein Albtraum«, sagte sie.

Angesichts ihrer Reaktion wollte Allie etwas Tröstliches sagen.

»Keine Angst«, erwiderte sie etwas steif. »Wir arbeiten an einem Plan. Wir treffen uns jetzt gleich, um das Ganze zu besprechen.«

Katie biss sich auf die Unterlippe. »Dann lasst euch bloß was einfallen! Das ist nämlich echt übel.«
Ihr arrogantes Gehabe hatte sich in Luft aufgelöst. Sie sah nun aus wie ein verschrecktes Kind, dessen Welt gerade völlig aus den Fugen geriet.
So hatte Allie sie noch nie erlebt. Die Sache überforderte sie etwas. Sie konnte sie ja schlecht trösten.
Außerdem warteten die anderen auf sie.
»Also, ich muss dann mal …«
Doch als sie einen Schritt von Katie weg machte, folgte die ihr.
»Hey, äh … warte mal.« Allie drehte sich um. »Wenn ihr wollt, kann ich auch mal mit zu einem eurer Treffen kommen. Und euch, na ja … helfen.«
Allie war so verblüfft, dass sie ganz vergaß, eine neutrale Miene aufzusetzen. Ihre rothaarige Erzfeindin sah richtig verängstigt aus, fast … einsam. Als würde man sie als Einzige außen vor lassen.
Letzten Winter hatte Allie sie gefragt, wieso sie nicht in die Night School ging, wo sie doch alles haben konnte – und hatte sich eine schnippische Antwort eingehandelt. Doch es musste einen tieferen Grund geben, wieso Katie diese mächtige Gruppe, die Cimmeria im Innersten zusammenhielt, derart bewusst mied.
Aber jetzt war nicht der Moment, das zu hinterfragen. Daher nickte Allie nur knapp und geschäftsmäßig und sagte: »Ich red mit ihnen.«

»Sie hat gesagt, es geht los? *Jetzt* schon?«, fragte Nicole. Ihre ausdrucksvollen Augen verdunkelten sich.
»Wann genau, wusste sie nicht«, sagte Allie. »Aber vielleicht noch diese Woche.«

Carters Kiefer spannte sich an. »Wenn das stimmt, sind wir am Arsch. Wir sind einfach noch nicht so weit.«
Sie hatten sich im hintersten Winkel des Rittersaals versammelt. Eine blasse Nachmittagssonne schien durch die gewaltigen Fenster hinter ihnen. Der riesige Ballsaal mit seinem gebohnerten Eichenparkett und dem massigen Kamin wirkte leer noch größer. Nur ein paar Tische und aufeinandergestapelte Stühle standen dort und warteten auf den nächsten festlichen Anlass.
Obwohl sie allein waren, unterhielten sie sich leise. Jedes laute Wort hätte in dem leeren Saal ein gewaltiges Echo erzeugt.
»Ich hab meinem Vater ausrichten lassen, dass ich ihn unbedingt heute Abend sprechen muss«, sagte Rachel. »Er kann uns bestimmt helfen, wenn wir ihn lassen.«
»Sollen wir ihm wirklich jetzt schon sagen, was wir wissen?«, fragte Sylvain und warf einen Blick in die Runde.
Als niemand antwortete, bekam Rachel einen roten Kopf.
»Also wirklich. Meinem Vater können wir vertrauen.« Man hörte ihr die Frustration an. »Wie oft muss ich das noch sagen? Er ist auf unserer Seite.«
»Ich seh's auch wie Rachel«, sagte Nicole. »Ich halte Raj für loyal.«
»An seiner Loyalität zweifle ich auch gar nicht«, sagte Sylvain gleichmütig. »Ich glaube nur, dass alles, was wir ihm erzählen, bei Isabelle landen wird. Wegen genau dieser Loyalität.«
»Wo er recht hat, hat er recht«, sagte Carter. »Wollen wir Isabelle wirklich jetzt schon auf die Nase binden, was wir die ganze Zeit gemacht haben?«
»Wir müssen ja nicht alles erzählen«, schaltete sich Zoe ein. »Ich meine, dass wir heimlich bei Eloise waren oder in ihr Büro einge-

brochen sind, muss Isabelle ja nicht unbedingt wissen. Da wär sie bestimmt nicht besonders begeistert. Von wegen ›Hey super, was meine Lieblingsschüler wieder angestellt haben‹.«

»Dann lassen wir diesen Teil eben weg, wenn wir mit Raj reden. Einverstanden?« Sylvain warf einen Blick in die Runde. Alle nickten – bis auf Rachel. Sylvain sah sie intensiv an. »Rachel?«

Schließlich nickte sie widerstrebend.

»Dass wir bei Zelazny eingebrochen sind, müssen wir aber schon zugeben«, sagte Allie. »Sonst können wir nicht erklären, wo wir den Schlüssel herhaben.«

»Und was wir von Nathaniel wissen«, sagte Nicole. »Aber ohne Katie zu erwähnen.«

»In Ordnung«, sagte Carter. Er wandte sich an Allie. »Hat Katie sonst noch was gesagt?«

»Eigentlich nicht«, erwiderte sie zögernd. »Außer, dass sie … also, irgendwie … bei uns … mitmachen möchte.«

»Was?«, erscholl es wie aus einem Mund. Das Wort hallte im leeren Ballsaal wider wie ein Querschläger: *Was? Was?? WAS??*

Allie fand sich in der sonderbaren Rolle wieder, Partei für Katie ergreifen zu müssen.

»Sie meint, dass sie uns vielleicht helfen kann. Die hat voll Schiss. Trotz aller Bedenken glaube ich …« Sie seufzte und musste sich zwingen, den Satz zu Ende zu bringen. »Also, ich glaube schon, dass sie uns ganz nützlich sein könnte. Auch wenn sie eine fiese Kuh ist. Braucht man ja nicht dazusagen.«

»Oh Gott – Katie Gilmore!« Rachel klang entsetzt. »Muss das sein?«

»Ihre Eltern sind ein fester Teil dieser Schule, und sie hat Beziehungen zum Aufsichtsrat und zu den Schülern, deren Eltern auf

Nathaniels Seite sind«, sagte Sylvain nachdenklich. »Die denken ja bestimmt, sie wäre auf ihrer Seite, also werden sie ihr auch das eine oder andere erzählen. Allie hat schon recht: Sie könnte uns ziemlich nützlich sein.«

Allie warf ihm einen dankbaren Blick zu, den er erwiderte. Seine Augen leuchteten so kobaltblau, dass sie kaum den Blick abwenden konnte.

Unterdessen zogen die anderen weiter über Katie her.

»Ich kann die nicht ausstehen«, sagte Nicole und verzog angewidert die Nase.

»Die beleidigt immer alle«, sagte Rachel.

»Die spinnt total«, brummte Zoe.

»Trotzdem finde ich, wir sollten sie bei uns mitmachen lassen«, sagte Carter und warf einen Blick in die Runde. »Oder?«

Einer nach dem anderen nickte, wenn auch mit erkennbarem Widerwillen. Es führte einfach kein Weg daran vorbei.

»Super«, sagte Allie, obwohl sie es gar nicht so super fand. »Ich richt's ihr aus.«

»Ich finde nicht, dass sie bei allen unseren Treffen dabei sein muss«, sagte Sylvain. »Vermutlich können wir ihr vertrauen, aber sicher ist das nicht. Zu dem Gespräch mit Isabelle kann sie jedenfalls nicht mitkommen, und …«, sein Blick streifte Allie, »… bei so Sachen wie gestern sollte sie auch nicht dabei sein.«

»Da hast du recht«, sagte Carter. »Katie hat gute Verbindungen, aber sie gehört nicht zur Night School, und sie ist nicht Rachel, also holen wir sie nur gelegentlich mit dazu.«

»Gott steh uns bei«, sagte Rachel.

Nach dem Abendessen versammelten sie sich in einer Ecke des proppenvollen Aufenthaltsraums und taten so, als würden sie lernen und sich unterhalten – dabei warteten sie auf Raj Patel.

Rachel war felsenfest davon überzeugt, dass er bald auftauchen würde, doch je mehr Zeit verstrich, desto unruhiger wurde sie. Jedes Mal, wenn jemand zur Tür hereinkam, sah sie von ihren Chemiehausaufgaben auf.

Als es um zehn Uhr immer noch kein Lebenszeichen von ihm gab, sagte sie: »Der Super-GAU wäre natürlich, wenn er einfach bei mir im Zimmer aufkreuzt und ich ihm alles allein erzählen muss.«

»In dem Fall klopfst du einfach an die Wand«, schlug Allie vor. »Dann komm ich rüber und steh dir bei. Damit du nicht alles ausplauderst.«

»Bestimmt kommt er gleich«, meinte Rachel und sah sich hoffnungsvoll um. Doch in dem geräumigen Saal mit seinen Ledersofas und Schachtischen und Regalen voller Brettspiele und Bücher hielten sich nur plappernde Schüler auf. Irgendjemand spielte *»Au clair de la lune«* auf dem Klavier in der Ecke, während ein paar umstehende Schüler ihn drängten, doch etwas Fetzigeres zu spielen.

Allie blätterte eine Seite in ihrem Geschichtsbuch um, ohne den Inhalt aufzunehmen. Angesichts der Musik und des ganzen Treibens drum herum fiel es ihr schwer, bei der Sache zu bleiben. Mit ihrem Arbeitspensum war sie mittlerweile völlig ins Hintertreffen geraten. Bei all dem, was ständig los war, schaffte sie es einfach nicht, sich darauf zu konzentrieren. Der Unterricht war nur eine lästige Unterbrechung ihres ansonsten spannenden Tagesablaufs. Doch sie hatte Lucinda gute Noten versprochen.

Unter ihren gesenkten Lidern hindurch lugte sie nach Sylvain, der, das Kinn in die Hand gestützt, ihr gegenüber in einem tiefen Ledersessel saß und gedankenverloren vor sich hin starrte.

Unweit davon hockte Carter und arbeitete an seinem Geografieaufsatz. Mit seiner ordentlichen Handschrift schrieb er bedächtig Seite um Seite voll. Seit ihrer Aussprache im Garten verhielt er sich ihr gegenüber ganz normal, bezog sie ins Gespräch ein und lächelte sie sogar manchmal an. Sein Verhalten war immer noch ein bisschen förmlich, aber wenigstens behandelte er sie nicht mehr wie Luft.

Da fiel ihr wieder ein, was Katie noch gesagt hatte. Sie richtete sich auf und warf ein strahlendes Lächeln in die Runde. »Vielleicht sollten wir uns einen Namen ausdenken.«

Kaum hatte sie den Satz ausgesprochen, da bereute sie es auch schon.

Die anderen sahen sie verständnislos an.

»Wie bitte?«, fragte Rachel. Von Nicole kam ein glockenhelles Kichern.

»Na ja, für unsere Gruppe.« Allie wand sich unter den ungläubigen Blicken der anderen. »Na, weil … Katie hat uns eine Bande genannt.«

»Ich glaube nicht, dass wir einen Namen brauchen.« Carter hatte Mühe, nicht zu lachen. »Die richtig guten Namen sind eh schon alle vergeben.«

Allgemeines Gekicher. Allie spürte, wie ihr die Hitze den Hals hinaufstieg. Am liebsten wäre sie im Boden versunken.

»Außerdem wollen wir ja geheim bleiben«, erläuterte Zoe. »Night School ist ja kein richtiger Name – mehr so 'ne Art Beschreibung. Es ist 'ne Schule, wo man nachts hingeht.«

»Ist ja gut. Vergesst es einfach. Okay?« Allie vermied es tunlichst, irgendwen anzusehen. »Ich hab gar nichts gesagt.«

»Gut«, ließ sich Rachel vernehmen, um die Aufmerksamkeit von Allie abzulenken, damit die sich wieder erholen konnte. »Wir sollten lieber weiter die Augen offen halten. Mein Vater hat so eine Art, sich anzuschleichen, dass man es gar nicht mitkriegt.«

»Das stimmt! Echt der Hammer!«, pflichtete Nicole ihr mit aufrichtig klingender Bewunderung bei. »Ich weiß nicht, wie er das macht. Du denkst an nichts Böses – und plötzlich«, sie machte eine anmutige Handbewegung, »ist er da. Total elegant. Das hat er voll drauf.«

»Ja«, sagte Rachel mit einem überraschten Seitenblick zu Nicole, deren Begeisterung für ihren Vater sie etwas verlegen machte. »Wir müssen jedenfalls aufpassen, worüber wir uns unterhalten. Wir wollen ja nicht, dass er alles mithört.«

»Genau! Stell dir vor, er taucht auf, wenn wir gerade über Schwänze reden. Wie peinlich wär das denn!«, sagte Zoe fröhlich.

»Zoe!«, riefen Allie und Nicole wie aus einem Mund.

Das Nesthäkchen blinzelte sie an. »Ist doch so, oder?«

»Allerdings«, sagte Allie etwas prüde. »Und du bist entschieden zu jung, um über so was zu reden.

»Wieso?«, fragte Zoe verdutzt. »Wie alt muss man denn sein, um über Schwänze zu reden?«

»Sechzehn«, sagte Allie. »Vierzehn«, rief Nicole im gleichen Moment, und Rachel: »Fünfzehn!«

Die drei tauschten Blicke und brachen in schallendes Gelächter aus.

»Jedenfalls älter, als du jetzt bist«, prustete Allie beinahe hysterisch.
Zoe starrte sie zornig an. »Ich kann über Schwänze reden, wann ich will.«
»Keiner kann dich davon abhalten«, sagte Rachel. »Aber ich stell's mir einfach komisch vor, wenn du im Französisch-Unterricht sitzt und plötzlich damit anfängst.«
Und schon ging es wieder los. Es dauerte eine ganze Weile, bis sie sich wieder beruhigt hatten.
»Jetzt kriegt euch mal wieder ein«, sagte Sylvain, der endlich auch von der allgemeinen Heiterkeit Notiz genommen hatte und nun verwirrt von einer zur anderen blickte.
»'tschuldigung«, sagte Nicole und wischte sich die Augen. »Das ist der Schlafentzug.«
»Und die ständige Todesangst«, fügte Rachel hinzu.
»So was geht einfach nicht spurlos an einem vorüber«, sagte Allie und versuchte, sich wieder zu beruhigen. »Immerhin achten wir darauf, worüber wir reden, damit dein Vater nichts mitbekommt.«
»Wieso?« Rajs Stimme schien aus dem Nichts zu kommen. Sie fuhren herum. Er stand direkt hinter Rachel. »Was soll ich nicht mitbekommen?«

Fünfundzwanzig

»Dad!« Rachel warf sich ihrem Vater in die Arme – der damit nicht gerechnet hatte. Reflexartig versuchte er, die Umarmung zu erwidern, ohne dabei das Gleichgewicht zu verlieren … »Wo *warst* du denn? Ich hab überall nach dir gesucht!«
Angesichts ihrer Erleichterung wurde seine Miene etwas weicher.
»Tut mir leid, Schatz. Ich hab einfach wahnsinnig viel zu tun.«
Allie konnte gar nicht hinsehen – erinnerte es sie doch zu sehr an ihren eigenen Verlust. Denn es hatte einmal eine Zeit gegeben, da war sie ihrem Vater genauso nahe gewesen, und er hatte sich jedes Mal gefreut, sie zu sehen.
Seit Wochen hatte sie nichts mehr von ihm gehört, deshalb überraschte es sie, wie weh der Gedanke ihr tat.
Rachels Stimme holte sie zurück in die Gegenwart.
»Wir wissen, dass du viel zu tun hast. Genau deshalb wollen wir ja auch mit dir reden.« Rachel löste sich aus der Umarmung ihres Vaters und stellte sich wieder zu den anderen. »Können wir irgendwohin gehen, wo wir ungestört sind?«
Raj bedachte die Gruppe mit einem skeptischen Blick.
»Ich hab eigentlich überhaupt keine Zeit …«, setzte er an.
»Bitte, Dad!«, flehte Rachel. »Es ist wichtig.«
Als Raj die Entschlossenheit in ihren Gesichtern sah, seufzte er resigniert.

»Na gut«, sagte er. »Dann kommt mal mit.«
Zügigen Schrittes führte Raj sie aus dem Aufenthaltsraum durch den leeren Lehrsaaltrakt in den Biologieraum, wo er Licht machte und wartete, bis sie alle da waren und an den Pulten Platz genommen hatten.
Ein schwacher Duft von Formaldehyd lag in der Luft. Allie rümpfte die Nase und versuchte, durch den Mund zu atmen.
Um diese Zeit wurden die Unterrichtsräume nicht mehr beheizt, und es war dermaßen kalt, dass Allies Armhärchen sich aufstellten. Sie vermied es, in die Ecke zu sehen, wo das Modell eines menschlichen Skeletts stand und sie anzugrinsen schien. *Als ob tot sein voll der Bringer wär*, dachte sie.
Raj stellte sich vorne ans Lehrerpult und verschränkte die Arme vor dem Oberkörper. Im grellen Neonlicht sah man überdeutlich, wie blass er war. Allie konnte sich nicht erinnern, ihn je so müde gesehen zu haben. Er hatte tiefe, dunkle Ringe unter den Augen, und in den letzten paar Tagen hatten sich einige neue Falten in seine Stirn gegraben.
»Also«, sagte er. »Worum geht es?«
Keiner traute sich. Vielleicht erwarteten auch alle, dass Rachel den Anfang machen würde, weil es ja ihr Vater war. Doch Rachel hatte erkennbar keine Lust, als Wortführerin aufzutreten. Sie suchte Allies Blick und bedeutete ihr ungeduldig, sie möge etwas sagen.
»Es geht um … Eloise«, begann Allie schließlich.
Sie hatte den Namen der Bibliothekarin kaum ausgesprochen, da schüttelte Raj schon den Kopf. »Ihr wisst genau, dass ich darüber nicht sprechen kann …«
»Wir wollen auch gar nicht, dass du uns was erzählst«, unterbrach

ihn Carter. »Wir wollen dir erzählen, was *wir* wissen. Vielleicht änderst du deine Meinung dann.«
Nach und nach klärten sie ihn über die wesentlichen Fakten und Ereignisse auf.
Zum Schluss forderte Carter Rachel auf: »Zeig ihm, was wir bei Zelazny im Zimmer gefunden haben.«
Rachel hob die Hand; wie ein Schmuckstück glitzernd baumelte der Schlüssel an ihrer Fingerspitze.
Raj starrte sie ungläubig an, während Carter seelenruhig fortfuhr: »Er passt genau in das Schloss von Isabelles Bürotür.«
»Ihr seid in Zelaznys Privaträume eingedrungen?!«, fragte Raj und sah sie an, als hätten sie alle komplett den Verstand verloren. »Wisst ihr, was für einen Ärger ihr euch damit einhandelt?«
»*Irgendwas* mussten wir doch tun«, sagte Rachel zu ihrer Verteidigung. »Ihr seid ja einfach alle abgehauen und habt uns mit dem Schlamassel allein gelassen.«
»Rachel!«, begann Raj in scharfem Ton, doch sie ließ ihn nicht ausreden; ihre Wangen waren ganz gerötet, so emotionsgeladen war sie.
»Du hast doch gar keine Ahnung, was hier los war, Dad. Ihr habt alle da draußen im Wald gesessen und euch gegenseitig auf die Schultern geklopft, wie schlau ihr wart, dass ihr das alles rausgekriegt habt. Und habt nicht eine Sekunde gemerkt, dass ihr nur an der Nase herumgeführt werdet.« Sie wurde laut. »Ist euch eigentlich nie der Gedanke gekommen, dass das Ganze eine Spur zu einfach ist? Habt ihr euch nie überlegt, wem es nützt, wenn man die Sache dem Falschen in die Schuhe schiebt?« Sie hielt ihm den Schlüssel hin. »Probier's aus, Dad. Er passt.«
Eine Weile starrten Rachel und ihr Vater einander wütend an –

seine Augen warnten sie, es nicht auf die Spitze zu treiben. Doch sie erwiderte unerschrocken seinen Blick.

Schließlich war es Sylvain, der das angespannte Schweigen brach.

»Zieh doch bitte wenigstens mal in Betracht, was wir dir gerade erzählt haben, Raj. Und denk dran: Du warst es, der uns beigebracht hat, solche Fragen zu stellen. Frag dich einfach mal, was auch wir uns gefragt haben: Wieso eigentlich ausgerechnet Eloise?«

»Weil jeder infrage kommt!«, donnerte Raj, und die Schüler verstummten. »Ihr kennt doch gar nicht alle Fakten. Wie seid ihr eigentlich auf Zelazny gekommen?«

Allie erinnerte sich, wie Eloise den Namen durchs Fenster geflüstert hatte, und senkte schuldbewusst den Blick.

»Ach, das haben wir irgendwo aufgeschnappt«, sagte Carter betont beiläufig.

»Ich möchte eins wissen: Seid ihr noch bei anderen Lehrern eingebrochen?«, fragte Raj.

Die Schüler tauschten Blicke aus.

»In Eloises Zimmer«, sagte Rachel schließlich.

Raj fuhr sich mit den Fingern durch die Haare.

»Ich wüsste wirklich gern, wie ihr euch habt einbilden können, dass das in Ordnung ist«, sagte er mit trügerisch ruhiger Stimme. Doch Allie wusste, dass er fuchsteufelswild war.

Die Sache lief gar nicht gut. Raj wirkte nicht im Entferntesten überzeugt. Im Gegenteil: Er schien sich jetzt noch sicherer zu sein, dass er recht hatte.

Plötzlich hatte Allie eine Eingebung. Sie lehnte sich vor und fragte: »Du kennst Eloise doch schon eine ganze Weile, oder? Noch aus ihrer Zeit als Schülerin, oder?«

»Ja«, erwiderte Raj mit versteinerter Miene.
»Wie kannst du sie dann für die Spionin halten?«, fragte Allie mit gepresster Stimme. »Ich verstehe nicht, wieso du ihr nicht glaubst, dass sie mit Jerry zusammen war. Wieso traust du ihr nicht mehr über den Weg?«
»Weil wir Jerry dazu befragt haben«, erwiderte Raj mit zusammengebissenen Zähnen. »Und er hat gesagt, dass er an dem Tag nicht mit ihr zusammen war. Er war in seinem Kursraum und hat Klassenarbeiten korrigiert, das kann er beweisen.«
Stille breitete sich im Raum aus. Die Schüler sahen sich schockiert an. Eloise oder Jerry – einer von beiden log.
Raj rieb sich müde die Augen. Er war unrasiert, und seine Finger raspelten über den Schnurrbart. »Wenn man erwachsen ist, vertraut man den Leuten nicht mehr einfach so. Man muss ständig überprüfen, ob sie nicht korrumpiert worden sind – durch äußere Umstände, durch … das Leben.«
»Glaubst du wirklich, dass sie es war, Dad?«, fragte Rachel betroffen. Sie hielt immer noch den Schlüssel in der Hand. »Glaubst du wirklich, sie hat bei Jos Ermordung mitgemacht?«
Einen nach dem anderen musterte Raj die Schüler mit seinem bohrenden Blick. Dann streckte er kopfschüttelnd – so als könne er selbst nicht glauben, dass er das tat – die Hand aus und sagte: »Gib mir den Schlüssel. Ich rede mit den anderen.«
Rachel gab ihm den Schlüssel, und er ließ ihn in seiner Tasche verschwinden.
»Ich verspreche, dass ich über alles nachdenken werde, was ihr mir erzählt habt. Aber bitte«, Raj warf einen beschwörenden Blick in die Runde, »keine weiteren investigativen Alleingänge. Dafür ist die Lage zu ernst. Und zu gefährlich.«

Bei diesen Worten platzte Allie der Kragen. *Gefährlich? Geht's noch?*

»Dass es gefährlich ist, wissen wir selber«, blaffte sie. »Wir sind ja nicht total doof.«

Raj wirbelte herum und sah sie ungläubig an. Allie merkte, dass sie zu weit gegangen war, konnte sich aber nicht mehr bremsen. Irgendwann musste es mal gesagt werden.

»Raj, ihr müsst zurückkommen. Und zwar alle. Hier ist voll die Kacke am Dampfen, und ihr kriegt davon nichts mit, weil ihr da im Wald hockt und Krieg spielt. Der richtige Krieg spielt sich aber hier ab!« Sie machte eine kreisende Geste. »Kommt gefälligst zurück und helft uns, ihn zu gewinnen!«

»Ich werde deinen Ton jetzt mal ignorieren«, sagte Raj ruhig. »Weil ich weiß, dass du aufgebracht bist.«

Allie wollte den Mund halten, doch irgendwie musste das jetzt alles raus. »Ich bin nicht aufgebracht. Die Schüler wissen längst, was hier abgeht. Die wissen von Nathaniel. Die wissen, dass ihre Eltern sie von hier wegholen wollen. Und ein paar von ihnen werden nicht mitgehen. Es wird mächtig Ärger geben, und darum müsst ihr schleunigst zurückkommen. Und zwar sofort!«

»*Was?*«, rief Raj aus. Er sah sie reihum an, als würde er von jedem Einzelnen eine Erklärung erwarten. »Wie konnte das denn passieren?«

Sylvain schaltete sich ein. »Ein Mitschüler hat uns informiert. Seine Eltern sind auf Nathaniels Seite und haben ihm gesagt, dass sie ihn noch diese Woche holen werden. Und das haben die anderen Schüler irgendwie … mitgekriegt.«

»So, so – mitgekriegt«, höhnte Raj und wandte sich einen Augenblick ab. In seinem Kiefer arbeitete es, und Allie gefiel sein Gesichtsausdruck gar nicht.

»Ihr habt doch gar keine Ahnung, was hier alles los ist«, sagte er dann mit frostiger Stimme. »Woher auch? Ihr seid sechzehn Jahre alt!« Er ließ seine Faust mit einer solchen Wucht auf das Pult neben sich sausen, dass der daraufliegende Papierstapel in die Luft flog und durcheinandergeriet. »Glaubt ihr im Ernst, wir würden euch alles erzählen?«

»Das solltet ihr aber«, sagte Allie leise. »Schließlich sind wir diejenigen, die dran glauben müssen, wenn ihr euch vertut. *Wieder* vertut.«

Rachel schnappte nach Luft – und Raj zuckte zusammen, als hätte sie ihn geschlagen.

»Allie. *Es reicht.*« Carter klang beinahe panisch.

Doch Sylvain sprang ihr bei. »Nein«, sagte er und stand auf. »Sie hat völlig recht. Ihr müsst zurückkommen, Raj.«

Die anderen begannen wild durcheinanderzureden, bis Raj beschwichtigend die Hände hob und sich an Allie wandte.

»Ich verstehe, warum du dich so aufregst. Und deine Argumente hab ich auch begriffen. Es ist angekommen bei mir – okay? Ich werde tun … was ich kann. Also«, sagte er dann, nun auch an die anderen gerichtet. »Und jetzt erzählt ihr mir alles. Und zwar von Anfang an.«

Als sie später den Biologiesaal verließen, hatte keiner mehr Gesprächsbedarf. Entschuldigungen murmelnd sahen alle zu, dass sie fortkamen. Statt neue Hoffnung zu bringen, hatte das Gespräch mit Raj die Sache nur noch schlimmer gemacht. Bitterkeit machte sich breit.

Nur Allie blieb zurück, in der Hoffnung, noch in Ruhe mit Rachel reden zu können. Doch die spazierte gleich darauf Arm in Arm mit ihrem Vater zur Tür hinaus und würdigte sie keines Blickes.

»Dann halt nicht«, flüsterte Allie und ließ die Schultern sinken.

Sie konnte förmlich hören, wie ihre Mutter in anklagendem Ton sagte: »Immer musst du so übertreiben, Alyson. Du weißt nie, wann es mal gut ist.«

Vielleicht hatte sie ja doch recht.

Allie vergrub den Kopf in den Händen, um die Stimme ihrer Mutter zum Schweigen zu bringen – und die Schuldgefühle und Schmerzen gleich mit.

»Es ist schwer, derjenige zu sein, der die Wahrheit sagt.«

Allie wirbelte herum. Auf der anderen Seite des leeren Saals lehnte Sylvain an der Wand und blickte sehr ernst drein.

»Bin ich das denn?«, fragte Allie und kämpfte gegen den Kloß in ihrem Hals an. »Oder bin ich hier nur das Arschloch? Genau so fühl ich mich nämlich.«

»Wer führen will, muss auch bereit sein, mal das Arschloch zu sein, wenn es nötig ist«, erwiderte er. »Und du hast uns heute angeführt.«

»Meinst du echt, ich hab's richtig gemacht?«, fragte Allie. Sie klang wenig überzeugt.

»Wenn du dich wie ein verschüchtertes Kind benommen hättest, hätte Raj uns nie ernst genommen«, entgegnete Sylvain achselzuckend. »Du hast ihn gezwungen, uns zuzuhören. Und dadurch hast du anderen geholfen.«

Allies Brust schmerzte von all den ungeweinten Tränen. »Es ist nur so … Ich mag Raj. Und er wird mir bestimmt nie verzeihen, was ich da gesagt habe.«

Sylvain schüttelte den Kopf. »Raj hätte an deiner Stelle ganz genauso gehandelt. Er wird dich eher dafür respektieren, dass du es gesagt hast.«

Er sah sie fest an mit seinen klaren, blauen Augen. Auch wenn sie nicht ganz überzeugt war, dass er recht hatte, fühlte sie sich nach seinen ermutigenden Worten doch besser – zuversichtlicher.

»Wie machst du das?«, fragte Allie.

»Was denn?«

»Dass ich mich immer tapferer fühle, als ich bin.«

»Du bist einfach tapfer«, erwiderte er schlicht.

Ihr wurde ganz heiß.

Wenn sie wirklich so tapfer war, konnte sie ihm ja auch sagen, was ihr auf dem Herzen brannte.

Sie ging zu ihm hinüber und lehnte sich an das Pult vor ihm, direkt neben das Skelett. Ohne sich dessen bewusst zu werden, berührte sie die Plastikknochen der Hand.

Sylvain sah sie an, als versuchte er herauszufinden, was sie gerade dachte.

»Ich möchte dir etwas sagen«, begann sie – fast mit derselben Formulierung, die Carter neulich im Wald verwendet hatte, was ihr etwas peinlich war. »Schon die ganze Zeit.«

»D'accord«, erwiderte er auf Französisch. *»Dis-moi.* Schieß los!«

Wenn er in seine Muttersprache verfiel, war er zum Niederknien charmant.

Allie holte ein Mal tief Luft. »Seit Jo gestorben ist, bin ich dir aus dem Weg gegangen.« Sein Blick schnellte hoch, wie um sie zu warnen, doch sie fuhr unbeirrt fort. Es musste raus. »Ich bin allen aus dem Weg gegangen, aber dir am meisten. Ich war völlig fertig und hatte das Gefühl, allein sein zu müssen. Und zwar für immer. Ich hatte sogar ein schlechtes Gewissen, weil ich dich küssen wollte, obwohl sie doch nicht mehr am Leben war.« Sie quetschte die Plastikhand des Lehrskeletts, als brauchte sie eine Stütze. »Mir kam es irgendwie … egoistisch vor, etwas für mich selber haben zu wollen, wenn sie nie wieder etwas haben konnte. Außerdem war ich wütend, weil ich dachte, dass keiner nach ihren Mördern sucht. Aber ich weiß, wie sehr es einem wehtut, wenn man so … fallen gelassen wird. Das muss dir ganz schön wehgetan haben, dass ich so kalt und … distanziert war.«

»Du brauchst dich nicht zu entschuldigen«, erwiderte er sanft. »Du hast einfach Zeit gebraucht. Das war mir klar. Ich war nie wütend auf dich.«

»Und du hast auf mich gewartet«, fuhr sie fort. Ihre Unterlippe zitterte, und Allie hielt inne, bis sie die Fassung wiedergefunden hatte. »Du hast mich nie aufgegeben. Warum? Warum hast du nie aufgegeben?«

Sie sah zu ihm auf, doch er senkte rasch den Blick.

»Es gab schon so Momente, da wollte ich aufgeben. Ich bin ja kein Übermensch. Zurückgewiesen zu werden, tut mir genauso weh wie allen anderen. Aber ich hab immer geglaubt, dass da zwischen uns was ist, das … was bedeutet. Für das es sich lohnt, zu kämpfen. Und ich glaube, du hast das auch so empfunden.« Bei diesen Worten hob er den Kopf und sah sie mit seinen strahlend blauen Augen an. Als sie die Verletzlichkeit darin bemerkte, krampfte sich ihr das Herz zusammen. »Aber jedes Mal hast du dich wieder für Carter entschieden. Und neulich, als du mit Carter aus dem Wald gekommen bist und ich wusste, dass da irgendwas passiert ist, dachte ich: So, jetzt reicht's. Das tu ich mir nicht mehr an. Aber dann bist du doch wieder zu mir zurückgekommen und hast mich so angeschaut.« Er malte einen Kreis in die Luft, wie um ihr Gesicht einzurahmen.

Allie kämpfte mit den Worten. »Ich … Ich bin gar nicht mit Carter zusammen. Er hat 'ne Freundin.«

»Das weiß ich auch«, sagte Sylvain achselzuckend. »Aber ich hab ja gesehen, wie er dich anschaut. Und wie du ihn anschaust.«

Sie schüttelte den Kopf. »Nein. Er hat ganz klar gesagt, dass das mit Jules was Ernstes ist. Und ich weiß jetzt, dass wir nie hätten zusammen sein sollen. Das zwischen ihm und mir ist Freundesliebe – mehr nicht.«

»Freundesliebe?« Sylvain hob die Augenbrauen.

Allie wurde rot. »Das ist was … wovon mir Rachel erzählt hat … Ist ja auch egal. Wichtig ist: Carter und ich sind dazu bestimmt, Freunde zu sein. Mehr ist da nicht«, sagte sie fest.

»Aha.« Sylvain machte einen Schritt auf sie zu und halbierte dabei den Abstand zwischen ihnen. Allie quetschte die Plastikhand noch fester. »Du bist jetzt also frei von Verpflichtungen gegenüber Carter – und deshalb bist du hier. Weil ich dein – wie sagt man? – Plan B bin.«

Seine Antwort verblüffte sie so, dass sie zusammenzuckte und beinahe das Skelett zu Fall gebracht hätte; es klapperte bedenklich, als sie es wieder an seinen Ort schob.

»Nein«, sagte sie und machte einen halben Schritt auf ihn zu. »Das ist jetzt nicht fair.«

»Ach nein?«, versetzte Sylvain. Sein Blick forderte sie heraus, doch bei der Wahrheit zu bleiben.

Das Problem war nur – so ganz unrecht hatte er nicht.

Seit Monaten kämpfte Sylvain nun schon um sie, wollte ihr Vertrauen wiedergewinnen. Doch sie hatte immer nur darauf gewartet, dass Carter sich entschied, was *er* wollte.

Allie wurde ganz heiß im Gesicht, und sie griff nach Sylvains Arm.

»Es tut mir leid. Du bist nicht mein Plan B. Ich weiß nur manchmal nicht, was ich will.«

»Was heißt hier ›manchmal‹?«, sagte er so leise, dass sie sich nicht sicher war, ob er es wirklich gesagt hatte. »Du hast doch noch nie gewusst, was du willst.«

Wie am Abend zuvor auf dem Gang legte er seine Hand auf ihre. Seine Körperwärme durchströmte sie. Sie wusste, wie es sich anfühlte, wenn seine Hände ihr Gesicht streichelten, ihre Haare. Wenn er sie an sich zog.

»Du musst dich mal entscheiden, Allie. Ich möchte nicht, dass du mich nimmst, nur weil Carter schon vergeben ist. Ich möchte, dass du dich für mich entscheidest, weil du mich willst.« Seine Augen loderten so blau, dass es fast schon wehtat. »Ich wollte immer nur der sein, den du willst. Aber allmählich glaub ich, dass ich das nie sein werde. Ich kann nicht ewig auf dich warten – das könnte niemand. Ich glaub, ich hab eh schon zu lange auf dich gewartet. Es tut einfach zu weh …«

Irgendwo am anderen Ende des Flurs schrie eine unbekannte Stimme: »Nachtruhe!«

Eine Sekunde blieben sie noch so da stehen, und Sylvain sah ihr tief in die Augen. Dann löste er sich von ihr und ließ ihre Hand los.

»Es ist spät«, sagte er mit leerer Stimme. »Lass uns lieber gehen.«

Sechsundzwanzig

Als Allie am nächsten Tag in den Geschichtsunterricht kam, saß Zelazny seelenruhig an seinem Lehrerpult.

Allie blieb so abrupt stehen, dass der Schüler, der hinter ihr lief, ungebremst in sie hineinrasselte.

»'tschuldigung …«, sagte Allie, ohne den Blick vom Lehrer abzuwenden.

»Hinsetzen! Wenn's geht, heute noch«, knurrte Zelazny griesgrämig wie immer, als wäre er nie fort gewesen. Als wäre er nicht einer von denen, die Eloise gefangen hielten.

Mit klopfendem Herzen versuchte Allie einzuschätzen, was hier gespielt wurde. Hatte Raj es geschafft? Hatte er alle Lehrer überredet, zurückzukommen?

Kurz darauf kam auch Carter so schwungvoll in den Klassenraum gerauscht, dass er fast über seine Füße gestolpert wäre, als er Zelazny bemerkte.

Und als Sylvain eintraf, riss auch er verwundert die Augen auf. An Allie gewandt, hob er die Brauen zu einer stummen Frage. Sie schüttelte unmerklich den Kopf: Auch sie hatte keine Erklärung für das plötzliche Auftauchen des Geschichtslehrers.

Das stumme Gespräch beruhigte sie etwas – wenigstens kommunizierte Sylvain noch mit ihr.

In der vergangenen Nacht hatte sie Stunden wach gelegen und darüber gegrübelt, was Sylvain gesagt hatte und wie schwach sie sich ihm gegenüber verhalten hatte. Es wäre die perfekte Gelegenheit gewesen, ihm zu sagen, dass sie ihn Carter vorzog, doch sie hatte es nicht fertiggebracht. Warum bloß? Okay, er hatte sie überrumpelt, aber … trotzdem. Was hielt sie zurück? Vertraute sie ihm immer noch nicht wegen der Geschichte damals beim Sommerball? Oder wegen Jo? Oder weswegen sonst?

Zelazny stand in Rührt-euch-Stellung neben seinem Pult und blickte die Klasse scharf an.

Allie zog ihren Notizblock aus der Tasche und versuchte, sich ganz normal zu verhalten. Was, wenn Zelazny wusste, dass sie in seinem Zimmer gewesen waren? Und, nicht auszudenken – wenn er wusste, dass sie ihn denunziert hatten?

Der Gedanke machte sie schaudern, und vor lauter Nervosität nahm sie mit zitternder Hand ihren Stift und ließ auf dem Papier krakelige Gitterstäbe und ein riesiges Vorhängeschloss entstehen.

Und was tat Zelazny? Er unterrichtete einfach. Machte einfach genau da, wo der Vertretungslehrer aufgehört hatte, weiter – mit der Schlacht von Austerlitz – ohne ein Wort der Erklärung oder der Entschuldigung für seine Abwesenheit.

Allie hatte darauf gewartet, dass das Beil fiele, dass Zelazny sie aufrief und bezichtigte, sie habe in seinem Nachttisch und in dem Karton unter seinem Bett herumgeschnüffelt; doch je mehr Zeit verging, desto sicherer war sie sich, dass nichts dergleichen passieren würde.

Erleichtert ließ sie sich in ihren Stuhl sinken, machte sich ab und zu Notizen und sehnte nur den Zeitpunkt herbei, an dem sie mit den anderen diese neuerliche Wendung besprechen konnte.

Dann aber wurde die Geschichtsstunde erstaunlich interessant. Gebannt lauschte Allie Zelaznys Ausführungen zu der Schlacht zwischen Napoleon und den drückend überlegenen Truppen der österreichisch-russischen Koalition.

»Napoleon war ein meisterhafter Stratege«, erläuterte Zelazny, während er auf der weißen Kunststofftafel die Schlachtordnung skizzierte. »Er wusste, dass er zahlenmäßig unterlegen war und der Feind mehr Truppen und Kanonen besaß. Also stellte er ihm eine Falle.«

Zelazny wischte einen Teil seiner Skizze aus und tippte mit der Fingerspitze auf die Tafel. »Absichtlich schwächte er seine rechte Flanke, um den Feind dorthin zu locken. Er hoffte, dieser würde seine Stellungen aufgeben, sich mit der Hauptstreitmacht auf die vermeintlich schwache Flanke stürzen und so die Defensive vernachlässigen. Seine eigenen Truppen sollten zum geeigneten Zeitpunkt aus ihrem Versteck hervorbrechen und den Feind attackieren.«

Der Geschichtslehrer malte eine Reihe dicker Pfeile an die Tafel. Als er sich wieder der Klasse zuwandte, wirkte er geradezu ausgelassen.

»Die Koalition wurde völlig überrumpelt.«

Während Zelazny die Schlacht in allen blutigen Einzelheiten beschrieb, fiel Allie plötzlich Nathaniels Brief ein, den irgendjemand mit einem Messer an die Mauer der Kapelle geheftet hatte. Und wenn das auch nur ein Trick wäre, so wie der von Napoleon? Um sie alle so verrückt zu machen, dass sie sich gegenseitig verdächtigten, und dann plötzlich zuzustoßen?

Immer neue Pfeile malte Zelazny auf die Tafel. »Nachdem er die gegnerischen Verbände entscheidend geschwächt hatte, bereitete

Napoleon sich darauf vor, ihnen den Gnadenstoß zu geben. An seine Generäle gerichtet, tat er folgenden berühmten Ausspruch.«
Mit solcher Kraft, dass der Stift quietschend protestierte, schrieb Zelazny einen Satz an den Rand der Tafel. Dann trat er zurück und ließ seinen Blick durch den Raum schweifen.
Der Satz lautete: »Ein entschlossener Streich, und der Krieg ist gewonnen.«
Allie starrte auf die erbarmungslosen Worte. Ein plötzliches Frösteln überkam sie.
Sind damit etwa wir gemeint?

Nach der Stunde traf Allie mit Carter und Sylvain im Flur zusammen. Es war Mittagessenszeit, die Schülerhorden strömten dem Speisesaal entgegen.
»Was soll denn das jetzt schon wieder bedeuten?«, fragte Allie.
Carter blickte Sylvain an, als wüsste der die Antwort. »Raj Patel?«
Sylvain zuckte die Achseln. »Schätze, ja. Er fackelt nicht lange.«
»Wenn Zelazny wieder hier ist, bedeutet das dann …« Allie hielt inne. Ihr dämmerte etwas.
»Was?«, fragte Sylvain mit leicht gerunzelter Stirn.
Sie schüttelte den Kopf. »Nichts. Vergesst es. Ich muss kurz weg, hab noch was zu erledigen.«
Sie machte auf dem Absatz kehrt und marschierte los.
Carter rief ihr hinterher: »Kommst du nicht mit essen?«
»Ich komm später nach!«
Gegen den Strom der Schülerscharen rannte sie die Treppe hinauf und lief so schnell den langen Flur entlang, dass sie fast aus der Kurve geflogen wäre, als sie in den Englischraum einbog. Im nächsten Augenblick blieb sie wie angewurzelt stehen.

»Hallo, Allie.«

In der Tür stand Isabelle, und sie wirkte nicht gerade heiter.

»Wo *warst* du?« Allie fiel die Kränkung in ihrer eigenen Stimme auf.

Ein Teil von ihr hätte am liebsten losgeheult. Ein anderer – bedürftigerer – Teil wollte sich der Rektorin einfach nur in die Arme werfen. Doch Allie tat weder das eine noch das andere, sie stand einfach nur da.

»Ich denke, du weißt ganz genau, wo ich gesteckt habe«, antwortete Isabelle und dehnte dabei jedes Wort. »Und wenn du nichts dagegen hast, würde ich jetzt gern hier die Fragen stellen.«

»*Allerdings* habe ich etwas dagegen.« Allie reckte ihr stur das Kinn entgegen. »Wieso bist du einfach weggegangen und hast uns hier ganz allein zurückgelassen? Wie konntest du nur? Wir waren völlig auf uns allein gestellt. Und jetzt tauchst du mir nichts, dir nichts wieder auf und verlangst *Erklärungen*? Ja? War das ein Test, oder was!?«

Falls Allies Wut Isabelle überrascht haben sollte, ließ diese sich nichts anmerken; ihr Löwenblick blieb fest und kalt. »Ihr seid in Mr Zelaznys Privaträume eingedrungen …«

Allie ließ sie nicht ausreden. »Wo wir gefunden haben, was ihr gesucht habt, ja. Keine Ursache.« Kampfeslustig verschränkte sie die Arme vor der Brust. »Möchtest du dich sonst noch für was bei uns bedanken? Dass wir die Schüler davor gewarnt haben, dass ihre Eltern auf Nathaniels Seite stehen? Dass wir ihnen die Chance gegeben haben, selbst zu entscheiden? Dass wir selbstständig gehandelt haben? Uns was haben einfallen lassen? *Eure* Arbeit getan haben?«

»Jetzt mach aber mal halblang!« Isabelles kraftvolle Stimme

schallte durch den Raum. »Du hast deinen Standpunkt deutlich gemacht. Jetzt setz dich hin. Ich gebe in der Mittagspause einen Workshop, die Schüler werden gleich hier sein.«

Allie zögerte. Nach allem, was vorgefallen war, hätte sie alles Recht der Welt gehabt, unter lautem Protest zur Tür hinauszustürmen, fand sie. Doch noch mehr wollte sie erfahren, was Isabelle zu sagen hatte.

Widerstrebend ließ sie sich auf einem der Stühle nieder.

Isabelle stützte sich mit den Händen auf den Tisch, an dem Allie saß, und blickte ihr in die Augen. »Was ihr getan habt, also in Mr Zelaznys Privaträume einzudringen, ist ein *absoluter* Verstoß gegen die Internatsordnung. Ihr hattet nicht das Recht, das auf eigene Faust zu beschließen. Ich mag mir nicht ausmalen, wie er reagiert hätte, wenn er das mitbekommen hätte. Und wenn Lucinda davon erfahren hätte, wärt ihr wahrscheinlich nicht mehr an dieser Schule.«

Allie atmete erleichtert aus – Zelazny wusste von nichts. Sie hatten es ihm nicht erzählt.

Der Rest von Isabelles Standpauke, also das mit dem Verstoß gegen die Regeln, bla, bla, zählte eigentlich nicht. Das war ihnen sowieso klar gewesen, als sie Zelaznys Zimmer betreten hatten.

»Was hatte er mit dem Schlüssel vor?«, fragte Allie und suchte in Isabelles feinem Gesicht nach Hinweisen. »Habt ihr ihn befragt? Ist er es?«

Für einen kurzen Augenblick schloss die Rektorin die Augen, als müsste sie ihre Kräfte sammeln. »Ihr solltet das wirklich uns überlassen, Allie – das gehört zu unserem Job.«

Der Frust in ihrer Stimme war nicht zu überhören, doch Allie war nicht bereit, zurückzustecken.

»Ihr wusstet doch nicht mal, dass er den Schlüssel hatte …«

»Natürlich wussten wir das!«, fuhr Isabelle auf. »Und der Schlüssel liegt mittlerweile auch wieder in dem Buch. Wo ihr ihn um Himmels willen bitte liegen lasst!«

Siebenundzwanzig

Allie war sprachlos. Da kam sie nicht mit.

»Ihr … Ihr … *Was?*«, stammelte sie schockiert. »Ich … ver …«

»Du verstehst nicht? Das glaube ich gern.« Betont gelassen bändigte Isabelle die dunkelblonden Haare, die aus dem Haarclip gerutscht waren; als hätte ihr Zorn sich urplötzlich in ihre Haarwurzeln zurückgezogen, sprach sie völlig gefasst weiter. »Hör zu, Allie. Raj und ich ermitteln gegen alle Personen, die in Betracht kommen, Nathaniels Spion zu sein. Gegen alle, hörst du? Und zwar seit Monaten. Wir wissen über alles in allen Zimmern Bescheid, bis zum letzten Staubkorn. Bis zu den Fingerabdrücken auf den Büchern. Oder den Ohrstöpseln in ihren Nachttischen.«

Allie hob die Hand – sie brauchte Zeit, um diese Neuigkeiten zu verarbeiten.

»Aber wieso habt ihr den Schlüssel einfach wieder dorthin zurückgelegt?«, fragte sie dann. »Wieso habt ihr Zelazny nicht dazu befragt?«

»Sollte er tatsächlich Nathaniels Spion sein, erfahren wir mehr, wenn wir ihm nicht verraten, dass wir ihn beobachten«, erwiderte die Rektorin. »Zum Beispiel könnte er uns aus Unachtsamkeit zu Nathaniel führen oder andere verraten. Würden wir mit offenen Karten spielen, würden wir nichts mehr von ihm erfahren.«

Das war auf unheilvolle Weise einleuchtend. Aber es waren ja noch mehr Leute in diese Sache verwickelt. Noch mehr Fragen unbeantwortet.

»Wenn ihr ihn in Verdacht habt, warum haltet ihr dann Eloise fest?«, fragte Allie. »Ist sie … so was wie … ein Lockvogel?«

»Ja und nein. Anfangs haben wir sie für den Spion gehalten. Mittlerweile denken wir das nicht mehr. Wir halten sie weiter fest, damit der echte Spion sich in Sicherheit wiegt. Aus dem gleichen Grund haben wir die Patrouillen auf dem Gelände ausgedünnt und die Night School vorläufig ausgesetzt.«

Isabelle seufzte und setzte sich auf den Tisch neben ihr.

»Hör zu, Allie. Zurzeit überwachen mehr Leute die Schule als je zuvor. In der Nacht, als ihr zur Hütte geschlichen seid, hat man euch die ganze Zeit beobachtet.«

Alle Geräusche verebbten. Das Geschnatter der Schüler draußen auf dem Flur drang wie von einem anderen Kontinent zu ihr. Nicht mal ihren eigenen Herzschlag hörte Allie noch.

Wie bitte!? Die haben uns die ganze Zeit beobachtet? Auch Carter und mich?

Hatte jemand gesehen, wie sie sich geküsst hatten? Mucksmäuschenstill dabeigestanden, während sie sich ihre innersten Gefühle offenbart hatten?

Bei dem bloßen Gedanken, ihre Privatsphäre könnte derart verletzt worden sein, drehte sich ihr der Magen um.

Als sie aufsah, merkte sie, dass Isabelle auf eine Erwiderung von ihr wartete. Allie versuchte, ruhig zu wirken, und räusperte sich, doch sie bekam nur ein Wort heraus.

»Wie …?«

»Die Wachen gehen jetzt nicht mehr Streife«, sagte Isabelle nur.

»Sie beobachten aus dem Verborgenen und kommunizieren über ein neues System, das Raj eingeführt hat. Das hat die ganze Taktik verändert.«

Äußerlich ungerührt, nahm Allie diese Information auf und nickte artig; doch in ihrem Kopf wirbelten Isabelles Worte durcheinander wie in einer Endlosschleife.

... die ganze Zeit beobachtet. Die haben uns die ganze Zeit beobachtet. Die haben uns ...

Währenddessen redete Isabelle weiter, doch Allie bekam kaum etwas mit. »Ihr habt bestimmt gesehen, dass die Wachen jetzt Mikrofone benutzen, und sie haben kleine Ohrstöpsel. Es ist das erste Mal seit über fünf Jahren, dass wir auf dem Schulgelände Hightech zulassen. Das hat unsere Vorgehensweise radikal verändert.«

Allie versuchte, sich auf die Worte der Rektorin zu konzentrieren.

»Nur sehr wenige Leute wissen davon, Allie – die Night-School-Ausbilder zum Beispiel wissen Bescheid über die Technik, nicht aber über die neuen Instruktionen für die Wachen. Nur Raj und ich und seine Leute wissen davon. Und jetzt auch du.«

»Aber ... Ich ... Warum?« Eigentlich wollte Allie fragen, weshalb Isabelle sie hatte bespitzeln lassen. Warum niemand sie gewarnt hatte, dass dies passieren könnte. Warum sie fremden Blicken ausgesetzt gewesen war, wo sie doch darauf *vertraut* hatte, dass Isabelle auf sie achtgab.

Doch die Rektorin verstand ihre Frage falsch. »Hightech, also Computer, Handys und so weiter, sind in der Schule verboten, seit Nathaniel sich vor fünf Jahren in unser System eingehackt und sich Zugang zu sämtlichen Dokumenten verschafft hat, zu Schülerakten, Lehrerinformationen, Night-School-Plänen, zu Namen und Adressen der Wachleute, Stundenplänen und so weiter – einfach zu allem.«

»Und wieso wurde das jetzt wieder geändert?«, fragte Allie matt. Sie war sich nicht sicher, ob es sie überhaupt interessierte. Aber die Frage lag ja auf der Hand.

»Ein ehemaliger Schüler von Cimmeria arbeitet jetzt als Programmierer – er ist jung und innovativ. Er meint, das System sei jetzt wieder vor Hacker-Angriffen sicher. Und nach dem, was mit dir und Jo passiert ist … Nun, da wussten wir, dass es so nicht weitergehen konnte. Wir mussten uns etwas Besseres einfallen lassen. Deshalb patrouillieren die Wachen nicht mehr so oft. Deshalb sieht man sie nicht mehr so viel. Sie probieren eine neue Taktik aus. Bisher hat's funktioniert.«

»Warum hast du mir nichts davon erzählt?« Allie suchte in Isabelles Gesicht nach Hinweisen, dass die Rektorin es aus Bosheit unterlassen hatte, doch sie sah nur Müdigkeit.

»Niemand weiß davon. Und mir wär's sehr lieb, wenn es so bliebe. Du musst mir versprechen, dass du keinem davon erzählst. Zumindest, bis wir wissen, wer der Spion ist. Und wenn ich *keinem* sage, dann meine ich: auch nicht Carter oder Rachel. Gar keinem.«

Allie war wie vom Donner gerührt. Isabelle verlangte, dass sie ihren Freunden die Wahrheit vorenthielt. Den Menschen, die ihr durch die schwersten Monate ihres Lebens geholfen hatten. Die zu ihr gehalten hatten, als sie nach Jos Tod den Super-GAU erlebt hatte. Die so viel durchmachen mussten wegen *ihrer* Familie.

»Das kann ich nicht tun«, entgegnete sie.

Isabelle schnappte nach Luft, doch Allie ließ ihr nicht die Zeit zu einer Erwiderung. »Tut mir leid, Isabelle. Aber das kann ich einfach nicht tun. Diese Zeiten sind vorbei. Ab jetzt entscheide ich allein, wem ich trauen kann.«

»Das könnte aber ein großer Fehler sein ...« Ehe Isabelle fortfahren konnte, betrat der erste Schüler den Klassenraum. Neugierig sah er zu den beiden hin, während er zu seinem Pult ging.

Isabelle richtete sich auf. In ihrem Blick lag Tadel, doch als sie sprach, war ihre Stimme so ruhig und professionell, als hätten sie sich nur über Allies Noten unterhalten.

»Komm heute nach dem Unterricht zu mir ins Büro, damit wir das weiterbesprechen können.«

»Ich kann nicht«, sagte Allie, ohne nachzudenken. »Ich hab eine Verabredung, mit ...«

Ihre Stimme erstarb. Sie wollte sich doch mit den anderen treffen, um über ihre Pläne zu sprechen. Das konnte sie Isabelle ja kaum erzählen ... Oder doch?

Isabelles Erwiderung kam schroff. »›Ich kann nicht‹ ist wirklich das Letzte, was ich von dir hören möchte, Allie. Also, ich erwarte dich.«

Während die Rektorin mit steifen Schultern davonmarschierte, seufzte Allie resigniert. Die anderen würden sich ohne sie treffen müssen.

Doch statt sich nach Unterrichtsende direkt in Isabelles Büro zu begeben, fing Allie auf dem Flur vor der Klasse Rachel ab.

»Ich brauch deine Hilfe«, sagte sie. »Ich sitz in der Klemme. Du musst mir helfen.«

»Mal wieder Differenzialrechnung, oder was?« Rachel hatte Mitgefühl.

»Schlimmer«, erwiderte Allie und senkte die Stimme. »Es geht um Isabelle. Und andere Sachen.«

»Jungssachen?«, fragte Rachel hoffnungsfroh.

Als Allie nickte, begannen Rachels warme, braune Augen zu strahlen. »Na, endlich mal eine Klemme, über die zu reden sich lohnt!« Sie schob Allie über den von Schülerscharen bevölkerten Flur. »Hier entlang, bitte. Frau Doktor hat Sprechstunde.«

Im Gehen erstattete Allie kurz Bericht. In groben Zügen erzählte sie Rachel von ihrer Begegnung mit Isabelle, ohne die Sache mit dem neuen Security-System und der damit zusammenhängenden Überwachung zu erwähnen. Das konnte warten.

»Sonst hat sie nichts Nützliches erzählt?«, fragte Rachel. »Wo Eloise ist, zum Beispiel? Und wen sie sonst noch in Verdacht haben?«

Allie schüttelte den Kopf. »Nein … Dafür war keine Zeit mehr. Außerdem war sie eh mehr mit Rumschreien und Drohen beschäftigt.«

»Das ist immer nett«, meinte Rachel. Geschickt wich sie einem jüngeren Schüler aus, der sie beinahe umgerannt hätte. »Das mag doch jeder, so ein bisschen Angeschrien-Werden.«

Allie sah dem Jungen nach, der lachend zu seinen Freunden aufschloss, und beneidete ihn um die Freiheit, einfach ein Kind zu sein. Sie selbst konnte sich nicht daran erinnern, wann sie das letzte Mal so ausgelassen und fröhlich gewesen war.

»Aber total«, erwiderte sie erschöpft.

Der Tag hatte früh für sie begonnen, und vor ihr lag immer noch der Gang zu Isabelle. Allie presste die Fingerspitzen gegen ihre Stirn.

»Bist du ganz sicher, dass sie nicht noch mehr schlimme Dinge gesagt hat?« Rachel sah sie besorgt an. »Du siehst aus, als hätte dir jemand richtig eine verpasst. Hat Isabelle dir eine verpasst?«

»Geschlagen hat sie mich nicht«, erwiderte Allie. »Also, jedenfalls nicht körperlich. Hör mal, ich muss jetzt wirklich …«

»Oh nein, auf gar keinen Fall! Wir haben noch nicht über die Jungs geredet.«

Ohne auf ihre Proteste einzugehen, schob Rachel Allie weiter, hinaus aus dem Klassenzimmertrakt ins Hauptgebäude, wo klassische Marmorstatuen in immerwährend anmutigen Posen verharrten. Sie schlüpften hinter die Statue eines jungen Mannes mit einer lächerlichen Rüschenjacke, die über sein Hinterteil hinausragte, und setzten sich auf eine Steinbank.

Hier, in diesem stillen Winkel, waren sie ungestört.

Mit einem zufriedenen Seufzer lehnte Rachel sich gegen die Wand. »Das ist mein geheimer Rückzugsort. Also, schieß los.«

Anfangs stockend, dann immer sicherer erzählte Allie ihr von dem Gespräch mit Carter und ihrer Entscheidung, dass sie für ihn lediglich Freundesliebe empfand, sowie von dem anschließenden Eklat mit Sylvain.

»Ich hab's verbockt … Ich hab's schon wieder verbockt!« Sie beugte sich vor und drückte die Stirn gegen die kalte Ferse der Marmorstatue. »Oh, Rachel. Wieso geht's mir so? Warum muss das alles so verdammt *verwirrend* sein?«

»Allie«, sagte Rachel sanft, »Carter war deine erste Liebe. Die erste ist immer die schlimmste.«

»Aber warum hat er mich bloß geküsst?«, erwiderte Allie niedergeschlagen. »Das hat alles nur noch viel schlimmer gemacht.«

»Sieht ganz so aus, als wärst du nicht die Einzige, der's schwerfällt, drüber hinwegzukommen.«

Womit sie nicht ganz unrecht hatte.
»Und Sylvain, was machst du jetzt mit dem?«, fragte Rachel. »Was sagt denn dein Herz?«
Allie sank in sich zusammen. »Dass ich herausfinden muss, wer Jos Mördern geholfen hat, das sagt mir mein Herz. Und dass ich mich so lange von Jungs fernhalte.«
Rachel schaute nachdenklich drein. »Du kannst Jos Tod nicht als Vorwand dafür benutzen, keine Entscheidungen für dein eigenes Leben zu treffen – das weißt du, oder?«
Allie blinzelte sie an. »Also, bin ich vielleicht doch verliebt in …?«
»Bist du es denn?«, fragte Rachel zurück.
»Allie Sheridan!«
Vom Treppenabsatz her rief eine Mädchenstimme nach ihr. In ihrem Versteck waren sie für alle unsichtbar.
»Wer ist das?«, zischte Allie.
»Weiß nicht, ich schau mal nach.« Rachel richtete sich auf, um über die wehenden Rockschöße der Statue hinwegzuspähen. Sie stellte sich auf Zehenspitzen und reckte den Hals, um dann plötzlich vor Schreck die Augen aufzureißen. »Alarm! Schnell runter! Jules im Anmarsch!«
»Oh Mist.« Allie duckte sich. »Was will die denn von mir?«
»Na ja, sie ist Vertrauensschülerin, vielleicht muss sie was … Vertrauensschülermäßiges mit dir besprechen«, überlegte Rachel. »Oder sie will dir eine reinhauen, weil du ihren Freund geküsst hast.«
Allie schlug nach ihr, bekam sie aber nicht zu fassen.
»Ruhig, Brauner«, sagte Rachel, und beide drohten einen Lachanfall zu kriegen.

»Ist sie schon da?«, zischte Allie. Sie hatte Mühe, nicht laut loszuprusten. Rachel legte einen Finger an ihre Lippen.
Allie schlug die Hände vor den Mund. Rachel richtete sich auf, um erneut über die Rockschöße zu linsen. Genau in diesem Augenblick baute Jules sich vor ihr auf und versuchte, an ihr vorbei in das Versteck zu schauen.
»Ach, Rachel«, sagte sie wichtigtuerisch, »hast du vielleicht Allie gesehen?«
Allie wusste, wie gern Rachel in diesem Moment gelogen hätte – sie sah es an der Haltung ihrer Schultern, spürte es an der Art, wie sie sich sammelte, um zu antworten. Doch sie wusste auch, dass Rachel eine miserable Lügnerin war.
»Ich bin hier«, sagte sie deshalb, stand auf und sah über Rachels Schulter hinweg die Vertrauensschülerin an. »Was gibt's?«
Jules antwortete nicht, sondern musterte Allie mit einem herausfordernden Blick, der zugleich eine Warnung war. Vielleicht sogar eine Drohung.
Doch dann sagte sie nur: »Isabelle möchte, dass du in ihr Büro kommst.«
Allie nickte und warf Rachel einen vielsagenden Blick zu.
»Wenn du dich mit den anderen triffst, mach Notizen für mich.«
»Wird gemacht. Viel Glück!«, sagte Rachel und grüßte mitfühlend hinter Jules' Rücken.
Mit ein, zwei Schritten Abstand folgte Allie Jules hinaus auf den großen Treppenabsatz. Im Licht der späten Nachmittagssonne wirkten die Statuen um sie herum wie Engel, die sich gleich in die Lüfte erhoben.
Bei jedem Schritt machten Jules' Uggs auf dem gebohnerten Parkett ein nervendes Schlurfgeräusch. Allie überlegte, was sie ätzen-

der fand – die Lammfellstiefel oder die Tatsache, dass es Jules als Vergünstigung für ihren Einsatz als Vertrauensschülerin gestattet war, ihre eigenen Schuhe zu tragen.

»Wie läuft's denn so im Garten?«, fragte Jules unvermittelt.

»Äh … was?« Die Frage erwischte Allie völlig auf dem falschen Fuß. »Meinst du jetzt meinen Arrest?«

Jules nickte, ohne das Tempo zu verringern.

»Ganz gut, glaub ich«, antwortete Allie. »Ich meine, es ist dämlich und bringt nichts; aber es wird mir eine Lehre sein … bla, bla, bla.«

Eine ganze Weile gingen sie schweigend weiter. Zu hören war nur das Schlurfen von Jules' Stiefeln. Dann: »Ist Carter auch noch dabei?«

Schlurf, schlurf, schlurf …

Allie hielt den Blick gesenkt und versuchte sich vorzustellen, worauf Jules hinauswollte. Sie musste doch wissen, dass ihr Freund Morgenarrest hatte, oder?

»Ja.«

Ohne Vorwarnung blieb Jules stehen und drehte sich zu ihr um. »*Wieso?*«

Ihr aggressiver Ton traf Allie völlig unvorbereitet. Sie wich einen Schritt zurück und geriet fast ins Straucheln. »Wieso was?«

»Wieso ist der da immer noch mit dir am Rumgärtnern?«

Allie hoffte, ihre Miene könne ausreichend zum Ausdruck bringen, dass die Vertrauensschülerin wohl den Verstand verloren haben musste.

»Weil er *Arrest* hat, Jules. Aus welchem Grund sonst sollte jemand dreimal wöchentlich in aller beschissenen Herrgottsfrühe in die Eiseskälte rauswollen?«

Zu Allies Erstaunen wich schlagartig jegliche Kampfeslust aus dem Blick der Vertrauensschülerin. Mit Tränen in den Augen wandte Jules sich ab.

»Ja, das habe ich mich auch gefragt«, sagte sie. »Carter hat keinen Arrest. In diesem Trimester hat er überhaupt noch keinen Arrest gehabt.«

Allie starrte sie verdutzt an. »Das ist doch verrückt, Jules. Er muss Arrest haben. Du hast das bestimmt falsch verstanden …«

»Also bitte, Allie«, sagte Jules voller Verachtung. »Ich bin Vertrauensschülerin, erinnerst du dich? Da bekomme ich jeden Tag eine Liste mit den Arrestlern. Carter steht nicht drauf. Trotzdem geht er jeden zweiten Morgen mit dir da raus …«

Allie drehte sich der Magen um. »Das … das verstehe ich nicht«, sagte sie matt.

»Ach nein?« Jules sah nicht so aus, als würde sie ihr glauben. »Dann lass es mich mal so ausdrücken, dass du es auch begreifst. Mein Freund gibt vor, zur gleichen Zeit Arrest zu haben wie du, obwohl er keinen hat. Nachts treibt er sich mit so einer Geistergang rum und weiß Gott mit wem sonst noch. Und du bist natürlich auch wieder dabei.« Jules fuhr sich mit dem Handrücken über die Augen. »Er redet kaum noch mit mir, dafür sehe ich ihn die ganze Zeit mit dir reden, und zwar unheimlich … interessiert.« Zitternd holte sie Luft, dann sah sie Allie mit verletztem Blick an. »Sag mir die Wahrheit, Allie. Seid ihr zwei wieder zusammen? Hinter meinem Rücken … Geht er mit dir?«

Allie war sprachlos.

All die Tage hatte Carter zusammen mit ihr da draußen in Kälte und Regen geackert – und all das etwa nur, damit sie nicht allein war?

Erst konnte sie sich keinen Reim darauf machen. Dann fiel ihr Carters Gesichtsausdruck ein, als er über Jules geredet hatte und wie viel sie ihm bedeute.

So was tut nur ein Freund, sagte sie sich. *Ein wahrer Freund.*

Es überraschte sie selbst am meisten, wie ruhig ihre Antwort kam.

»Nein, Jules. Carter und ich sind nicht hinter deinem Rücken wieder zusammen. Ich weiß ganz sicher, dass ihm sehr viel an dir liegt und er dich nie betrügen würde. Du bist einer der wichtigsten Menschen auf der Welt für ihn.«

Jules suchte in ihrem Blick nach Hinweisen, dass Allie ihr etwas vormachte, doch die zuckte mit keiner Wimper.

»Aber warum macht er das dann?«, fragte Jules mit bebenden Lippen. Eine Träne, kristallklar wie Quellwasser, rann ihr über die Wange. »Manchmal begreife ich ihn einfach nicht.«

Die gebieterische, unerschütterliche Jules weinen zu sehen war außergewöhnlich. Jeden anderen Menschen hätte Allie in diesem Moment wohl in die Arme genommen. Doch wer ihr hier gegenüberstand, war … Jules.

»Carter ist mein Exfreund, ich weiß, aber er ist auch immer noch mein Freund. Unsere Trennung war zwar ziemlich nervig … Aber dann sind lauter schreckliche Dinge passiert.« Plötzlich wünschte Allie sich nichts sehnlicher, als Jules von ihrem Gespräch mit Carter zu erzählen, und die Erkenntnis, dass das völlig ausgeschlossen war, war so überwältigend, dass es sie schüttelte. Sie ballte die Fäuste, bis sie sich wieder in der Gewalt hatte. »Ich hab nicht gewusst, dass Carter gar keinen Arrest hat. Ich glaube, er macht sich einfach Sorgen um mich, weil … na weil ich so viel durchgemacht habe. Das ist wirklich nett von ihm. Ich hab mir …« Sie atmete heftig ein. »Er ist ein guter Typ, Jules. Wirklich. Vermutlich einer der besten Jungs, die ich je kennengelernt habe. Du kannst dich glücklich schätzen, dass du ihn hast.«

Jules knetete ihre Hände. »Ich … Ich wünsch mir nur, dass er aufrichtig zu mir ist. Manchmal verheimlicht er mir Sachen. Hat Geheimnisse.«

Allie suchte nach einer beruhigenden Antwort, aber dann dachte sie sich, dass Jules das sicher selbst hinbekommen würde. Für diesen Nachmittag hatte sie lange genug die heilige Allie von Cimmeria gespielt.

»Wenn ich's wüsste, würd ich's dir sagen«, erwiderte sie und trat einen Schritt zurück. »Du solltest wirklich … also …« Noch ein Schritt. »Mal mit ihm reden, oder so. Hör mal, Isabelle wartet auf mich …« Mit einer entschuldigenden Miene drehte sie sich um und ging ein wenig schneller als sich gehörte davon.

Kaum war sie um die Ecke, rannte sie los. Mit jedem Schritt fühlte sie sich unbeschwerter. Ungeachtet dessen, was sie soeben zu Jules gesagt hatte, hüpfte ihr Herz bei dem Gedanken, dass Carter aus Sorge um sie solche Mühen auf sich genommen hatte. Nur weil er ihr ein Freund sein wollte.

Vor Isabelles Büro machte sie eine Vollbremsung und klopfte ungeduldig gegen die geschnitzte Eichentür. »Ich bin's, Allie.«

»Herein«, rief eine Stimme.

Allie, die in Gedanken immer noch bei Carter und Jules war, achtete nicht sonderlich auf den Klang dieser Stimme. Sie drehte den schweren Messingknauf. Die Tür öffnete sich.

In Isabelles Bürostuhl saß Lucinda Meldrum und sah Allie aus Augen an, die so grau waren wie ihre eigenen.

»Hallo, Allie«, sagte sie. »Darf ich dir eine Tasse Tee anbieten?«

Achtundzwanzig

Während Lucinda dampfenden Tee in eine mit dem dunkelblauen Cimmeria-Wappen verzierte Porzellantasse goss, nahm Allie in dem tiefen Ledersessel gegenüber Platz und sah sie mit neugierigen Augen an. Sie wollte sich jedes Detail einprägen.

Lucindas marineblauer Blazer hob sich akkurat von ihrer frisch gebügelten, weißen Bluse ab. Die weißen Haare waren sehr kurz und stylish geschnitten, was sie jünger aussehen ließ. An ihren Ohren glitzerten Diamantohrstecker.

Es war erst ihre zweite Begegnung. Die meiste Zeit ihres Lebens war Allie in dem Glauben gewesen, ihre Großmutter sei tot. Da wollte sie sich nun auf keinen Fall etwas entgehen lassen.

»Zucker?«, fragte Lucinda munter und ließ ihre Hand über der zartwandigen Dose schweben.

Allie schüttelte den Kopf und streckte die Hand nach ihrer Tasse aus. »Nein danke«, fügte sie dann hastig hinzu, um nicht unhöflich zu erscheinen.

Ein Lächeln umspielte Lucindas Lippen. Sie stellte die Tasse auf die dazugehörige Untertasse und reichte sie Allie. »Du erinnerst mich sehr an deine Mutter, als sie so alt war wie du jetzt. Sie hat auch immer erst in allerletzter Sekunde ›Danke‹ gesagt. Bei ihr musste auch immer alles ganz schnell gehen.«

Allie konnte sich immer noch nicht an den Gedanken gewöhnen, dass Lucinda Meldrum – ehemalige britische Schatzkanzlerin, renommierte Beraterin von Spitzenpolitikern in aller Welt und jedermann aus Funk und Fernsehen bekannt – die Mutter ihrer Mutter war. Dass sie überhaupt je der gleichen Familie angehört hatten.

Allies Mutter war nach ihrem Abschluss in Cimmeria von zu Hause weggelaufen und hatte alle Brücken hinter sich abgebrochen. Sie hatte Reichtum und Macht zugunsten eines normalen Lebens ausgeschlagen und ihre Familiengeschichte vor ihren Kindern verheimlicht. Erst als sie selbst nach Cimmeria gekommen war, hatte Allie das alles herausgefunden.

Sie führte die Tasse an ihre Lippen und atmete den zitronigen Bergamotte-Duft ein.

»Nun gut«, sagte Lucinda. Sie stellte die Teekanne ab und lehnte sich in ihrem Sessel zurück. »Dann wollen wir uns mal unterhalten.«

Aus der Nähe bemerkte Allie die feinen Fältchen um Lucindas Augenpartie – wie Lachfältchen sahen sie nicht aus. So mächtig wie Lucinda wurde man nur, wenn man ein Rückgrat aus Stahl hatte.

»Die Lage ist ziemlich ernst, Allie«, begann Lucinda. »Ich habe nicht viel Zeit, aber ich finde es wichtig, dass du genau im Bilde darüber bist, worum es geht. Du bist nämlich in sehr großer Gefahr. Deshalb möchte ich, dass du vorbereitet bist – was auch immer passiert.«

»Viele von den Eltern wollen ihre Kinder von der Schule nehmen, stimmt's?«

Lucinda nickte. »Das ist jedenfalls Nathaniels Plan. Danach wird er den Aufsichtsrat auffordern, mir das Vertrauen zu entziehen, seine Unterstützer werden Farbe bekennen, sie wählen mich ab und übernehmen die Schule und die ganze Organisation. Ich werde nichts dagegen tun können, und er kann ungehindert die ganze Macht an sich reißen – wodurch, fürchte ich, mehr als nur Cimmeria Schaden nehmen wird.«

Äußerlich gelassen beschrieb Lucinda, wie man sie vernichten würde – so emotionslos, als berichtete sie von einem Geschäftstermin.

»Manche von den Schülern wollen aber nicht gehen«, sagte Allie und reckte stolz das Kinn. »Und wir wollen ihnen dabei helfen, zu bleiben.«

Mit einem kleinen Silberlöffel rührte Lucinda in ihrer Teetasse. »Die Lage ist vertrackt. Die Absicht, sich zu widersetzen und hierzubleiben, wäre zwar sehr mutig, aber ich fürchte, ihre Eltern werden einen Weg finden, sie zu holen. Die haben hervorragende Anwälte, und ihre Kinder sind noch minderjährig. Nathaniel ist sehr listenreich.«

»Die können sie doch nicht zwingen zu gehen, wenn sie das nicht wollen«, erklärte Allie, die nicht damit gerechnet hatte, dass Lucinda etwas gegen ihren Plan einzuwenden haben könnte. »Die können ja wohl selber entscheiden, auf welcher Seite sie stehen.«

»Nein, das können sie eben erst mit achtzehn«, entgegnete Lucinda. »Ich sage ja nicht, dass sie es nicht versuchen sollten. Nur … sprich erst mit Isabelle darüber. Sie sollte in eure Pläne eingeweiht sein. Sie kann euch helfen.«

»Ach ja?«, begehrte Allie auf. »Die war doch die ganze Zeit nicht da. Wir waren völlig auf uns allein gestellt.«

»Sie war ja nie richtig weg. Du hättest nur nach ihr fragen müssen, und sie wäre zur Stelle gewesen«, widersprach Lucinda mit sanftem Tadel in der Stimme. »Gleichwohl spricht es in jedem Fall sehr für euch, dass ihr die Initiative ergriffen und auf eigene Faust gehandelt habt. Genau deshalb wurdet ihr ja für die Night School ausgewählt. Alles andere hätte mich auch enttäuscht.«

Allie war überrascht, wie stolz ihre Worte sie machten – ihr war gar nicht klar gewesen, dass Lucindas Lob so wichtig für sie war.

»Das Problem ist nur, dass uns Nathaniel mit seinem raffinierten Plan ganz schön in die Bredouille gebracht hat. Wir stehen mit dem Rücken zur Wand«, musste Lucinda zugeben. »Uns bleiben nicht besonders viele Möglichkeiten, den Kopf aus der Schlinge zu ziehen.«

Allie hielt sich an ihrer Teetasse fest und ließ Lucindas Worte auf sich wirken. »Neulich am Telefon hast du gesagt, dass die Organisation, die die Night School kontrolliert, auch die Regierung kontrolliert. Heißt das, dass Nathaniel dann auch die Regierung kontrolliert, wenn er unseren Laden übernimmt?«

»Da muss ich etwas weiter ausholen, glaube ich.« Lucinda sah sie nachdenklich an und tippte sich mit einem Finger ans Kinn. »Hast du schon mal vom Orion-Projekt gehört?«

Allie schüttelte den Kopf. Den Begriff »Orion« hatte sie schon mal irgendwo aufgeschnappt, wusste aber nicht, in welchem Zusammenhang.

»Orion ist der Name der Organisation; die Night School und Cimmeria sind nur ein kleiner Teil davon. Das Ganze ist ein privater Zusammenschluss sehr mächtiger Leute – Abgeordnete, Richter, Anwälte, Investoren, Unternehmensvorstände, Medienunternehmer und so weiter und so fort.« Lucinda wedelte mit der Hand, und der Diamantring an ihrem Finger funkelte wie gefrorenes Feuer. »Ich könnte jetzt noch viel mehr aufzählen, aber für den ersten Eindruck dürfte das reichen. In anderen Ländern gibt es ähnliche Organisationen, aber Orion ist die älteste. In den vergangenen fünfzehn Jahren habe ich an der Spitze von Orion gestanden. Im Grunde genommen habe ich die Position von meinem Vater geerbt. Das war immer eher so eine Art Ehrenvorsitz.« Sie hielt inne und sah Allie scharf an. »Verstehst du, was ich mit ›Ehrenvorsitz‹ meine?«

Stumm schüttelte Allie den Kopf.

»Es heißt so viel wie ›nur dem Namen nach‹. Der Präsident der Organisation war eigentlich nur so eine Art Frühstücksdirektor, der zu Treffen einlädt, Gala-Diners veranstaltet und dafür sorgt, dass … was passiert. Bis ich kam – und alles umgekrempelt habe.« Sie lächelte spröde.

»Und wie?«, fragte Allie.

»Indem ich ein neues System eingeführt habe, das vorsieht, dass der Aufsichtsrat jetzt über alles, was wir tun, abstimmen kann. Außerdem habe ich mich dafür eingesetzt, dass in Cimmeria nicht nur Kinder mit einem ganz bestimmten gesellschaftlichen Hintergrund zugelassen werden, sondern auch andere. Wie du weißt, ist die Schule das Entree in die Organisation. Die Night School ist die wichtigste derartige Einrichtung, aber an anderen Top-Privatschulen gibt es ähnliche Gruppen. Bis ich kam, wurde man qua Herkunft Mitglied – wenn jemand aus deiner Familie schon da war, wurdest du auch zugelassen. Das habe ich geändert … so gut es ging. Nun wird ein bestimmter Prozentsatz Schüler – weniger, als ich gern hätte – aufgrund seiner Begabung und seiner geistigen Fähigkeiten zugelassen. Frisches Blut, wenn man so will.«

Allie dachte an Carter, den Waisensohn einer Küchenhilfe und eines Mechanikers. Endlich verstand sie, wieso er in der Night School war.

»Okay«, sagte sie. »Aber was genau … macht … Orion?«

Lucinda dachte einen Augenblick nach. »Wir stellen sicher, dass die Dinge reibungslos funktionieren.«

»Was für … Dinge?«

»Die Regierung«, sagte Lucinda. »Die Banken. Große Konzerne. Medien. Rechtsprechung.«

Wie bitte?

»Ja, kümmert sich nicht die Regierung ums Regieren?«, fragte Allie.

»Selbstverständlich«, sagte Lucinda milde. »Wir helfen ihnen bloß dabei.«

»Inwiefern?«

»Indem wir sicherstellen, dass die richtigen Leute gewählt werden. Mitglieder von Orion. Leute, die verstehen, was wir tun.« Lucinda legte den Kopf schief. »Kannst du das nachvollziehen?«

»Nein.« In Allies Ohren klang das alles gar nicht gut. »Willst du damit sagen, dass, wenn die Leute wählen gehen, ihre Stimmen gar nicht zählen?«

»Im Gegenteil, ihre Stimmen zählen sehr wohl«, versicherte Lucinda ihr. »Aber die Leute, für die sie stimmen, gehören zu Orion.«

Allie war völlig perplex. »Alle?«, fragte sie kleinlaut.

»Nein, nicht alle«, erwiderte Lucinda. »Nur … eben genug.«

»Und die Richter?«, fragte Allie mit schwacher Stimme. »Die auch?«

»Unbedingt«, sagte Lucinda. »Das Justizsystem spielt eine wich-

tige Rolle. Insbesondere der Oberste Gerichtshof. Den kontrollieren wir übrigens komplett. Das … geht einfach nicht anders.«
Eine längere Pause entstand. Allie musste das erst einmal verdauen. Die ganz alltäglichen Geräusche um sie herum kamen ihr mit einem Mal völlig deplatziert vor – das Knistern des Wasserkochers in der Ecke, der langsam abkühlte; das Gelächter, das von draußen hereindrang. So als würde nicht alles um sie herum von einer Geheimorganisation kontrolliert.
»Orion kontrolliert also … alles.«
»Nicht restlos alles«, sagte Lucinda. »Aber doch das meiste in wirksamer Weise. So könnte man es wohl ausdrücken.«
»Und wieso?«
»Das ist eine lange Geschichte.« Lucinda goss sich noch etwas Tee nach. »Orion ist eine sehr alte Organisation, musst du wissen. Ihre Geschichte reicht über zwei Jahrhunderte zurück, als die Monarchien überall in Europa ihre Macht einbüßten und die Parlamente an Einfluss gewannen, deren Rolle aber noch nicht so gefestigt war. Nach den Revolutionen in Frankreich und Amerika befürchtete der Adel, dass es auch in England zu einem Umsturz kommen könnte. Und weil der König zu schwach war, um seine Regierung zu kontrollieren, geschweige denn sein Land, taten sich mächtige Landbesitzer und Parlamentarier zusammen, um sicherzustellen, dass das Land vernünftig regiert wurde. Sie nannten sich die *Orion Society*.«
»Orion …«, erwiderte Allie und verzog nachdenklich das Gesicht. »So wie das Sternbild?«
»Orion, der Himmelsjäger«, sagte Lucinda. »In der griechischen Mythologie gehörte er zu den Göttern. Die Gründerväter haben

sich einst für den Namen entschieden, weil Orion über Wasser gehen konnte. Die reinste Hybris, wenn du mich fragst, aber …«, sie hob die Hände, »… es ist ja nur ein Name.«

»Und … wie ging es dann weiter?«, hakte Allie nach.

»Sie haben die Zügel der Macht in die Hand genommen. Sich gegenseitig geholfen. Und dafür gesorgt, dass sie Premierminister, Schatzkanzler, Reichsverweser wurden – was auch immer nötig war, um zu gewährleisten, dass die Macht geräusch- und bruchlos weitergegeben wurde. Unter Kontrolle blieb.«

»Und keiner hat was davon mitgekriegt, dass es die gibt?«, fragte Allie ungläubig. »Das geht doch gar nicht.«

»Wir sind eben sehr gut darin, Geheimnisse für uns zu behalten«, erwiderte Lucinda.

»Und wie kam es dazu, dass du den ganzen Laden schmeißt?«, fragte Allie. »Und dein Vater? Wie ist er an den Job gekommen?«

»Ganz einfach: Wir haben die Stellung geerbt. Die Präsidentschaft wandert von einer Familie zur nächsten. Jede Familie übernimmt für drei Jahre den Vorsitz und gibt ihn dann weiter. Jedenfalls so lange, bis ich kam. Mein Ur-Ur-Ur-Ur-Großvater war einer der Gründer. Der Earl von Lanarkshire«, erwiderte Lucinda und sah Allie durchdringend an. »Das sind wir nämlich, genau genommen bin ich eine Lady Lanarkshire. Deine Mutter genauso. Und du auch.«

Allie bekam den Mund nicht mehr zu. »Ich bin eine … Lady?«

Zum ersten Mal an diesem Nachmittag sah es so aus, als käme Lucindas Lächeln von Herzen. Sie entblößte ihre ebenmäßigen weißen Zähne, und um ihre Augen bildeten sich Fältchen: »Ja, das bist du«, sagte sie warmherzig.

»Aber du bist doch eine Baroness«, sagte Allie anklagend. »Ich hab genau gehört, wie deine Leibwächter dich beim Winterball so angeredet haben.«

»Ich verwende diesen Titel lieber als den der Lady«, sagte Lucinda. »Den habe ich mir nämlich verdient.«

Ach, du Scheiße, ich bin eine Lady …, dachte Allie ganz benommen. *Lady Allie Lanarkshire Sheridan Dingsbums. Ist das vielleicht krass. Na, wenn Rachel das erfährt …*

»Du hast gesagt, dass die Präsidentschaft früher immer von einer Mitgliedsfamilie auf die andere übergegangen ist«, sagte sie. »Ist das jetzt nicht mehr so?«

Lucindas Lächeln erstarb. »Nein. Das habe ich geändert. Ich fand, dass der Präsident in sein Amt gewählt werden sollte. Manche von unseren Mitgliedern sind einfach Idioten, und ich konnte die Vorstellung nicht ertragen, dass sie eines Tages über die Geschicke unseres Landes entscheiden sollten, nur weil schon ihre Eltern bei Orion waren. Ein völlig archaisches System. Eine meiner ersten Amtshandlungen als Präsidentin war, die Satzung zu ändern. Das geschah einstimmig. Seitdem wird der Präsident gewählt. Ich bin dreimal wiedergewählt worden.« Sie lächelte schief. »Angesichts der Umstände würde es mich aber ziemlich wundern, wenn sie mich noch mal wählen.«

Die plötzliche Erkenntnis traf Allie mit beinahe physischer Wucht. »*Deshalb* ist Nathaniel so wütend, oder? Weil du die Regeln geändert hast! Mein Bruder Christopher hat irgendwas gesagt von wegen, dass du unser Erbe wegwirfst. Das hat er damit gemeint!«

»Genau«, sagte Lucinda. »Da deine Mutter ja abgelehnt hätte, wäre er als ihr ältestes Kind automatisch nach mir drangekom-

men. Wenn ich nicht die Regeln geändert hätte, wäre ihm das alles einfach in den Schoß gefallen.«
»Aber wieso ist ihm das so wichtig?«, fragte Allie nachdenklich. »Mir ist es doch auch nicht wichtig. Und ich komm ja genauso wenig zum Zuge.«
»Ohne Nathaniel wäre es Christopher wahrscheinlich auch egal gewesen«, erwiderte Lucinda und beugte sich vor. »Du wirst es mir aufgrund deiner ganz persönlichen Erfahrungen mit ihm vielleicht nicht glauben, aber Nathaniel ist ein sehr charismatischer Mann. Er kann äußerst charmant und überzeugend sein. Ein unsicherer junger Mensch wie Christopher, der noch nach seinem Platz im Leben sucht, ist da leichte Beute. Nathaniel hat ihm offenbart, wie seine eigene Mutter ihn hinsichtlich seiner Familiengeschichte getäuscht hat. Und ihm eingeredet, dass er seiner eigenen Familie nicht trauen könne. Er hat ihm ein Leben voller Macht und Privilegien versprochen. Die übliche Methode. Erst hat er ihn nach allen Regeln der Kunst zerlegt – und dann wieder aufgebaut. Nach seinen Vorstellungen.«
Allie gefror das Blut in den Adern, als sie ihre Großmutter so reden hörte. Hatte sie am Ende vielleicht recht? Es würde so vieles erklären: Christophers merkwürdiges Verhalten bei ihrer Begegnung im Dezember – wie eine rätselhafte, zornige Ausgabe seiner selbst war er ihr da vorgekommen.
Die Erinnerung daran, wie sie damals am Bachlauf gestanden hatten, jeder auf seiner Seite, machte sie frösteln. Sie versuchte, sich aufs Fragenstellen zu konzentrieren.
»Wieso hasst Nathaniel dich und Isabelle so sehr?«, fragte Allie. »Was ist denn da passiert? Oder ist er einfach nur verrückt?«
»Ich kenne Nathaniel, seit er noch ein kleines Kind war«, erwi-

derte Lucinda. »Ich kannte seinen Vater recht gut. Wir waren uns … sehr nah. Leider ist er gestorben, als Nathaniel noch ein Teenager war. Damals war er ein verschüchterter, einsamer junger Mann, der seine Mutter verloren hatte, als er noch ein Kind war – und dann starb auch noch sein Vater. Übrig blieb nur seine Halbschwester …«

»Isabelle«, vollendete Allie ihren Satz.

»Ganz genau.«

Allie griff nach ihrer Tasse. »Isabelle und Nathaniel haben also denselben Vater?«

Lucinda nickte.

»Und du hast ihren Vater gut gekannt … Wie hast du ihn denn kennengelernt?«, fragte Allie. »Habt ihr zusammengearbeitet?«

»So würde ich das nicht ausdrücken«, sagte Lucinda und lächelte schief. »Wir waren verheiratet.«

Allie hätte sich beinahe verschluckt. Prustend setzte sie die Tasse ab und beugte sich vor, um wieder zu Atem zu kommen.

»Ihr wart *verheiratet*?«, krächzte sie. »Jetzt sag bloß, du bist Nathaniels Mutter?«

Seelenruhig reichte Lucinda ihr ein Papiertaschentuch. »Nein. Der Vater der beiden, mein Exmann, hatte mehrere Ehefrauen – also, natürlich nicht gleichzeitig. Er hat's bei keiner so richtig lange ausgehalten. Ich war seine dritte Frau. Nach unserer Scheidung hat er dann Nathaniels Mutter geheiratet, die leider bei einem Reitunfall ums Leben kam, da war sie noch keine dreißig. Danach hat er Isabelles Mutter geheiratet.«

Allie blinzelte. »Das muss ja ein toller Hecht gewesen sein, wenn so viele Frauen hinter ihm her waren! Wer war denn der Typ?«

»›Der Typ‹, wie du ihn nennst, hieß Alistair St. John. Er war ein wichtiges Mitglied der schottischen Regierung, und ihm gehörte der größte Technologiekonzern Großbritanniens, ILC.« Lucinda führte formvollendet ihre Teetasse an die Lippen. »Er war sehr charmant.«

»Warte mal«, sagte Allie. »Ist der … Also war dieser St. John am Ende mein Großvater?«

Lucinda legte ihr beschwichtigend die Hand auf den Arm. »Nein, nein, Liebes.«

»Aber wer …« Allie hob frustriert die Arme. *Diese alten Leute haben aber auch ein Liebesleben! Da soll sich einer auskennen …*

»Dein Großvater war ein reizender Mann – und ein guter Mensch – namens Thomas Meldrum«, erklärte Lucinda schlicht. »Er war mein zweiter Ehemann und viel älter als ich; er ist noch vor deiner Geburt gestorben.«

Dann verstummte sie; ihr Gesicht war plötzlich ganz ruhig und von in langen Jahren erprobten Gramfurchen überzogen.

Fieberhaft überlegte Allie, wie sie das Thema wechseln konnte, um die peinliche Stille zu überbrücken. »Und dieser Mr …«, *wie heißt der noch mal?*, »… St. John, war der auch ein wichtiges Mitglied von Orion und der Night School oder was auch immer?«

»Natürlich«, entgegnete Lucinda, als ob etwas anderes völlig undenkbar wäre.

»Und was ist nach seinem Tod passiert? Also, mit Nathaniel und Isabelle …?«

»Alistair und ich waren einander immer nahe«, fuhr Lucinda fort. »Ich war die Patentante von beiden Kindern. Da Isabelles Mutter ja noch lebte – und immer noch lebt – ist Isabelle bei ihr aufgewachsen. Aber Nathaniel hatte nur mich.«

»Und … wie war er so?«, fragte Allie neugierig.

»Schwierig«, sagte Lucinda. »Ich war oft dienstlich unterwegs. Nathaniel und Isabelle waren damals beide auf Cimmeria. Es war sein letztes Jahr. Und dann wurde das Testament verlesen …« Sie schüttelte den Kopf.

Irgendwie kam Allie die Geschichte bekannt vor. Hatte Isabelle nicht vor langer Zeit mal etwas von einer Erbschaft erzählt? »Was ist passiert? Was stand in dem Testament?«

Lucinda setzte ihre Teetasse vorsichtig auf der zierlichen, weißen Untertasse ab. »Alistair hat alles Isabelle vermacht. Dem jüngeren Kind. Der *Tochter*. Nicht dem älteren Sohn. Nathaniel war schockiert – und hat es so interpretiert, dass sein Vater ihn nie wirklich geliebt hat. Aber dem war nicht so. Natürlich hat sein Vater für ihn gesorgt. Bis heute geht ein großer Teil der Einkünfte aus Unternehmen und Geldanlagen an ihn, aber das bedeutet ihm nichts. Für ihn zählt nur, dass sein Vater nicht ihm das Familienerbe anvertraut hat. Sondern Isabelle.«

Allie atmete hörbar aus. »Und wieso hat er das getan? Ich meine: alles Isabelle überlassen?«

»Alistair war durch und durch Geschäftsmann«, sagte Lucinda und warf ihr einen durchtriebenen Blick zu. »Er hat sein ganzes Leben der Arbeit gewidmet. Nathaniels Charakterschwäche war ihm wohl bewusst. Das hat ihn sehr beschäftigt. Ich bin mir ziemlich sicher, dass es eine rein geschäftlich motivierte Entscheidung war.«

»Und deshalb hasst Nathaniel Isabelle jetzt so?«, fragte Allie. »Wegen diesem Testament veranstaltet er also den ganzen Zinnober?«

»Ich glaube schon«, antwortete Lucinda. »Da liegt zumindest die Wurzel des Ganzen. Mein Verhalten hat natürlich auch nicht gerade dazu beigetragen, ihn zu besänftigen. Als Präsidentin von Orion habe ich mit meinen Entscheidungen dafür gesorgt, dass er da auch nichts zu erben hat – und deswegen hasst er uns alle.«

Eine Weile saß Allie ganz still da. Je mehr Lucinda erzählte, desto mehr fügten sich die Puzzleteile ihres Lebens zu einem Ganzen. Aber es gab immer noch etliche Leerstellen.

»Am Telefon hast du mal gesagt, dass die Polizei auf seiner Seite ist und er sich mit Ministern trifft. Irgendwie versteh ich immer noch nicht, wie er das macht«, sagte Allie.

»Tja, daran kann man sehen, wie clever – und wie gründlich – Nathaniel ist«, erwiderte Lucinda. »Nach seinem Studium in Oxford fing er an, für mich zu arbeiten. Es sah aus, als hätte er sich beruhigt und mit seiner Situation abgefunden. Ich begann wieder große Hoffnungen in ihn zu setzen. Er fing als einfacher Büroangestellter bei mir an, machte seine Sache aber so gut, dass er rasch aufstieg.« Sie stieß ein bitteres Lachen aus. »Irgendwann machte ich ihn zu meinem Stellvertreter. Er kümmerte sich um das Tagesgeschäft in meinen Ämtern und im Rahmen meiner Tätigkeit für Orion und hat mich vertreten, wenn ich auf Dienstreise war – was ziemlich oft vorkam. So wurde er in den Aufsichtsrat von Orion eingeführt und konnte gute persönliche Beziehungen zu dessen Mitgliedern aufbauen. Zu meinem ewigen Kummer nutzte er diese Zeit offenbar aber vor allem dazu, heimlich Informationen zu sammeln, die er gegen mich verwenden konnte. Er fand heraus, wer unzufrieden war, wer mehr wollte, was den Leuten an meinem Führungsstil nicht gefiel und welche Veränderungen sie sich wünschten. Wo er konnte, säte er Unzufriedenheit. Und nach ein paar Jahren hatte er sämtliche Informationen zusammen, die er brauchte, um mir das Wasser abzugraben – und mich zu vernichten.«

Sie stützte das Kinn auf ihre Hand und ließ die grauen Augen kummervoll durch den Raum schweifen. »Eines Tages, ungefähr vor sechs Jahren, kam ich von einer Reise nach Russland zurück – und er war fort. Er hatte meinen Bürosafe geplündert, ein paar brisante Dokumente mitgenommen und sich abgesetzt.« Sie sah Allie an. »Damit fing alles an.«

Irgendetwas an ihrem Tonfall verursachte Allie eine Gänsehaut. »Fing *was* an?«

Lucinda machte eine ausholende Geste. »Der Kampf um Orion, um Cimmeria, um dich … um alles.«

»So lange hat er das schon geplant?« Allie konnte es nicht glauben. »Aber damals war ich vielleicht … Wie alt? Gerade mal zehn.«

»Ich glaube, er hat mit dem Planen in dem Moment angefangen, als die Anwälte das Testament verlesen haben«, sagte Lucinda. »Es ist seine Art, sich an jemandem zu rächen, der schon längst tot ist.«

Es war, als wäre die Zimmertemperatur schlagartig gefallen. Allie rieb sich die Arme, während sie gründlich nachdachte. *Was für eine traurige, trostlose Geschichte!* Dann fragte sie: »Und nachdem er abgehauen ist, hast du ihn nicht aufspüren können? Du findest doch sonst jeden.«

»Ach, natürlich habe ich ihn gefunden«, sagte Lucinda. »Das heißt: Raj Patel hat ihn gefunden. Es hat keine zwei Monate gedauert, und ich hatte eine ziemlich präzise Vorstellung davon, wo Nathaniel sich aufhielt – aber was hätte ich machen sollen? Ich hatte ja keine Handhabe. Er hatte nichts verbrochen. Alles, was er mitgenommen hat, hätte ich ihm auch so gegeben, wenn er mich darum gebeten hätte. Und er war ja wie ein Sohn für mich. Ich wollte … einfach nur mit ihm reden. Ihm sagen, wie viel er mir bedeutet. Dass ich ihm verzeihe. Aber er hat sich geweigert.« Müde rieb sie sich die Augen. »Als ich mitbekommen habe, dass er gegen mich intrigiert und sich mit Teilen des Aufsichtsrats gegen mich verbündet – da dachte ich erst: Wie verzweifelt muss er sein … Aber dann …« Ein Anflug von Traurigkeit huschte über ihr Gesicht. »Dann ist auf einmal Christopher verschwunden.«

Allie hatte einen ganz trockenen Mund. »Er hat also die ganze Zeit nur …«

»Abgewartet«, vollendete Lucinda ihren Satz. »Er hat zugesehen und einfach abgewartet, bis Christopher alt genug war. Er wusste, dass es mir das Herz brechen würde, wenn er – mein ›falscher‹ Sohn, wie er sich sah – mir meinen echten Enkelsohn wegnahm. Und dass es meine Beziehung zu deiner Mutter weiter vergiften würde. Er wusste, welchen unermesslichen Schaden er damit anrichten konnte. Darum hat er es ja gemacht. Auf seine Weise war es ja auch ein brillanter Schachzug.« Sie sah Allie an. »Tja. Und jetzt bist du das letzte fehlende Puzzleteil. Die Letzte aus meiner Familie, die noch übrig ist. Die letzte Figur auf seinem Schachbrett. Dich möchte er auch noch auf seine Seite ziehen. Und dann …« Sie machte eine ausdrucksvolle Geste. »Schachmatt!«

Über den Schreibtisch hinweg streckte sie Allie die Hand entgegen. Zögernd legte Allie ihre eigene hinein. Lucinda packte zu. »Er konnte ja nicht wissen, dass er uns damit nicht auseinanderdividieren, sondern nur näher zusammenbringen würde. Dass ich alles tun würde, um dich vor ihm zu schützen. Und dass wir zurückschlagen würden.«

Ein warmes Gefühl von Stolz durchflutete Allie. Herzlich drückte sie die Hand ihrer Großmutter, doch sie wählte ihre Worte mit Bedacht.

»Du hast gesagt, dass wir in Schwierigkeiten sind – und dass wir in der Falle stecken. Glaubst du wirklich, dass wir den Kampf gewinnen können?«

»Wir haben keine Wahl.« Allie erschrak, als sie Lucindas Ausdruck sah. Jede Wärme war aus ihren Augen verschwunden – ihr Blick war schonungslos. »Weil er es auf dich abgesehen hat.«

Neunundzwanzig

Als Allie schließlich das Büro verließ, schwirrte ihr der Kopf von all den Neuigkeiten. Über eine Stunde hatte sie sich mit ihrer Großmutter unterhalten – vor allem über Nathaniel und Christopher. Doch manchmal hatte Lucinda auch faszinierende Einblicke in ihr Leben und ihre Arbeit gewährt.

Sie hatte gerade erst begonnen, von einem Meeting mit dem japanischen Ministerpräsidenten zu erzählen, als Isabelle anklopfte.

»Ich wollte dich nur daran erinnern, dass du in fünf Minuten einen Termin mit Raj hast«, sagte sie entschuldigend zu Lucinda.

Allie verstand den Wink und stand auf. »Na, dann geh ich mal …«

Lucinda kam hinter dem Schreibtisch hervor und baute sich vor ihr auf. Mit einer sanften Berührung schob sie Allie einige Haarsträhnen hinter die Ohren. Die unbewusst mütterliche Geste versetzte Allies Herz einen Stich.

»Es hat mir große Freude bereitet, mich mit dir zu unterhalten«, sagte Lucinda. »Ich hoffe sehr, dass wir das bald einmal wiederholen.«

Allie, die nicht wollte, dass Lucinda ging, und auch nicht wusste, wann sie einander wiedersehen würden, gehorchte einem Impuls und warf sich ihr spontan in die Arme.

»Danke, Großmutter.« Es war das erste Mal, dass sie Lucinda so ansprach; es fühlte sich seltsam an, aber *gut.* »Ich bin so froh, dass ich dich jetzt kenne.«

Lucinda erwiderte die Umarmung – ihr Parfum duftete nach exotischen Blumen.

»Und ich dich, Allie.«

Bei der Vorstellung, dass sie später den anderen all das erzählen musste, wurde ihr ganz flau: Wo sollte sie bloß anfangen? Zumindest einen Teil mussten sie aber erfahren. Damit sie begriffen, wie ernst die Lage war.

Dafür musste sie ihre Freunde jetzt aber erst mal finden.

Sie wusste, dass die anderen sich in einer der Studierzellen hinten in der Bibliothek verabredet hatten, deshalb versuchte sie es zuerst dort. Doch als sie an die mit Eichel- und Laubschnitzereien verzierte Tür klopfte, stand sie plötzlich einem von den älteren Schülern, den sie flüchtig kannte, gegenüber.

»Was willst du?«, blaffte der Schüler sie ungeduldig an. Seine Haare standen zu Berge, als hätte er sie sich die ganze Zeit gerauft. Und der Schreibtisch, an dem er arbeitete, war so voller Papier, dass ein paar Blätter auf den Boden gesegelt waren, wo sie einen unordentlichen Haufen bildeten.

»'tschuldigung …« Allie wich so schnell zurück, dass sie beinahe gestolpert wäre. »Ich such nur jemanden.«

Mit einem Brummen, das wie ›Dämliche Frischlinge‹ klang, schlug er ihr grußlos die Tür vor der Nase zu.

Danach suchte sie im Aufenthaltsraum und im Rittersaal und selbst im Klassenzimmertrakt eine Etage höher, der jetzt, nach Unterrichtsschluss, dunkel und verlassen dalag.

Kein Lebenszeichen, nirgends.

Schließlich setzte sie sich in einen der schweren Ledersessel im Aufenthaltsraum und wartete. Früher oder später suchte jeder dort; die anderen würden sie schon finden. In ihrem Kopf wirbelten all die neuen Informationen und Gedanken umher: Orion und Lucinda, Jules und Carter.

In dem großen Saal, wo die Schüler ausgelassen Spiele spielten, sich unterhielten oder lernten, ging es wie immer reichlich geräuschvoll zu. Ganz in der Nähe spielte eine Gruppe jüngerer Schüler johlend Poker, wobei es offenbar dazugehörte, sich gegenseitig des Schummelns zu bezichtigen und lauthals die Abstammung des Gegenübers in Zweifel zu ziehen. Doch Allie nahm von dem Gelärme keine Notiz.

Tief in ihren Sessel gekauert, saß sie da und wartete. Es dauerte eine Ewigkeit, doch endlich kam Zoe durch die Tür geschossen wie ein Spatz, der sich von der Dachkante stürzt.

Im Nu hatte ihr wacher Blick Allie erspäht, die sofort aufsprang. Zoe wirkte erleichtert.

»Ach, hier bist du! Sylvain und Rachel kriegen schon die Krise. Beeil dich!« Sie machte kehrt und trabte in flottem Tempo durch den großen Flur. Allie eilte ihr sofort nach, während sie noch versuchte, ihr ungeöffnetes Geschichtsbuch in die Tasche zurückzustopfen.

Als sie das Buch endlich verstaut hatte und aufsah, merkte sie, dass Zoe den Haupteingang ansteuerte. Jetzt erst fiel ihr auf, dass sie eine Jacke und Handschuhe trug.

»Ihr seid draußen?«, fragte sie überrascht.

»Ja klar.« Zoe machte sich an dem komplizierten, alten Eisenschloss zu schaffen. »Sylvain meinte, bei dieser Saukälte sucht uns da bestimmt keiner.«

Scheppernd gab das Schloss nach, und Zoe zog mit beiden Händen die schwere Tür auf. Die Winterluft traf sie wie ein Faustschlag.

»Verstehst du, was ich meine?«, sagte Zoe und hüpfte auf und ab. »Brrrr.«

»Sehr erfrischend«, erwiderte Allie trocken. Sie fragte sich, wie lange sie es da draußen ohne Mantel aushalten würde, doch noch mehr Zeit verplempern, um nach oben zu rennen und ihre warmen Sachen zu holen, wollte sie auch nicht.

»Wie ein Eiswürfel im Gesicht«, stimmte Zoe zu. Dann sprang sie die Treppe hinunter und lief über die matschige Wiese.

Der Abend war klar; silberweiße Sterne überzogen den schwarzen Himmel wie Raureif.

Während sie einen Pfad durch den Wald einschlugen, zog Allie die Ärmel ihres Pullis über die klammen Finger und rannte schneller.

Zwischen den Bäumen erschien plötzlich wie ein Gespenst die Spitze des Pavillons. Die Dachfiale schien über den Kiefern zu schweben. Als sie um die Kurve bogen, lag das ganze Gebäude vor ihnen.

Die weißen Steinwände waren mit aufwendigen Mosaiken aus Keramikfliesen dekoriert, das wusste Allie, doch in der Dunkelheit war alles grau. Als sie näher kamen und, zwei Schritte auf einmal nehmend, die Steintreppen hinaufsprangen, vernahmen sie aufgeregte Stimmen.

»Allie ist da«, verkündete Zoe, deren Atem als weiße Wolke erschien. »Sie war am Lernen.«

»Stimmt gar nicht«, leugnete Allie. »Ich hab … nachgedacht. Und euch gesucht hab ich auch.«

»Hier wird nie im Leben einer nach uns suchen, haben wir uns gedacht«, ließ sich Nicoles französischer Akzent aus der Finsternis vernehmen. Allie konnte von ihr nur ein schlankes Bein in dunklen Leggins erkennen, das von dem steinernen Geländer herunterbaumelte, auf dem Nicole saß.

»Ich hab schon gedacht, du wärst entführt worden«, sagte Rachel und sah sie vielsagend an. Dann erst bemerkte sie Allies Aufzug und wechselte das Thema. »Wo hast du denn deinen Mantel?«

»Zoe hat vergessen zu erwähnen, dass ihr draußen seid«, sagte Allie. »Aber ist schon okay. Mir ist total warm vom Rennen.«

In Wahrheit spürte sie bereits den kalten Schweiß auf der Haut, doch sie wollte sich auf gar keinen Fall von den anderen zurückschicken lassen.

»So lange, bis du dich verkühlst«, sagte Rachel.

»Können wir uns jetzt mal ernsteren Themen widmen?« Carter klang genervt. »Wir haben noch zehn Minuten bis zum Abendessen. Allie, was hast du von Isabelle erfahren?«

»Ehrlich gesagt, ich hab gar nicht mit Isabelle gesprochen«, antwortete Allie. »Sondern mit Lucinda Meldrum.«

Die Neuigkeit schlug ein wie eine Bombe. Die anderen verstummten.

»Ich werd verrückt!« Zoe klang beeindruckt. »Ich wusste gar nicht, dass sie hier ist.«

»Hat sie irgendwas gesagt, das für uns von Belang ist?« Nicoles Bein wechselte die Position.

»Jede Menge, aber …« Allie musste daran denken, was ihre Großmutter alles erzählt hatte, über ihre Familie, ihre Geschichte, Nathaniel, Orion … Womit sollte sie bloß beginnen, wenn sie in zehn Minuten schon wieder zum Abendessen mussten? »Ich weiß nicht, wo ich anfangen soll. Das ist so viel, dass jetzt einfach nicht genug Zeit dafür ist. Ich muss es euch später erzählen … Habt ihr mit Katie gesprochen? Und wieso seid ihr hier draußen?«

Sie bibberte jetzt so heftig, dass ihre Stimme fast abgehackt herauskam; die Säule, vor der sie stand, war wie ein Eisblock, und sie machte einen Schritt weg davon.

»Die Begegnung mit Katie war … verstörend«, sagte Sylvain. Er knöpfte seinen Mantel auf, zog ihn aus und hielt ihn Allie hin, wobei er sie unverwandt ansah.

Sylvains Geste erinnerte sie so sehr an den Abend des Winterballs, dass sie einen Moment lang außerstande war, sich zu rühren. Sie sah es vor sich, wie er damals seine Smokingjacke ausgezogen hatte – und was danach geschehen war.

Die Haare an ihren Armen stellten sich auf.

Schließlich streckte sie die Hand aus.

Der Mantel war nicht lang, dafür aber schwer. Der weiche Stoff hielt noch Sylvains Körperwärme und den Duft seines Rasierwassers. Als Allie den Mantel überzog, fühlte es sich an wie eine Umarmung.

»Katie schätzt, dass etwa neunzig Schüler mit Nathaniel gehen werden. Wir waren gerade dabei zu überlegen, was wir dagegen unternehmen sollen.« Rachels Stimme brachte Allie zurück in die Gegenwart.

»*Neunzig?* Das ist ja die halbe Schule!«

»Ja, es sind mehr, als wir erwartet haben«, sagte Zoe.

»Ich hab schon mit meinem Dad gesprochen«, sagte Rachel. »Sie haben auch nicht mit so vielen gerechnet. Sie werden sich jetzt deshalb zusammensetzen.«

»Aber wenigstens ein paar wollen doch bestimmt bleiben, oder?«, fragte Allie.

Carter übernahm das Antworten. »Zehn, meint Katie. So viele mindestens wollen sich ihren Eltern widersetzen, aber die meisten sind eben nicht in der Night School und haben keinen Schimmer, was los ist.«

Allies Herz klopfte heftig. Zehn Schüler. Das war so gut wie nichts. Nathaniel würde seinen Schockeffekt bekommen.

»Aus dem, was ihre Eltern erzählt haben, schließt sie, dass es noch diese Woche losgeht«, sagte Sylvain. »Vielleicht sogar schon morgen.«

Morgen schon? Das ist ja viel zu früh!

»Nein, nein, nein …« Allie presste ihre Fingerspitzen gegen die Schläfen. »Wir sind noch nicht so weit. Was sollen wir bloß tun?«

»Wir haben Katie gesagt, dass wir denen, die bleiben wollen, Verstecke anbieten können. Damit sie nicht gefunden werden«, erklang Carters Stimme aus der Dunkelheit. »Katie gibt sie an diejenigen weiter, denen sie vertraut. Rachel hat ihrem Vater davon erzählt, er weiß also alles, was wir wissen. Was hat Lucinda dazu gesagt?«

»Sie …« Allie zog den zu großen Mantel fester um sich und versuchte, sich die Worte ihrer Großmutter ins Gedächtnis zu rufen. »Sie hat gesagt, dass sie hinter den Kulissen den Aufsichtsrat bearbeiten will, also diejenigen, die sich noch keiner Partei angeschlossen haben. Wenn sie die auf ihre Seite ziehen kann, dann hätte sie eine Chance. Sollten sich aber mehr als die Hälfte der Aufsichtsratsmitglieder hinter Nathaniel stellen …« Sie sprach den Satz nicht zu Ende. Lucinda hatte sich nicht darüber ausgelassen, was dann passieren würde, doch die Gefahr war unmissverständlich gewesen. »Aber sie braucht Zeit, um sie zu überzeugen.«

Allie ließ den Blick von einem zum anderen schweifen, die im Kreis um sie herumsaßen. Ihr Atem bildete kleine Wolken. Alle sahen müde und niedergeschlagen aus. Sie waren so wenige. Wie sollten sie das alles noch aufhalten?

»Und Zeit ist genau das, was sie nicht hat.« Seufzend lehnte Carter sich zurück gegen die Steinsäule und starrte nach oben, wo die Decke des Pavillons in einer hohen Spitze auslief, die sich in der Dunkelheit verlor. »Und wenn Nathaniel nicht länger wartet? Wenn er schon morgen losschlägt?«

Allie hob die Hand, doch weil die Ärmel von Sylvains Mantel so lang waren, sah man nur ihre Fingerspitzen.

»Lucinda meinte noch, wenn die Schüler sich weigern, könnte Nathaniel die Polizei schicken.« Sie stieß ein sarkastisches Lachen aus. »Ist das nicht abgefahren? Wenn die Schüler sich weigern, kommt die Polizei, aber wir können sie nicht mal rufen, wenn jemand ermordet wird. Das ist doch irgendwie … als ob die ganze Welt irre geworden wäre.«

»Schlaue Tyrannen kommen immer ungestraft davon.« Sylvains Stimme war so leise, dass nur Allie sie hören konnte. Sie warf ihm einen Blick zu. Müde und angespannt lehnte er sich gegen das steinerne Geländer.

»Und was sollen wir jetzt tun?«, fragte Rachel.

»Wir arbeiten weiter an unserem Plan«, antwortete Carter mit entschlossener Miene. »Und machen uns bereit.«

Kurz vor sieben eilten sie zurück zum Hauptgebäude, um zu Abend zu essen. Keiner von ihnen war hungrig, aber es herrschte nun mal Anwesenheitspflicht.

Als sie vom Pavillon aufbrachen, gesellte Sylvain sich zu Allie.

»Wie ist es denn nun wirklich mit deiner Großmutter gelaufen? Hast du dich gefreut, sie wiederzusehen?« Er suchte ihren Blick.

»Und ob«, erwiderte sie. »Ich mag sie wirklich, weißt du?«

Er nickte. »Sie hat schon so was Einschüchterndes«, sagte er. »Aber auch ganz schön Charisma.«

Ein komischer Gedanke, dass Sylvain ihre Großmutter besser einzuschätzen verstand als sie selbst. Doch seine Eltern waren französische Milliardäre, und Leute wie Lucinda hatte Sylvain von klein auf kennengelernt.

»Aber«, sagte sie, »ziemlich beunruhigend war es auch.«

»Inwiefern beunruhigend?«

Allie zog seinen Mantel fester um sich. »Weil ich glaube, dass sie Angst hat.«

Hinter ihnen hörte sie Zoe und Carter leise miteinander reden, und da fiel Allie ihr Gespräch mit Jules wieder ein. Das musste sie Carter noch erzählen, ehe sie hineingingen – er musste das unbedingt wissen.

»Ich müsste noch was mit Carter besprechen«, sagte sie zu Sylvain. Ihr fiel auf, dass seine Augen exakt die gleiche Farbe hatten wie sein dunkelblauer Pulli.

Sein Gesicht zeigte keine Regung, als er mit kühler Höflichkeit den Kopf neigte.

Allie ging langsamer, bis sie auf gleicher Höhe war wie Carter und Zoe. »Ich muss kurz allein mit Carter reden. Ist das okay?«, fragte sie die Jüngere.

Zoe zuckte gleichmütig die Achseln und schloss zu Rachel auf. »Bist du mit deiner Chemieaufgabe schon fertig?«, fragte sie, wie an einem ganz normalen Schultag.
Als die anderen außer Hörweite waren, wandte Allie sich an Carter und ging noch langsamer. »Hast du seit heute Nachmittag mal mit Jules gesprochen?«
Er warf ihr einen seltsamen Blick zu. »Nein. Warum?«
»Ich bin ihr zufällig nach dem Unterricht begegnet …«, begann Allie, korrigierte sich dann aber. »Besser gesagt, sie hat nach mir gesucht. Sie war richtig wütend.«
Carter blieb stehen und wandte sich ihr zu. Er hatte rote Wangen von der Kälte.
»Weswegen?«
Allies Magen zog sich zusammen, während sie überlegte, wie sie es ihm sagen sollte.
»Sie weiß … Sie hat gesagt …« Allie stieß eine warme Atemwolke aus. »Sie weiß, dass du keinen Arrest hast. Und da wollte sie wissen, wieso du trotzdem im Garten gearbeitet hast … mit mir.«
Mit zusammengebissenen Zähnen starrte Carter in die Dunkelheit vor ihnen. Seine Wangen waren noch röter geworden.
»Ich wusste nicht, was ich sagen sollte.« Allie schob die Hände tief in die Rocktaschen und sah auf ihre Schuhe. »Sie denkt, du würdest sie mit mir betrügen.«
Er sah sie nicht an. »Und was hast du gesagt?«
»Dass es nicht so ist, natürlich. Dass wir befreundet sind und du dich um mich kümmerst und dass sie das akzeptieren muss.«
Er atmete aus. »Danke.«
»Und – noch was.« Sie zog Sylvains Mantel fester um sich. »Ich wollte nur … Danke sagen. Ich meine … die Gartenarbeit war

nicht gerade leicht ... Ich hab nicht gewusst, dass du ... Ich meine, ich dachte, du *müsstest* das tun ...«

Zum Kotzen, dieses Gestammel! Dreimal die Woche war er um halb sechs Uhr morgens aufgestanden, um in eisiger Kälte zwei Stunden lang harte Gartenarbeit zu verrichten, nur damit sie nicht allein war. Wieso fehlten ihr da die Worte?

»Schon gut. Du musst dich nicht bedanken.« Unerwartet setzte er ein keckes Grinsen auf. »Hatte gerade nichts Besseres vor.«

Während Allie ihn noch anstarrte und nach einer passenden Antwort suchte, wandte er sich ab und lief in großen Sätzen Richtung Schulgebäude davon.

Im Speisesaal war es bereits rappelvoll. Allie blieb an der Tür stehen, um den Anblick auf sich wirken zu lassen. Auf den Tischen lagen weiße Leintücher, die mit brennenden Kerzen, Kristallgläsern und Porzellangeschirr mit dem Cimmeria-Wappen gedeckt waren. Von der hohen Decke des Raums hingen brennende Kerzenleuchter. In dem riesigen Kamin prasselte ein wärmendes Feuer. Es roch nach gegrilltem Fleisch und Feuerholz.

Das war Cimmeria, wie es leibte und lebte. Es war zu schön – zu perfekt, um zerstört zu werden.

Aber wenn Nathaniel gewinnt, was dann?, fragte Allie sich, während ihr Blick durch den Raum schweifte. *Wer von uns wird morgen noch hier sein?*

»Ich werd mich heut mal zu Jules setzen«, sagte Carter.

»Oh.« Überrumpelt suchte Allie nach einer Antwort. Seit es die Gruppe gab, hatten sie immer an einem Tisch gesessen, doch es war klar, dass er sich nach all dem, was passiert war, zu Jules setzen musste. »Ich ... Super. Das ist eine gute Idee.«

Sie sah ihm hinterher, wie er zu dem Tisch ging, an dem Jules zusammen mit Katie und anderen Freundinnen saß. Sah, wie Jules' Gesicht erstrahlte, als sie ihn erblickte und merkte, dass er zu ihr wollte. Wie sie aufsprang, um ihn zu umarmen. Wie seine Lippen ihre streiften und ihr dann etwas ins Ohr flüsterten …

»Bitte nehmen Sie Ihre Plätze ein!«, brüllte da plötzlich Zelazny, und vor lauter Schreck machte Allie einen Satz.

Sie eilte zu ihrem üblichen Tisch. Sylvains Kaschmirmantel, der mit teurer Seide gefüttert war, glitt ihr von der Schulter. Sylvain nahm ihn mit einem wachsamen Blick in Empfang, als hätte er Angst vor dem, was sie sagen würde.

Doch sie sagte nur: »Danke für die Leihgabe. Ich hoffe, du hast keine Frostbeulen bekommen … Oder was man sonst von der Eiseskälte kriegt.«

»Gern geschehen«, sagte er. »Ich glaub nicht, dass ich welche habe.«

»Soweit ich weiß, kriegen so was nur die Leute in Dickens-Romanen«, sagte Nicole und sah sich am Tisch um.

Allie ließ sich neben Zoe auf einen Stuhl fallen und fragte dann: »Wo ist Rachel?«

Erst jetzt war ihr aufgefallen, dass die Freundin fehlte.

»Sitzt bei Lucas.« Nicole deutete zu einem Nachbartisch. Lucas hatte den Arm um Rachels Schultern gelegt, ihre Köpfe waren sich ganz nah.

»Und Carter sitzt heut Abend bei Jules.« Mit besorgtem Blick schaute Sylvain hinüber, wo die beiden über irgendwas kicherten, und dann wieder zu Allie. Sie wich seinem Blick aus.

»Ist wohl Pärchenabend«, warf Nicole ein, deren Puppenaugen nichts entging, was zwischen Sylvain und Allie passierte.

»Na, es gibt ja auch noch uns.« Zoe nahm das stumme Drama,

das sich um sie herum abspielte, überhaupt nicht wahr und war so energiegeladen und *normal*, dass Allie ihr am liebsten an den Kragen gegangen wäre.

Sie hatte gedacht, dass dies der geeignete Augenblick wäre, um den anderen zu erzählen, was sie von Lucinda erfahren hatte, was es mit Orion auf sich hatte und was hinter Nathaniels Taten steckte. Doch es kam ihr irgendwie seltsam vor, wenn Rachel und Carter nicht dabei waren.

Abgesehen davon schien momentan sowieso keiner sonderlich an der ganzen Sache interessiert. Die Vorstellung, dass die Schule sich schon morgen entvölkern könnte – dass Nathaniels Kalkül aufgehen könnte –, hatte allen die Energie geraubt. Es kam ihnen sinnlos vor. Als würden sie sich nicht auf die Schlacht vorbereiten, sondern auf eine Niederlage.

Allie hielt ihr Sprudelglas in die Höhe und betrachtete die aufsteigenden Bläschen. Die Geschichtsstunde vom Vormittag fiel ihr wieder ein, und sie musste daran denken, wie Napoleon durch List und Tücke eine weit überlegene Armee besiegt hatte.

Nur, wer ist hier Napoleon?, fragte sie sich. *Wir? Oder Nathaniel?*

Dreißig

Doch Nathaniel schlug nicht los, weder am nächsten Tag noch am übernächsten.
Und auch am überübernächsten nicht.
Und je mehr Zeit verstrich, ohne dass etwas geschah, desto mehr machte sich an der Schule aller Ungewissheit zum Trotz eine gewisse Normalität breit. Die Schüler gingen weiter zum Unterricht, lernten, spielten Spiele … und warteten.
Nachdem eine Woche vergangen war, ohne dass Nathaniel sich gerührt hätte, gestattete Allie sich die leise Hoffnung, dass sie vielleicht doch in Sicherheit wären. Vielleicht hatte Lucinda es rechtzeitig zum Aufsichtsrat geschafft. Vielleicht hatte dieser sich Nathaniel ja widersetzt und ihn zu einem Rückzieher gezwungen.
Doch als sie Isabelle fragte, schüttelte die den Kopf. »Er wiegt uns bloß in Sicherheit. Damit wir unvorsichtig werden.«
Nachdem die Night-School-Ausbilder in die Schule zurückgekehrt waren, traf die Gruppe sich nicht mehr so oft. Raj und Isabelle hatten sie angewiesen, die Suche nach dem Spion aufzugeben, und angesichts der Umstände blieb ihnen keine andere Wahl – die Lehrer achteten mit Argusaugen auf jeden ihrer Schritte. Nun konnten sie nichts anderes tun, als abzuwarten. Bei den Mahlzeiten stießen nun auch Jules und Lucas wieder zu ihnen,

und statt um Nathaniel und Spione drehten sich ihre Unterhaltungen wieder um Schulangelegenheiten.
Allie hasste diese falsche Normalität, die vorgaukelte, es könne nichts Schlimmes geschehen. Aber was blieb ihnen übrig?
Ihr fehlte der Adrenalinschub der heimlichen Treffen zu später Stunde, des Eindringens in verschlossene Räume auf der Suche nach Beweisen. Sie vermisste das Gefühl, selbst aktiv zu werden. Sie waren wieder außen vor. In gewisser Weise waren sie das immer gewesen, doch zumindest eine Zeit lang hatte es sich angefühlt, als hätten sie ein wenig Einfluss auf die Ereignisse.
Ohne die täglichen Zusammenkünfte fiel es ihr leichter, Distanz zu Sylvain zu wahren. Das war ihr nur recht, sie brauchte Zeit zum Nachdenken.
Doch immer wieder, wenn sie aufschaute, bemerkte sie, dass er sie quer durch den Raum ansah, ein verlorener Blick in seinen Augen, die blauer waren als blau. Und dann wurde ihr ganz klamm ums Herz, und sie musste daran denken, was er zu ihr gesagt hatte: »Ich kann nicht ewig auf dich warten … Es tut einfach zu weh …«
Manchmal, wenn er keine Anstalten machte, ihr zu folgen, oder nicht mitlachte, wenn sie einen Scherz machte, bekam sie Angst, jetzt könnte er sich entschlossen haben, nicht länger zu warten, und dann überkam sie die Panik.
Er … musste einfach warten. Bis diese Sache mit Nathaniel vorbei war. Danach …
Carter seinerseits ließ sich nicht mehr morgens im Garten blicken. Nach ihrer Unterhaltung hatte Allie bereits damit gerechnet, trotzdem kam sie sich am ersten Morgen, an dem er nicht auftauchte, verlassen vor.

Dafür kamen sie jetzt immerhin besser miteinander aus. Er behandelte sie freundschaftlich – nicht wie eine gute Freundin, aber wenigstens freundschaftlich.

Schritt für Schritt, sagte sie sich.

Das Irrste war, dass sie beim morgendlichen Gärtnern langsam auf den Geschmack kam. Sie erinnerte sich, dass Jo mal wochenlang Gartenarrest gehabt und danach was von Sich-in-den-Garten-Verlieben gesagt hatte. Damals hatte Allie nicht verstanden, was Jo meinte, doch jetzt wusste sie es. Der Geruch nach feuchter Erde, das Säen und Bedecken hatte etwas Therapeutisches. Es beruhigte sie.

Hilfreich war auch, dass es nicht mehr so kalt war. Über all den Ereignissen war es März geworden, und überall schoss plötzlich das Grün aus dem Boden, als hätte irgendwo irgendwer einen Knopf gedrückt, auf dem »Jetzt wachsen« draufstand. Die ordentlichen, geraden Furchen, die Carter und sie an jenem verregneten Morgen gezogen hatten, erkannte man nun an den Reihen von zarten, grünen Pflänzchen wieder, aus denen später einmal Möhren, Kohl und Kartoffeln werden würden. Bei ihrem Anblick empfand Allie Befriedigung – sie hatte dabei geholfen, sie zu erschaffen.

Seit sie allein waren, war Mr Ellison weniger streng, so als hätte er Mitleid mit ihr. Meist brachte er eine Thermoskanne mit süßem Tee und eine Packung Kekse mit. Dann setzten sie sich auf eine Bank und machten Pause, mümmelten die Kekse und sahen den Vögeln bei ihrem Treiben zu. Sie unterhielten sich über alles Mögliche: seine Kindheit in London und wie er nach Cimmeria gekommen war, weil er es in der City nicht mehr ausgehalten hatte. Was Allie von Carter wusste, dass er einen Fehler gemacht und alles verloren hatte, erwähnte er nie, und sie fragte auch nicht danach. Dafür erzählte sie ihm Dinge, die sie sonst keinem anvertraut hätte. Dass zwischen ihr und ihrer Mutter Funkstille herrschte und wie sehr sie ihren Vater vermisste. Mr Ellison hatte etwas an sich, etwas Nachdenkliches, eine Weisheit, die ihr das Gefühl gab, dass man mit ihm reden konnte. Er hatte in seinem Leben auch schon Fehler gemacht, und deshalb war er vielleicht der Einzige unter allen Erwachsenen, die sie kannte, der sie nicht verurteilte.

In dieser Zeit führte sie auch lange Gespräche mit Isabelle. Nach Lucindas Besuch hatte Allie die Rektorin mit Fragen nach Orion und Nathaniel und Gabe regelrecht gelöchert.

Isabelle erzählte ihr von Orion-ähnlichen Vereinigungen überall auf der Welt. Die auf dem europäischen Kontinent hieß *Demeter*, die in Amerika *Prometheus*. Orion war zwar die älteste, aber längst nicht mehr die mächtigste dieser Organisationen.

Die Rektorin enthüllte ihr auch weitere Einzelheiten von Nathaniels Plan. Eines Freitags nach dem Unterricht, als sie in Isabelles Büro zusammensaßen, fragte Allie sie nach seinen Beweggründen.

»Was will er eigentlich? Mich will er ja nur, um es Lucinda heimzuzahlen, das weiß ich, und dich hasst er wegen dieser Erbsache. Aber worum geht es ihm wirklich?«

Als wäre ihr plötzlich kalt, zog Isabelle die marineblaue Strickjacke von der Stuhllehne und legte sie sich um die Schultern. Darunter trug sie ein weißes Poloshirt und dazu enge, graue Hosen. Wer sie sah, hätte nicht geglaubt, dass sie mitten in der Organisation eines Kampfes war und sich darauf vorbereitete, einen Angriff abzuwehren. Sie sah einfach nur aus wie eine Lehrerin.

»In den letzten Jahren ist Nathaniel auf der Suche nach Unterstützung für seinen Plan, Lucinda zu stürzen und Orion unter seine Kontrolle zu bekommen, kreuz und quer durch die Welt gereist«, erläuterte Isabelle. »Zum Teil aus persönlichen Gründen, wie du weißt, zum Teil aber auch schlicht aus der Gier nach Macht und Reichtum. Um reicher zu werden, als sein Vater je war. Um ihn zu übertreffen. Er hat nicht ausreichend Unterstützung in der Organisation, um dieses Ziel zu erreichen, deshalb sucht er weltweit nach Helfern. Soweit ich informiert bin, war er im Januar bei Demeter in Zürich, doch die haben ihn abblitzen lassen.« Ihr Blick verhärtete sich. »Bei Prometheus, fürchte ich, hat man ihn wohlwollender empfangen.«

»Amerika?« Allie blinzelte nachdenklich. »Wieso sollten die ihm folgen? Der ist doch durchgeknallt.«

»Folgen ist nicht das richtige Wort«, sagte Isabelle. »Sie wollen ihn benutzen. Weißt du, es gibt Leute bei Prometheus, die seit Jahren genau um das streiten, was Nathaniel ihnen nun anbietet. Sie sehen in ihm einen potenziellen Verbündeten. Wenn Großbritannien sich zu ihnen gesellt, würde das den Ausschlag geben. Und sie würden bekommen, was sie schon immer wollten – mehr Kontrolle, mehr Macht. Unvorstellbaren Reichtum. Es wäre die Rückkehr der Oligarchen. Das Ende, so fürchte ich, des demokratischen Experiments der Neuzeit. Falls es ihnen gelingt, die Fesseln der Gesetze abzuschütteln, die zum Schutz des Einzelnen erlassen wurden … Denk nur, wie viel Geld sie machen könnten. Sie wären wie Könige.«

Allie sah sie skeptisch an. »Das ist doch verrückt. Das wird doch nicht passieren. Das würde doch niemand zulassen.«

»Das würde gar niemand mitbekommen«, entgegnete Isabelle.

»Klar bekämen das die Leute mit – weil sich doch alles verändern würde!«

»Die Dinge würden sich ändern, ja. Aber nicht so offenkundig«, fuhr Isabelle fort. »Und die meisten Menschen achten auch nicht darauf. Sie haben Jobs und Kinder, haben Eigenheime abzubezahlen und andere Sorgen … Sie haben keine Zeit, um auf kleine Veränderungen in der Gesetzgebung zu achten, die sie scheinbar ohnehin nicht betreffen. Schau, was Orion bisher schon erreicht hat – die Organisation hat jeden wichtigen Bereich der britischen Führung unterwandert, von der Regierung über die Medien bis zu den Gerichten. Bislang hat sie noch nie offen eine Wahl zu beeinflussen versucht, doch wenn sie wollte, könnte sie es. Ohne dass es jemals bekannt würde.« Sie lehnte sich zurück. »Orion kontrolliert nämlich die Behörde, die mit der Überwachung der Wahlen betraut ist.«

Allie starrte sie mit offenem Mund an.

»Willst du damit sagen, Nathaniel könnte mit dem, was er vorhat, Erfolg haben? Dass er …«, sie wusste nicht, wie sie das, was er tun wollte, bezeichnen sollte, »… alles übernimmt?«

»Ich fürchte, ja«, sagte Isabelle. »Deshalb ist es so wichtig. Deshalb mussten Menschen sterben. Deshalb geht es dabei ums Ganze.«

Weil nichts passierte, hatte Allie auch keinen Vorwand mehr, noch länger die Schule zu vernachlässigen. Jeden Nachmittag konnte man sie und Rachel nun an ihrem versteckten Lieblingstisch in der Bibliothek finden, wo sie in weichen Ledersesseln saßen und im Schein einer grünen Tischlampe lernten. Wie in alten Zeiten.

Eines Mittwochs, knapp zwei Wochen nachdem die Night-

School-Ausbilder zurückgekehrt waren, gab Rachel Allie wieder mal Nachhilfe in Chemie. Es war später Nachmittag, und in Allie wuchs langsam, aber sicher der Wunsch, in die Küche zu gehen und sich einen Snack zu besorgen.

»Wenn ich nicht irre, hast du bei deinem Molekül diesen Teil hier vergessen.« Rachel deutete auf die Zeichnung auf Allies Notizblock. »Da. Da muss noch was dran. So.« Sie schob ihren eigenen Block näher, damit Allie sah, wie die Zeichnung aussehen sollte. »Sonst kriegst du am Ende noch, was weiß ich, ein Dachsmolekül.«

Allie machte sich sofort daran, das fehlende Anhängsel nachzutragen. Sie sah nicht auf, als sie antwortete. »Ein Dachsmolekül?«

»Na, Dachse sehen doch irgendwie so aus, als wären bei ihnen ein paar Moleküle verloren gegangen und durch fremde Moleküle ersetzt worden, oder? Das meine ich.«

Während Allies Moleküle langsam die richtige Form annahmen, ging ein Raunen durch den Raum. Allie schaute auf, konnte aber keinen Grund dafür erkennen. Einige der Schüler waren von ihren Tischen aufgestanden und standen flüsternd in Grüppchen zusammen. Andere verließen fluchtartig den Raum.

»Was ist da los?«, sagte sie mehr zu sich selbst.

»Vermutlich hat irgendwer mit irgendwem Schluss gemacht«, antwortete Rachel, ohne ihre Arbeit zu unterbrechen. »Kaum zu glauben, dass ich noch nicht darüber Bescheid wusste.«

»Du weißt ja immer noch nicht darüber Bescheid«, versetzte Allie geistesgegenwärtig.

»Gut beobachtet«, sagte Rachel und erhob sich halb. »Na, dann will ich mal fragen geh…«

Sie verstummte mitten im Satz.
Durch den Raum kam Katie auf sie zugelaufen. Ihr Pferdeschwanz wippte hin und her, ihre Schritte wurden von den Perserteppichen gedämpft. Sie musste die ganze Strecke gerannt sein, denn sie war völlig außer Atem. Ihre milchweiße Haut war noch blasser als sonst.
Als sie vor ihnen stand, hielt sie sich mit so viel Kraft am Tisch fest, dass ihre Fingerknöchel weiß hervortraten.
»Es geht los!«

Einunddreißig

»Jetzt komm!«

Als Katie sich nicht rührte, schubste Allie sie heftig und schrie: »Sofort!«

Da setzte Katie sich in Bewegung und rannte, ohne sich noch einmal umzudrehen, davon.

Das Adrenalin rauschte durch Allies Adern und jagte ihren Puls hoch. »Bist du so weit?«, fragte sie Rachel.

Rachel nahm die Brille ab und steckte sie in ihre Rocktasche. Sie wirkte verängstigt.

»Was ist mit unseren Sachen …?«, fragte sie und deutete auf den Tisch, auf dem sich lauter Bücher, Papiere und Stifte stapelten – was eben so zu einem normalen Schülerleben gehört.

»Die laufen nicht weg«, sagte Allie sanft. Dass Rachel in Panik geriet, fehlte ihr gerade noch. »Die lassen wir liegen, bis wir wiederkommen.«

Wenn wir wiederkommen, dachte sie.

Rachel nickte, als leuchtete ihr das völlig ein.

Die Bibliothek war inzwischen fast menschenleer.

»Auf geht's, Rachel«, sagte Allie und machte einen Schritt Richtung Tür. »Wir müssen hier verschwinden.«

Rachel ließ ihren Blick durch den Saal schweifen. »Lucas.«

Allie nahm sie am Arm. »Er weiß ja, wo er hinmuss. Du hast es ihm doch erzählt. Bestimmt ist er schon da. Du musst ihm einfach vertrauen, okay?«

Rachel holte zitternd Luft. Sie nickte, drückte den Rücken durch und sagte: »Dann mal los.«

Sie rannten aus der Bibliothek in den plötzlich leeren Hauptflur und die große Treppe hinauf, wo die verwirrten Schüler schon in Trauben herumstanden.

Durch die Fenster auf dem Treppenabsatz konnte man Limousinen in der Sonne blitzen sehen – Rolls-Royce und Bentleys, so weit das Auge reichte.

Rachel wurde bleich. »So viele sind das?«

»Neunzig dürften es sein«, erwiderte Allie und ließ ihren Blick über die dunklen Edelkarossen gleiten. »Komm jetzt«, sagte sie.

Sie hasteten den Gang entlang bis zu der versteckten steinernen Wendeltreppe, über die sie in das uralte Kellergewölbe gelangten, wo bereits die anderen auf sie warteten. Der verliesartige Raum war kühl und dunkel. Zoe, Nicole und Sylvain standen dicht beisammen und unterhielten sich eindringlich im Flüsterton.

»Da seid ihr ja!«, rief Nicole. Sie sah erleichtert aus.

»Wo ist denn Carter?«, fragte Allie.

Allgemeines Schweigen. Allie hatte das ungute Gefühl, dass etwas nicht stimmte.

Schließlich klärte Sylvain sie auf.

»Er sucht nach Jules«, sagte er und sah sie dabei unverwandt an. »Ihre Eltern waren mit die Ersten, die hier waren.«

Allie kam es vor, als würde ihr der Boden unter den Füßen weggezogen. Mit ungläubigem Entsetzen starrte sie Sylvain an. »Jules …? Das kann nicht sein.«

Im selben Moment wusste sie, dass er recht hatte – in diesen Dingen irrte Sylvain nie.

Sie fuhr sich mit den Fingern durchs Haar und versuchte nachzudenken. Carter hatte nie erwähnt, auf welcher Seite Jules' Eltern standen. Es war einfach nie Thema gewesen. Allie war automatisch davon ausgegangen, dass sie zu Isabelle hielten – alles andere schien ausgeschlossen. *Der arme Carter.*

Schlagartig begriff sie, wie real das alles war. Im Prinzip konnten da draußen jedermanns Eltern stehen. Panik stieg in ihr auf, sie konnte kaum noch einen klaren Gedanken fassen.

»Hat Jules es geschafft, abzuhauen?«, fragte Allie. »Und wissen wir irgendwas von den anderen?«

»Nein. Wir sind sofort hier runter, darum haben wir keine Ahnung, was oben abgeht«, erklärte Zoe.

»Es ging alles rasend schnell. Auf einmal waren sie da«, ergänzte Nicole, die neben ihr stand.

Wer von den Schülern nicht gehen wollte, sollte sich irgendwo auf dem Schulgelände verstecken, lautete der Plan. Isabelle war in alles eingeweiht und hatte sich um die kniffeligen Detailfragen gekümmert. Vermutlich erzählte sie just in diesem Moment ein paar Eltern, dass sie leider nicht die leiseste Ahnung habe, wo ihr Kind gerade stecken könnte.

»Einer von uns sollte hochgehen und nachschauen, was Sache ist«, sagte Allie. »Rachel und mir kann ja nichts passieren, wir zwei könnten das übernehmen.«

Rachel nickte so angespannt, dass ihre dunklen Haare an den Schultern auf und ab hüpften.

»Aber nicht allein«, sagte Sylvain. »Ich hab auch nichts zu befürchten. Ich kann auch mitkommen.«

Nicole betrachtete ihre Fingernägel und zögerte einen Moment zu lange.
»Ich bleib lieber hier unten«, sagte sie schließlich kleinlaut. Worauf sich die anderen zu ihr umdrehten und Nicole leichthin mit den Achseln zuckte, um eine Nonchalance zu suggerieren, die sie ganz offensichtlich nicht empfand. Ihren dunklen Augen war anzusehen, wie nervös sie war. »Für alle Fälle. Weil … ich glaub nämlich, meine Eltern … haben sich noch nicht entschieden.«
Zoe zupfte Allie beharrlich am Ärmel. »Ich möchte auch mitkommen.«
Die Angst schnürte Allie fast die Kehle ab.
Ich krieg zu viel. Zoe ist doch noch ein Kind. Sie ist erst dreizehn! Wenn ihr was passiert …
»Ach Zoe«, sagte Allie mit sanftem Nachdruck. »Das find ich jetzt aber nicht fair, Nicole einfach so allein hier unten versauern zu lassen.« Als Zoe störrisch das Kinn reckte, versuchte sie es auf andere Weise. »Wir sind auch nicht lange weg. In ein paar Minuten bin ich wieder da, und wir können tauschen. Okay? Wir müssen zusammenhalten!«
Kurz sah es so aus, als würde Zoe sich erneut widersetzen, doch dann ließ sie die Schultern hängen und gab nach.
»Na gut«, sagte sie und schob die Unterlippe vor. »Dann bleib ich eben hier und *versteck* mich.«
»Okay«, sagte Sylvain und wandte sich Rachel und Allie zu. »Wir müssen uns aufteilen. Ich übernehme den Jungstrakt. Rachel, du übernimmst den Mädchentrakt, und Allie das Hauptgebäude – Bibliothek und Aufenthaltsraum. Und versuch, Isabelle aufzutreiben. In genau zwanzig Minuten treffen wir uns wieder hier.« Er ließ den Blick von einem zum anderen wandern. »Kommt bloß

nicht zu spät«, sagte er mit todernster Miene. »Sonst zwingt ihr uns, nach euch zu suchen.«

Es gab verschiedene Wege aus dem Keller. Sylvain nahm einen engen Gang, der zu einer Treppe führte, über die man ins Hauptgebäude kam, während Allie und Rachel über die Wendeltreppe zurückgingen, die sie zuvor genommen hatten – und die direkt in den Mädchentrakt führte.

»Seid ja vorsichtig!«, rief ihnen Nicole hinterher.

Während das französisch gefärbte Echo noch von den Wänden des dunklen, staubigen Treppenturms widerhallte, hasteten Rachel und Allie nach oben. Nur ihr rauer Atem und das Poltern ihrer Schritte auf den unebenen Stufen war zu hören.

Im Mädchentrakt herrschte heller Aufruhr. Überall standen Schülerinnen auf dem Flur und fielen einander weinend um den Hals, während Leibwächter und bunt livrierte Fahrer sie mit der kaum gezügelten Aggressivität von Bereitschaftspolizisten zur Eile antrieben.

»Pack deine Sachen«, bellte ein schwarz uniformierter Mann eine Zwölfjährige an, die sich verängstigt vor ihm wegduckte und an die Hand einer Freundin klammerte, »sonst bleiben sie hier. Mir ist das egal.«

Tränenüberströmt ließ das Mädchen – ungefähr so groß wie Zoe – die Freundin los und lief ängstlich vor ihm her den Flur entlang.

Die zurückgelassene Freundin schluchzte auf. Als sie Allies entsetzten Blick sah, warf sie die Hände in die Luft. »Ich kapier das nicht … Was ist hier los?«

»Meine Fresse«, flüsterte Allie und sah Rachel an.

Das Mädchen hatte die blonden Haare mit einer blauen Schleife zurückgebunden. *Irgendwie kommt die mir bekannt vor. Woher kenne ich die bloß? Dünn und mit Sommersprossen um die Nase … Ich komm nicht drauf.*

Allie bückte sich, bis sie auf Augenhöhe mit dem Mädchen war, und packte es sanft, aber bestimmt bei den Schultern. »Hör mir zu! Siehst du die Tür da drüben?« Sie deutete auf die Tür zu ihrem eigenen Zimmer. Das weinende Mädchen nickte. »Du gehst jetzt da rein und kommst nicht wieder raus, bis alle Autos weg sind. Auch nicht, wenn jemand deinen Namen ruft. Nicht mal, wenn du die Person kennst.« Völlig verschreckt nickte das Mädchen. Es hatte aufgehört zu weinen und starrte Allie an, als hätte die sich gerade vom Hubschrauber abgeseilt, um sie vom Dach eines überfluteten Hauses zu retten.

Sie hat die gleichen kornblumenblauen Augen wie Jo.

Allie schnürte sich der Hals zu, sie konnte kaum noch sprechen. Jo hatte doch gar keine kleine Schwester – das musste Zufall sein. Aber die Ähnlichkeit war frappierend …

»Wie heißt du?«, fragte sie flüsternd.

»Emma.«

»Und mit *Nachnamen*?«, hakte Allie nach – wohl etwas zu nachdrücklich, denn die Kleine fing sofort wieder zu weinen an.

»Hammond«, schluchzte sie.

Rachel beugte sich nun ebenfalls zu Emma herab und nahm ihre Hand. »Emma Hammond. Und wie alt bist du?«

»Z-zwölf«, erwiderte das Mädchen.

Rachel nickte ernst, als wäre zwölf genau das richtige Alter für so ein Mädchen. »Kommst du ’ne Zeit lang alleine klar? Wir versuchen inzwischen, noch ein paar anderen kleinen Mädchen zu helfen, okay?«

Emma nickte, obwohl sie sich offenkundig nicht so sicher war. Allie hatte sich wieder in der Gewalt. Emma war nicht mit Jo verwandt. Sie hatte einfach nur blaue Augen.

Soll vorkommen.

»In der obersten rechten Schreibtischschublade sind Kekse. Wenn ich wiederkomme, hast du die alle aufgegessen, verstanden? Und jetzt ab!«

Das Mädchen rannte in Allies Zimmer. Kurz bevor die Tür sich hinter ihr schloss, begegneten sich noch einmal ihre Augen – und wieder bemerkte Allie diese unheimliche Ähnlichkeit mit Jo.

Sie schluckte schwer und nickte der Kleinen zu. Mit einem satten Geräusch schnappte die Tür ins Schloss.

»Wenn man die Türen bloß absperren könnte«, murmelte Rachel.

»Ja, dann wär mir auch wohler«, stimmt Allie zu und drückte ihre Hand.

Rachel fing ihren Blick auf. »Du hast das richtig gemacht«, sagte sie und beantwortete damit Allies unausgesprochene Frage.

»Aber sie ist doch noch so jung«, entgegnete Allie. »Viel zu jung, um sie da mit reinzuziehen. Alle unter sechzehn brauchen die Erlaubnis ihrer Eltern, wenn sie hierbleiben wollen. Hast du das vergessen?« Sie trat mit solcher Wucht gegen die Wand neben ihr, dass ein federgroßes Stück Putz herausbrach, durch die Luft segelte und direkt neben ihrem Schuh auf dem Fußboden landete. »Wieso haben wir keinen *besseren Plan*? Wieso sind wir so blöd?«

Rachels Kiefer mahlte. »Wir haben getan, was wir konnten.«

Aber in diesem Moment fühlte es sich an, als hätten sie versagt.

Allie betrachtete die bizarre Szenerie um sie herum und sagte:

»Bist du sicher, dass du allein hier oben bleiben willst? Ist doch alles schlimmer, als ich erwartet hatte.«

Ein wenig rechnete sie damit, dass Rachel sie bitten werde, nicht zu gehen – sie wollte im Augenblick ja selbst auch nicht allein sein. Doch zu ihrer Überraschung straffte Rachel nur die Schultern und sagte: »Ich komm schon klar. Aber, Allie …« Ihr Gesichtsausdruck verriet Allie, was sie als Nächstes sagen würde. »Ich werd die Kleinen hier nicht im Stich lassen. Ich werd sie auch verstecken.«

Allie konnte sich nicht erinnern, je so stolz auf sie gewesen zu sein.

»Der Plan war sowieso scheiße«, sagte sie, und ein schelmisches Lächeln umspielte ihren Mund.

Rachel reckte die Faust. »Pass auf dich auf.«

Allie wollte gerade die Geste erwidern, als ihr plötzlich der Gedanke kam: *Zum ersten Mal benimmt sich Rachel so, als wäre sie in der Night School.*

Doch ehe Rachel ihr Zögern bemerken konnte, hatte Allie sich schon wieder gefangen und knuffte mit ihrer Faust gegen die von Rachel. »Sowieso.«

Im Erdgeschoss war die Lage noch verheerender als im Mädchentrakt. Inmitten weinender Schüler, die sich gegen brüllende Uniformierte wehrten, stand August Zelazny und bellte mit hochrotem Kopf: »Alle Schüler gehen bitte wieder ihren normalen Beschäftigungen nach! Es wird nicht im Flur herumgelungert! Und wer Schüler abzuholen hat, möge das so tun, dass der Schulbetrieb dadurch nicht gestört wird!«

Aber niemand nahm von ihm Notiz.

»Sie brauchen nicht handgreiflich zu werden!«, sagte ein hoch aufgeschossener Junge, Typ Bücherwurm, und wand sich aus der Umklammerung eines livrierten Muskelmanns. »Ich bin doch kooperativ. Richten Sie ihnen aus, dass ich kooperativ war.« Allie erkannte ihn wieder. Es war derselbe Junge, der sie kürzlich angeschnauzt hatte, als sie versehentlich seine Studierzelle betreten hatte. Jetzt wirkte er ziemlich jung und eingeschüchtert – seine Brille hatte einen Schlag abbekommen und saß verbogen auf seiner Nase, während er versuchte, demonstrativ würdevoll über den Gang zu spazieren, just außer Reichweite der Arme des Leibwächters.

»Hey!«, rief Allie und lief zu ihm. Der Junge wirbelte herum und sah sie verängstigt durch seine dunkle Hornbrille an. »Alles klar?«, fragte Allie.

»Alles in Butter«, sagte der Junge mit falscher Bravour. »Ich muss nur leider nach Hause. Da versteht Pete hier keinen Spaß – was, Pete?«

Dem Muskelmann entging der finstere Sarkasmus in seiner Stimme nicht, und er warf ihm einen warnenden Blick zu.

»Du hältst dich wohl für besonders witzig, Freundchen? Ich hab die Erlaubnis, dich zu bändigen, wenn's sein muss. Zwing mich nicht dazu!«

»Siehste?«, sagte der Junge verzweifelt. »Alles in Butter.«

Beim Hinausgehen warf der Fahrer Allie einen taxierenden Blick zu, der ihr das Blut in den Adern gefrieren ließ. Der Mann wusste, wer sie war.

Plötzlich bekam sie es mit der Angst zu tun und rannte durch den Eingangsbereich, wo Zelazny inzwischen das Brüllen aufgegeben hatte und nun das Klemmbrett in seiner Hand anmurmelte. Er schien Buch darüber zu führen, welche Schüler das Gebäude mit Koffern verließen.

»Mr Zelazny«, setzte sie an, doch er schnitt ihr das Wort ab, ohne auch nur aufzusehen.

»Jetzt nicht.«

Aber so leicht ließ sie sich nicht abspeisen. Nicht an diesem Tag.

»Mr *Zelazny*!« Diesmal sprach sie seinen Namen derart bestimmt aus, dass der Lehrer aufsah und sie mit offenem Mund anschaute. Als sie seine volle Aufmerksamkeit hatte, fragte Allie laut und deutlich: »Wo ist Isabelle?«, und betonte dabei jede Silbe.

Einen kurzen Moment blickte er sie an, als hätte er sie noch nie zuvor gesehen. Allie bemerkte, dass das Klemmbrett in seiner Hand leicht zitterte.

Der furchtlose, aufbrausende Polterer Zelazny hatte Angst. Seltsam, denn wenn er der Spion war, dann musste dieses Tohuwabohu doch genau nach seinem Geschmack sein – oder etwa nicht?

»Isabelle?«, wiederholte sie.

Er rieb sich müde das Gesicht und schabte dabei über seinen unrasierten Schnurrbart.

»Im Rittersaal«, krächzte er dann. Er war völlig heiser vom Herumschreien, und seine Augen waren vom Schlafmangel gerötet.

Ohne weitere Informationen abzuwarten, kämpfte sich Allie durch die lärmende, verschreckte Menge, über das gebohnerte Eichenparkett, unter den glitzernden Kronleuchtern hindurch, vorbei an den Wandteppichen, von denen Damen in mittelalterlichen Gewändern kommentarlos auf das Chaos herabblickten.

Die Tür zum Rittersaal stand offen. In einen dunklen Rock und eine frisch gebügelte, graue Bluse gekleidet, um den Hals einen Seidenschal geschlungen, stand Isabelle auf dem kleinen Podest, das sie sonst nur am ersten Schultag benutzte, um die neuen Schüler zu begrüßen. Sie war umringt von lauter besorgt aussehenden Lehrern und einer Handvoll Schüler.

So panisch Zelazny gewirkt hatte, so ruhig und unerschrocken erschien ihr Isabelle. Doch Allie kannte die Rektorin inzwischen gut genug, um zu wissen, dass sie bloß schauspielerte. Die Art, wie sie die Hände hielt, die hochgezogenen Schultern und die kleinen Fältchen um die Augen – all das ließ ihre Anspannung erkennen.

»Mehr können wir im Augenblick nicht tun«, sagte sie gerade, als Allie hereinkam. »Wir müssen warten, bis sie wieder weg sind, dann können wir herausfinden, wie viele wir noch sind.«

Unter den Lehrern erhob sich unzufriedenes Grummeln. »Es sind ja nicht bloß die Schüler«, sagte eine Kollegin. »Sarah Jones ist auch weg.«

Ein Raunen ging durch den Saal. Jemand schnappte hörbar nach Luft. Allie musste kurz überlegen, ehe ihr aufging, dass damit wohl eine von den Biologielehrerinnen gemeint war.

»Sind Sie sicher?«

»Ihr Zimmer war jedenfalls leer, als ich auf dem Weg hierher bei ihr vorbeischauen wollte«, sagte die Frau. Sie sah ziemlich mitgenommen aus. »Wir sind befreundet. Ich hatte keine Ahnung, dass sie auf Nathaniels Seite ist.«

Isabelle nahm sich nicht die Zeit, sie zu trösten. »Weiß sonst noch jemand von Lehrern, die fehlen?«

»Darren Campbell hab ich auch nicht mehr gesehen«, rief es von hinten. Erneute Unruhe war die Folge.

»Und wo steckt eigentlich Ken Brade?«, fragte einer von den Mathelehrern.

»Der ist draußen vor der Tür und hilft Zelazny«, beeilte sich ein Kollege zu versichern.
Ein Seufzer der Erleichterung ging durch die Gruppe wie eine frische Brise. Wenigstens auf diesen Lehrer schien Verlass zu sein.
»Das muss ich genauer wissen«, sagte Isabelle. »Ich brauche zwei Freiwillige, die überprüfen, wer vom Lehrpersonal fehlt.«
Als sich zwei Lehrer gefunden hatten, stieg Isabelle von ihrem Podest herunter. Sofort wurde sie von einem Schwarm besorgter Lehrer umlagert, doch sie bahnte sich entschlossen ihren Weg durch die Menge.
»Das weiß ich nicht«, erwiderte sie gebetsmühlenhaft. »Das besprechen wir in unserer Sieben-Uhr-Sitzung. Bis dahin habe ich auch alle Fakten.«
Als sie Allie entdeckte, zog sie die Augenbrauen hoch und warf ihr einen stählernen Blick zu. »Mitkommen!«, sagte sie und krümmte dabei den Zeigefinger.
Dann packte sie Allie am Arm und bugsierte sie geschwind durch die Menschenansammlung in den Flur hinaus. Wo, wie von Zauberhand herbeigerufen, zwei von Rajs Wachleuten auftauchten und sie zu ihrem Schutz flankierten.
»Hat Jules es geschafft?«, fragte Allie drängend. »Und was ist mit Katie?«
Isabelle wirbelte herum und sah sie an: »Du gehst jetzt bitte sofort zum vereinbarten Ort, bis alles vorbei ist«, sagte sie. »Ich kann für deine Sicherheit momentan nicht garantieren. Dafür passieren hier gerade zu viele Sachen gleichzeitig.«
»Aber ich kann mich doch nicht einfach so verstecken, während es hier rundgeht«, begehrte Allie auf. »Ich möchte mithelfen.« Im selben Moment ging ihr auf: *Ich rede genau wie Zoe.*

»Du kannst uns nicht helfen. Jetzt kann uns niemand mehr helfen.« Für den Bruchteil einer Sekunde bröckelte Isabelles Fassade, und Allie sah die Qual in ihren Augen. »Geh jetzt zur vereinbarten Stelle! Raj hat dort überall Wachen postiert. Falls du unterwegs zufällig den anderen begegnest, schick sie dorthin zurück – aber geh sie nicht *suchen*! Keinen von ihnen.«
Allie machte den Mund auf, um zu widersprechen, doch Isabelle packte sie so fest am Arm, dass sich ihre Fingernägel in Allies Arme bohrten. Mit so viel Energie hatte sie nicht gerechnet.
»Jetzt hör mir mal zu! Hast du auch nur eine Sekunde geglaubt, dass all diese *Fahrer*«, sie spie das Wort geradezu aus, »die sind, die sie zu sein vorgeben? Sie haben alle die richtigen Papiere, aber … *schau sie dir doch an!* Das sind gut ausgebildete Security-Leute. Nathaniels Leibgarde – und die hat sich jetzt über unsere ganze Schule verteilt!« Einen kurzen Augenblick lang vergaß sie sich und schüttelte Allie heftig durch. »Ihr müsst an einen sicheren Ort – und zwar alle, sofort! Wenn die einen von euch in die Finger kriegen, würde ich es erst mitbekommen, wenn es schon zu spät ist. Ich kann euch gerade überhaupt nicht beschützen, und deshalb liegt unser Plan auf Eis, bis die Sache hier vorbei ist. Und jetzt verschwinde!«
Ihr wilder Auftritt hatte den gewünschten Effekt. Kaum hatte Isabelle sie losgelassen, da rannte Allie auch schon davon. Doch sie dachte nicht so sehr an sich selbst, und trotz Isabelles Ermahnung war es nicht der Keller, dem sie zustrebte. Immer zwei Stufen auf einmal nehmend, spurtete sie die Treppe hinauf, während sie in ihrem Kopf die ganze Zeit nur ein einziges Wort hörte, wie ein Alarmsignal.
Rachel.

Zweiunddreißig

Ich habe sie da ganz allein gelassen. Wenn ihr was passiert ist …

Allie raste hinauf in den Mädchentrakt. Erst dachte sie, ihr Keuchen käme vom Rennen, doch dann merkte sie zu ihrem Entsetzen, wie sich ihr Gesichtsfeld zu verdunkeln begann. Der Hals schnürte sich ihr zu, und sie hatte das Gefühl, sie müsse ersticken.

O nein! Bitte, nicht jetzt!

Wie sie es gelernt hatte, versuchte sie, durch die Nase ein- und durch den Mund auszuatmen und so die Panikattacke abzuwenden. Die Wände kamen immer näher, doch sie zwang sich, weiterzulaufen.

Ich werde nicht nachgeben, dachte sie. *Ich werde Rachel finden, und erst, wenn ich wieder im Keller bin, bei meinen engsten Freunden, werde ich einen stillen, hübschen Nervenzusammenbruch kriegen.*

Bei dem Gedanken versuchte sie, zu lachen, doch heraus kam nur ein Schluchzen. Immerhin löste sich dadurch das Band um ihre Lunge ein wenig, und während sie einen willkommenen tiefen Atemzug nahm, gelangte sie ans obere Ende der Treppe – wo sie gähnende Leere erwartete.

Der lange, enge Gang mit den vielen weißen Türen war leer. Die

Schülerscharen von vorher hatten sich in Luft aufgelöst. Keine weinenden Mädchen mehr, keine wütenden Männer in schrecklichen Uniformen. Überhaupt niemand mehr.
»Rachel?« Höhnisch hallte der Name in der Leere wider.
Allie sah sich verdutzt um. Alle Türen waren geschlossen. *Muss ich jetzt jede einzeln öffnen, oder was?*
»Rachel?«, rief sie noch einmal, lauter.
Auf halber Strecke des Flurs hörte sie ein Klicken, und eine Tür wurde geöffnet.
Vor Erleichterung wurde Allie ganz schwindelig. Es war die Tür zu ihrem eigenen Zimmer.
Natürlich! Bestimmt haben Rachel und Emma sich dort drin versteckt.
Sie rannte das kurze Stück bis zu ihrem Zimmer und schielte durch die offene Tür.
»Rach!«, rief sie. »Ich bin fast durchgedreht vor …«
Doch nur eine blutüberströmte Emma erwartete sie. Von Rachel keine Spur.
Mit wummerndem Herzen fuhr Allie herum und suchte nach einem Angreifer, doch abgesehen von dem Mädchen war das Zimmer leer.
Allie beugte sich zu Emma hinunter, legte ihr sacht die Hände auf die Schultern, die so zart waren wie Vogelflügel, und suchte ihren Körper nach Verletzungen ab. Das Mädchen war vor Schreck wie erstarrt.
»Emma!« Allie drehte sie hin und her, konnte aber keine Wunden finden. »Wer hat dir das angetan?«
»Ein Mann ist gekommen.« Emmas große, ängstliche Augen starrten zu ihr hinauf. »Er hat nach dir gesucht.«

Allie schluckte. »Was hat er gesagt, Emma?« Ihre Stimme klang wie aus weiter Ferne. »Und wo kommt das ganze Blut her?«
Während ihr die Tränen über die Wangen liefen, hielt Emma ihr ein zusammengefaltetes Stück Papier hin, das mit blutigen Fingerabdrücken übersät war.
»Das soll ich dir geben, hat er gesagt.«
Als Allie ihr vorsichtig das Papier aus den Fingern nahm, bahnte sich eine Träne einen Weg durch all das Blut hinunter zu Emmas Kinn, von wo sie zu Boden tropfte.
Allie war klar, dass jetzt nicht genug Zeit war, um den Zettel zu lesen. Deshalb hielt sie ihn nur fest und wandte sich wieder an Emma.
»Kannst du laufen?«
Als das Mädchen nickte, richtete Allie sich auf und nahm ihre Hand – sie fühlte sich so klein und zerbrechlich an.
»So schnell du kannst, Emma.« Sie war selbst überrascht, wie fest ihre Stimme klang.
Gemeinsam liefen sie den Flur entlang bis zu der Tür, hinter der sich die alte Dienstbotenstiege verbarg. Beim Anblick der steinernen Wendeltreppe wich Emma zurück.
»Wie dunkel es da ist.«
Doch Allie war nicht aufzuhalten. »Vor der Dunkelheit musst du keine Angst haben, Emma. Vor diesem Mann solltest du dich fürchten.«
Dann zog sie sie mit sich auf die Treppe.
Emmas abgehacktes Schluchzen und das Geräusch ihrer Schritte begleiteten sie auf ihrem Weg nach unten, der ewig schien. Immer weiter wand sich die Treppe, und irgendwann war Allie überzeugt, dass sie auf halbem Weg in die Hölle waren.

Doch sie unterdrückte die aufsteigende Panik, und endlich entdeckte sie Zoe, die sie unten an der Treppe erwartete.
»Sie kommt!«, rief die Jüngere über ihre Schulter. Dann sah sie wieder zu Allie, und ihre Augen wurden groß. »Wer ist denn das? Was ist passiert?«
Während Allie, immer noch mit Emma im Schlepptau, in den Raum taumelte, zeigten sich auch Carter und Sylvain. Als sie das blutüberströmte Mädchen erblickten, wirkten sie schockiert.
»Rachel …«, keuchte Allie und versuchte, zu Atem zu kommen. Mehr brachte sie nicht heraus. Als ob es im Keller nicht genug Sauerstoff gäbe.
Carter nahm Emmas Hand und suchte die Kleine nach Verletzungen ab.
Plötzlich merkte Allie, dass sie zu stürzen drohte, und konnte sich gerade noch an einer Steinsäule festhalten. Die Säule war kalt wie Eis.
»Ist sie hier?«, keuchte sie. Die Wände kamen rasch näher, als wollten sie sich auf sie stürzen. »Ist … Rachel … auch hier?«
»Rachel?« Sylvains Stimme schien aus weiter Ferne zu ihr zu kommen. »Ihr wart doch zusammen … Allie!?«
Als sie wegsackte, fing er sie mit seinen warmen, starken Armen auf.
»Sylvain …« Sie rang nach Luft.
»Ich hab dich«, sagte er und hielt sie fest.

»Wir müssen Raj finden.« In Nicoles Stimme klang Angst mit. Allie konnte sich nicht erinnern, sie je ängstlich erlebt zu haben. Sylvain sagte etwas auf Französisch zu ihr, ehe er Englisch weitersprach. »Das ist noch zu gefährlich.«

Sie hatten sich in einem engen Kreis auf den groben Steinboden gehockt. Auch ihr Gespräch schien sich im Kreis zu drehen.
Sie mussten etwas tun, doch es gab nichts, was sie hätten tun können.
Allies Kopf fühlte sich an wie mit Federn gestopft, die sie ab und zu ins Gesicht piksten.
Nach ihrer Beinahe-Ohnmacht hatten die anderen sie mit Wasser bespritzt, damit sie wieder zu sich kam. Nun saß sie still da, mit dem Kopf auf den Knien, und atmete ruhig. Es machte sie fast wütend, wie reibungslos ihre Lunge jetzt wieder ihren Dienst tat.
Die anderen erzählten, was sie wussten – dass viele der Schüler fort waren, manche es aber an sichere Orte geschafft hatten.
Allie hielt noch immer Nathaniels blutbesudelten Brief in der Hand, wie eine Waffe. Trotz des funzeligen Lichts im Keller konnte sie die Worte entziffern. Es war deutlich, dass er in Eile gewesen war, denn seine Handschrift, für gewöhnlich präzise und sauber, war hier nur hastiges Gekritzel.

Liebe Allie,
ich hab nach Dir gesucht, aber ich konnte Dich nicht finden. Leider wollte mir auch keiner verraten, wo Du bist. Besonders Deine Freundin Rachel war extrem unkooperativ. Das war sehr unhöflich von ihr, und deshalb war ich gezwungen, sie zu bestrafen. Ich behalte sie jetzt bei mir.
Unser kleines Spiel macht mich langsam ungeduldig, Allie. Ich sag Dir, was Du jetzt tun wirst. Du wirst heute Nacht zu mir kommen und Dich zum Tausch gegen Rachel anbieten. Und zwar allein. Ohne Raj Patel oder Isabelle oder sonst wen von den Wachen und Lehrern.

In diesem Fall werde ich Rachel lebend und wohlauf freilassen. Erfüllst Du aber eine dieser Bedingungen nicht, mit anderen Worten, verstößt Du gegen eine der Regeln, die ich hier aufgestellt habe, wird Rachel sterben, so wie Jo gestorben ist. Und Du wirst Dein ganzes Leben mit der Gewissheit leben müssen, dass Du sie hättest retten können.
Um Mitternacht oben bei der Burgruine. Sei pünktlich.
Nathaniel

Bei dem Gedanken, dass Rachel in der Hand dieses Monsters war, drehte sich Allie der Magen um; sie beugte sich nach vorn und stemmte die Fäuste in den Unterleib, um den Schmerz zurückzudrängen.
Und wieder haben wir Nathaniel unterschätzt, dachte sie verzweifelt. *Oh, Rachel, es tut mir so leid …*
Da beugte sich Carter über sie, zog eine ihrer Fäuste hervor, öffnete sie und drückte ihre Hand. »Sie lebt ja noch, Allie«, sagte er sanft.
Allie schüttelte den Kopf so ungehalten, dass ihr die Haarspitzen in die Wangen stachen. Sie konnte sich jetzt keine Hoffnung erlauben; es wäre nur ein Aufschub für den Kummer gewesen, der unweigerlich kommen musste. Eigentlich hätte Carter das wissen müssen – Jules war doch auch fort. Er hatte es nicht rechtzeitig zu ihr geschafft.
»Das kann man nicht wissen, Carter. Nathaniel lügt. Er hat Jo umgebracht …«
»Ich weiß«, erwiderte Carter bedächtig. »Aber wir haben keinen Anlass zu glauben, dass er Rachel auch schon getötet hat.«
»Aber das Blut …« Allie deutete auf Emma. Sie saß jetzt neben

Nicole, die ihr mit Wasser aus einer Flasche das Gesicht gesäubert und ihren Pulli um die Schultern gelegt hatte. Das Mädchen starrte sie stumm an. Es stand unter Schock. »Wo kommt das her?«

»Von Rachel«, sagte Nicole. »Aber wenn ich Emma richtig verstanden habe, ist die Wunde nicht tief.«

»Und woher stammt dann das ganze Blut?« Tiefe Skepsis schwang in Allies Stimme mit.

Sylvain hockte sich vor sie hin. Im Zwielicht schimmerten seine blauen Augen dunkel. »Er hat ihr mit dem Messer in den Arm geschnitten, und mit dem Blut dann Emma beschmiert. Um …« Sylvain unterbrach sich, sein Kiefer mahlte, und Allie sah ihm an, wie sehr er mit sich kämpfen musste, »… um deine Aufmerksamkeit zu erregen, hat er gesagt.«

»Ich hasse ihn«, murmelte Zoe, während sie mit einem Stock, den sie irgendwo gefunden hatte, auf den Boden einstach.

Ohne Emma aus ihrer Umarmung zu entlassen, beugte Nicole sich vor und sah Allie in die Augen. »Emma sagt, dass er Rachels Wunden danach verbunden hat und dass die Schnitte auch nicht tief waren. So geht man nicht mit jemandem um, den man umbringen will, Allie.«

»Ich kann mir einfach nicht erklären, wie Nathaniel überhaupt in das Gebäude gekommen ist«, sagte Carter. »Wie kann es sein, dass niemand ihn gesehen hat? Sind die Sicherungssysteme so durchlässig?«

Allie rieb sich müde das Gesicht.

»Die Fahrer«, sagte sie. »Isabelle hat gesagt, die Fahrer seien allesamt Leute von Nathaniel gewesen. So ist er reingekommen. Sie sind als Gruppe ins Gebäude, und das hat so ein Chaos verursacht, dass unsere Wachen den Überblick verloren haben.«

»Und Nathaniel war auch darunter«, sagte Sylvain bitter. »Mann, ist das dreist – genau sein Stil.«
»Dann hatten unsere Leute also nicht die Zeit, sie beim Rein- und Rausgehen zu zählen.« Carter presste die Zähne aufeinander. »Und deshalb könnten sich noch viel mehr von denen im Gebäude aufhalten.«
»Deshalb will Isabelle ja unbedingt, dass wir hier unten bleiben«, sagte Allie.
»Ich pfeif drauf. Wir müssen hier raus.« Zoe sprang auf und schleuderte den Stock quer durch den Keller. Er prallte irgendwo im Dunkeln gegen eine Wand und landete mit einem dumpfen Schlag auf dem Boden. »Wir müssen Raj über die Sache mit Rachel in Kenntnis setzen. Er weiß bestimmt, was zu tun ist.«
Allie drückte die Fingerspitzen gegen die Stirn und versuchte, logisch zu denken. »Ist das sinnvoll?«
Die anderen starrten sie entgeistert an.
»Natürlich, Allie, wir müssen!«, sagte Nicole. »Sie ist seine Tochter.«
Ohne Raj Patel oder Isabelle oder sonst wen von den Wachen und Lehrern … Beim Gedanken an Nathaniels Worte begann es Allie zu frösteln, als flösse in ihren Adern Eiswasser statt Blut. *Bleib klar, Allie. Für Rachel.*
»Na, er würde doch sofort loslaufen, um Nathaniel zu stellen«, sagte sie. »Und dann muss Rachel sterben …«
Sylvain und Carter wechselten einen Blick.
»Was meinst du?«, fragte Sylvain.
»Ich weiß nicht …« Carter klang besorgt.
»Raj handelt nie unüberlegt«, gab Sylvain zu bedenken. »Taktik über alles.«

»Schon, aber hier geht's um seine Tochter«, sagte Carter.

Allie sah zwischen ihnen hin und her. Die beiden kannten Raj besser als sie. Besser als alle anderen Schüler. Seit Jahren hatten sie fast täglich mit ihm zu tun.

»Selbst dann«, sagte Sylvain mit fester Stimme. »Er denkt strategisch. Er wird wissen, wie er das handhaben muss.«

Carter dachte kurz nach, dann nickte er und wandte sich an Allie.

»Sylvain hat recht. Wir sollten Raj vertrauen. Er ist zu clever, um unüberlegt loszuschlagen, selbst wenn es um seine Tochter geht. Er wird uns dabei helfen, einen Plan zu schmieden.«

Allie sah Sylvain an. »Bist du dir sicher?«

Seine Augen waren dunkelblau wie ein Sonnenuntergang. »Ganz sicher.«

Sie vertraute ihm. »Dann lasst uns zu Raj gehen.«

Dazu musste aber einer von ihnen den Keller verlassen.

»Isabelle hat gesagt, der Keller wär sicher, weil hier überall Rajs Wachleute rumschwirren und sie wissen, dass wir hier unten sind«, sagte Allie. »Sie müssten also eigentlich in der Nähe sein, und deshalb dürfte es nicht allzu schwer sein, sie zu finden.«

Zoe sah die anderen erwartungsvoll an. »Lasst mich das machen.«

Sofort erhoben sich so lauthals Einwände, dass Zoe abwehrend die Hände hob. Die Entschlossenheit in ihrem Gesicht ließ sie erwachsener aussehen.

»Ich bin klein und flink. Ich werd auch nicht ins Hauptgebäude gehen, nur in die Stiegenhäuser und Flure – weil sie die vermutlich überwachen. Ich finde sie schon.«

»Nein!«, riefen alle wie aus einem Mund, dass es in dem Keller hallte.

Zoes Gesicht rötete sich zusehends. Wütend funkelte sie die anderen an. »Ich kann das besser als ihr! Ihr verbietet mir das nur, weil ich erst dreizehn bin und ein Mädchen!«

Darauf folgte eine lastende Stille.

»Ich finde, wir sollten sie gehen lassen«, sagte Carter leise.

Allie schnürte es die Brust zusammen. »Nein, Carter …«

»Sie ist schneller als wir alle«, pflichtete Nicole ihm bei.

»Sylvain …«, sagte Allie flehentlich, doch der schüttelte nur den Kopf.

»Ich bin der gleichen Ansicht.«

Nachdem sie kurz beraten hatten, wo sie suchen sollte, sprang Zoe sofort auf und wollte auf die Treppe zustürmen, doch Sylvain hielt sie am Arm zurück, zog sie zu sich heran und flüsterte ihr etwas ins Ohr.

Zoe machte ein ernstes Gesicht und nickte. Sie warf Allie noch einen Blick zu und verschwand dann in der Dunkelheit.

Nachdem sie fort war, befiel die anderen ein Gefühl von Beklemmung. Die Zeit schien sich zu dehnen – die Zeiger auf Allies Uhr liefen im Schneckentempo.

Um sich zu beruhigen, stand sie auf und schritt die Wände des alten Gemäuers ab. Da es schon lange nicht mehr genutzt wurde, fanden sich hier lediglich noch ein paar alte Kisten und staubige Ziegelsteinstapel. Die wenigen alten Wandlampen, die noch nicht den Geist aufgegeben hatten, sendeten durch verschmutzte Glasschirme ein matt flackerndes, gelbliches Licht aus.

Allie sah sich um. Nicole sprach leise auf Emma ein. Carter stand wie ein Wachtposten am Fuß der Wendeltreppe, die Hände in den Taschen, mit undurchdringlicher Miene. Sylvain lehnte gedankenverloren an der Wand.

Draußen begann es dunkel zu werden. Allie dachte an Rachel, allein mit Nathaniel und Gabe. Schutzlos. Verängstigt.

Ein Schluchzen wand sich in ihre Kehle hinauf, doch sie drängte es zurück – sie durfte die Konzentration nicht verlieren.

Sie schob die Hände in die Taschen ihres Rocks. Ihre Finger ertasteten das blutbesprenkelte Blatt Papier, das Nathaniel für sie dagelassen hatte. Sie zog es hervor, glättete es sorgfältig und las den Brief noch einmal, Wort für Wort.

Plötzlich richtete sie sich auf. Sylvain hob den Kopf und warf ihr einen fragenden Blick zu.

Allie hielt den Zettel in die Höhe. »Ich glaub, ich weiß jetzt, was wir tun müssen!«

Dreiunddreißig

Sie saßen im Kreis versammelt, und Allie war gerade dabei, ihren Plan in den Staub des Kellerbodens zu malen, als plötzlich im Treppenhaus schwere Stiefeltritte zu hören waren. Sofort sprangen alle auf und rannten zur Treppe.

Carter sah blass, aber entschlossen aus; er hatte trotzig den Kiefer vorgeschoben. Nicole wirkte weniger angespannt. In der Hand hatte sie ein dickes Brett, das sie wie einen Polizeiknüppel hielt, und Allie hatte den Eindruck, dass sie es liebend gern benutzen würde. Allie und Sylvain postierten sich links und rechts vom Kellereingang. Allie nahm noch schnell einen Ziegelstein in die Hand, dann kamen auch schon die Männer aus dem Treppenschacht gestürmt. Sie trugen schwarze Uniformen, wie normalerweise Rajs Wachleute, doch das hatte inzwischen ja kaum mehr etwas zu sagen. Sie hatten gelernt, dass man auf Bekleidung nichts geben durfte.

»Kennt die jemand?«, rief Carter drängend.

Postwendend kam die Antwort: »Nein!«

Einer weiteren Einladung bedurfte es nicht für Nicole. Sie holte aus und ließ das Brett mit aller Kraft in die Magengrube des ersten Mannes sausen. Überrascht und schmerzerfüllt stöhnte er auf. Allie stürzte vor, den Ziegelstein in der Hand.

»Aktion abbrechen!« Rajs Stimme kam aus dem Nichts und

stoppte sie mitten in der Bewegung – der Ziegelstein fiel ihr aus der Hand. Verwirrt fuhr sie herum und sah Raj aus dem engen Gang kommen, mit Zoe an seiner Seite. »Das sind die Guten!«
Seine Klamotten starrten vor Dreck, und er hatte ein paar neue Falten im Gesicht, aber er wirkte nicht im Geringsten, als hätte man seine Pläne durchkreuzt.
Während Nicole ihrem Opfer entschuldigend die Hand reichte, ging Allie zögernd auf Rachels Vater zu. Wie sollte sie ihm beibringen, was passiert war? Gab es überhaupt Worte, die erklären konnten, wie ihr zumute war?
Aber er ließ sie gar nicht zu Wort kommen, sondern schloss sie in die Arme. »Ich weiß schon, was passiert ist«, sagte er mit rauer Stimme. »Wir holen sie da raus!«
»Es tut mir so leid, Raj«, rief Allie und kämpfte mit den Tränen. »Das ist alles meine Schuld!«
»Unsinn«, sagte Raj und hielt sie eine Armlänge von sich entfernt, damit sie seine Entschlossenheit sehen konnte. »Es ist einzig und allein Nathaniels Schuld. Und wenn wir ihn kriegen, dann werde ich ihn ganz genau spüren lassen, wie ich das alles finde.«
Seine Augen bekamen urplötzlich etwas Raubtierhaftes, Gefährliches.
Doch so schnell der Ausdruck aufgeblitzt war, so schnell war er auch wieder verschwunden, und Raj, wieder ganz Herr seiner selbst, sah sich im Raum um. »Alles klar mit euch?«
Alle nickten.
»Kann ich die Nachricht mal sehen?« Raj streckte die Hand aus.
Allie zögerte kurz. Noch vor ein paar Wochen hätte sie niemandem den Zettel gezeigt. Sie wäre hinausgerannt und hätte ver-

sucht, Rachel auf eigene Faust freizubekommen. Und Rachel wäre vermutlich dabei umgekommen.
Aber sie hatte dazugelernt. Sie hatte zugesehen, wie die anderen sich für sie aufopferten, für Jo. Sie hatte miterlebt, wie sie um ihretwillen alles aufs Spiel setzten.
Sie vertraute ihnen. Und glaubte an sie.
Sie drehte sich zu ihnen um. Sylvain sah sie an und nickte kurz. Da erst zog sie das zerknüllte, blutverschmierte Stück Papier aus ihrer Tasche und hielt es Raj hin.
»Wir müssen mit dir reden«, sagte sie. Die anderen versammelten sich zur Unterstützung um sie. »Wir haben da 'ne Idee.«

»Das macht Isabelle nie mit!«, sagte Raj entschieden,
»Das wissen wir.« Nicole sah ihn vielsagend an. »Deshalb müssen wir entscheiden, wie wir das machen.«
Raj hatte seine Wachen wieder zurück in die Gänge und Treppenhäuser geschickt. Emma war zur Untersuchung auf die Krankenstation gebracht worden. Nur Allie, ihre Freunde und er waren in dem kühlen Keller zurückgeblieben.
Raj rieb sich die Augen. »Gehen wir's noch mal durch.«
»Nathaniel verlangt ja, ich soll ohne dich, Isabelle oder sonst irgendwelche Wachen oder Ausbilder kommen«, erklärte Allie geduldig. »Aber von Schülern ist nicht die Rede. Ich werde also zur Burgruine gehen. Die anderen werden mir durch den Wald folgen, für den Fall, dass ich in Schwierigkeiten gerate. Deine Wachleute und du, ihr werdet bereits da sein und euch versteckt halten. Nathaniel wird denken, dass ich mich an seine Regeln halte, und Rachel nichts … tun« – das letzte Wort brachte sie beinahe nicht heraus, so sehr wünschte sie sich, es möge so kommen. Zit-

ternd holte sie Luft. »Ich werde allein gehen – die anderen bleiben in meiner Nähe. Ihr wartet, bis er Rachel freigelassen hat, dann kommt ihr ins Spiel – mit euch wird er nicht rechnen.«

»Meine Leute sind zurzeit über das ganze Gelände verteilt«, sagte Raj bedächtig, während er die Skizze auf dem schmutzigen Boden studierte: ein nicht ganz geschlossener Kreis, auf dessen offene, linke Seite mehrere Pfeile zuflogen. Es war Napoleons Plan von der Schlacht bei Austerlitz, doch diesen Hinweis hatte Allie lieber weggelassen. »Ich könnte Anweisung geben, dass sie einer nach dem anderen in Stellung gehen sollen«, fuhr er fort. »Also einzeln, nicht in der Gruppe. Dann wären sie praktisch nicht zu entdecken.« Er warf einen Blick in die Runde, und an seinem Gesichtsausdruck erkannte Allie, dass er sich bereits entschieden hatte: »Ein guter Plan.«

Sie versuchte, sich ihre Freude nicht anmerken zu lassen, doch ihr Herz machte vor Aufregung einen Sprung. *Gemeinsam kriegen wir das hin!*

»Und was ist mit Isabelle?«, fragte Zoe zweifelnd. »Das erlaubt die doch nie.«

Raj stand auf und wischte die Pfeile mit seiner Stiefelsohle fort. Im Nu waren alle Beweise vernichtet. »Sie wird nichts davon erfahren.«

Mit offenem Mund starrten sie ihn an.

»Wie …?«, setzte Allie an, doch Raj gebot ihr mit einer Handbewegung Einhalt. Er wirkte angespannt und hatte den Kiefer gestrafft, wie in Erwartung eines Hiebs.

»Ich leite die ganze Operation. Isabelle und ich haben sowieso entschieden, die Night-School-Ausbilder nicht in unsere Pläne einzuweihen, weil wir nicht wissen, wem wir trauen können. Ich habe inzwischen an die hundert Wachen losgeschickt, und die berichten alle direkt an mich.«

Ein Murmeln erhob sich.

»Hundert Leute?«, fragte Carter verblüfft. »Woher …?«

»Lucinda«, erwiderte Raj mit einem Seitenblick auf Allie. »Sie hat uns ihre eigenen Security-Leute geschickt, und ich hab alle meine Leute herbeordert. Bis Mitternacht sind wir vollständig und einsatzbereit.«

Allie schickte ein stummes Dankgebet an ihre Großmutter. *Hundert Wachleute. Das müsste reichen.*

»Und was willst du Isabelle erzählen, Raj?«, holte Sylvain sie mit einer praktischen Frage wieder auf den Boden der Tatsachen zurück.

»Sie hat mich gebeten, euch zu eurem eigenen Schutz in einem der Klassenzimmer einzusperren und zu bewachen«, sagte er und fügte achselzuckend hinzu: »Und genau so werde ich ihr das sagen.«

»Aber das …«, Allie stockte, »Das wird sie dir nie verzeihen.«

Rajs Miene verriet ihr, dass ihm das selber klar war.

»Das lass mal meine Sorge sein«, sagte er. »Seht ihr lieber zu, dass euch nichts passiert.« Er warf einen Blick auf die Uhr und bedeutete ihnen, aufzustehen. »Ihr müsst abmarschbereit sein, wenn ich komme. Meine Leute bringen euch jetzt in den Übungsraum. Und da bleibt ihr, bis ich euch abhole.« Er sah flüchtig zu Allie. »Ich muss jetzt los, ich bin mit Isabelle verabredet.«

Nachdem Raj gegangen war, führten seine Wachen die Schüler durch eine Reihe dunkler unterirdischer Gänge. Allie hatte immer geglaubt, ihre Schule gut zu kennen, doch manche von ihnen hatte auch sie noch nie gesehen. Die Kellerräume waren das reinste Labyrinth – manchmal mussten sie eine Treppe hinaufsteigen, und schon kurz darauf ging es wieder nach unten.

Als sich endlich eine Tür öffnete und den Blick auf den Flur vor den Übungsräumen der Night School freigab, hatte Allie längst jede Orientierung verloren.

Nachdem sich alle rasch umgezogen hatten und in ihre dunklen Night-School-Klamotten geschlüpft waren, versammelten sie sich im Übungsraum Eins. Ohne die anderen Night-Schooler kam ihnen der quadratische Raum leer und verlassen vor.

Nur Zoe schien die Situation nichts auszumachen. Sie wärmte sich auf den dicken Matten auf, als würde es sich um eine x-beliebige Trainingseinheit handeln.

Die anderen unterhielten sich leise und versuchten bei aller Angst, ruhig zu bleiben. Allie war so nervös, dass ihre Muskeln ganz verhärtet waren und das Aufwärmen ihr schwerfiel.

Sie war nicht die Einzige. Auf der anderen Seite des Raums atmete Sylvain durch geschürzte Lippen aus, als wollte er sich zwingen, zu entspannen. Doch die hervortretenden Nackenmuskeln verrieten seine Anspannung.

Nach einer Weile konnten sie nichts mehr tun, außer zu warten. Allie hockte an die Wand gelehnt, die Arme fest um ihre Beine geschlungen, das Kinn auf die Knie gestützt. Sie versuchte, nicht daran zu denken, wie sich Rachel wohl in diesem Augenblick fühlen mochte. Was sie wohl dachte.

Wieso ließ Nathaniel sie bis Mitternacht warten? Es kam ihr ewig vor. *Ich will Rachel endlich da rausholen!*

Carter setzte sich neben sie, eine willkommene Ablenkung.

»Bist du bereit?«, fragte er.

Sie sah ihn nüchtern an. »Ich möcht's einfach hinter mich bringen.«

»Ich auch.«

Während er den Blick durch den Raum schweifen ließ, studierte Allie sein Gesicht. *Wie er sich wohl fühlt nach all dem, was heute passiert ist?*

»Wegen Jules – das tut mir leid«, sagte sie zaghaft. Sie war sich unsicher, ob er auf ihr Mitleid Wert legte. »Das mit ihren Eltern wusste ich nicht.«

Carters Miene verdüsterte sich. »Ich hab sie nur um Minuten verpasst. Sie sollte in eines von den Verstecken gehen, hat es aber nicht geschafft. Als ich rauskam, war der Wagen schon weg. Das ging alles so schnell.«

Allie sah ihn traurig an. »Ich wusste wirklich nicht, dass ihre Eltern …«

Er schüttelte den Kopf. »Ich wollte es nicht so an die große Glocke hängen. Außerdem seid ihr zwei …«

Nicht gerade beste Freundinnen.

»Ja«, sagte sie beschämt. »Das tut mir auch leid. Dass wir uns ständig in die Haare gekriegt haben, … kommt mir jetzt so unwichtig vor.« Sie wandte sich ihm zu. »Glaubst du, sie schafft es, abzuhauen und zurückzukommen? Trainiert ist sie ja.«

Carter schüttelte den Kopf, ein Muskel zuckte in seinem Kiefer. »Weiß ich nicht. Können wir bitte über was anderes reden?«

Worüber sollen wir denn sonst reden?

Als Raj einige Zeit später zur Tür hereinkam, saßen alle in gespannter Erwartung da. Er ließ den Blick durch den Raum schweifen, ihm entging nichts.

»Gehen wir«, sagte er.

»Das steckst du dir einfach ins Ohr, wie einen Kopfhörer.« Raj legte Allie den kleinen, silbernen Apparat auf die Fingerspitzen, und sie steckte ihn vorsichtig in ihr Ohr.

Es fühlte sich kühl an auf ihrer empfindlichen Haut. Sie zitterte. »Fällt das nicht gleich wieder raus?«

Sie fummelte daran herum, bis sie das Gefühl hatte, dass es passte. »Ich glaube, jetzt sitzt es.«

»Und das ist das Mikrofon dazu«, sagte Raj. Er zeigte auf ein kaum stecknadelkopfgroßes Stück Plastik. »Hier. Beug dich mal vor.«

Sie tat, wie ihr geheißen, und er heftete ihr das Mikro an den Kragen ihrer Jacke, direkt unter dem Kinn. Sie reckte den Hals, um es sich anzuschauen – doch es war unsichtbar.

Raj steckte sich die Hörmuschel ins Ohr. »Sag mal was.«

Sie zuckte zusammen, als seine Stimme aus dem Apparat in ihrem Ohr schallte. »Boah. Das ist viel zu laut.«

»Das liegt daran, dass ich fast neben dir stehe. Der Sender ist nicht besonders stark – sobald du das Gebäude verlässt, wirst du meine Stimme nur noch schwach hören, aber du müsstest eigentlich überall Verbindung zu mir haben.«

Allie biss sich auf die Lippe und nickte. Sie standen am Ende des Gangs, in der Nähe der Treppe, die hinaus aufs Schulgelände führte. In den letzten paar Monaten war sie bestimmt hundert Mal mit den anderen Night-Schoolern durch diese Tür gegangen. Sie kannte den Weg im Schlaf. Sie wusste, wo es hinging und was sie zu tun hatte. Sie war bereit.

Und dennoch hatte sie noch nie eine derartige Angst gehabt.

Als ob er es ihr angesehen hätte, fasste Raj sie bei den Schultern. Er senkte die Stimme, damit die anderen ihn nicht hören konnten. »Bist du dir sicher, dass du das durchziehen willst?«

Allie dachte an Rachel, wie sie in der Bibliothek saß und sich über ihre Chemiebücher beugte. Wie ihre Brille dabei langsam den Nasenrücken hinunterrutschte. Wie sie den Kopf zurückwarf, um über einen von Allies schlechten Witzen zu lachen. Wie sie seelenruhig den Aufbau der komplexesten Moleküle erklärte. Und in Allies Zimmer gerannt kam, wenn Allie gerade schreiend aus einem Albtraum erwacht war.

Wie sie verängstigt dastand, ihr das Blut den Arm herabrann und Gabe anstarrte, der ein Messer in der Hand hatte.

Allie reckte das Kinn und sah Raj wild entschlossen an. Mochte sie auch Angst haben – kneifen würde sie ganz bestimmt nicht. Das war die Chance, sich die Schweine vorzuknöpfen, die Jo getötet hatten – die schöne, fröhliche, herrlich verrückte Jo. Und die jetzt auch noch Rachel umbringen wollten.

Sie waren alle nur Bauernopfer in Nathaniels Spiel.

Allie hatte es satt, eine Schachfigur zu sein.

»Ich bin bereit.«

So schlicht ihre Worte, so beredsam ihr Ton – Raj fragte kein zweites Mal.

»Okay«, sagte er und trat einen Schritt zur Seite. Mit Stolz in den Augen betrachtete er sie alle. »Ihr kennt den Plan. Ich weiß, dass ihr das könnt. Also, ab mit euch. Und bringt sie mir zurück.«

Vierunddreißig

Entschlossen ging Allie durch den Wald, den Blick stets auf den dunklen Pfad vor sich gerichtet. Ihre Sinne waren so wachsam, dass es sich fast anfühlte, als stünden ihr die Haare zu Berge. Sie bebte vor nervöser Erwartung.

Cool bleiben, Allie, sagte sie sich. *Du kannst das.*

Sie dachte daran, wie Sylvain sie zum Abschied fest in die Arme geschlossen hatte. Er hatte ihr etwas auf Französisch ins Ohr geflüstert, und obwohl sie nicht wusste, was es bedeutete, meinte sie, es doch sofort verstanden zu haben.

Du kannst das.

Die Nacht war still. Das einzige Geräusch war der Tritt ihrer Schritte auf dem weichen Boden, das schnelle Pochen ihres Herzens; ihr Atem. Die anderen mussten irgendwo in der Nähe sein und ihr im Schutz der Bäume folgen. Zu hören war nichts.

Kein Mond stand am Himmel, und die Sterne wurden von Wolken verdeckt. Die schwere Luft kündigte Regen an. So dunkel war es, dass sie kaum den Pfad vor ihr erkannte, doch die Taschenlampe in ihrer Hand wollte sie auch nicht einschalten, weil sie dann nur noch deren Lichtstrahl gesehen hätte, und mehr nicht. Ihre Augen würden sich schon an die Finsternis gewöhnen. *Nur Geduld.*

Plötzlich stieg der Pfad an und wand sich nun durch felsigeres Gelände.

»Ich bin jetzt am Hügel«, flüsterte sie in ihren Jackenkragen.
»Verstanden«, meldete sich Rajs Stimme fest und ruhig in ihrem Ohr.
Die Beschäftigung mit dem Mikrofonknopf an ihrer Jacke lenkte sie ab und verdrängte die Sorge ein wenig. Lose Steine brachen unter ihren Füßen weg. Ein paarmal kam sie ins Straucheln, konnte sich aber immer rechtzeitig abfangen.
Als sie fast oben angelangt war, hörte sie ein Geräusch im Wald – schwach, aber deutlich, ein brechender Zweig, dann … Stille.
Mit schlagartig trockenem Mund spähte sie in die Finsternis, doch die Nacht gab nichts preis. Allie wandte sich wieder dem Pfad zu und machte einen Schritt vorwärts.
»Hallo, Allie.«
Nathaniels schaurig vertraute Stimme schien geradewegs aus dem Empfänger in ihrem Ohr zu kommen.
Das ist doch nicht möglich.
Mit zitternden Händen fummelte sie an ihrer Taschenlampe, doch ihre Finger waren plötzlich wie taub. Endlich gelang es ihr, den Einschaltknopf zu drücken, und ein heller Strahl leuchtete auf. Sie hielt die Taschenlampe über ihren Kopf und richtete den Strahl nach vorn.
Der Pfad war leer.
Ihr Atem entlud sich in einem erstickten Schluchzen.
Wo ist er bloß?
Panisch drehte sie sich im Kreis, der Strahl taumelte wie betrunken.
Nichts.
»Geh weiter, zur Burg.« Die Stimme in ihrem Ohr klang seelenruhig. Das jagte Allie nur noch mehr Angst ein.

Er hat das Funksystem gehackt!

»Oben werde ich dir Anweisungen geben, wie's weitergeht. Tu, was ich sage, dann wird Rachel nichts geschehen.«

Er kann alles hören, was wir sagen!

Allies Herz hämmerte so laut gegen ihren Brustkasten, dass sie Nathaniel fast nicht verstand.

»Das war aber nicht artig von dir, dass du versucht hast, mit diesem Geheimsender meine Anweisungen zu unterlaufen«, schalt er sie. »Obwohl mein Brief das nicht ausdrücklich verboten hat, ich weiß. Sei's drum. Dann stelle ich hiermit eine neue Regel auf. Solltest du Raj irgendwie verraten, dass ich mit dir spreche, wird Rachel auf die gleiche Art sterben wie Jo. Ich hoffe, du begreifst, wie ernst es mir ist.«

Im ersten Moment war Allie vor Angst wie gelähmt. Raj nicht informieren, hatte er gesagt – bedeutete das, dass nur sie Nathaniel hören konnte und Raj nicht? Erwartete er eine Antwort? Aber dann würde Raj es ja auf jeden Fall mitbekommen.

Am liebsten hätte sie kehrtgemacht, wäre den Hügel hinuntergerannt und hätte Raj gewarnt. Er musste das unbedingt wissen.

Doch dann dachte sie an Rachel – allein in der Gewalt dieses Monsters. Sie konnte nicht zurück. Sie musste es versuchen.

Im gleichen Augenblick vernahm sie durch den Empfänger im Ohr Rajs ruhige Stimme. »Allie, bitte melden.« Ohne die geringste Spur von Irritation. Er hatte keine Ahnung, dass Nathaniel ihre Verbindung gekapert hatte.

»Allie?«, rief Raj sie wieder. Diesmal klang er besorgt – sie musste antworten.

»Verstanden«, flüsterte sie angespannt.

Sie hatte keine Wahl. Sie konnte Raj nicht warnen, ohne Rachels Leben aufs Spiel zu setzen. Sie musste mitmachen, doch sie hatte eine solche Angst, dass Hände und Füße wie festgefroren waren.

Los, Allie, trieb sie sich an. *Rachel würde das für dich auch tun.*

Sie biss die Zähne aufeinander und machte einen Schritt. Dann noch einen. Auf diese Weise stolperte sie den Hügel hinauf, während sie sich an ihrer Taschenlampe festhielt. Der unstete Strahl beleuchtete das leere Gelände vor ihr und zeichnete Schatten von Ästen, die wie lange Finger nach ihr zu greifen schienen.

Der Hügelkamm war jetzt nicht mehr fern. Dahinter konnte sie bereits die gezackte Ruine des Burgturms erkennen.

Gesenkten Kopfes ging sie weiter, mit unregelmäßigen, gleichwohl entschlossenen Schritten.

Als sie die Überreste der einst mächtigen Burgmauer erreichte, schlug ihr Herz so schnell, dass ihr ganz schwindelig wurde.

Im Laufe der Zeit war die alte Steinmauer zu großen Teilen eingestürzt, stand an manchen Stellen aber immer noch fast zwei Meter hoch. Allie suchte sich einen Weg zur niedrigsten Stelle, wo die herabgestürzten Steine eine Art Treppe bildeten, und kletterte hinauf.

Der Wind hatte aufgefrischt und wehte ihr das Haar ins Gesicht, während sie den düsteren, halb verfallenen Steinturm betrachtete. Bei Nacht und wenn wie jetzt stürmische Wolken darüber hinwegzogen, machte er seinem Ruf alle Ehre.

Eine Feuerstelle markierte den Ort, wo die Schüler im Herbsttrimester am Lagerfeuer gesessen hatten. Hundert Jahre musste das her sein.

Nathaniel war nirgendwo zu sehen, doch Allie wusste, dass er da war, irgendwo. Und auf sie wartete.

Sie wappnete sich, kraxelte nach unten und ging über das unebene Gelände auf den Turm zu.
»Ich bin am Turm«, sagte sie ins Mikrofon.
»Verstanden«, antwortete Raj. »Du hast zehn Minuten.«
Zehn Minuten, ehe er mit seinen Leuten nachkommen würde, um sie zu holen. Zehn Minuten, um Rachel zu befreien. Zehn Minuten, die sie überleben musste.
Ein leichter Dunst kam auf; winzige Regentropfen hängten sich an ihre Wimpern.
Rajs Plan war, dass sie vor dem Turm stehen bleiben und Nathaniel auffordern sollte, herauszukommen. »Was immer geschieht«, hatte er ihr eingeschärft, »geh nicht in den Turm rein. Verstanden?«
Als sie nun auf dem einstigen Burghof stand, ertönte wieder Nathaniels Stimme in ihrem Ohr – so leise und übernatürlich ruhig, dass es ihr einen Schauder über den Rücken jagte.
»Geh in den Turm.«
Entsetzt antwortete Allie laut: »Nein!«
»Allie?« Rajs Stimme in ihrem Ohr.
Sie biss sich auf die Lippe. »Verstanden«, flüsterte sie.
Sie ballte die herabhängenden Hände zu Fäusten und versuchte, sich zu konzentrieren. Sie musste *nachdenken*.
Wenn sie auch nur einen seiner Befehle verweigere, werde er Rachel töten, hatte Nathaniel gesagt. Aber würde er das wirklich tun? Ohne Rachel hätte er doch keinen Einfluss mehr auf Allie. Warum hätte sie ihn dann noch anhören sollen?
Dieser Gedanke erschien ihr so logisch, dass plötzlich das Adrenalin durch ihre Adern schoss und ihr eine gefährliche Kühnheit verlieh. *Ich kann das.*

Mitten in den Ruinen stehend, holte sie tief Luft und streckte die Arme aus.

»Nathaniel! Du hast gesagt, du willst mich sehen, stimmt's? Nun, *hier bin ich*. Komm raus und zeig dich!«

Ihre Stimme schien sich in den düsteren Wolken zu verlieren. Langsam drehte Allie sich im Kreis und suchte in den schattigen Winkeln und Felsvorsprüngen der Burg nach Hinweisen auf Nathaniel.

Der Regen wurde nun immer stärker. Das Haar klebte ihr an der Kopfhaut und schlängelte sich in nassen Strähnen über die Schultern.

Raj hatte ihr eingeschärft, Nathaniel nicht zu provozieren, doch sie spürte die wachsende Wut und konnte sich nicht beherrschen.

»Komm schon, Nathaniel! Du hast mich doch nicht etwa angelogen, oder? So was würdest du doch nicht tun, nicht wahr?«

»Treib's nicht zu weit, kleines Mädchen.«

Die ruhige Stimme kam zugleich aus dem Turm und aus dem Empfänger in Allies Ohr. Als Allie sich umdrehte, trat Nathaniel gerade aus der Dunkelheit.

Hektisch suchte sie nach Rachel. Doch er war allein.

Wie letzten Sommer, als sie ihn das erste Mal gesehen hatte, nahm Allie erstaunt zur Kenntnis, wie unglaublich gewöhnlich Nathaniel aussah. Mit seinem ordentlichen, dunklen Haar und dem durchschnittlichen Körperbau wäre er unter den Lehrern in Cimmeria nicht aufgefallen. Sein Gesicht war ganz hübsch, aber nicht spektakulär – die Nase etwas zu groß, die Augen ein wenig zu klein, um perfekt zu sein. Aber wie ein Monster sah er wirklich nicht aus.

Sein teurer Anzug wirkte in dieser Umgebung völlig fehl am Platz.

Er war gekleidet wie ein Banker. Die Manschettenknöpfe, die das Licht ihrer Taschenlampe auffingen, funkelten kalt.

»Du enttäuschst mich«, sagte er. »Ich hätte schon gedacht, es läge dir so viel an deiner Freundin, dass du tust, was man dir sagt.«

»Mir liegt genug an meiner Freundin, um dir kein Wort zu glauben«, entgegnete Allie mit breiter Brust, obwohl ihr die Hände zitterten. »Wo ist sie, Nathaniel? Wo ist Rachel? Hol sie her, oder ich mach auf der Stelle kehrt.«

Und um zu zeigen, dass sie es ernst meinte, trat sie zwei Schritte zurück. Er hob die Hand.

»Christopher hatte recht, was dich betrifft. Du hast's immer wahnsinnig eilig«, sagte er mit einem kalten Lächeln. »Nie nimmst du dir die Zeit, eine Sache zu Ende zu denken.«

Bei der beiläufigen Erwähnung dieses Namens stockte Allie der Atem, doch sie wollte Nathaniel nicht zeigen, wie weh ihr der Gedanke an ihren Bruder tat, der sie verlassen hatte.

Nathaniel sollte denken, dass es ihr egal war.

»Hör mir bloß mit Christopher auf, sonst fang ich gleich an zu flennen.« Ihre Stimme triefte vor Sarkasmus. »Und jetzt will ich meine Freundin wiederhaben. Wo ist sie?«

»Du bist wirklich außergewöhnlich stur. Hat dir das schon mal jemand gesagt?«

Allie sah ihn herausfordernd an. »Ja. Wo ist sie?«

Mit einem dramatischen Seufzer hob Nathaniel die rechte Hand. »Gabriel. Zeig ihr das Mädchen. Vorher kann man kein vernünftiges Wort mit ihr reden.«

Gabe.

Allie kam es so vor, als würde ihr Herz auf die Größe eines Eiswürfels zusammenschrumpfen.

Jos Mörder trat aus dem Schatten und zerrte Rachel hinter sich her wie eine Beute. Einen seiner kräftigen Arme hatte er ihr um die Brust gelegt, sodass sie sich nicht rühren konnte. Mit der anderen Hand hielt er ihr ein Messer an den Hals.

Blass und verängstigt zitterte Rachel in seinem Griff. Ein Auge war zugeschwollen. Unter ihrer Nase sah man getrocknetes Blut. Ihre Arme waren mit blutigen Bandagen verbunden.

Die haben sie geschlagen.

Obwohl sie sich alle Mühe gab, ruhig zu bleiben, fuhr ihr der Zorn wie Feuer durch die Adern.

»Gabe!«, schrie sie, und aus dem Schrei wurde ein Schluchzer. »*Lass sie los*, du verdammter Irrer!«

Aber Gabe grinste nur, hielt die Klinge noch näher an Rachels zarten Hals und presste die Klingenspitze gegen ihre Haut.

Etwas an seinem Lächeln machte Allie stutzig. Sie richtete den Strahl der Taschenlampe auf sein Gesicht. Gabe war immer der Goldjunge Cimmerias gewesen – gut aussehend und athletisch, mit ebenmäßigen Gesichtszügen. Er hatte nur ein Mal lächeln müssen, und die Mädchen waren ihm verfallen.

Jetzt war sein dichtes, blondes Haar abrasiert. Vom linken Augenwinkel bis zur Oberlippe zog sich eine böse, rote Narbe quer übers Gesicht. Die Narbe musste er sich letztes Jahr bei dem missglückten Entführungsversuch zugezogen haben. Bei diesem Gedanken empfand Allie bittere Genugtuung.

Dann wedelte Nathaniel wieder herablassend mit der Hand, und Gabe trat zurück in den Schatten. Rachel stieß einen Schreckensschrei aus, wie ein Tier in Todesangst.

»Rachel!«, rief Allie verzweifelt.

Doch sie war fort.

»O Gott.« Allie zitterte nun so heftig, dass der Strahl der Taschenlampe tanzte.

Wenn sie nicht die Ruhe bewahrte, würde sie niemandem mehr eine Hilfe sein. Also holte sie tief Luft und ging, obwohl sich ihr dabei der Magen umdrehte, weiter auf Nathaniel zu. Fünf Meter entfernt blieb sie stehen.

»Ich habe getan, was du wolltest.« Sie war überrascht, wie ruhig ihre Stimme klang. »Ich bin hergekommen. Also lass sie jetzt gehen.«

Er lächelte einfach, als würden sie sich nett übers Wetter unterhalten. »Ich werde sie erst gehen lassen, wenn ich sicher bin, dass ich dir vertrauen kann, Allie. Und ob das so ist, werde ich an deiner Antwort auf mein Angebot erkennen.«

Allie sah ihm fest in die Augen. »Was für ein Angebot?«

»Ich möchte, dass du mit mir kommst, Allie, und zwar freiwillig, wie Christopher. Ich möchte, dass du Teil meines Teams wirst. Sobald ich die Leitung der Schule übernommen habe, darfst du nach Cimmeria zurück und wirst hier deinen Schulabschluss machen, das verspreche ich. Christopher möchte seine Schwester wiederhaben, und ich möchte, dass deine Familie wieder vereint ist. Bei mir wirst du all das bekommen, was du aufgrund deiner beeindruckenden Abstammungslinie verdienst – dein Leben wird einen Sinn haben. Du wirst ein wichtiger Teil von Orion sein, und ich werde dafür sorgen, dass du die Ausbildung erhältst, die du brauchst, um dich auf deine zukünftige Rolle in der Organisation vorzubereiten. Du wirst über Macht und Reichtum verfügen, wie du es dir heute nur erträumen kannst.« Er machte eine einladende Geste. »So lautet mein Angebot, Allie. Gib mir deine Antwort, und Rachel darf lebend gehen.«

Der Regen hatte immer mehr zugenommen und prasselte nun in unzähligen dumpfen Schlägen auf die alten Steine um sie herum. Allie senkte den Kopf und sah zu, wie das Wasser von ihren Haaren in den Matsch tropfte. Ein Trick. Es musste ein Trick sein. Er würde Rachel nie gehen lassen. Sie musste sich bereithalten.

Schließlich richtete sie sich auf und sah Nathaniel durch den herabprasselnden Regen an. »Gut«, sagte sie. »Ja, ich werde mit dir gehen.«

Augenscheinlich erfreut, streckte er ihr die Arme entgegen, als wollte er sie in die Arme schließen. Allie starrte ihn ungläubig an.

Nathaniel grinste und ließ die Arme sinken. »Jetzt hast du mich zum ersten Mal überrascht, Allie. Ich war sicher, du würdest Nein sagen.«

»Aber …« Sie hob die Hand. »Damit das klar ist: Ich werde nirgendwohin gehen, solange Rachel nicht in Sicherheit ist. Ich werde nur mit dir gehen, wenn du sie jetzt sofort gehen lässt. Auf der Stelle.«

»Hör zu, Allie …«, hob er in beschwichtigendem Tonfall an.

Doch sie schüttelte sofort den Kopf so heftig, dass die Tropfen in alle Richtungen davonflogen. »*Lass das*, Nathaniel. Du hast deine Regeln, ich hab meine. Ich bin allein hergekommen. Ich habe getan, was du verlangt hast. Also lass Rachel jetzt gehen, dann kannst du mich haben. Ansonsten ist der Deal geplatzt.«

Er warf ihr einen säuerlichen Blick zu.

»Das hatte ich erwartet.« Er sah auf seine Uhr. »Aber ich denke, es lässt sich machen. Im Interesse unserer neuen Beziehung und zum Beweis für meine Aufrichtigkeit …« Er drehte den Kopf und rief in die Dunkelheit hinter ihm: »Gabe, lass sie gehen.«

Eine Stimme aus dem Dunkel antwortete etwas, das Allie nicht verstand, doch was es auch war, es machte Nathaniel so fuchsteufelswild, dass er mit der Geschwindigkeit einer zuschnappenden Kobra herumfuhr. »Ich hab dich nicht nach deiner Meinung gefragt. Du sollst sie einfach gehen lassen!«

Eine Weile geschah nichts – Allie sah nichts als Dunkelheit. Hörte nichts als den Regen und ihre abgehackten Atemzüge.

Dann aber rührte sich etwas, und im nächsten Moment kam Rachel in den Lichtkreis von Allies Taschenlampe getaumelt. Als sie an Nathaniel vorbeiging, duckte sie sich ängstlich, als erwartete sie einen Faustschlag. Sie sah so schwach aus, dass Allie befürchtete, sie könne jeden Moment stürzen.

»Rachel!«

Allie rannte zu ihr, legte ihr stützend den Arm um und führte sie fort von Nathaniel. Sie riss sich das winzige Mikrofon vom Kragen und flüsterte hastig Anweisungen, in der Hoffnung, dass Rachel genug bei Kräften war, um die Informationen aufzunehmen. »Die anderen sind im Wald. Dein Dad ist auf dem Weg hierher. Lauf zu den Bäumen und versteck dich, bis alles vorbei ist. Lass dich nicht schnappen.« Doch Rachel, die offenbar unter Schock stand, sah Allie nur verständnislos an.

»Hast du verstanden, Rachel?« In Allies Magen brannte die Angst. Falls Rachel es nicht aus eigener Kraft hier rausschaffte, wäre der ganze Plan gescheitert. »Kriegst du das hin?«

»Ich … Ich lass dich hier nicht mit denen allein.« Rachels Stimme war schwach.

Ich werde nicht heulen, sagte sich Allie. *Auf gar keinen Fall.*

»Ich komm schon klar«, sagte sie, laut genug, dass Nathaniel es hörte.

»Hach, ist das bewegend.« Nathaniel klang gelangweilt. »Bedauerlich nur, dass ich für so was grad gar keine Zeit habe.«

»Bitte, Rach«, flüsterte Allie und drückte ihre Schulter. »Vertrau mir. Wir haben einen Plan.«

Sie hielt die Luft an. Rachel sah sie prüfend an, nickte dann und löste sich widerstrebend von Allie. »Ich werde gehen.«

Mit einem Seufzer der Erleichterung ließ Allie sie los und sah ihr besorgt nach, wie sie davonlief – unsicher, aber aufrecht. Rachel würde es schaffen.

Dann drehte sie sich um und ging auf Nathaniel zu, der sie mit nüchternem Interesse betrachtete, als wäre sie Teil eines Laborexperiments, das eine unerwartete Wendung genommen hat.

Knapp außerhalb seiner Reichweite blieb sie stehen, die Hände in die Hüfte gestemmt. »Und was jetzt, Nathaniel? Hält Gabe jetzt *mir* sein Messer an die Kehle? Ist das dein großer, schlauer Plan?«

Über das Geräusch des Regens hinweg vernahm Allie ein tiefes Grollen. Irritiert sah sie hinauf in den stürmischen Himmel. War das Donner?

»Nein.« Nathaniel grinste vergnügt. »Das ist ganz und gar nicht mein Plan.«

Das Geräusch, das jetzt, wo Allie darüber nachdachte, schon länger zu hören gewesen war, wurde immer lauter.

Zugleich frischte der Wind auf und peitschte ihr das nasse Haar ins Gesicht.

Plötzlich erschien über ihnen ein grelles Licht, das die Burgruine erleuchtete und den Regen sichtbar machte, sodass es aussah, als würden lauter winzige Diamanten auf sie herabfallen.

Geblendet schirmte Allie die Augen ab, während sie auszumachen versuchte, woher das Licht kam.

Das Geräusch war nun zu einem permanenten Wummern geworden, sehr laut und irgendwie vertraut. Die Luft um sie herum wurde aufgepeitscht wie in einem Mini-Tornado. Noch ehe sie es sah, wusste sie, was es war.

Ein Hubschrauber.

»Kein Messer«, rief Nathaniel ihr zu, um das stete Rotorengeräusch zu übertönen. »Ich hab mir was Raffinierteres ausgedacht.«

Über den Empfänger in ihrem Ohr hörte sie Raj schreien, doch das Rotorengeräusch übertönte alles. Während der Hubschrauber zur Landung auf dem Burggelände ansetzte, legte Allie die hohle Hand über ihr Ohr und versuchte zu verstehen, was Raj ihr sagen wollte.

In diesem Augenblick griff eine Hand grob nach ihrem Arm und verdrehte ihn hinter ihrem Rücken. Ein stechender Schmerz jagte durch ihren Körper. Als sie aufsah, blickte sie in Gabes grinsendes Narbengesicht.

Sie schrie auf.

Ohne seinen schmerzhaften Griff zu lockern, zerrte Gabe sie grob Richtung Hubschrauber, der nun etwa drei Meter über ihnen in der Luft stand. Allie wehrte sich, so gut es ging, und versuchte, Gabe eins mit der Taschenlampe zu verpassen, doch sie konnte die Lampe nicht festhalten, sie rutschte ihr aus der Hand.

Plötzlich hörte sie durch den Lärm von Wind und Regen und Rotorengewummer Nathaniel fluchen: »Was zum Teufel …«

Während sie sich vergeblich in Gabes Griff wand, sah sie, wie ihre Freunde über die verwitterten Steine in die Burg eindrangen und auf sie zugerannt kamen. Zoe, die wie immer die Schnellste war, vorneweg, gleich dahinter die anderen. Sylvain und Carter sprinteten in verschiedene Richtungen. Sylvain stürzte sich auf Nathaniel, holte aus und schlug ihm in vollem Lauf mit der Faust ins Gesicht. Der Schwung verlieh dem Schlag noch mehr Wucht, und Nathaniel brach zusammen.

Allies Herz hüpfte vor Begeisterung, bis Gabe ihren Arm fester packte und sie noch schneller Richtung Hubschrauber zerrte.

Da baute sich Carter vor ihnen auf und versperrte den Weg.

»Lass sie los, Gabe!« Seine Stimme war wie aus Stahl, und sein Blick war fest auf Gabe gerichtet.

Einst waren sie Freunde gewesen, damals, bevor Gabe sie alle verraten hatte. Allie sah den Abscheu in Carters Augen.

»Ach, Carter«, seufzte Gabe mitleidig. »Immer noch in das Mädchen verknallt, das dich nicht wiederliebt? Wie erbärmlich. Ist Jules etwa nicht …«

In diesem Augenblick wurde er im Nacken getroffen und musste den Griff so weit lockern, dass Allie sich herauswinden konnte.

Sie fuhr herum und sah Nicole, die mit demselben Brett in der Hand dastand wie zuvor im Keller. Ihre Blicke trafen sich.

»Langsam finde ich an dem Ding hier Geschmack«, sagte Nicole und blickte auf die Waffe.

Im nächsten Moment lag sie am Boden und schrie vor Schmerz.

Fassungslos schaute Allie nach unten und begriff, dass Gabe einen Stein gepackt und gegen Nicoles Knie geschleudert hatte. Während diese sich vor Schmerzen krümmte, setzte er sein Knie auf ihren Körper und schwang den Steinbrocken über ihrem Kopf.

Im letzten Moment warf Carter sich auf ihn. Gabe verlor das Gleichgewicht. Der Stein entglitt ihm, und die beiden wälzten sich im Matsch. Jetzt suchte Allie ihrerseits hektisch nach einem Stein, als sie hinter sich einen Schrei hörte. Nathaniel hatte Zoe gepackt und hielt sie im Schwitzkasten. Sylvain lauerte vor ihm und suchte nach einer Gelegenheit, sich auf ihn zu stürzen.

»Willst du das, Allie?«, schrie Nathaniel und verstärkte den Klammergriff um Zoes Hals. Schon färbte sich ihr Gesicht lila. »Willst du, dass sie stirbt, damit du leben kannst?«

Von den Rändern her begann sich Allies Gesichtsfeld einzuengen.

»Lass sie los!«, schrie sie und rannte los, um sich mit aller Macht auf ihn zu stürzen.

Kurz bevor sie ihn erreichte, schleuderte Nathaniel unvermittelt Zoe gegen Sylvain, die beide zu Boden gingen. Und weil Allie schon zu schnell war, um noch anzuhalten, lief sie ihm geradewegs in die Arme.

Nathaniel war nicht so stark wie Gabe, doch er war geschickt. Im Nu hatte er den Arm um Allies Hals geschlossen. Aus dem Nichts zog er ein Messer und hielt es ihr gegen die Wange. Sie konnte spüren, wie scharf die Klinge war.

»Du oder die alle«, zischte er ihr ins Ohr. »Du hast die Wahl.«

Der Hubschrauber schwebte nur noch wenige Zentimeter über dem Boden. Der Wind, den die Rotoren machten, traf sie mit der Wucht von hundert Fäusten.

Verzweifelt sah Allie sich um. Carter und Gabe kämpften immer noch miteinander. Nicole lag auf dem Boden und hielt sich das Bein. Sylvain und Zoe standen wieder. Sie umkreisten Nathaniel und suchten nach einer Lücke, einer Chance.

Sie alle konnten leben, wenn sie einfach mit ihm ging. Im Grunde hatte sie keine Wahl.

»Nimm mich mit.« Sie gab den Widerstand auf, wehrte sich nicht länger. Stattdessen presste sie die Wange gegen die Klinge und hoffte, dass sie einschnitt. Dass alles vorüber wäre. »Nimm mich einfach mit.«

Nathaniel lächelte, und da erst sah sie, dass seine Zähne voller Blut waren. Sylvain musste ihn voll getroffen haben.

»Braves Mädchen.« Mit Allie im Klammergriff machte er einen Schritt nach hinten, auf den Hubschrauber zu. Wie betäubt stolperte sie mit ihm.

Das Herz schien ihr in der Brust festgefroren. Alles kam ihr so unwirklich vor. Wollte sie wirklich mit dem Mann mitgehen, der Jo auf dem Gewissen hatte? Wollte sie wirklich aufgeben? Gab es keinen anderen Weg?

Ein Stück entfernt sah sie Gabe und Carter kämpfen. Plötzlich hörte sie einen erstickten Schrei und musste entsetzt mit ansehen, wie Carter, einem gefällten Baum gleich, zu Boden ging. Als Gabe sich über ihn stellte und auf ihn heruntersah, erstarrte sie vor Angst. Doch statt Carter den Rest zu geben, wandte er sich ab und humpelte zum Hubschrauber. Carter ließ er im Matsch liegen.

Allie konnte den Blick nicht von dem reglosen Körper abwenden. Das Wummern der Rotoren schien nun aus weiter Ferne zu kommen.

Er bewegt sich nicht. Warum bewegt er sich bloß nicht?

Da entschloss sie sich. Sie hob die Füße an und machte sich so schwer, wie es nur ging. Nathaniel wurde völlig überrascht, sein Griff verlor auf ihrer regennassen Haut den Halt. Im Bemühen, sie wieder zu fassen zu kriegen, stach er ihr sein Messer in die Schulter.

Allie fiel und rollte sich auf dem Boden ab. Keuchend kam sie auf die Knie und hielt sich den blutenden Arm, der sich anfühlte, als stünde er in Flammen. Zu geschockt, um zu fliehen, starrte sie verdutzt und entsetzt zugleich auf ihre Finger, über die heißes Blut rann.

Sofort hatten Sylvain und Zoe sich zwischen sie und Nathaniel gestellt, Zoe mit einem schweren Stein in der Hand. Sylvain brauchte keinen.

Der Wind der Rotoren schüttelte sie heftig durch – Zoes Jacke blähte sich auf wie ein Ballon, während Allie selbst von den bedrohlich wirbelnden Rotorblättern hin und her geworfen wurde. Sie versuchte, dagegen anzukämpfen, und hob die Hand, um ihre Augen vor den Regentropfen zu schützen, die so beschleunigt wurden, dass sie wie kleine Steine auf ihre Gesichtshaut prasselten.

Plötzlich sah Nathaniel über sie hinweg und stieß einen Fluch aus. Allie folgte seinem Blick, und da sah sie es auch: Dutzende schwarz gekleideter Wachen, die die Burgmauer erklommen. Wie schwarzes Öl ergossen sie sich über die Steine, still und mit tödlicher Anmut.

Raj war gekommen.

Nathaniel wandte sich wieder Allie zu und blitzte sie aus schmalen Augenschlitzen an.

»Du hast die falsche Entscheidung getroffen, Allie«, rief er über all den Lärm hinweg. »Dafür wirst du bezahlen. Und Lucinda kannst du ausrichten, dass sie bereits verloren hat!«

Immer mehr schwarz gekleidete Wachleute strömten auf das Burggelände.

Ungebrochen kletterte Nathaniel in den Hubschrauber. Durch

den Regenschleier sah sie, wie er dem Piloten ein Zeichen gab, und gefährlich im Sturm schwankend, begann der Hubschrauber den Steigflug.

Allie legte den Kopf in den Nacken und wünschte sich, dass er an den Burgmauern zerschellte. Doch der Hubschrauber stieg immer weiter in den stürmischen Nachthimmel, bis er schließlich verschwand und sich das rhythmische Wummern der Rotoren nach und nach im Wind verlor.

Fünfunddreißig

»Aua!« Allie entriss Sylvain ihren verletzten Arm und legte schützend ihre Hand darauf.

»Allie, ich muss deinen Ärmel hochkrempeln, damit ich mir deine Wunde anschauen kann«, insistierte er sanft. »Ich weiß, das tut weh, aber wir müssen die Blutung stoppen.«

»Ja«, sagte sie. »Es tut nur so … Au!«

Um sie herum schwärmten die Wachleute aus wie Insekten und suchten das Burggelände nach etwaigen Hinterlassenschaften Nathaniels ab.

»Wartet mal kurz«, sagte Carter. Er wandte sich an einen Wachmann. »Entschuldigung, können Sie mir vielleicht ein Messer borgen?«

Der Mann blieb stehen und sah zu Allie, von deren Arm das Blut tropfte und sich mit dem Schlamm auf dem Boden vermischte. Er zog eine gefährlich aussehende Klinge aus einer Hüfttasche, ließ es einmal gekonnt hochkant um die eigene Achse rotieren und reichte es dann Heft voran Carter, der sich bedankte und das Messer an Sylvain weitergab.

»Komm, Allie«, sagte Sylvain und streckte ihr seine Hand entgegen. »Einmal versuchen wir's noch.«

Sie biss sich fest auf die Lippe und hielt ihm den Arm hin. Ganz vorsichtig hob er den Aufschlag des Ärmels hoch und schlitzte ihn mit dem Messer auf. Die Klinge war so scharf, dass sich das Gewebe mühelos mit einem Schnitt bis zur Schulter auftrennen ließ. Sylvain reichte Carter das Messer, streifte die durchtränkte Textilie zurück und legte die Wunde frei. Die kühle Luft fühlte sich gut an.

Sylvain atmete hörbar durch die Zähne ein, als er die Schnittverletzung sah, und sein Griff schloss sich noch fester um ihr Handgelenk.

Allie sah überall nur Blut. Sie zuckte zusammen und versuchte, nicht hinzuschauen.

»Der Schnitt ist ziemlich lang, aber ich glaube, wir müssen die Wunde nicht abbinden«, meinte Sylvain und sah Carter Bestätigung heischend an.

Der besah sich die Wunde und nickte. »Die Blutung lässt langsam nach. Mach einen Verband drum, dann bringen wir sie zurück und lassen es nähen.«

Unter den Augen der anderen zog Sylvain seine Jacke aus, ließ sich von Carter das Messer wiedergeben und trennte damit einen seiner Ärmel ab. Diesen wickelte er sorgfältig um die Wunde und band ihn mithilfe von Allies zerfetzten Ärmelenden fest.

Der provisorische Verband saß gut, ihr Arm fühlte sich sofort besser an.

»Du musst ihn so halten«, sagte Sylvain und legte seinen Arm quer über die Brust, um es ihr vorzumachen. Gehorsam tat Allie es ihm gleich, worauf er sie anlächelte und ihre unverletzte Hand drückte. »Und jetzt bringen wir dich schleunigst in die Schule zurück.«

»Aber erst müssen wir Rachel finden«, insistierte Allie. »Ohne die gehe ich nicht.«

Nicole legte die Stirn in Falten und spähte in die Ferne. »Zoe ist schon vor einer halben Ewigkeit los, um sie zu suchen. Die müsste eigentlich längst zurück sein.«

»Lass uns Raj fragen«, meinte Carter. »Der weiß es bestimmt.«

»Ich glaub, der ist da drüben«, sagte Sylvain und zeigte Richtung Mauer.

Carter legte den Arm um Nicole, die mit ihrem verletzten Bein kaum auftreten konnte, und gemeinsam machten sie sich auf den Weg.

Carters Kinnpartie war dunkelrot und geschwollen von einem Bluterguss. »Sieht ziemlich schlimm aus«, sagte Allie besorgt.

»Da muss bloß 'n bisschen Eis drauf«, erwiderte er und rieb sich den Nacken. »Viel schlimmer ist mein Nacken. Hat übelst geknirscht, als Gabe mich erwischt hat.«

»Um dich mach ich mir mehr Sorgen, Allie«, mischte Sylvain sich ein. »Du hast ganz schön viel Blut verloren.«

»Geht schon«, sagte sie und sah ihn an. »Zoe und du, ihr wart großartig vorhin! Ich bin noch gar nicht dazu gekommen, mich zu bedanken.«

»Ich ärgere mich nur so, dass Nathaniel entwischt ist«, erwiderte Sylvain und presste die Lippen zusammen.

»Ich auch«, sagte Allie leise.

Einer von den Wachleuten zeigte ihnen, wo sie Raj finden konnten, und deutete auf den Wald jenseits der Mauer.

Zuerst half Carter Nicole hinüber, dann kletterte Allie hinterher und versuchte dabei, so gut es ging, ihren verletzten Arm zu schonen. Als sie oben angekommen war, nahm Sylvain sie in Empfang und setzte sie auf der anderen Seite ab, als wäre sie federleicht wie ein Kind.

»Da drüben ist Zoe!« Carter deutete Richtung Wald, aus dem sich gerade eine kleine Gestalt löste, die eine andere, etwas größere, bei der Hand hielt.

Allie fiel eine Zentnerlast vom Herzen. »Rachel«, hauchte sie. Ohne auf den jähen Schmerz in ihrem Arm zu achten, stürmte sie auf die beiden zu.

»Rachel!«, rief sie und registrierte, wie Rachel ihren Namen rief und auf sie zugestolpert kam – und dann lagen sie sich auch schon schluchzend in den Armen.

Schließlich löste sich Rachel, machte einen Schritt zurück und sah Allie mit angstgeweitetem Blick an. »Was ist denn passiert? Du blutest ja!«

»Nichts Schlimmes«, erwiderte Allie. »Das ist mit ein paar Stichen genäht. Ich muss echt mal besser aufpassen, wo ich hintrete.«

Rachel schaute die anderen an, die inzwischen ebenfalls zu ihnen gestoßen waren. »Stimmt das? Ist es wirklich nichts Schlimmes?«

Sylvain trat an Allies Seite. »Es geht ihr gut. Wir bringen sie jetzt zur Krankenstation. Und was ist mit dir?«, fragte er und deutete auf ihre blutige Nase und den zerschrammten Wangenknochen.

»Ach, das sind nur ’n paar Kratzer«, sagte Rachel. »Ich werd’s überleben.«

»Hast du deinen Vater schon gesehen?«, fragte Allie. »Er hat sich ziemliche Sorgen gemacht.«

Rachel kamen erneut die Tränen. »Er hat mich gleich entdeckt, als ich im Wald war.«

»Gut.« Allie nickte befriedigt. *Gleich fang ich wieder an zu heulen. Alle sind wohlauf!*

»Wir müssen«, fuhr Zoe ungeduldig dazwischen. »Raj hat gesagt, dass wir so schnell wie möglich zurück in die Schule sollen!«

»Ja, lass uns aufbrechen«, stimmte Carter zu. »Wer weiß, wie lange Nicoles Bein das noch mitmacht.«

»Es geht schon«, beharrte Nicole, doch Allie sah ihr die Schmerzen an.

Inzwischen hatte es zu regnen aufgehört, doch der Weg war rutschig, und man musste vorsichtig sein.

Langsam ließ die Wirkung des Adrenalins nach, das Allie bislang auf den Beinen gehalten hatte, und während sie den Hügel hinunterstiegen, meldete sich nach und nach ihr Körper. Die Schnittwunde an ihrem Arm pulsierte, und sie fühlte sich lädiert und zerschlagen am ganzen Leib – als hätte sie schon wieder einen Autounfall gehabt. Doch sie wusste, die anderen hatten auch Schmerzen, also biss sie die Zähne zusammen und hielt durch.

Als sie freilich über einen Stein stolperte, fuhr ihr der Schmerz derart heftig in die Schulter, dass sie ein Wimmern nicht unterdrücken konnte.

»Komm«, sagte Sylvain und legte seinen Arm um ihre Taille, um sie zu stützen. »Stütz dich auf mich.«

»Geht schon«, log sie, und da musste er doch lächeln.

»Weiß ich doch«, sagte er.

Allie kam es vor, als hätte es Stunden gedauert, bis sie die Schule erreicht hatten, dabei wusste sie, dass es kaum mehr als zwanzig Minuten gewesen sein konnten.

Nachdem sie humpelnd die rückwärtigen terrassierten Grünflächen passiert und endlich die Tür erreicht hatten, kam ihnen

das Gebäude sehr hell und fast zu warm vor, so lange waren sie im Regen gewesen.
Der breite Eingangsflur war merkwürdig leer.
Verdutzte Blicke austauschend, liefen sie an den Marmorstatuen und Ölgemälden vorbei. Ihre Schritte hallten in der Stille. An der großen Treppe blieben sie stehen und sahen sich bestürzt um.
»Wo stecken die denn alle?«, fragte Zoe.
Carter schüttelte den Kopf. »Im Rittersaal vielleicht?«
Doch als sie die Tür zu dem großen Ballsaal aufstießen, empfing sie nur dunkle, gähnende Leere.
»Vielleicht sollten wir es mal bei Isabelle im Büro probieren«, schlug Allie vor. Sie blieb äußerlich ruhig, aber ihr Herz hatte zu rasen begonnen. *Hier stimmt was nicht.*
Sie gingen zur Treppe zurück. Die Tür zu Isabelles Büro stand einen Spalt offen, doch das Licht war aus – und das Zimmer leer.
»Das kapier ich jetzt nicht«, sagte Zoe perplex. »Wo sind die bloß hin?«
»Vielleicht sind sie ja alle draußen«, meinte Nicole.
»Aber doch nicht Isabelle und die Lehrer«, entgegnete Carter. »Jedenfalls bestimmt nicht alle.«
Allie entfernte sich etwas von Sylvain, drehte sich einmal im Kreis und horchte in die Stille. Irgendetwas an dem Gebäude war anders als sonst. Keine knarzenden Schritte über ihnen, kein entferntes Gelächter aus dem Schlaftrakt.
Als wäre es … gottverlassen. Menschenleer.
Plötzlich hörten sie gedämpfte Schritte, als ob sich irgendwer auf leisen Sohlen näherte. Sie sahen nach oben – da kam jemand die Treppe herunter.

Sylvain, Carter und Zoe – die Einzigen, die noch halbwegs kampffähig waren – rückten vorsichtig Richtung Treppe vor.
Langsam und gleichmäßig ging die Person weiter, bis sie den Treppenabsatz über ihnen erreicht hatte – dann hörten die Schritte auf.
»Oh mein Gott«, erklang es bestürzt. »Was ist denn mit euch passiert?« Es war Katie.
Sie trug die roten Haare zu einem Pferdeschwanz gebunden und hatte ihren weißen Cimmeria-Schlafanzug und Pantoffeln an. In der Hand hielt sie eine Wärmflasche. Katie sah so adrett und *normal* aus, dass die anderen sie eine ganze Weile einfach nur anstarrten.
Allie war hundemüde. Ihre Hand zitterte vor Kälte und Blutverlust. Unwillkürlich fuhr sie sich durchs Haar, als wolle sie es schnell noch glätten.
»Wo sind die denn alle hin?«, fragte Zoe und hüpfte ein paar Stufen in Richtung ihrer rothaarigen Mitschülerin.
»Wer … alle?«, fragte Katie und bedachte sie mit einem eigentümlichen Blick.
»Na, die Lehrer zum Beispiel«, erklärte Carter.
»Ach, die. Die sind alle bei einer Besprechung im Klassenzimmertrakt«, antwortete Katie und fügte hinzu: »Zumindest waren sie das vor einer Stunde.«
So weit, so normal. Doch Allie hatte immer noch ein ungutes Gefühl. *Das ist mir irgendwie zu ruhig hier.*
»Und die Schüler?«, fragte Allie mit rauer, müder Stimme. »Wo sind die denn alle abgeblieben?«
Katie lief auf sie zu, und ihre Pantoffeln machten auf jeder Stufe dieses gedämpfte Geräusch.

»Die Schüler, die noch da sind, sind alle oben auf ihren Zimmern.« Sie hielt die Wärmflasche hoch. »Ich mach gerade die hier für Emma. Sie kann nicht schlafen.«

»*Die noch da sind*, sagst du. Wie viele sind denn noch da?«, fragte Nicole, die im Licht des Kristalllüsters blass und gezeichnet aussah.

Katie ließ den Blick über Allies blutverkrusteten Arm, Carters geschwollenes Kinn und Rachels zerschundenes Gesicht gleiten. »So um die vierzig vielleicht«, sagte sie mit Grabesstimme. »Tut mir leid.«

Allie schnürte es die Brust zu. *Heute Morgen waren wir noch fast zweihundert. Und jetzt sollen es bloß noch* vierzig *sein?*

Sie hätte am liebsten geheult, doch dafür war sie zu müde.

Da haben wir uns mit Händen und Füßen gewehrt und gekämpft und wären beinah dabei draufgegangen. Haben Nathaniel verjagt und Rachel gerettet – und trotzdem verloren? Wie kann das sein?

Verzweiflung lag in der Luft, und alle sahen bedrückt aus.

Katie schien krampfhaft zu überlegen, womit sie die anderen aufmuntern konnte. Doch offenbar fiel ihr nichts ein. Schließlich hielt sie nochmals die Wärmflasche in die Höhe. »Ich muss leider. Ich kann Emma nicht so lange allein lassen.«

Die anderen nickten stumm, und Katie schlurfte an ihnen vorbei in den Flur. Nach ein paar Metern drehte sie sich noch einmal um. »Ihr habt euer Bestes gegeben. Alle wissen das.«

Dann war sie weg, und sie starrten einander mit leeren Augen an. Allie wusste nicht, was sie sagen sollte – womit hätte man sich auch trösten sollen? Die Schüler waren fort. Der Spion war immer noch nicht enttarnt. Und irgendwo da draußen war Nathaniel und trieb weiter sein Unwesen.

Der pochende Schmerz in ihrem Arm erinnerte sie daran, wie heftig sie gekämpft hatten, und sie griff mit ihrer unverletzten Hand danach, um ihn ruhig zu halten.

Sie sah Nathaniels Gesicht vor sich. Die Siegesgewissheit in seinen Augen: *»Lucinda kannst du ausrichten, dass sie bereits verloren hat!«*

Hatte er recht? War nun alles vorbei? Das wollte einfach nicht in ihren Kopf. Doch es fühlte sich ganz so an, als hätten sie verloren.

»Und was passiert jetzt?«, fragte Zoe. Ihre Stimme hallte im leeren Flur wider.

Allie betrachtete ihr schlammverkrustetes Gesicht. Zoe war gestürzt und hatte ein paar Kratzer an der Stirn davongetragen, doch ihre braunen Augen leuchteten wie eh und je.

Carters Antwort kam unwirsch, aber auch unverzagt. »Wir kämpfen weiter. Bis wir gewinnen.«

Sylvain seufzte kaum merklich und wandte sich ab. Allie sah auf und begegnete seinem Blick. Ohne dass er etwas sagen musste, wusste sie, was er dachte – dasselbe wie sie:

Wie denn?

Epilog

»Hier entlang, Miss Sheridan, Miss Patel.« Mit ausgesuchter Höflichkeit gab ihnen der Mann in Uniform ihre Pässe zurück und forderte sie auf, mit ihm zu kommen.

Die beiden Mädchen wechselten einen Blick und folgten ihm die Treppe hinunter. Das Morgenlicht war erbarmungslos – Allie hatte keine Mühe, zu erkennen, dass Rachel vergeblich versucht hatte, ihr blaues Auge mit Make-up zu kaschieren. Sie selbst trug ihren verletzten Arm in einer Schlinge vor der Brust. Um Platz für den dicken Verband zu schaffen, hatte man ihr den Ärmel ihrer Bluse aufschneiden müssen. Sie konnte nur ahnen, wie sie beide auf Fremde wirken mussten. Ihr Begleiter jedoch hatte mit keiner Wimper gezuckt, als sie sich ihm präsentiert hatten.

Am Fuß der Treppe öffnete der Mann eine Tür, und sie betraten das Rollfeld. Es war kühl und feucht, in der Luft lag ein beißender Kerosingeruch.

Ein Stück entfernt glitzerte Lucindas Privatjet silbern auf der Startbahn. Zu jeder anderen Zeit wäre Allie bei dem Gedanken, damit fliegen zu dürfen, total aus dem Häuschen gewesen. Diesmal nicht.

Denn diesmal waren sie auf der Flucht.

Lucinda hatte es ihr am Telefon erklärt. »Solange wir nicht wissen, wer der Spion ist, ist die Schule kein sicherer Ort für euch.«

»Aber wo willst du mich denn hinbringen?«

»Das werde ich weder dir noch sonst jemandem verraten. Ihr werdet es schon merken, wenn das Flugzeug landet. Die Sache ist einfach zu gefährlich geworden, Allie.«

Dass die Sache verdammt gefährlich war, hatte Allie am eigenen Leib erfahren – die fünfzehn neuen Stiche an ihrem Körper sorgten dafür, dass sie Nathaniel nicht vergaß. Doch noch wollte sie sich nicht geschlagen geben.

»Ich lasse die anderen nicht zurück«, erwiderte sie starrsinnig. »Was soll aus ihnen werden? Für sie ist es doch auch gefährlich.«

»Aber ihnen gilt Nathaniels Interesse nicht«, sagte Lucinda. »Sondern dir. Und wenn du von der Bildfläche verschwindest, dann wird es auch für sie sicherer, zumindest eine Zeit lang.«

»Aber warum können sie nicht alle mitkommen?«, fragte Allie starrsinnig.

Lucindas Antwort war simpel. »Weil es leichter ist, zwei Menschen zu verstecken als sechs.«

Aber, so fuhr sie fort, Rachel würde ja mit ihr kommen, damit sie nicht so allein wäre und jemanden hatte, der mit ihr lernte. Raj würde die erforderlichen Maßnahmen zu ihrer Sicherheit treffen.

Die Luke des Flugzeugs klappte auf. Eine Treppe entfaltete sich wie ein Insektenbein und setzte auf der Rollbahn auf.

Schwer seufzend folgte Allie dem Mann zum Flugzeug.

Drinnen herrschte der reinste Luxus. Die zwölf großzügigen Sitze waren mit weichem, geschmackvollem, graubraunem Leder bezogen und hätten auch in einem exklusiven Hotel oder einem edlen Büro bestanden. Es roch nach Leder und Möbelpolitur – so

gar nicht wie in den Touristenfliegern, die Allie von ihren Ferienreisen her kannte.
Allie und Rachel setzten sich einander gegenüber an den polierten Walnusstisch, den man ihnen zuwies. Eine Stewardess brachte zwei Gläser mit eisgekühltem Orangensaft. Allie beobachtete die Kondenstropfen, die sich an ihrem Glas bildeten und hinunterrannen wie Regen.
Ihr verletzter Arm meldete sich, und sie berührte ihn sacht. Der Arzt hatte ihr Schmerztabletten mitgegeben, doch bis jetzt hatte sie noch keine genommen. Sie würden sie nur schläfrig machen, dabei wollte sie alles mitkriegen – sie musste wachsam bleiben.
Vor allem wollte sie unbedingt wissen, wohin die Reise ging.
Die Triebwerke sprangen an.
Rachel auf der anderen Seite des Tisches sah müde und ängstlich aus. Allie streckte die gesunde Hand aus, und Rachel drückte sie vorsichtig.
»Alles okay?«, fragte Allie.
Rachel nickte. »Ja … Es ist nur …« Sie machte eine vage Geste, die besagte: *Das alles.*
Allie wusste genau, was sie meinte. Es war alles so schnell gegangen. Nicht mal genug Zeit, um sich anständig zu verabschieden, hatten sie gehabt. Zoe würde sich wahnsinnig aufregen, wenn sie erfuhr, dass sie fort waren. Nicole lag noch auf der Krankenstation. Und Carter und Sylvain … Gestern Abend hatten sie ihr Leben riskiert, um Allie zu retten. Und was tat sie? Ließ sie einfach so zurück.
Kurz bevor die Luke geschlossen wurde, sprang Raj in den Flieger und kam zielstrebig zu ihnen an den Tisch. »Seid ihr bereit, ihr beiden?«

Sie nickten gehorsam.
Raj ging nach vorn ins Cockpit, um sich zu den Piloten zu setzen, und ein paar Minuten später setzten sich die Räder in Bewegung. Als könnte er es nicht erwarten, endlich abzuheben, raste der Flieger über die Startbahn.
Allie wäre am liebsten dageblieben.
In Physik hatten sie neulich durchgenommen, wie Flugzeuge starten, und dass es einen Punkt gibt, an dem man nicht mehr zurückkann, wenn das Flugzeug so viel Tempo hat und die verbleibende Startbahn so kurz ist, dass es keine Chance mehr gibt, sicher zum Stehen zu kommen. Dann muss das Flugzeug entweder abheben oder zerschellen.
Genauso fühlte es sich an – als müsste diese Reise einfach sein. Sie hatten keine Wahl.
Der Jet hatte nun so viel Schub, dass Allie es kaum spürte, als die Räder den Asphalt verließen. Trotzdem klammerte sie sich unwillkürlich an den Tischrand, als die Welt unter ihr wegsackte. Unterhalb erstreckte sich nun die grüne englische Landschaft mit ihren alten Hecken und Schlössern, den kleinen Städtchen und wuseligen Autobahnen. Langsam verblasste sie hinter einem Nebel aus grauen Wolken, ehe alles verschwunden war.
Allie sah aus dem Fenster.
Jetzt gab es kein Zurück mehr.

Danksagung

Wenn ihr dieses Buch lest, gehört ihr zu den Menschen, die mir am liebsten auf der Welt sind, und ich möchte mich herzlich dafür bedanken, dass ihr diese Reise bis hierher zusammen mit mir unternommen habt. Night-School-Fans sind die tollsten Menschen der Welt, davon bin ich fest überzeugt. Eure E-Mails, Briefe und Tweets erfüllen meine Tage mit Freude. Ich werde ewig in eurer Schuld stehen.

Bedanken möchte ich mich ganz besonders auch bei Madeleine Milburn. Sie ist die beste Agentin der Welt – und meine Freundin. Ohne sie würdet ihr dieses Buch jetzt nicht in Händen halten. Sie macht's möglich. Maddy, du bist meine Heldin!

Riesendank auch an meine Lektoren und Übersetzer in aller Welt. Zuerst an das Team bei Atom / Little Brown in England – und besonders an die fabelhafte und wahnsinnig begabte Samantha Smith: Sam, ich würde dir bis ans Ende der Welt folgen. Danke für alles. Und an mein französisches Team bei Collection R / Robert Laffont unter der Leitung des brillanten Glenn Tavennec – der auch unter größtem Druck so sanft und ruhig bleibt, wie man es sich nur wünschen kann – sowie an mein unglaubliches deutsches Team bei Oetinger, angeführt von der unerschütterlichen, tollen Doris Janhsen. Auch meinen anderen internationalen Verlagen sage ich herzlichen Dank für die viele Arbeit, die sie

in dieses Projekt gesteckt haben. Es ist unser gemeinsames Projekt!
Die ersten Leser eines jeden neuen Bandes sind meine Freundinnen Laura Barbey, Kate Bell, Catriona Verner-Jeffries und Hélène Rudyck, die die schwere und doch so wichtige Bürde auf sich nehmen, mir gegenüber ehrlich zu sein. Ihr seid meine Musen! Ohne euch würde ich es nicht schaffen. Vielen, vielen Dank an euch alle. Bitte hört nie auf, meine Bücher zu lesen!
Dank auch allen Buchhändlern und Bibliothekaren, die den Leuten meine Bücher persönlich in die Hand gegeben haben – wäre ich nicht schon verheiratet, ich wollte euch alle heiraten. Ohne euch hätte ich niemals so viel gelesen und bestimmt auch nie mit dem Schreiben angefangen. Ihr macht das Leben der Menschen schöner. Ich danke euch.
Und schließlich danke ich meinem geduldigen, verständnisvollen Mann Jack, der meine schlimmen ersten Entwürfe liest, mir bei den komplizierten Plots hilft, mich auffängt, wenn ich abzustürzen drohe, und mich überzeugt, nicht aufzugeben, wenn die Zeiten mal schwer sind – ich danke dir von Herzen. Ich liebe dich.